# À PROPOS DE L'AUTRICE

Inspirée par les nombreux drames britanniques qu'elle a pris plaisir à lire et à relire sans jamais s'en lasser, Christy Carlyle est une autrice à succès, régulièrement célébrée par le *USA Today*. Cette ancienne enseignante diplômée en histoire se plaît à mettre en scène des héros tourmentés et des héroïnes au fort caractère dans un cadre Victorien. Son amour pour le passé et sa foi inébranlable en une fin heureuse, donnent à ses romances historiques un goût unique et fort savoureux.

# Un duc au château

*Collection :* VICTORIA

*Titre original :*
A DUKE CHANGES EVERYTHING

*Ce roman a déjà été publié en 2020.*



**HARPERCOLLINS FRANCE**
83-85, boulevard Vincent-Auriol, 75646 PARIS CEDEX 13
Service Clients — https://www.harlequin.fr/contenu/contactez-nous
ISBN 978-2-2805-0810-0 — ISSN 2493-013X

Édité par HarperCollins France.
Composition et mise en pages Nord Compo.
Imprimé en juillet 2025 par CPI Black Print (Barcelone)
en utilisant 100% d'électricité renouvelable.
Dépôt légal : août 2025.

MIXTE
Papier
FSC FSC® C159065

Pour limiter l'empreinte environnementale de ses livres, HarperCollins France s'engage à n'utiliser que du papier fabriqué à partir de bois provenant de forêts gérées durablement et de manière responsable.

CHRISTY CARLYLE

# Un duc au château

*Traduit de l'anglais (États-Unis) par*
MARIANNE JACKSON

Victoria

HARLEQUIN

*À mon époux, John.*
*Ton amour et ton soutien ont vraiment changé ma vie.*
*Et à mon éditrice, Elle, pour sa perspicacité,*
*son soutien et toutes les formidables*
*opportunités qu'elle m'a offertes.*

*[illegible]*

*[illegible]*

*[illegible]*

*[illegible]*

*[illegible]*

Londres, août 1844
Lyon's Gentlemen's Club, au sous-sol

— Vous savez ce qui m'amène, Lyon.

— Je sais surtout que vous perdez votre temps.

Nicholas Lyon attendit, espérant que son visiteur accepterait son sort et battrait en retraite.

— Ma réponse n'a pas changé, ajouta-t-il.

— Monstre !

Bien que l'homme ait maugréé entre ses dents, Nick avait fort bien compris. Il avait déjà entendu ce type d'insultes, et pire encore.

— Être un monstre a ses avantages, rétorqua-t-il, [illegible]

Il en était venu à considérer sa réputation d'homme sans scrupule comme un gage unique de liberté : il faisait ce que bon lui semblait. Il pouvait se comporter de la pire des façons sans que personne ne puisse prétendre [illegible]

Certes, il était agacé par les exclamations d'horreur et les regards curieux de ceux qui voyaient pour la première fois ses yeux vairons – l'un vert, l'autre bleu – et la cicatrice dentelée qui marquait sa joue gauche. Ces inconnus, il le savait, s'attendaient à ce que ses actes soient le reflet de son apparence.

Mais dans cette pièce sombre, dans les entrailles de l'empire du jeu qu'il avait édifié, ce n'était pas son visage qui faisait peur aux hommes. Ce qui les effrayait, c'était d'avoir tant besoin de

# 1

*Londres, août 1844*
*Lyon's Gentlemen's Club, au sous-sol*

— Vous savez ce qui m'amène, Lyon.

— Je sais surtout que vous perdez votre temps.

Nicholas Lyon attendit, espérant que son visiteur accepterait son sort et battrait en retraite.

— Ma réponse n'a pas changé, ajouta-t-il.

— Monstre !

Bien que l'homme ait maugréé entre ses dents, Nick avait fort bien compris. Il avait déjà entendu ce type d'insulte, et pire encore.

— Être un monstre a ses avantages, rétorqua-t-il à l'importun.

Il en était venu à considérer sa réputation d'homme sans scrupule comme un gage unique de liberté : il faisait ce que bon lui semblait. Il pouvait se comporter de la pire des façons sans que personne ne puisse prétendre en être surpris ou déçu.

Certes, il était agacé par les exclamations d'horreur et les regards curieux de ceux qui voyaient pour la première fois ses yeux vairons – l'un vert, l'autre bleu – et la cicatrice dentelée qui marquait sa joue gauche. Ces inconnus, il le savait, s'attendaient à ce que ses actes soient le reflet de son apparence.

Mais dans cette pièce sombre, dans les entrailles de l'empire du jeu qu'il avait édifié, ce n'était pas son visage qui faisait peur aux hommes. Ce qui les effrayait, c'était d'avoir tant besoin de lui. Comme ils redoutaient son refus ! Pourtant, ils continuaient à venir. Mus par la passion du jeu, ces nobles malchanceux se succédaient dans son bureau, jour après jour, pour solliciter un prêt.

Dans le ventre du Lyon's Gentlemen's Club, Nick avait découvert la joie exquise d'être le maître de son domaine. Pour exercer son autorité, il lui suffisait de prononcer un inflexible « non ».

Trois lettres. Un souffle. Tant de pouvoir.

Ceux qui essuyaient son refus pouvaient bien l'accuser de cruauté, il s'en moquait. Lorsque sa décision était prise, il ne pliait jamais, malgré leurs cris et leurs vitupérations.

Le vicomte qui se tenait à présent devant son bureau semblait prêt à éclater.

Les yeux injectés de sang, les joues cramoisies, Lord Calvert serrait les poings, ses doigts boudinés chargés de bagues enfoncés dans les paumes de ses mains. Au lieu de protester ou de réclamer, comme d'autres le faisaient, il resta ainsi, sombre et silencieux. Jusqu'à ce qu'un son s'échappe de sa poitrine. Une plainte qui se mua bientôt en un rugissement, tel le cri affreux d'une bête mourante.

Nick reconnut ce son. Lui-même avait senti une fois ou deux ce hurlement d'agonie lui déchirer la gorge.

Ce sentiment de perte. De déception. De désespoir.

Oui, il savait ce que c'était que le malheur. Pourtant, cela n'entama en rien sa détermination. En affaires, son instinct le trompait rarement.

— Cent livres, siffla l'homme, les dents serrées. Soixante-quinze ?

— Nous ne sommes pas en train de négocier.

— Vous m'avez ruiné, Lyon !

Calvert baissa la tête, laissant voir son crâne dégarni, puis il inspira profondément avant de souffler comme si cet effort le faisait souffrir.

— Laissez-moi une chance de récupérer ce que j'ai perdu !

— Vous vous êtes ruiné tout seul, répliqua Nick en ouvrant un tiroir pour désigner d'un geste la liasse de documents soigneusement rangée à l'intérieur. J'ai déjà une longue liste de vos dettes d'honneur. Que pourriez-vous bien avoir d'autre à mettre en gage ?

Il n'attendait pas de réponse de Calvert. Quoi qu'il dise, il ne lui accorderait pas de nouveau crédit.

Ici, dans ce bureau sans ornement situé à côté de ses appartements privés, Nick avait bâti sa fortune. Les joueurs appelaient cette pièce « l'antre de Lyon ». Lorsqu'ils avaient besoin d'argent sonnant, il leur accordait des prêts moyennant des intérêts modestes, à condition toutefois qu'ils offrent des garanties. Là était la véritable richesse : dans les œuvres d'art, les antiquités et les propriétés aliénables que les membres du club misaient, et perdaient. Comme un pirate amassant son butin, Nick avait accumulé une quantité considérable de biens en l'espace de cinq ans.

Il n'aurait su dire ce qui lui procurait le plus de plaisir : posséder des domaines où il ne poserait jamais le pied ou rabaisser l'orgueil de ces aristocrates en les ruinant.

— Prenez ceci, dit Calvert en arrachant de son index une bague garnie d'un rubis. Je ne demande pas un prêt. Donnez-moi seulement la somme équivalente à sa valeur.

— Je ne veux pas de vos babioles, répondit Nick sans détacher un instant les yeux du regard désespéré de l'homme.

Pour qui le prenait-il ? Un vulgaire prêteur sur gages des bas-fonds de Londres ?

Il fallut au vicomte un instant pour accuser le choc de ce refus. Aussitôt après, il changea d'attitude. Il se redressa, balançant son poids sur ses talons. Le menton levé bien haut entre des joues pendantes ornées de favoris, il se mit à ricaner.

— Comment osez-vous dédaigner ainsi l'histoire de ma famille ? Mon ancêtre a reçu cette bague en cadeau de la reine Elizabeth elle-même ! s'écria-t-il avant d'ajouter, en reniflant avec cet air arrogant dont l'aristocratie a le secret : Je sais d'où vous venez, Lyon. Votre propre père vous considérait comme un bâtard ! Que savez-vous de l'honneur et de la noblesse ?

— Fichtre rien, répliqua Nick en décochant à l'homme un

petit sourire, balayant l'affront d'un hochement d'épaule. Je me moque de votre histoire comme je me moque de la mienne.

Se levant de son fauteuil, il se campa derrière son bureau, le regard toujours fixé sur le vicomte.

— Dans cette pièce, dit-il, dans mon club, votre titre ne signifie rien. Et ma réponse demeure inchangée. Plus de crédit.

— Maudit bâtard !

Le sourire de Nick sembla attiser la fureur de Calvert. D'un pas lourd, le bedonnant vicomte s'avança comme pour le frapper.

— Tout va bien, gentlemen ?

Comme à son habitude, Aidan Iverson arrivait à point nommé. Poussant la porte, l'associé de Nick, également propriétaire d'un quart du Lyon's Club, pénétra dans la pièce. Il dominait la plupart des hommes de plusieurs têtes, et lorsqu'il se planta à côté de Calvert, celui-ci perdit aussitôt son air menaçant.

— Je vous interdis de remettre les pieds ici.

Nick ne laisserait personne menacer la seule possession qui comptait véritablement à ses yeux.

— Puis-je vous appeler un fiacre, my lord ?

La voix profonde d'Iverson était si suave, son accent si raffiné que personne n'aurait pu deviner qu'il avait grandi dans le quartier le plus mal famé de Londres.

— Cette affaire n'en restera pas là, Lyon ! lança Calvert, plissant les yeux. Peut-être ai-je quelques dettes de jeu, mais soyez sûr que je trouverai un moyen de me venger !

Dans la vie de Nick, les menaces étaient aussi nombreuses que les pièces d'or entassées dans son coffre. Mais des hommes désespérés et vaincus comme l'était Calvert n'avaient aucun pouvoir.

— Non. Vous ne ferez rien, rétorqua-t-il avant d'esquisser un signe du menton à l'attention d'Iverson, qui s'avança pour conduire le vicomte hors de la pièce.

Une fois les deux hommes partis, Nick respira profondément, évacuant la tension qu'il avait retenue dans ses poings crispés pendant toute l'entrevue. « Bâtard » ! Cette injure, ce mensonge, lui avaient collé à la peau trop longtemps.

Mais plus maintenant. Sa filiation n'avait aucune importance au Lyon's Club. Ce qu'il possédait, il l'avait gagné lui-même. Ici, c'était lui qui tenait les cordons de la bourse. Il régissait tout. Les nobles hautains comme Calvert, qui venaient perdre leur fortune, ne faisaient qu'accroître la sienne.

Gravissant l'escalier dérobé qui menait de son bureau à un balcon supérieur entourant la salle de jeu, Nick balaya du regard les murs recouverts d'un marbre étincelant et examina les hommes en costume noir massés autour des tables.

Ce soir, pour la première fois, il eut envie de s'arrêter un instant pour apprécier ce moment. Sans songer à la prochaine conquête vers laquelle son ambition le mènerait ni se remémorer son douloureux passé. Car ce soir était une date importante. Il y avait cinq ans, jour pour jour, que le Lyon's Club avait ouvert ses portes. Cinq ans d'un inimaginable succès.

— Je l'ai expédié chez lui ! annonça Iverson en rejoignant Nick sur le balcon. A-t-il vraiment perdu tout ce que vous lui avez prêté il y a un mois ?

— Le club ne gagne de l'argent que lorsque ses membres perdent le leur.

— Soyez prudent, Lyon. Un homme comme Calvert pourrait nous créer des ennuis. S'il persuadait ses amis de se retirer du club ou prétendait que le Lyon's se livre à des tricheries ?

— Il n'y a aucune tricherie chez nous.

Nick s'était battu et avait parfois menti pour parvenir à une telle réussite, mais il tenait à ce que son club soit dirigé de façon honnête. La maison prélevait une part de chaque mise, mais il ne s'agissait là que d'une pratique commerciale sensée. Qui rapportait de confortables dividendes à ceux qui avaient placé des fonds dans l'entreprise.

— Les joueurs ont beau perdre, ils reviennent toujours, poursuivit-il. Ils espèrent que la chance tournera. Nous n'avons pas à changer nos conditions.

— Ce ne sera peut-être pas toujours vrai, si un homme tel que Calvert continue à lancer de telles accusations. Il est le fils d'un duc.

— Moi aussi.

— Vous le reconnaissez, à présent ? demanda Iverson en lui jetant un regard étonné.

— Chaque miroir me le rappelle.

Il ne pouvait rien faire contre ses maudits cheveux noirs et son œil bleu pâle : il était l'image de son père. Mais Nick parlait rarement de son passé ; Iverson était le seul à savoir. La plupart des membres du club ignoraient même qu'il était issu d'une famille noble. Et que son père, dans sa folle jalousie, s'était convaincu que son fils cadet était un bâtard. L'homme avait haï Nick d'une haine implacable.

— Quel que soit le plaisir que vous prenez à voir ces aristocrates courir à leur perte, cela n'affecte en rien votre père.

— Je prends plaisir à remplir les coffres du club. Regarder ces gentlemen dilapider leur fortune n'est qu'un amusement secondaire.

Ce n'était que lorsqu'il s'agissait d'associés de son père que Nick prenait une joie perverse à observer leur chute.

— Vous désapprouvez mes méthodes ?

— Je ne désapprouve rien de ce qui enrichit le club, mais je préfère regarder vers l'avenir et laisser le passé derrière moi, à sa juste place.

— Tout comme moi, répondit Nick en songeant qu'il effacerait volontiers de sa mémoire la majeure partie de son histoire, s'il le pouvait.

Il ne parvenait pas à se défaire de l'amertume que lui avait laissée son enfance, même s'il détestait l'admettre. Parfois, il craignait que tout – ses ambitions, ses luttes et même ses espoirs – ne mène à Talbot Lyon, le défunt duc de Tremayne.

— Ce soir, plus que nul autre soir, pensons au prestige du club plutôt qu'à ses profits ! déclara Iverson en s'approchant d'un chariot chargé de boissons et de mets délicats.

Iverson avait raison, comme souvent. Lui aussi avait su transformer les mauvaises cartes que la vie lui avait distribuées en une stupéfiante réussite. Après une enfance passée dans la misère, à courir après le moindre sou, l'homme s'était forgé une solide réputation : il était désormais considéré comme l'un des hommes d'affaires les plus avisés de Londres.

— Cessez donc de vous inquiéter, tous les deux !

Montant les escaliers quatre à quatre, le marquis de Huntley, Rhys Forester, se dirigea tout droit vers le chariot à boissons. Le trio de propriétaires du Lyon's Club était au complet.

— Le club se porte à merveille. Nick le sait, puisqu'il passe tout son temps le nez fourré dans les livres de comptes, dit-il en montrant d'un geste dédaigneux la pile de registres que Nick avait compulsés un peu plus tôt. Nom d'une pipe, mon ami, ne cessez-vous jamais de travailler ?

— J'ai découvert une erreur de calcul, et il fallait que je trouve d'où venait la méprise.

Nick ne supportait pas qu'un grain de sable vienne enrayer la mécanique bien huilée qu'il avait construite. Ses affaires étaient scrupuleusement régentées. Les plaisirs, lorsqu'il s'en accordait, étaient discrètement organisés. Le club fonctionnait parfaitement parce qu'il pesait avec soin chaque décision et veillait à chaque détail.

— Engagez donc quelqu'un pour tenir les comptes ! s'exclama Huntley en passant une main dans ses cheveux blonds perpétuellement en bataille. Et gardez votre énergie pour d'autres activités ! ajouta-t-il avec un sourire narquois.

— Pour laisser un autre s'amuser à ma place ?

Pour rien au monde Nick n'aurait renoncé à la gestion des finances du club. Et rares étaient ceux à qui il accordait sa confiance.

— De plus, j'aime les chiffres, poursuivit il. Ils ne vous trahissent jamais. Ils sont simples et fiables.

Et peu leur importait qu'il ressemble à un monstre ou se comporte comme tel.

— À votre guise, répondit Huntley, troquant son expression insouciante contre un sourire espiègle. Pour ma part, je préfère les danseuses de cabaret et les soirées qui se terminent au petit matin. Et vous avez de la chance, gentlemen, car ce soir, nous allons avoir droit aux deux : j'ai tout prévu.

Se saisissant d'une coupe de champagne, il en but la moitié et la leva devant lui.

— Mais tout d'abord, un toast. Prenez donc un verre !

Iverson s'exécuta, non sans froncer un de ses sourcils roux.

— Je n'ai jamais aimé ce breuvage. Trop de bulles.

— Un peu d'effervescence ne vous ferait pas de mal. Je parle aussi pour vous, Lyon. Avec les années, vous devenez tous deux épouvantablement assommants.

— Parce que nous ne nous balançons pas comme des fous, suspendus à un lustre ?

— Je ne me balançais pas, je suis tombé, comme vous le savez tous deux très bien ! répliqua Huntley en vidant sa coupe. Si vous voulez mon avis, tout est la faute de l'absinthe. Du reste, je l'ai chèrement payé. Mes blessures m'ont tenu alité pendant des semaines.

— Cela ne semble pas vous avoir freiné, observa Nick.

S'il lisait plus volontiers les pages financières du *Times* que les ragots, il ne pouvait ignorer que tous les colporteurs de ragots faisaient leur miel des frasques de Huntley. Chaque nouvelle anecdote confirmait ce que Nick savait de l'imprudence de son associé.

— C'est une simple question de détermination, répondit l'intéressé en soulevant une nouvelle coupe de champagne. Et maintenant, laissez-moi porter un toast. À deux des canailles les plus déterminées qu'il m'ait été donné de connaître !

Nick sourit aux deux hommes qui, malgré la promesse qu'il s'était faite de ne jamais faire confiance à personne, avaient réussi à devenir ses amis.

Il n'aimait guère songer à l'époque où il en était réduit au vol à la tire et à d'autres menus larcins pour ne pas avoir à passer la nuit dehors. Par chance, il avait gagné l'amitié des deux seules personnes à Londres qui se moquaient de son passé. Iverson avait comme lui connu la misère, et Huntley jugeait les hommes sur leur caractère, et non sur leur rang social.

— À notre réussite ! Qu'elle dure encore de nombreuses

années ! déclara-t-il en levant haut son verre, aussitôt imité par ses deux associés.

— Qu'allons-nous faire, à présent ? dit Huntley, posant exactement la question à laquelle Nick souhaitait répondre.

— Aller plus loin, répondit-il avec un large sourire. Agrandir le club. Tenter une nouvelle entreprise, peut-être. Que diriez-vous d'un hôtel de luxe au cœur de Londres ?

— Vous manquez d'ambition, protesta Iverson en se penchant vers lui, une lueur dans l'œil. N'ayez pas peur de rêver, de voir plus grand !

— Des ponts ? Des navires à vapeur ? demanda Nick en se retenant, au prix d'un grand effort, de lever les yeux au ciel. Vous voulez encore me persuader de soutenir l'un de vos projets financiers !

— L'avenir appartient aux créateurs, mon ami, répliqua Iverson qui, enflammé par son sujet, se mit à gesticuler tandis que sa voix descendait d'une octave. Il ne s'agit pas de n'importe quel pont, mais du pont le plus long jamais construit en Angleterre ! Et ce navire à vapeur sera le plus rapide à avoir jamais traversé l'Atlantique !

— Quels bénéfices peut-on bien tirer d'un pont ? intervint Huntley.

Contrairement à Nick, il revendiquait son ascendance aristocratique, mais le duché de son père n'avait qu'une richesse : ses terres. Huntley avait acquis sa fortune grâce à de bons placements, la plupart réalisés sur les conseils d'Iverson.

— Vous pouvez me croire : il y a gros à gagner, répondit Iverson avant de vider le restant de sa coupe de champagne avec une grimace. De plus, l'héritage qu'un homme laisse derrière lui ne compte-t-il pas davantage que des profits qu'une vie entière ne lui suffirait pas à dépenser ?

— Vous voulez dire que l'on pourrait baptiser un navire de mon nom ? demanda Huntley, ses yeux sombres soudain brillants. C'est une idée qui me plaît !

Iverson s'esclaffa et Nick éclata de rire à son tour. L'amusement et la fierté pétillaient en lui comme le champagne qu'il venait de boire. Il avait parcouru un long chemin, sans rien devoir à son nom ni à la noblesse de son père. Aujourd'hui, il voulait oublier la faim qui, malgré la joie, persistait à le tirailler. Le désir constant d'en avoir toujours plus. Plus de richesses. Plus de puissance.

C'est alors qu'un cri retentit dans la salle de jeu. Ce n'était pas l'exclamation d'un homme qui vient de gagner ou de perdre, mais une voix furieuse et haut perchée. Un instant plus tard, des pas résonnèrent lourdement dans l'escalier et Spencer, le factotum du club, apparut en haut des marches.

— Nous avons un problème, sir, annonça-t-il à Nick.

L'homme avait une carrure si imposante que le sol semblait vibrer au moindre de ses pas.

— Qui ?

Ôtant son habit, Nick s'approcha de la balustrade, sur laquelle il déposa le vêtement.

Spencer et lui avaient élaboré une sorte de langage codé, une série d'euphémismes pour désigner les contrariétés qui survenaient de temps à autre dans tout club de gentlemen. Un « problème » signifiait qu'un des membres avait perdu la tête, que ce soit à cause d'un abus d'alcool ou de la folie qui s'emparait de ceux que la chance abandonnait une fois de trop.

Ensemble, les deux hommes intervenaient toujours de façon discrète et délicate et l'incident était rapidement clos. Si les aristocrates s'avouaient ruinés dans le bureau de Nick, ils tenaient à sauvegarder leur honneur auprès des autres membres du club. La réputation d'un noble était une monnaie tout aussi précieuse que l'or.

— Un visiteur insiste pour vous parler, sir.

Avant que Spencer n'ait le temps d'en dire davantage, un nouveau cri s'éleva de la salle de jeu.

— Il ne s'agit pas d'un membre, précisa le factotum.

— Dans ce cas, dites-lui de revenir à un autre moment.

Calvert avait été le quatrième joueur à venir le solliciter pour un prêt. C'était plus que suffisant pour une soirée, et Nick avait promis de rejoindre Iverson et Huntley pour célébrer avec eux l'anniversaire du club.

— Deux de mes hommes l'ont maîtrisé, mais je crois que vous souhaiterez le voir.

Malgré son accent distingué et l'élégance avec laquelle il détachait chaque syllabe, Spencer n'avait pas pour habitude de perdre son temps en paroles.

— Pourquoi ?

— Sir..., commença-t-il, hésitant. Il dit que c'est à propos de votre père.

— Mon père est mort, coupa Nick.

— À propos du domaine de votre père, Mr Lyon.

Le domaine de son père ? Sa vue se troubla. Il entendait sa propre respiration, rapide et sifflante.

Il n'avait pas songé au domaine depuis des années. Il faisait tout ce qui était en son pouvoir pour ne jamais penser à ce maudit endroit.

— Il insiste pour vous voir, sir, répéta Spencer. Il dit se nommer Granville.

Nick leva brusquement la tête. Il connaissait ce nom. Un ami de son père, devenu le mentor de son frère aîné.

— Sir Malcolm Granville ? dit Huntley. Je connais son fils : nous étions à l'école ensemble. Voulez-vous que j'aille lui parler ?

Nick sentit la haine l'envahir. Il ne protesta pas quand Iverson adressa un signe de tête à Huntley, qui descendit affronter leur belliqueux visiteur.

— Pensez-vous que Granville est venu vous annoncer que votre frère a encore besoin d'argent ? demanda Iverson à mi-voix.

— Il n'en trouvera pas ici.

Nick vida d'un trait une nouvelle coupe de champagne pour chasser l'amertume qui avait envahi sa bouche.

— Eustace serait capable de dépenser davantage en une soirée que la plupart de nos membres en une semaine.

Depuis que son frère avait hérité du duché, seize ans plus tôt, il avait dilapidé presque toute la fortune familiale. Nick ne voulait pas entendre parler de ce bon à rien, ni du domaine des Tremayne.

Quelques minutes plus tard, Huntley réapparut. Comme à son arrivée, il se dirigea vers le chariot à boisson. Si son expression joviale ne l'avait pas quitté, ses mâchoires serrées trahissaient sa nervosité.

— Qu'a-t-il dit, Huntley ? demanda Nick, redoutant sa réponse.

Des nouvelles provenant de son frère ne pouvaient avoir rien de bon.

— Il a dit que le notaire de votre frère vous avait envoyé deux lettres, qui sont restées sans réponse de votre part.

Nick prit une profonde inspiration et souffla lentement, tâchant de modérer son énervement.

— Je ne prends plus la peine d'ouvrir sa correspondance. Est-ce tout ce que cet homme voulait ? Me reprocher au nom d'Eustace de ne pas ouvrir mon courrier ?

Huntley passa une main tremblante dans ses cheveux.

— Je suis navré, Nick. Souvenez-vous que je ne suis que le messager, voulez-vous ?

Nick sentit tous les muscles de son corps se crisper.

— Je vous écoute.

Comme Huntley demeurait muet, Iverson s'avança vers lui.

— Mais que se passe-t-il, enfin ? Parlez !

Nick vit les épaules de Huntley s'affaisser et ses lèvres remuer enfin. Sa voix lui parvenait, lointaine, mais il lui fallut de longues minutes pour comprendre ce qu'il disait. Pour prendre la mesure de l'horrible nouvelle : le passé qu'il haïssait tant venait de le rattraper.

— Votre frère Eustace est mort. Depuis une semaine, vous êtes le duc de Tremayne.

# 2

Mina Thorne serrait la lettre si fort dans sa main que le papier commençait à être chiffonné. Depuis une demi-heure, elle se cramponnait à cette enveloppe sans pouvoir se résoudre à la lâcher, car tout ce à quoi elle tenait semblait soudain lui échapper.

Dans trois jours, elle allait peut-être perdre sa place. Devoir quitter le lieu où elle avait vécu toute sa vie et ses amis du château d'Enderley, qui lui étaient devenus aussi chers que s'ils faisaient partie de sa famille.

Cacher la lettre et ses mains tremblantes sous son bureau était chose aisée. Feindre d'ignorer les battements affolés de son cœur était plus difficile, mais Mina était devenue experte dans l'art de dissimuler ses émotions.

Au fil des années, elle avait appris à esquisser de parfaits demi-sourires, à afficher un visage impassible et à tenir sa langue.

Son père lui avait enseigné que l'opinion des autres comptait. Avec les mathématiques et la gestion du domaine, les leçons de bonnes manières étaient celles qu'il répétait le plus.

Si grand était son désir de le satisfaire qu'elle s'était efforcée de se comporter avec la plus grande correction.

Mais au fond d'elle, dans un endroit secret, caché si profond que personne ne pourrait jamais le découvrir, elle cachait une terrible vérité. Chaque jour, elle rêvait d'envoyer promener ce modèle de jeune femme distinguée à laquelle on lui avait appris à vouloir ressembler.

Son père avait coutume de dire qu'elle était impulsive, et

il avait raison. Dans le travail comme dans le reste, elle avait tendance à foncer tête baissée. Elle s'attirait des problèmes, se laissait submerger par des émotions qu'elle n'était pas en droit d'éprouver.

Mais depuis vingt-cinq ans, elle faisait de son mieux pour prétendre qu'elle aimait autant porter des jupes et des corsets que des chemises et des pantalons, pourtant tellement plus commodes et confortables ! Même lorsqu'elle était petite fille, les attentes de son père ne correspondaient pas vraiment à ce qu'elle était réellement. Pas un jour ne passait sans qu'elle brûlât d'envie d'abandonner sa jolie poupée de porcelaine pour franchir au galop les collines du Sussex avec l'un des poneys des écuries d'Enderley.

Lorsque son père était mort deux ans plus tôt, elle avait pris sa suite sans montrer que cette nouvelle responsabilité la terrifiait, ni que cette existence n'était nullement celle qu'elle s'était imaginé vivre.

Mais il lui avait appris à faire son devoir. « Ne laisse jamais paraître tes difficultés », lui disait-il souvent.

Enfant, Mina n'avait cessé de le décevoir. Dissimuler ses émotions était pour elle une lutte constante ; inévitablement, ses joues s'enflammaient, sa voix tremblait ou elle butait sur les mots.

Pourtant, elle s'évertuait à se comporter comme une jeune fille convenable. À parler avec douceur. À cacher ses sentiments.

Ce matin, ces talents étaient rudement mis à l'épreuve. Elle devait convaincre ses importuns visiteurs que tout allait pour le mieux alors qu'à la vérité elle redoutait l'arrivée imminente du nouveau duc de Tremayne.

Dès qu'elle avait aperçu la lettre envoyée par le notaire de Nicholas Lyon, elle avait été saisie d'une appréhension qui ne l'avait plus quittée. Désormais, toute sa vie pouvait basculer d'un instant à l'autre. Elle espérait que ce Lyon serait différent de son père et de son frère. La liste des réparations et des rénovations nécessaires dans le domaine s'allongeait chaque année, et Mina aurait tant voulu que le nécessaire soit fait ! Mais le précédent duc ne partageait pas cet avis. Il avait préféré passer le moins de temps possible à Enderley.

La lettre toujours serrée entre ses doigts, elle s'efforça de maîtriser les battements de son cœur.

— L'arrivée du nouveau duc va apporter un changement radical à votre situation, Miss Thorne ! Vous avez toute notre sympathie, bien entendu.

Mr Pribble, le pasteur, menait la petite délégation venue lui rendre visite peu après le lever du jour. Les trois hommes espéraient en apprendre le plus possible sur le duc et voulaient savoir quand il daignerait enfin se montrer à Enderley. Ils étaient, sans que cela soit officiel, les autorités du village de Barrowmere : le doyen des fermiers, le juge et l'ecclésiastique.

— Comment ne pas avoir pitié de vous ? poursuivit ce dernier. Vous voilà orpheline, sans la moindre perspective d'avenir !

Bonté divine ! Mina songea que si un jour elle se sentait découragée, le pasteur serait la dernière personne chez qui elle irait chercher du réconfort.

— Nous souhaitons vous voir vivre la vie qui sied à une jeune fille ! aboya le juge Hardbrook avec sa rudesse habituelle.

— Et comment devrais-je vivre, messieurs ?

Elle avait presque réussi à gommer toute trace d'irritation dans sa voix.

— Comme une épouse, une mère, répondit Thurston, le fermier, en articulant chaque mot comme si le seul fait de poser cette question prouvait qu'elle avait l'esprit confus.

— Je crains que ce ne soit pas là le sort qui m'attend.

Elle prit une profonde inspiration, s'apprêtant à en dire davantage. Mais aucune des reparties qui lui vinrent ne franchit ses lèvres. Elle avait renoncé à tant d'aspirations !

Bien sûr, elle avait envie de se marier et d'avoir des enfants, de partager sa vie avec un homme qui lui donnerait son amour et sa fidélité. Un homme à qui elle pourrait confier son cœur. Mais elle s'était déjà égarée une fois sur ce chemin et l'avait chèrement payé. Depuis, elle avait cessé de croire aux contes de fées.

— Mon père m'a préparée à administrer ce château, et je m'acquitterai de ma tâche aussi longtemps que j'en serai capable, dit-elle enfin.

— Ou jusqu'à ce que le nouveau maître vous congédie, ajouta le pasteur, atténuant la brusquerie de ses propos en plissant le front avec un regard triste. Vous devez vous attendre à ce qu'il souhaite choisir lui-même son intendant. Quelqu'un qui ne serait pas...

— Une femme ?

— C'est une chose inhabituelle, Miss Thorne. Vous devez bien le reconnaître.

— Dès le matin où père nous a quittés, répliqua-t-elle, la voix soudain enrouée au souvenir de cette affreuse journée, j'ai fait ce qu'il y avait à faire.

Tout le monde à Enderley avait coutume de demander conseil à son père, et après sa disparition, on s'était tourné vers elle.

— Je ne pouvais laisser sa place vacante. Il fallait que quelqu'un fasse ce travail, et je m'en suis chargée.

— Tout de même, ce n'est pas convenable ! grommela Hardbrook.

Se levant, Mina s'écarta de son bureau. Entre les trois hommes assis devant elle et les piles de livres de comptes et de documents divers, il n'y avait guère de place. Mais elle préférait se serrer contre une bibliothèque plutôt que d'avoir à endurer le regard désapprobateur de ses visiteurs. Elle passa un doigt sur l'étagère où elle conservait une collection d'objets trouvés ici et là à Enderley : un éclat de vitrail, vestige des premières fenêtres du château, un morceau de silex poli ou encore une pièce de monnaie de la période Tudor, qu'elle avait dénichée près de l'ancienne tour de la propriété.

Contempler ces témoignages du passé apaisa quelque peu ses craintes. Peut-être Nicholas Lyon allait-il hériter de chaque pouce du domaine, mais il n'y était pas venu depuis des années. Elle pouvait l'aider à comprendre Enderley, s'il le lui permettait.

Rassemblant son courage, elle se tourna vers ses visiteurs.

— Messieurs, ce n'est pas une question de convenances

mais de nécessité. Le précédent duc ne se préoccupait pas du domaine, et il fallait bien que quelqu'un l'administre et règle les questions qu'il choisissait d'ignorer.

— Vous avez fort bien rempli votre devoir, Miss Thorne, intervint Robert Thurston. Je suis certain que votre père serait fier de vous. Mais deux années se sont écoulées depuis sa disparition. N'auriez-vous pas pu trouver un nouvel intendant, pendant tout ce temps ?

— Aucun qui soit à la hauteur.

Il y avait eu un jeune notaire qui récitait les lois comme si elles étaient tatouées sur ses paupières, mais qui ne connaissait rien au bétail. Il avait semblé terrorisé lorsqu'elle lui avait fait visiter les écuries. Un autre jeune homme s'était mis à loucher en découvrant la pile de livres de comptes du domaine. Le troisième avait fixé sa poitrine avec une telle insistance qu'elle avait interrompu l'entretien avant de lui poser la moindre question.

De plus, outre leurs défauts respectifs, aucun des candidats n'avait possédé une qualification pourtant essentielle : ils ne connaissaient pas Enderley, ni le village de Barrowmere. Ils ne se souciaient pas de leurs habitants. Mina, elle, avait vécu toute sa vie dans ce recoin paisible de l'Angleterre, et elle avait été élevée au sein même du domaine. Son cousin, Colin, désormais sa seule famille, habitait tout près.

Les villageois et le personnel du château étaient tout ce qui lui restait. Ils avaient besoin d'elle, et elle ne pouvait imaginer un intendant qui sache apprécier le château d'Enderley et connaisse ses besoins comme son père l'avait fait. Comme il lui avait appris à le faire.

Mina posa le regard sur deux tableaux accrochés au mur de son bureau. Le premier représentait sa mère, une femme d'une extrême délicatesse. Elle s'attarda sur ses yeux bleu pâle, son teint de rosée et les reflets dorés de sa chevelure. Sur le second tableau figurait un cerf. C'était une œuvre de Landseer, lui avait dit son père. La reproduction d'un tableau célèbre signé de l'un des artistes favoris de la reine Victoria.

Le cerf n'était pas particulièrement beau, mais il y avait une lueur sauvage dans son regard, une détermination farouche dans sa posture. Il savait où était sa place. Il savait pourquoi il était au monde.

Mina avait longtemps rêvé de posséder la beauté irréelle de la mère qu'elle n'avait jamais connue, au lieu des cheveux châtains et des yeux marron de son père. Mais, peu à peu, elle avait accepté le fait qu'elle ressemblait davantage au cerf. Une créature de la terre qui l'avait vue naître. Prête à se battre, si nécessaire, pour en protéger le moindre arpent.

— Si nous revenions au motif de votre visite, gentlemen ?

Les trois hommes échangèrent des regards embarrassés, comme s'ils ne se souvenaient plus vraiment de la raison de leur venue.

— Le nouveau duc de Tremayne, reprit-elle en tâchant d'ignorer les frissons que la simple mention de ce nom faisait courir dans son dos.

Elle allait poursuivre lorsque Pribble l'interrompit.

— Bien sûr, dit-il en se penchant en avant pour demander d'une voix aiguë : pourquoi n'est-il pas encore venu à Enderley ?

Mina avait entendu cette question bien des fois, dans la bouche des domestiques et de chaque villageois qu'elle croisait. Tout le monde se demandait où était le duc.

— Son frère est mort il y a des mois et il n'a même pas jugé bon d'assister à son enterrement ! s'écria Hardbrook avec une moue de dégoût. C'est inadmissible !

Mina serra les dents, se retenant de lui jeter un regard furieux. Cet homme était un fâcheux de la pire espèce. Un râleur impénitent. Comment son père avait-il pu supporter ses incessantes récriminations ? Une chose était sûre : elle n'avait pas hérité de sa patience.

— Nous devons terminer les moissons, et nous n'avons pas suffisamment de main-d'œuvre.

En bon fermier, Thurston s'en tenait toujours aux questions pratiques et ne perdait jamais de vue la productivité du domaine. C'était une qualité que le père de Mina avait toujours appréciée chez le vieil homme.

— Le nouveau duc prendra certainement les choses en main, dit Hardbrook, approuvant sa propre déclaration d'un franc hochement de tête.

Mina n'en était pas si sûre.

Le précédent duc était mort trois mois plus tôt et les seuls échanges qu'elle avait eus avec le nouveau avaient eu lieu par l'intermédiaire de son notaire. Cet homme semblait se désintéresser tout autant que son frère de ses devoirs et des problèmes du duché.

Du moins jusqu'à ce matin.

Elle avait trouvé une lettre, posée au milieu de son bureau. Cette fois, on ne lui demandait pas de fournir un inventaire de l'argenterie, des antiquités ou des œuvres d'art d'Enderley. La lettre contenait une annonce. Six petits mots qui manquèrent de la faire défaillir.

*Le duc de Tremayne arrivera vendredi.*

— Ce qu'il nous faut, c'est un peu de la fermeté du père, insistait cependant Hardbrook. L'ancien duc était un homme à poigne.

— Il était cruel ! lança Mina sans parvenir à se retenir.

Hardbrook renifla bruyamment et détourna la tête, incapable de la considérer avec son arrogance habituelle.

— Il n'aurait pas toléré qu'une femme soit son intendante, je peux vous le dire.

Ils en revenaient toujours au même point. Vendredi, tout son travail serait réduit à néant.

Hardbrook avait raison. Le nouveau duc s'empresserait probablement de lui donner son congé, non seulement parce qu'elle était une femme, mais parce que dans tous ses échanges avec son notaire elle avait omis de mentionner ce fait.

Elle n'avait pas eu l'intention de le tromper. Simplement, lorsqu'était venu le moment de dévoiler la vérité, elle s'était tue.

— Vous souhaitez savoir quand le duc viendra, gentlemen ? Il sera ici dans trois jours.

Ces mots lui avaient échappé. Toute la matinée, elle s'était efforcée de ne pas révéler cette information, préférant avertir d'abord le personnel du château. Mais le trio de notables était arrivé trop tôt.

— Voilà qui est une excellente nouvelle ! s'écria le pasteur, trouvant enfin une raison de sourire.

Mina sentit sa gorge se serrer.

Que ferait Nicholas Lyon à Enderley ? Un homme qui avait une vie et des affaires à Londres ? Eustace, le duc précédent, avait également préféré la capitale. Même s'il avait aussi passé du temps au château, organisant des beuveries pendant que son frère bâtissait sa propre fortune.

Hardbrook se pencha en avant pour frapper du poing le bureau de Mina.

— J'aurai deux mots à dire au nouveau Tremayne !

— Vous ne serez pas le seul.

Il lui faudrait faire la queue derrière les fermiers, les créditeurs et les villageois qui attendaient depuis des années qu'un homme sensé prenne les rênes du duché. Mina avait sauvé et résolu tant bien que mal ce qu'elle pouvait, mais ce n'était rien à côté de ce qu'un maître compétent tenant bien son domaine était capable d'accomplir.

— Qu'allez-vous faire, Miss Thorne ? demanda Pribble sur un ton plus doux.

— Je seconderai le nouveau duc.

— Et s'il vous renvoie ? s'enquit Hardbrook en feignant, malgré son comportement bourru, de s'inquiéter de son sort.

— Je trouverai une autre place.

À la vérité, elle ne pouvait s'imaginer ailleurs qu'à Enderley, à faire quoi que ce soit d'autre. Pourtant, elle avait essayé. Son regard s'arrêta sur une coupure de journal posée au coin de son bureau.

— Une place de gouvernante ? demanda le pasteur en inclinant la tête pour examiner l'annonce.

La perplexité qu'elle lisait sur son visage faisait écho à ses propres doutes. Jamais elle n'avait reçu de leçons de poésie, de piano ou d'aquarelle. Son seul espoir était de trouver une famille qui souhaite inculquer à sa progéniture la gestion d'une maison, l'élevage de bétail et la comptabilité.

— Et le mariage ? s'enquit Hardbrook en refermant ses grosses mains sur les revers de sa redingote.

Mina s'efforça de réprimer un frisson. Bien des jeunes femmes épousaient des vieillards, mais elle ne pouvait comprendre que l'on accepte un tel destin.

Un grondement sourd de tonnerre résonna dans la pièce tandis que le juge était secoué par la puissance de son propre rire.

— N'ayez crainte, jeune fille ! Je ne vous suggérais pas de m'épouser. Je vous propose mon fils. C'est un bon gars : ni trop bête, ni trop téméraire. Ce sera un compagnon solide, sur qui vous pourrez compter.

— Votre fils a seize ans, Mr Hardbrook. C'est un gentil garçon, c'est certain, mais pas un parti pour moi, même si j'en cherchais un.

— Donnez-lui quelques années et ce sera un jeune homme très présentable.

— Dans quelques années, je serai plus âgée, moi aussi, et je suis déjà une vieille fille !

Elle regarda les trois hommes s'agiter sur leur chaise, visiblement mal à l'aise, ne sachant plus comment lui faire entendre raison.

En faisant irruption dans la pièce, Emma abrégea les souffrances de tout le monde. La jeune bonne esquissa une révérence avant de tourner son regard affolé vers Mina.

— Tobias a besoin de vous aux écuries, miss ! Il vous demande de venir au plus vite.

Mina se leva, soulagée. Du travail, des problèmes : elle était à nouveau en terrain connu. C'était bien plus simple que de jongler avec les attentes de vieillards grincheux.

— Gentlemen, si vous voulez bien m'excuser.

Hardbrook, Thurston et le pasteur se levèrent à leur tour.

— Lorsque le duc arrivera, je l'informerai de votre visite, promit-elle. Et je lui ferai savoir que vous souhaitez lui parler, s'empressa-t-elle d'ajouter en voyant le juge ouvrir la bouche, prêt à émettre un nouveau grommellement.

Mina ne comprenait que trop les préoccupations des villageois. Dans un tiroir de son bureau était rangée une liste de tout ce qu'il y avait à faire dans le domaine. Et tous ces travaux nécessitaient des fonds que le duché avait depuis longtemps cessé de produire.

— Merci, Emma, dit-elle à la bonne une fois les trois hommes sortis. J'ai bien cru qu'ils ne partiraient jamais !

— Si j'avais su, je serais venue plus tôt, répondit la jeune fille en souriant. Mais ce que j'ai dit est vrai. Vous devez venir vite : Tobias a besoin de vous.

— Qu'y a-t-il ? demanda Mina, alarmée. Quelqu'un est-il blessé ?

— Non, sauf si l'on compte quelques égratignures, répondit Emma avec un nouveau sourire. C'est Lady Millicent. Elle a grimpé tout en haut d'un arbre et a griffé Tobias quand il a voulu l'aider à descendre.

La chatte de la maison. Une grosse boule de poils bagarreuse. Surtout à présent qu'elle attendait des petits.

— Où est-elle ?

— Dans le grand chêne, à la lisière du taillis. Il est monté deux fois, mais elle l'a repoussé. La pauvre bête ne peut pas sauter dans l'état où elle est ! ajouta-t-elle, l'air inquiet. Comment allez-vous faire, miss ? Tobias a les bras en sang !

— Il faut seulement un peu de patience.

Le palefrenier était un homme jovial, mais son immense carrure et ses manières brusques n'étaient pas forcément un atout dans ce type de situation.

Jetant un regard vers l'embrasure de la porte pour s'assurer qu'aucun autre domestique n'était en vue, Mina dénoua rapidement sa ceinture et fit glisser sa jupe, sous laquelle elle portait un pantalon.

Emma, qui était accoutumée à ses préférences vestimentaires, ne sourcilla pas. Au contraire, elle tendit les bras pour prendre la jupe.

— Je vais la ranger, dit-elle.

— Merci, Emma.

Redressant les épaules, Mina prit le chemin des écuries en songeant à Milly. Déjà, la désagréable entrevue avec les doyens du village commençait à s'effacer de son esprit.

Elle excellait à résoudre les problèmes d'Enderley. C'était son rôle, du moins pendant quelques jours encore.

# 3

— Arrêtez-vous ! cria Nick en cognant vigoureusement du plat de la main contre la cloison de la voiture pour couvrir le bruit de l'attelage.

Certes, c'était un étrange endroit pour faire halte. Ils étaient à un mile, peut-être deux, de leur destination. Mais il en avait assez.

Assez d'être enfermé dans cet intérieur sombre et exigu. Assez d'être ballotté sur une inconfortable banquette tandis que la voiture parcourait les routes de campagne cahoteuses du Sussex. Assez de l'interminable voyage qui devait le mener dans ce lieu haï qu'il aurait aimé ne jamais revoir.

À mesure qu'ils s'approchaient d'Enderley, sa détermination avait grandi : il ne terminerait pas le voyage confiné dans cette voiture. Quels que soient les démons du passé qui l'attendaient, il les affronterait debout.

— Ici, my lord ? cria le cocher.

— Ici.

Nick sauta à terre avant que l'homme n'ait le temps de descendre pour lui ouvrir la portière.

— Déposez mes bagages au domaine. Quelqu'un les prendra lorsque vous arriverez.

Il espérait qu'au moins le personnel s'acquitterait de son devoir. La plupart des domestiques devaient redouter son arrivée. Ceux qui avaient servi son père se souviendraient de lui comme le fils honni du défunt duc, et rien de plus.

Certes, il s'était montré négligent en ignorant son héritage pendant des mois. En outre, son arrivée matinale bouleverserait la routine quotidienne des gens de maison et lui attirerait leur colère. Mais ce ne serait rien à côté de la haine qu'ils lui voueraient bientôt.

Nick espérait que deux semaines lui suffiraient à mener son plan à bien. Il ne faisait que passer. Le temps de vider le château de tout le mobilier, d'ordonner un grand nettoyage et de congédier une partie du personnel, afin que le futur locataire des lieux puisse engager qui bon lui semblerait. Il avait demandé à son notaire d'étudier tous les moyens possibles de refuser son titre de duc ou de renoncer à sa succession. En vain. Forcé d'écarter ces deux perspectives, il avait opté pour ce qui relevait du possible : donner la propriété en location.

Tandis que la voiture s'éloignait vers Enderley, Nick remonta le col de son pardessus pour se protéger du vent glacé qui portait avec lui le goût salé de la mer. Il inspira profondément pour en savourer l'odeur.

Ce fut un choc. Il ne s'était pas attendu à trouver le moindre plaisir à ses retrouvailles avec le Sussex.

Regardant par-dessus son épaule, il réfléchit. Derrière lui s'étendaient Londres, le Lyon's Club et la vie qu'il s'était bâtie. Devant, ce n'étaient que souffrances. L'horreur de son passé et la peine qu'il s'apprêtait à s'infliger encore.

Il se mit en chemin, abandonnant la route boueuse pour marcher à travers champs, droit vers le domaine. À chaque pas, le poids qui lui oppressait la poitrine se faisait un peu plus lourd. S'armant de courage, il ignora la douleur. Ce château avait failli le tuer une fois, mais il avait survécu. Rien ni personne ne pourrait le briser, à présent. Il n'était plus un enfant.

Qu'il le veuille ou non, il était le duc de Tremayne, nom de Dieu !

Cependant, lorsqu'il arriva en vue des parapets des tours d'Enderley, il était couvert de boue et ressemblait davantage à un maraudeur. S'il n'avait tenu dans la poche de son gilet une lettre de l'intendant, Thomas Thorne, il aurait eu du mal à faire croire à quiconque qu'il était l'héritier d'un domaine. À moins que des domestiques de l'époque de son enfance ne soient encore là et le reconnaissent.

Il avait hâte de défier du regard tous ceux qui avaient été complices des mauvais traitements de son père.

Quittant les champs boueux, il emprunta la grande allée. Là, le sol était plus sec, recouvert de petits cailloux qui crissaient sous ses bottes. Les innombrables fenêtres du château étincelaient fièrement au soleil. La maison entière rayonnait, ses briques grises éclairées par l'invariable lumière de novembre.

Nick aurait presque pu se persuader que cette façade ensoleillée n'était pas celle d'Enderley.

Car dans tous les souvenirs qu'il avait gardés de ce maudit endroit, la demeure était enveloppée de sinistres ténèbres. Avec, toujours, une tache sombre dans le tableau : la vieille tour en ruines. La charpente tenait encore debout, plus décrépite encore mais aussi menaçante que dans son enfance, à l'extrémité ouest de la demeure.

Refusant de lui accorder son attention, il se dirigea vers le château en regardant droit devant lui. Il préféra s'intéresser au fatras qui encombrait le perron.

Le cocher avait entassé hâtivement ses bagages devant les portes du château et était reparti comme il était venu.

*Nom d'un chien !*

— Qu'est-ce qui vous amène à Enderley, sir ? demanda une voix bourrue dans son dos tandis que l'ombre d'un géant se dessinait sur le chemin.

— Mon devoir.

Se retournant, il découvrit un individu aussi imposant que sa silhouette. Grand et costaud, le visage mangé par une épaisse barbe, l'homme était trop jeune pour avoir servi quand Nick était enfant. C'était sans doute un jardinier, à moins que ce ne soit le palefrenier.

— Et vous êtes ? demanda-t-il.

— Tobias, sir. Je m'occupe des chevaux et des voitures du domaine.

L'homme l'examina, arrêtant son regard sur ses vêtements fripés, ses bottes crottées.

— Qui cherchez-vous ?

— Wilder, répondit Nick, livrant ce nom spontanément. Travaille-t-il toujours ici ?

L'homme avait déjà les cheveux gris dans ses souvenirs. Il devait être bien vieux, désormais.

— Qui dois-je annoncer ?

— Nicholas Lyon.

Prononcer son titre à voix haute était encore au-dessus de ses forces. Serait-il jamais capable d'accepter cet héritage ?

— Lyon ? Seigneur, c'est vous ! s'exclama le palefrenier avant d'ôter sa casquette pour se courber avec raideur. Pardonnez-moi, milord !

— Est-il toujours en vie ? demanda Nick sans prêter attention à sa politesse obséquieuse.

— Oui. Voulez-vous que je vous conduise jusqu'à lui ?

— Je le trouverai moi-même.

Nick se dirigea vers les portes du château après avoir salué Tobias d'un signe de tête. Mais celui-ci, qui devait avoir remarqué ses bagages, le suivit et hissa une malle sur ses colossales épaules.

Le vestibule était plongé dans un silence lugubre, mais Nick entendit des pas à l'étage en dessous.

Descendant l'escalier, il trouva des domestiques très affairés à nettoyer une partie de l'immense cuisine. Perchée en haut d'une échelle bancale, une jeune servante époussetait le haut plafond, qui semblait pourtant d'une propreté irréprochable. Une autre avait la tête enfouie dans un four noir de suie. Enfin, un jeune homme balayait vigoureusement le sol, faisant voler des brindilles qui rejoignaient le nuage de poussière suspendu au-dessus de sa tête.

— Peut-on savoir qui vous êtes ?

La voix familière, quoique éraillée par les années, provenait d'un coin de la cuisine.

— Si vous êtes venu parler de politique ou vendre quelque chose, vous n'êtes pas au bon endroit.

— Scribb, c'est bien cela ?

Lorsque Nick se tourna vers elle, la vieille femme eut un mouvement de recul. Son visage blêmit, ne laissant que deux taches cramoisies sur ses pommettes.

— Dieu tout-puissant ! s'exclama-t-elle en le regardant, bouche bée.

L'avait-elle reconnu ou était-elle seulement épouvantée, comme tant d'autres, par ses yeux vairons et son visage balafré ?

— Nous ne vous attendions pas aujourd'hui, milord.

— Mais me voici. Continuez votre travail, je ne voulais pas vous déranger.

La colère qu'il s'était attendu à éprouver en songeant au rôle qu'elle avait pu jouer dans les machinations de son père ne vint pas. Il ne voyait qu'une vieille femme, qui avait eu le courage de rester dans cet endroit maudit après la mort de son maître.

— Je cherchais Mr Wilder, ajouta-t-il.

Lorsqu'elle pointa un doigt devant elle, il remarqua que sa main tremblait.

Il n'eut pas à marcher longtemps dans la direction qu'elle lui indiquait. Un bruit de pas traînants se fit entendre dans l'office et Wilder en sortit. Ses cheveux étaient maintenant blancs comme neige.

— Master Nicholas, dit-il en s'avançant.

Au lieu de s'incliner devant lui comme les autres l'avaient fait, il se tint droit et immobile, les mains derrière le dos.

— Vous êtes revenu.

Il y avait une question dans sa voix rocailleuse. Une question que Nick continuait à se poser, lui aussi. En effet, pourquoi était-il revenu ?

— Si j'avais pu m'en abstenir, je l'aurais fait.

— Vous devez être fatigué après votre voyage.

Pendant qu'il parlait, Mrs Scribb voletait autour de Nick comme une abeille laborieuse.

— Nous allons nous occuper de vos bagages et finir de préparer la suite ducale, milord.

— Non ! répliqua-t-il, suffisamment fort pour faire sursauter la vieille femme. Préparez-moi une des chambres d'invités.

La seule idée de pénétrer dans une pièce que son père ou son frère avaient utilisée lui donnait la nausée.

Après avoir échangé des regards perplexes, tous les autres serviteurs quittèrent la pièce les uns derrière les autres.

— Il y aura beaucoup à faire, annonça Wilder sans se départir de son maintien de majordome.

Le torse bombé, il regardait droit devant lui. La raideur de sa posture contrastait avec l'émotion que sa voix laissait percevoir.

— Vous pourrez compter sur moi, milord, aussi longtemps que je serai capable de vous servir.

— J'en étais sûr.

Pendant un instant fugace, Nick se demanda quelle place il pourrait lui proposer au Lyon's Club. Mais il repoussa aussitôt cette idée : ce que Wilder méritait après ses longues années de service, c'était un joli cottage à la campagne. Un peu de repos pour ses vieux jours. Il lui offrirait, tout au moins, cette modeste récompense.

— Vous pouvez commencer par ne plus jamais m'appeler « milord ». De tout le personnel, vous êtes le mieux à même de comprendre à quel point j'exècre ce mot.

Wilder répondit en inclinant son menton carré.

— Mais vous êtes le duc de Tremayne, à présent, observa-t-il. Tout le monde vous appellera ainsi.

— Et mon père sortirait de sa tombe pour les en empêcher, s'il le pouvait.

— Mais il ne le peut pas, répondit le vieil homme en lui adressant un bref regard. Il est impuissant, désormais.

« Impuissant ». Ce mot allégea un peu le poids écrasant qui pesait sur ses épaules depuis qu'il avait quitté Londres.

— Me voir porter son titre doit être son pire cauchemar, dit-il en esquissant un petit sourire. J'ai survécu à lui comme à l'héritier qu'il avait élevé pour diriger le duché.

— Et vous voici à Enderley, ajouta Wilder d'une voix douce,

hésitante, comme un homme qui essaie d'apprivoiser une bête féroce.

— Dites-moi où je peux trouver Thorne, dit Nick avant de s'éclaircir la gorge pour atténuer la rudesse de sa voix. Il y a beaucoup à faire, et je veux commencer au plus vite.

— Nous ne vous attendions pas avant demain.

— Je présume que l'intendant du domaine travaille tous les jours. Où est-il ?

— Sir...

— Allons, Wilder, dites-moi simplement où le trouver !

Le majordome tendit le doigt vers la porte de service de la cuisine, par laquelle on livrait le lait et les provisions de nourriture. Cette porte donnait sur une cour dans laquelle se trouvaient tous les bâtiments de ferme : les écuries, la grange à blé et le fournil.

— Derrière le château, sir. Très probablement aux écuries.

Nick commença à se demander pourquoi l'intendant perdait son temps aux écuries, mais son désir de prendre l'air l'emporta. Il ouvrit la porte d'un coup sec et eut aussitôt l'impression de respirer plus aisément. Le peu de temps qu'il avait passé dans la maison avait suffi à l'oppresser.

Il allait s'éloigner quand quelque chose le retint sur le seuil. Une tâche laissée de côté depuis des décennies.

— Wilder ? Il y a beaucoup de choses dont je ne me souviens pas. Je me suis forcé à oublier le plus possible.

Il aurait dû se tourner pour faire face au majordome, mais il en était incapable. Cela aurait réveillé des souvenirs trop cruels.

— Si je ne l'ai pas dit alors, je me dois de le faire aujourd'hui.

Une main tendue. Une clé. Sa course vers la porte, sa fuite effrénée. Il ne pouvait plus retenir ces images. Elles affluaient dans sa mémoire, plus vives que jamais.

— Merci. Je vous le dis avec un long retard.

— Où est-elle ?

Les mains sur les hanches, Mina regardait d'un œil sévère

Gleason, un des garçons d'écurie. Si l'homme faisait généralement bien son travail, il avait tendance à aborder les problèmes avec la subtilité d'un bœuf de trait.

— Dans le taillis, répondit-il d'un ton hargneux en essuyant le sang de son menton écorché. Sur le plus grand chêne, et elle a grimpé haut ! Tobias m'a envoyé la chercher, mais je n'ai pas réussi à l'attraper non plus.

— Et pourquoi donc est-elle montée là-haut ?

— J'ai surpris la petite diablesse dans une mangeoire, miss ! répondit-il en la considérant avec des yeux implorants. Je l'ai chassée. J'ai crié un peu, agité les bras. Mais je ne voulais pas lui faire de mal !

— Ce n'est pas une diablesse, Henry. C'est une chatte, et elle a plus que jamais besoin de manger en ce moment.

— Je vais y retourner.

Il s'apprêtait à gravir l'échelle rudimentaire de la grange, qui permettait d'accéder à l'étage où était rangé le foin. Mina doutait sérieusement que ce vieux tas de planches puisse supporter son poids.

— Vous ne ferez qu'empirer les choses. Je vais y aller. Donnez-moi l'échelle.

— Laissez-moi la porter, miss.

Comme Hardbrook, Gleason la voyait comme une fleur fragile qui devait être traitée avec délicatesse.

— Ce n'est pas un travail pour une lady.

— Je ne suis pas une lady, et je n'ai pas besoin d'aide. Vous avez certainement de quoi vous occuper avant l'arrivée du nouveau duc.

— Croyez-vous qu'il sera aussi détestable que les deux derniers ? demanda-t-il tandis qu'elle s'éloignait.

— Il y a tout lieu de croire qu'il sera pire, répondit Mina avant de se tourner vers le jeune homme. Mais si nous lui montrons qu'il peut compter sur nous pour gérer Enderley de manière efficace, peut-être passera-t-il autant de temps à Londres que son frère.

— Cela ferait tout de même beaucoup de travail pour vous, répliqua Gleason.

Sans répondre, Mina souleva l'échelle et passa le bras entre deux barreaux pour la caler sur son épaule. Puis elle prit le chemin du taillis.

Elle savait que Gleason n'avait pas pensé à mal, mais elle ne supportait pas que l'on puisse insinuer qu'elle n'était pas de taille à jouer le rôle d'intendante. Bien qu'elle n'ait pas choisi cette place, elle ne pouvait imaginer l'abandonner. Avec un peu de chance, si elle parvenait à gagner la confiance du nouveau duc de Tremayne, elle n'aurait pas à le faire.

Parvenue en haut de la pente où se dressaient les chênes, elle s'arrêta un instant pour contempler la vue. Elle n'était jamais allée à Londres et n'avait pas même quitté le Sussex une seule fois de toute sa vie. Mais pouvait-il exister spectacle plus éblouissant que celui des champs de Barrowmere, qui se succédaient comme autant de rubans jusqu'à l'horizon ?

C'est alors qu'elle entendit Milly miauler misérablement sur une branche haute. Un été auparavant, la chatte était une petite canaille aussi agile que rapide. À présent, elle avait le ventre gonflé de chatons que Mina s'était attendue à voir naître une semaine plus tôt.

— Je viens te chercher, Millicent. Ne commets pas d'imprudence ! lança-t-elle en posant l'échelle contre le tronc.

Lorsqu'elle posa le pied sur le premier barreau, le bois et les clous rouillés émirent un grincement de protestation. Néanmoins, elle continua.

— Fallait-il vraiment que tu grimpes aussi haut ?

Les miaulements de Milly se firent moins désespérés. Avec ses cris aigus, elle semblait presque sur la défensive.

— J'imagine que Tobias et Gleason peuvent être impressionnants, lorsqu'ils crient.

Mina se rendit compte que la chatte était perchée si haut qu'il lui faudrait laisser l'échelle pour escalader l'arbre. Mais les branches n'étaient guère épaisses à cet endroit. Pourvu qu'elles ne cassent pas !

— Si nous sortons toutes deux de là saines et sauves, dit-elle les dents serrées en s'appuyant sur les coudes pour se hisser plus haut, je veux que tu me promettes de ne jamais recommencer !

Millicent répondit par un lent clignement d'œil.

— Et que tu n'apprendras pas à tes bébés à en faire autant ! ajouta-t-elle en s'emparant d'une branche plus haute, tout en prenant appui sur un genou pour ne pas tomber. Quand je t'attraperai, ce sera pour t'aider. Je ne te ferai pas de mal.

La chatte recula d'un pouce, ce qui la rendit encore plus difficile à atteindre. En bas, Mina vit l'échelle tomber tandis que Milly reculait à nouveau, l'air effrayé.

— Tu n'as pas l'intention de me faciliter la tâche, n'est-ce pas ?

L'animal la regardait à travers les fentes de ses yeux brillants et sa queue fouettait l'air, indiquant son irritation.

Tendant le bras, Mina l'attrapa de justesse par la peau du cou.

— Je te tiens, ma fille !

# 4

Dieu, que le domaine d'Enderley était vaste ! À Londres, la moindre parcelle de terrain coûtait une fortune. Mais dans le Sussex, une centaine d'acres pouvaient être avalées par le chemin de fer sans que personne ou presque ne s'en émeuve.

Où pouvait bien se cacher un intendant dans cette immensité ? L'homme n'était pas aux écuries, et les deux domestiques fort irritables que Nick avait rencontrés là-bas lui avaient indiqué un bouquet d'arbres situé sur la partie la plus haute du domaine.

Sur la colline, les chênes et les érables, lourds de leurs feuilles d'automne dorées et orangées, créaient une vue splendide. Les sons qui en provenaient, en revanche, n'avaient rien de doux à l'oreille. La brise portait des grognements qui évoquaient les cris d'un chat qui s'apprête à se jeter sur vous pour vous labourer le visage de ses griffes.

Nick perçut également une voix de femme, un murmure doux et cajoleur. Presque séducteur.

— Approche, mon cœur ! Cesse de faire ta tête de mule !

Ce son caressant fit courir un frisson sur sa peau. Brusquement, il se rendit compte qu'il y avait bien longtemps qu'une amante ne lui avait parlé de la sorte. Du reste, il avait consacré tant d'énergie au Lyon's Club ces dernières années qu'il se souvenait à peine de sa dernière maîtresse.

Il scruta l'horizon, s'attendant à découvrir un couple d'amoureux. Peut-être un fermier venu lutiner sa jeune épouse. Aussi fut-il très surpris de voir un tourbillon de feuilles et de brindilles dégringoler le long de l'un des arbres.

Plissant les yeux, il remarqua quelque chose entre les branches. Une petite silhouette aux courbes féminines, mais vêtue comme un homme : un gilet noir, une chemise blanche et un pantalon de couleur sombre. Un pantalon extrêmement serré, ne put-il s'empêcher de noter, et qui la moulait d'autant plus dans l'étrange position où elle se trouvait.

— Bonjour ! appela-t-il en approchant.

Jouer les héros ne l'avait jamais tenté, mais il ne voyait guère comment la jeune femme allait pouvoir descendre sans aide de son perchoir.

Elle ne semblait pas de cet avis : son salut ne reçut aucune réponse.

— On dirait que vous avez besoin d'être secourue ! cria-t-il un peu plus fort.

Apercevant une échelle jetée à terre, il la releva et la bloqua contre une encoche du tronc. Puis il grimpa le premier échelon.

Cela attira l'attention de l'inconnue. Inclinant la tête vers lui, elle lui jeta un regard furieux qui provoqua à nouveau en lui un étrange frisson. Ses yeux étaient d'une saisissante beauté : l'iris, couleur de whisky, accrochait la lumière comme de l'ambre. Nick éprouva une soudaine douleur dans la poitrine, comme si l'on venait de le frapper par surprise.

Comme elle le dévisageait, il attendit la réaction que ses traits ne manqueraient pas de provoquer. Mais, contrairement à la plupart des femmes, elle ne cria pas, ne blêmit pas. Ce qui était aussi curieux que le plaisir inattendu qu'il éprouvait à contempler ses jambes et son splendide postérieur en haut de cet arbre.

— Voulez-vous bien cesser de parler ! chuchota-t-elle d'un ton irrité. Vous allez la faire fuir !

— La faire fuir ? demanda Nick avant de découvrir à qui elle faisait allusion.

La dame en question était une grosse chatte orange au regard aussi furibond que celui de la femme qui la tenait contre elle.

— Laissez-moi vous aider, dit Nick en baissant la voix, sans savoir au juste s'il tentait de raisonner le félin ou sa maîtresse.

— Je suis montée toute seule, répliqua la jeune femme avec un soupir exaspéré. Je n'ai pas besoin de vous pour descendre !

— Je suis sûr que votre chatte pensait la même chose.

Nouveaux regards courroucés. Du jade glacial dans les yeux de l'animal et des éclats d'or furieux dans ceux de son intrépide protectrice.

— J'y arriverai toute seule, répondit-elle en détachant chaque syllabe.

Non, elle n'y arriverait pas. À moins qu'elle ne possède le don de voler ou que ses jolies jambes ne s'allongent soudainement. Nick gravit le deuxième barreau de l'échelle.

Lorsqu'il tendit la main, il entendit un petit grognement au-dessus de sa tête. Mais ce son ne provenait pas de la chatte. Lové au creux du bras de sa maîtresse, l'animal le considérait à présent avec une royale indifférence.

— Vous êtes décidément un homme fort têtu, grommela la femme en plantant sa main libre dans la sienne.

Néanmoins, elle se pencha vers lui et n'émit plus aucune protestation lorsqu'il posa les mains sur la courbe douce et chaude de sa taille.

Nick la tint fermement jusqu'à ce qu'elle pose le pied sur le plus haut barreau de l'échelle.

Alors elle se tourna vers lui. Il s'attendait à de nouveaux reproches, ou à un regard d'aversion devant ses yeux vairons et son visage défiguré. Mais elle se contenta de l'examiner, les joues rosies, tandis qu'il glissait les mains le long de ses jambes pour l'aider à garder l'équilibre.

— Tenez, prenez Millicent, dit-elle en manipulant la chatte aussi précautionneusement que si elle avait été en porcelaine avant de la lui tendre.

— Si je la prends et que vous tombez, je ne pourrai pas vous rattraper.

Il ferait tout de même de son mieux pour y arriver. Pendant un instant, il se laissa aller à imaginer le corps souple et chaud de la jeune dame sur le sien. Néanmoins, il obéit et se saisit de l'animal.

— Tout va bien, lui murmura-t-il à l'oreille en caressant sa douce fourrure orange et blanche.

— À présent, ordonna la dame, descendez afin que je puisse passer.

En une longue enjambée, Nick rejoignit la terre ferme en s'efforçant de ne pas trop secouer la chatte. Celle-ci prit d'ailleurs le soin de plonger des griffes acérées dans son bras. Mais même ce petit supplice ne l'empêcha pas d'apprécier le délicieux spectacle qu'offraient les fesses rebondies de sa maîtresse tandis qu'elle descendait l'échelle. Il remarqua aussi que ses cheveux étaient en désordre et sa chemise couverte de morceaux d'écorce, et que ses bottes avaient cruellement besoin d'être cirées.

Après s'être essuyé les mains sur son pantalon, la jeune femme se tourna vers lui.

— Je vais emmener Milli...

Elle s'interrompit, la voix soudain étranglée.

Ah, enfin ! La réaction avait tardé à venir. Nick se demanda à quelle catégorie appartenait l'inconnue. Serait-elle de celles qui défaillaient ou qui prenaient la fuite, ou ferait-elle partie des plus courageuses, qui faisaient de leur mieux pour cacher leur dégoût ?

— Je suis navrée, milord. Je ne vous avais pas reconnu.

— Je vois que vous avez connu mon père.

Nick n'avait aucun souvenir de cette femme ; c'était donc, selon toute probabilité, sa ressemblance avec Talbot Lyon qu'elle avait vue sur son visage.

Pourtant, lorsqu'elle ramena une mèche de cheveux derrière son oreille, un souvenir vint effleurer son esprit. Il y avait eu une fillette au domaine, lorsqu'il était enfant. La fille d'un domestique, à qui on lui avait toujours défendu d'adresser la parole. Elle avait des cheveux châtains indisciplinés et un rire qui montait jusqu'à la nursery, où il passait des heures interminables à subir les leçons de son tuteur.

Lorsqu'il esquissa un pas en avant pour mieux la regarder, elle écarquilla les yeux, visiblement nerveuse.

— Oui, milord. J'ai connu votre père.

Dieu, comme ce titre lui était insupportable !

— Je cherche Mr Thomas Thorne. Savez-vous où je peux le trouver ?

À ces mots, il vit une expression affolée se dessiner sur son visage. Mais elle se ressaisit aussitôt.

— Je crois que c'est moi que vous cherchez, dit-elle en redressant les épaules. Je m'appelle Thomasina Thorne. Mon père est mort il y a deux ans.

En le voyant froncer les sourcils, la jeune femme mordit sa lèvre inférieure et se mit à fixer un point derrière lui. Elle semblait soudain incapable de le regarder dans les yeux.

— Mes condoléances, Miss Thorne. Mais dans ce cas, cette lettre est bien curieuse.

Tirant l'enveloppe de sa poche, il en sortit la missive portant le sceau des Tremayne et l'en-tête « Thomas Thorne, intendant ».

Les joues de la jeune femme passèrent du rose au rouge pivoine.

— Je me suis servi du papier à lettres de mon père.

Elle avait fait davantage que cela.

— Vous avez signé de son nom.

S'approchant de lui, Miss Thorne entreprit d'extirper la chatte de ses bras. Celle-ci ne se laissa pas faire et, tandis qu'elle la cajolait, Nick sentit non sans douleur chacune des griffes du félin se détacher peu à peu de sa peau. Il sentit aussi la main de la jeune femme effleurer son bras par inadvertance tandis qu'elle caressait l'animal.

— Regardez encore, milord, insista-t-elle en jetant un œil sur la lettre.

Nick la considéra d'un air perplexe avant de parcourir à nouveau le document. Au bas de la page, la signature lui sauta aux yeux : « T. Thorne ».

— Il y a un point après le *T*, observa-t-elle avec aplomb.

— Un point.

— C'est l'initiale de mon prénom.

— Vous êtes habile.

Ou complètement inconsciente. Si elle avait vraiment pris la suite de son père, elle avait accepté un fardeau bien lourd et pénible pour une jeune femme. Surtout dans un lieu aussi sinistre que le domaine d'Enderley.

Les joues de Miss Thorne étaient encore teintées de rouge, mais elle ne semblait éprouver aucun remords pour l'avoir trompé de la sorte.

— Qu'avez-vous adopté en premier ? demanda-t-il. Le nom de votre père ou ses vêtements ?

— Ces vêtements sont à moi !

Cela, Nick voulait bien le croire. Où qu'il porte son regard, ils collaient parfaitement à son corps. Il trouvait même tout à fait sensé qu'elle ne veuille pas se noyer dans des océans de tissu. C'était une solution pratique, et il appréciait cela. Mais il détestait par-dessus tout que l'on se joue de lui.

— Vous avez menti à mon notaire, Miss Thorne.

— Je n'ai pas menti. Je m'efforce toujours de dire la vérité, rétorqua-t-elle, les lèvres pincées et le menton légèrement relevé, en le considérant d'un air de défi.

Seul un léger tremblement de son menton laissait deviner qu'elle n'était pas aussi sûre d'elle qu'elle voulait bien le laisser croire.

— Simplement, je n'ai pas tout expliqué, ajouta-t-elle.

— Tout le monde ment. Vous seriez la femme la plus extraordinaire de toute l'Angleterre si vous ne mentiez jamais.

En contemplant ses cheveux emmêlés, ses jambes moulées dans son pantalon en peau de daim et la chatte agressive qu'elle serrait contre sa hanche, il dut reconnaître qu'elle était sans conteste la femme la plus étonnante qu'il eût rencontrée depuis bien longtemps.

— J'ai seulement dit que je m'y efforçais, dit-elle en baissant la tête.

Lorsqu'elle la releva pour le regarder, une boucle échappée de sa chevelure vint caresser son menton.

— Je suis une intendante consciencieuse.

— C'est ce que nous verrons, Miss Thorne.

Pour l'instant, elle s'était surtout révélée douée pour le mensonge. Ce n'était pas un bon début : elle était précisément la personne qui devrait l'informer sur la situation financière d'Enderley, avant qu'il ne se défasse de tous les biens que ses droits de succession lui permettraient de vendre.

Tandis qu'ils se jaugeaient mutuellement, le ciel s'obscurcit. D'épais nuages gris et noirs, reflet parfait de son humeur, s'amoncelèrent au-dessus de leur tête, et un grondement de tonnerre retentit.

— Nous devrions rentrer, milord.

Sans l'attendre, Miss Thorne se dirigea vers les écuries. Tandis qu'elle s'éloignait, Nick garda les yeux fixés sur son postérieur avant de grommeler un juron. Il n'était de retour que depuis une heure et, déjà, Enderley faisait de lui un animal.

Les charmes de la jeune femme n'étaient rien d'autre qu'une distraction agaçante. Et une surprise. Il ne s'était pas attendu à trouver de la beauté dans cet endroit maudit.

Cependant, Nick n'était pas sûr de pouvoir lui faire confiance, et il ne pouvait certainement pas la coucher dans son lit.

Miss Thorne avait-elle deviné ses pensées vagabondes ? Elle se tourna vers lui d'un air interrogateur.

— Milord ?

— Pouvez-vous me faire porter un repas ?

Son estomac grondait aussi furieusement que le tonnerre.

— Certainement, dit-elle avant de se remettre en marche comme s'il l'avait officiellement congédiée.

— Venez me trouver dans une heure, Miss Thorne.

Cette fois, elle s'arrêta sans se retourner.

— Je veux passer en revue les inventaires que mon notaire vous a demandés, poursuivit-il.

Il devait se mettre au travail. Régler les questions pratiques. C'était pour cela qu'il était venu.

— Très bien, milord, répondit Miss Thorne par-dessus son épaule. Je vous retrouverai dans votre bureau.

Bien que l'idée de pénétrer dans le cabinet de son père lui fît horreur, il songea que chaque tâche accomplie le rapprocherait du jour où il pourrait quitter ce lieu à jamais. Si Miss Thomasina Thorne avait préparé les inventaires, cela signifiait qu'elle était efficace, et c'était tout ce qu'il demandait.

— Dans une heure, donc, Miss Thorne.

Il perçut dans sa propre voix un soupçon d'espoir. Oui, il comptait sur cette femme aux courbes voluptueuses, aussi impertinente et dissimulatrice qu'elle fût.

— Racontez-nous un peu : comment est-il ? demanda Mrs Scribb tout en fouillant dans l'armoire de la chambre à coucher de Mina, où étaient rangées des robes rarement portées.

Près d'elle, Emma triait des rubans et des épingles à cheveux auxquelles elle n'avait pas jeté un seul regard depuis des années.

— Différent de ce que j'avais imaginé.

Seigneur, comme elle avait été sotte de supposer que Nicholas Lyon ressemblerait à son frère ! Eustace avait été trop occupé par ses vices pour se soucier de la voir prendre la place de son père. Mais ce nouveau duc était un homme d'affaires, un entrepreneur qui avait bâti son succès par la seule force de sa volonté. Rien n'échappait à la vigilance d'un individu tel que lui.

Elle l'avait sous-estimé. Terriblement. Et à présent, il lui fallait trouver un moyen de réparer son erreur.

Je ne dois pas être en retard, Mrs Scribb, dit-elle en tirant sur le corsage de la robe que la gouvernante lui avait tendue après sa toilette.

Enserrée dans l'étau de son corset, Mina essayait tant bien que mal de fermer les attaches. Mais il y avait trop de volants, de boutons et d'agrafes cachées, et elle n'avait pas de temps pour toutes ces bêtises.

— Pourquoi faut-il que ce soit si compliqué ? gémit-elle en contemplant avec regret le pantalon qu'elle aurait pu passer en un clin d'œil et la douce chemise de coton qu'elle avait enfilée le matin même.

— Laissez-moi faire.

Mrs Scribb repoussa ses mains d'un geste vif et, en un instant, sa robe fut lacée et boutonnée.

— Peut-être avez-vous besoin d'un peu d'entraînement pour vous vêtir comme une lady.

Mina aurait éclaté de rire si elle n'avait eu les mains moites et la respiration coupée par son corset.

Emma, qui était ce qu'Enderley avait de plus proche d'une femme de chambre, la guida vers une chaise.

— Asseyez-vous, miss, je vais vous coiffer.

— Faites quelque chose de simple.

D'ordinaire, elle se contentait de nouer sa chevelure en queue-de-cheval, même lorsque le précédent duc était présent au château. Elle ne voyait pas pourquoi elle aurait dû se mettre en frais pour son remplaçant.

Cet homme promettait d'être un empoisonneur. Un empoisonneur de haute taille, aux épaules larges et à la séduction inattendue, qui tenait désormais leurs destins à tous entre ses mains.

Mrs Scribb sortit la tête de l'armoire et, les poings plantés sur les hanches, lança à Mina un regard scrutateur.

— Il vous a perturbée. Qu'a-t-il dit ?

— Il ne m'a absolument pas perturbée.

Mais alors, pourquoi ne pouvait-elle s'empêcher de taper nerveusement du pied ? Et pourquoi son cœur n'avait-il pas retrouvé son rythme normal depuis qu'il avait posé les mains sur sa taille ?

Elle sentait encore son odeur sur sa peau, et son regard continuait à la hanter. Quoi que disent les rumeurs, l'homme avait bien les yeux de son père. Un seul était du même bleu froid que ceux de l'ancien duc, mais leur forme en amande, unique, rendait leur ressemblance évidente. Et la cicatrice dentelée qui barrait la joue de Nicholas Lyon n'altérait en rien la symétrie parfaite de ses traits, ni la beauté saisissante de ses yeux.

Il y avait de la vie et de l'intelligence dans ce regard, mais aussi le frémissement d'une vive et fougueuse sensibilité. En revanche, Mina n'y avait lu aucune compassion. Sauf au moment où elle l'avait surpris en train de gratter le menton de Millicent pour la rassurer. La chatte s'en était à peine aperçue, contrairement à elle.

— Il n'a pas eu l'air content d'apprendre que j'avais repris les fonctions de mon père.

Son mensonge lui avait déplu, comme elle l'avait craint, même s'il avait paru plus irrité que furieux.

— Il y a de fortes chances pour qu'il me mette à la porte.

— Alors nous partirons tous, répliqua Mrs Scribb en scellant sa déclaration d'un hochement de tête appuyé.

Ce plan totalement irréaliste avait été proposé au cours des mois passés à attendre dans l'inquiétude l'arrivée du nouveau duc. S'il tentait de renvoyer un seul d'entre eux, Mrs Scribb insistait pour qu'ils donnent tous leur congé, en signe d'unité.

— Je ne peux pas perdre cette place, murmura Emma en passant les doigts dans les cheveux de Mina.

— Nous t'en trouverons une autre, ma petite, rétorqua aussitôt Mrs Scribb. Mr Wilder et moi, nous te ferons un bon certificat.

— Personne ne perdra sa place à cause de moi !

Se tournant sur sa chaise, Mina saisit les mains d'Emma. Elle savait que la jeune bonne ne craignait pas seulement pour son avenir : elle envoyait une partie de ses gages à ses parents, qui vivaient dans le Dorset et avaient bien du mal à nourrir ses six frères et sœurs.

— Je présenterai mes excuses au duc dès que je le reverrai.

Elle ne permettrait pas à cet homme de reporter sa colère sur les autres domestiques. Ils ne l'avaient pas plus choisie comme intendante qu'elle n'avait décidé de perdre son père.

— Du reste, il est probable qu'il nous gardera tous. Un duc ne peut diriger un domaine sans personnel, et pourquoi se priverait-il de domestiques qui connaissent bien Enderley ?

Emma sembla convaincue par ses arguments. Hochant le menton, elle entreprit d'achever sa coiffure.

— Parlez-nous encore de lui, miss.

— C'est un gentleman comme les autres.

Cette affirmation était bien en dessous de la vérité. Nicholas

Lyon ne ressemblait à aucun des hommes que Mina avait rencontrés, et jusqu'à présent, il ne s'était guère comporté comme ceux qu'elle connaissait. Elle s'efforça cependant de s'en tenir à ce qu'il avait de plus banal.

— Il est grand, comme son frère. Élégamment vêtu. Arrogant.

« Sûr de lui » eût été plus juste. À n'en pas douter, il avait l'assurance d'un duc.

— Il a les yeux de son père, ajouta-t-elle.

— Des yeux étranges, d'après ce que m'a dit Tobias. Un clair et un foncé. Certains disent qu'il n'est pas le fils du duc, marmonna la jeune servante.

— Apprends à tenir ta langue, jeune fille ! gronda Mrs Scribb en agitant un doigt réprobateur dans sa direction. Il n'y a jamais rien eu de vrai dans ces rumeurs. La duchesse était une femme fidèle. Seulement, son époux était aveuglé par la jalousie. N'importe qui peut voir que le nouveau duc est tout le portrait de son père, et il est notre maître à présent, quoi qu'il arrive.

— Mais sera-t-il un bon maître ? songea Mina tout haut.

Peu importait qu'il soit bel homme. Eustace avait lui aussi hérité des yeux bleus des Tremayne, et il n'était pas dépourvu de charme. Tout ce qui comptait, c'était ce que Nicholas Lyon entendait faire d'Enderley et de ceux dont la survie dépendait du domaine.

— Il ne peut pas être pire que son père et son frère, déclara Mrs Scribb avant de plaquer une main sur sa bouche. Pardonnez-moi, s'empressa-t-elle d'ajouter. Ce n'est pas bien de dire du mal des morts.

Mina nota néanmoins qu'elle ne retirait pas ses paroles. Comment aurait-elle pu le faire ? Le vieux duc avait été un tyran doublé d'un avare, et son fils aîné un dilettante qui s'était gaiement employé à vider les coffres du duché.

— Il faut parfois savoir dire la vérité, même si elle est désagréable, intervint-elle. Mon père le faisait toujours.

— Oui, répondit Mrs Scribb avec un regard compatissant, c'était un homme bon.

Le meilleur que Mina ait jamais connu.

— Nous savons que le nouveau duc est doué pour les affaires, avança Emma en rangeant la brosse de Mina dans un tiroir de sa table de nuit. C'est déjà un atout par rapport à son frère.

Un énorme atout. De plus, il l'avait aidée à descendre de l'arbre et ne l'avait pas renvoyée sur-le-champ en apprenant qu'elle lui avait menti. Peut-être avait-elle été trop prompte à juger Nicholas Lyon.

Ses réflexions furent interrompues par un bruit de pas précipités dans le couloir. Un instant plus tard, Hildy, la plus jeune des servantes, faisait irruption dans la chambre.

— Venez vite ! s'écria-t-elle en portant la main à sa poitrine en tâchant de retrouver son souffle. Le nouveau duc est devenu fou !

— C'est arrivé vite, répondit sèchement Mina, qui ne connaissait que trop la tendance de Hildy à l'exagération. Où est-il ?

— Dans le bureau. Il se comporte de façon très étrange, miss !

Elle s'efforça de suivre la jeune fille qui courait à toute vitesse dans le couloir. Dans sa hâte, celle-ci faillit renverser un seau rempli d'eau laissé à l'entrée du vestibule. Mina la rattrapa par le coude juste avant qu'elle ne foule le sol encore mouillé.

— Occupe-toi de ce seau. Je me charge du duc.

Mais, arrivée dans l'escalier, elle se rendit compte qu'elle ne voyait pas les marches. Maudite robe, qui l'empêchait de manœuvrer à sa guise ! Relevant le bas de ses jupes, elle se dirigea à grands pas vers le bureau. Devant la porte, Mrs Darley, la cuisinière, était en train d'entortiller son tablier entre ses mains.

Mina entendit une voix d'homme provenant de l'intérieur. Un grondement sourd : Wilder.

Se précipitant dans la pièce, elle eut le souffle coupé. En la voyant, le majordome lui jeta un regard à la fois perplexe et désespéré.

Nicholas Lyon se tenait au-dessus d'eux, juché sur une table en cerisier qui avait été poussée contre la cheminée éteinte. Planté dans ses bottes noires vernies, il la considéra un instant avec des yeux ardents, la peau luisante de transpiration. Puis il lui tourna le dos.

Il s'était changé depuis leur dernière rencontre.

*Arrête de le fixer ainsi* ! se dit-elle. Mais elle ne put s'empêcher de consigner dans son esprit les cuisses puissantes, le postérieur ferme et le dos large, serré dans un gilet d'un rouge écarlate dont les coutures menacèrent de craquer lorsqu'il leva les bras au-dessus de la tête.

— Milord ?

— Je vais instaurer de nouvelles règles dans mon duché, Thorne.

Après avoir déboutonné les manches de sa chemise blanche, il les enroula, révélant, sous un duvet noir, des avant-bras musclés.

— Première règle : ne m'appelez pas ainsi.

— Comment dois-je vous appeler ? demanda-t-elle, interdite. Et, si je puis me permettre, que faites-vous sur cette table ?

Elle interrogea Wilder du regard, mais celui-ci se borna à secouer tristement la tête, comme il avait coutume de le faire lorsque Mrs Scribb sortait de ses gonds ou que Mrs Darley faisait brûler une tarte aux pommes, son dessert favori.

— Ceci, répondit le duc en montrant le tableau suspendu au-dessus de lui, doit quitter cette pièce.

Se dressant sur la pointe des pieds, le duc saisit les bords du cadre orné de moulures dorées qui entourait le portrait de sa mère. Sans un instant d'hésitation, il arracha le tableau au crochet qui le retenait au mur depuis des décennies.

— Nous pourrions, commença Wilder de sa voix lente et monocorde, aller chercher une échelle.

Cette remarque échappa-t-elle au duc, ou n'était-ce qu'une nouvelle manifestation de l'entêtement que Mina avait observé au pied du chêne ? Toujours est-il qu'il ignora la suggestion du majordome. Le portrait décroché pencha dangereusement, mais l'homme avait les bras longs et les épaules larges, et il réussit à déposer doucement l'énorme tableau sur le sol.

— Wilder, faites-le emballer afin qu'il puisse être transporté à Londres.

Sautant sur le plancher avec un bruit sourd qui fit sursauter Wilder et Mina, Nicholas Lyon déposa le cadre dans les mains du vieil homme.

— Prenez soin d'elle.

Le majordome hocha solennellement la tête avant de quitter la pièce en manœuvrant avec prudence pour ne pas endommager l'encombrant tableau.

Mina referma la porte derrière lui en chassant d'un signe de la main le troupeau ébahi de domestiques qui s'était assemblé dans le couloir.

— Milord...

— Essayez « Mr Lyon » ou « sir ». Tout sauf « milord », coupa Tremayne en se dirigeant vers le bureau de son père.

Mina avait toujours eu l'impression que cet immense meuble en bois de noyer massif avait été taillé dans la coque d'un navire viking. Elle s'attendait à le voir s'asseoir sur le trône de cuir usé et savourer pour la première fois le plaisir de s'installer à cette place. N'était-ce pas de là que son père avait gouverné le domaine de Tremayne d'une poigne de fer ? Mais le duc n'en fit rien. Il s'assit sur le bord du bureau et croisa les bras en la considérant d'un air interrogateur.

— Mr Lyon, commença-t-elle, goûtant pour la première fois ce mot sur ses lèvres, je vous présente mes excuses. J'aurais dû me montrer plus claire dans mes échanges avec votre notaire.

— Je déteste la tromperie, Thorne.

Avant de poursuivre, il prit une profonde inspiration et expira lentement.

— Mais je peux comprendre que l'on saisisse une opportunité qui se présente.

— Non, vous ne comprenez pas.

Pour qui la prenait-il ? Pour un des tricheurs professionnels qui fréquentaient ses tables de jeu ?

— Je vois le poste de mon père comme un devoir, et non une opportunité.

— Personne ici ne doit à ma famille ou à moi-même une vie entière de dévotion. Il y a toujours des gens qui cherchent du travail.

— Des gens sans loyauté envers Enderley, dit-elle en serrant les poings.

Emma avait eu tort d'espérer que le nouveau duc serait mieux que les précédents. Elle commençait à croire qu'il était pire.

— Ah, la loyauté !

L'homme eut l'audace d'émettre un petit rire, un son grave qui résonna dans la vaste pièce.

Était-il en train de se moquer d'elle ? Parce qu'elle se souciait de la demeure de sa famille ? Qu'elle avait fait de son mieux pour endosser le rôle d'intendante et empêcher son frère de ruiner Enderley ? Non, il ne se moquait pas, c'était évident. Son regard se fit lointain, et son hilarité laissa rapidement place à une expression de malaise.

— Miss Thorne, sachez que je n'ai de loyauté qu'envers mes affaires.

— Enderley n'est-il pas votre affaire, à présent ?

Le père de Mina avait toujours considéré le domaine de cette manière : non comme un ensemble de parcelles de terres ancestrales mais comme une entreprise vivante qui, en échange du travail fourni par son personnel et ses habitants, faisait vivre tous ses occupants, y compris la famille Lyon.

— Enderley est mon fardeau, répliqua le duc en esquissant un mouvement d'épaule, comme si le poids de son héritage pesait trop lourd sur son dos. Ainsi, ils sont loyaux, reprit-il en désignant la porte du menton.

Il semblait être parfaitement conscient du fait qu'une demi-douzaine d'oreilles étaient collées contre le bois.

— Je connais Wilder et j'ai quelques souvenirs de Mrs Scribb, poursuivit-il, mais je ne sais rien des autres domestiques.

Il promena un long regard sur elle, l'examinant de l'ourlet de sa robe jusqu'à la frange de ses cheveux.

— Ni de vous.

— Je ne me considère pas comme nouvelle, loin de là. J'ai vécu ici toute ma vie.

— Pourquoi êtes-vous restée ? demanda-t-il en scrutant son visage avec attention, comme si sa réponse l'intéressait réellement.

— Je n'ai jamais envisagé sérieusement de partir.

C'était là ce qu'elle devait dire, elle le savait, et pourtant elle sentit ses joues s'empourprer dès que ces mots eurent franchi ses lèvres. En réalité, elle avait envisagé de partir, mais sans jamais faire un seul pas vers l'indépendance. Ce n'avaient été que des rêves puérils, et ce seul moment d'égarement amoureux qui s'était soldé par un désastre.

— Je voudrais ne jamais quitter Enderley.

Inclinant la tête, il la regarda d'un air perplexe.

— Je ne vous crois pas.

— Vous doutez encore de moi, Mr Lyon ?

Elle laissa échapper un soupir. Il lui fallait absolument gagner sa confiance.

— Lorsque mon père était ici, je ne pouvais imaginer vivre ailleurs.

Tremayne jeta un regard autour de lui en ouvrant les bras pour embrasser la pièce, le domaine tout entier.

— Il est parti, et pourtant vous êtes toujours ici.

— Je me sens chez moi à Enderley. Wilder et Mrs Scribb sont comme des membres de ma famille, répondit Mina.

Tout en parlant, elle sentit une chaleur monter lentement le long de son cou. Elle en avait trop dit. Le devoir n'était pas la seule raison qui la retenait à Enderley. Il y avait aussi un enchevêtrement complexe de sentiments, et le motif qu'elle répugnait le plus à admettre : où irait-elle ? Que serait-elle, loin du château ? En outre, le seul fait de songer à abandonner le domaine que son père avait tant aimé l'emplissait de culpabilité.

— Pour moi, rester n'est pas un fardeau.

Mina esquissa une grimace : elle n'aurait pas dû lui renvoyer cette formule.

— Mais si vous jugez qu'il vous est impossible de me faire confiance ou que vous souhaitez engager un autre intendant, ajouta-t-elle en s'efforçant de garder le menton haut et le dos droit, c'est, bien sûr, votre prérogative.

— Gardez votre poste, Thorne, dit-il en s'écartant du bureau pour s'approcher d'elle. Je considère vraiment ce domaine comme un fardeau, et j'aimerais que vous m'aidiez à le gérer.

— J'en serais ravie, milord... Pardon, Mr Lyon. Il y a beaucoup à faire !

Le duc ouvrit de grands yeux, visiblement surpris par son enthousiasme.

Mina, quant à elle, sentit toute l'anxiété accumulée depuis le matin s'évanouir soudainement. Une douce et grisante sensation de soulagement l'envahit. Il ne la chassait pas. Elle pouvait conserver sa place.

— Et le reste du personnel ? Personne ne sera congédié ?

— Je n'ai pas dit cela.

Le léger sourire qui plissait les lèvres de Nicholas Lyon s'effaça.

— J'ai d'autres projets pour le domaine.

# 5

Ah, voilà que ces yeux d'or s'enflammaient à nouveau.

Miss Thorne le foudroyait du regard. Jamais Nick n'avait vu une dame passer aussi vite d'une attitude qui frisait l'insolence à la fureur absolue.

Mais cela ne le dérangeait nullement. En ce qui concernait les belles femmes, il avait une certaine expérience. Pour ce qui était de diriger un duché, en revanche, aucune. En contemplant les joues empourprées et le visage tendu de Miss Thorne, Nick arrivait presque à oublier où il se trouvait. Il parvenait presque à tenir à distance tout ce qu'il haïssait à Enderley.

Oui, il haïssait ce titre dont il n'avait jamais voulu et ces responsabilités dont il ne savait que faire. Et il détestait le simple fait de se trouver dans la pièce où il avait enduré la cruauté de son père des années durant. Les odieuses accusations qui résonnaient jusqu'au plafond, et la morsure des coups de fouet qui avaient fait couler son sang bien des fois. Baissant la tête pour observer le tapis, Nick suivit des yeux le motif familier des feuilles de vigne. Son père lui ordonnait toujours de détourner le regard : il ne supportait pas ses yeux maudits.

Se redressant, il chassa ces hideux souvenirs pour s'intéresser à cette intendante décidément très surprenante.

Hormis son air furieux, tout en elle avait changé depuis leur première rencontre au pied du chêne. Nick tenta, sans y parvenir, de ne pas remarquer les formes que ses vêtements d'homme lui avaient cachées et que sa robe accentuait. Étrangement, il la préférait presque en pantalon et gilet. Et avec ses boucles de cheveux châtains emmêlées, désormais emprisonnées par des épingles.

Pourtant, même vêtue de la robe marron la plus terne et sobre qu'il ait jamais vue, Miss Thorne était inexplicablement attirante. Son regard d'ambre qui lançait des éclairs et ses joues qui s'échauffaient dès qu'il l'irritait étaient particulièrement séduisants.

— Quels que soient vos projets, milord, le personnel a le droit d'en être informé, dit-elle avant de prendre une profonde inspiration. Doivent-ils commencer à chercher une place ailleurs ? De nombreux domestiques ont été congédiés ces dernières années. Je comprends la nécessité de faire des économies, mais je vous assure que tous ceux qui restent sont indispensables.

D'une main, elle se mit à arranger le col de sa robe en attendant sa réponse.

— Je pourrais renoncer à mes gages pendant quelque temps, reprit-elle comme il se taisait, si…

— Ce ne sera pas nécessaire, Miss Thorne, répondit Nick en réprimant un petit rire.

Son sérieux et sa détermination étaient étonnants. Ainsi que ses exigences, pour une femme qui était censée être son employée. Pourquoi diable trouvait-il sa ténacité si amusante ? Cette jeune dame s'était attribué le rôle d'intendante du domaine et elle avait trompé son notaire, avec la complicité d'un personnel qu'elle disait loyal.

Le pire, c'était qu'il ne pouvait pas lui jeter la pierre. Qu'elle réclame un peu de pouvoir ? Cela, il pouvait le comprendre. Et ses cachotteries ? Il n'aurait su compter le nombre de fois où il avait menti pour ne pas mourir de faim.

— Puis-je avoir votre assurance ?

— Mon assurance ? répéta-t-il, soudain arraché à ses pensées.

— L'assurance que le reste du personnel ne sera pas renvoyé et que je peux garder ma place d'intendante. La plupart des maîtres n'approuveraient pas qu'une femme exerce une telle fonction.

— Ce n'était pas le cas de mon frère, apparemment.

— Le précédent duc, répondit-elle en courbant la tête, était souvent absent. Il passait le plus clair de son temps dans sa demeure londonienne, à Belgrave Square.

— Ah, je vois.

Une propriété qui, Dieu merci, n'était pas inaliénable. Nick avait déjà engagé du personnel pour nettoyer et rénover l'élégante maison afin de la mettre en vente.

— Il devait bien venir de temps à autre. Et pendant ces séjours, il a forcément remarqué que vous n'étiez pas votre père.

Tout en cette femme était remarquable. Elle irradiait de vie, et son énergie semblait animer le bureau sombre de son père.

— Je crois qu'il ne se souciait guère de savoir qui gérait le domaine, dès lors que le travail était fait.

Nick ne se souvenait que trop de la paresse de son frère. Celui-ci ne s'était jamais intéressé à son devoir. Il passait son temps à jouer, se distraire et éviter les responsabilités que lui imposait leur père. Pauvre Eustace ! Un incorrigible bon à rien.

— Comment est-il mort ?

Pourquoi avait-il posé cette question ? Il n'était pas sûr d'avoir envie de savoir ce qui était arrivé aux Tremayne depuis son départ. Mais cette femme s'en souciait pour deux. Il y avait de la dévotion dans sa voix lorsqu'elle évoquait Enderley, et de la fierté dans son regard lorsqu'elle essuyait, en passant, la poussière sur le rebord d'un abat-jour.

Pour une raison qu'il ne pouvait comprendre, elle aimait ce maudit endroit.

— Un accident, sir. Il est tombé et ne s'est jamais rétabli.

Miss Thorne semblait soudain avoir du mal à parler, comme si ce souvenir lui était particulièrement pénible.

— Tombé ?

Dans sa lettre, le notaire était resté vague, mais Nick avait toujours supposé que la mort d'Eustace avait quelque chose à voir avec les femmes, la boisson ou une quelconque dispute due à l'un de ses vices.

— De cheval.

— Ici, à Enderley ?

Elle hocha la tête et Nick, sans la quitter des yeux, se dirigea vers le chariot qui se trouvait à l'autre extrémité de la pièce. Après lui avoir servi un doigt de ce qui, d'après l'odeur, devait être du sherry, il retourna vers elle pour lui tendre le minuscule verre de cristal.

— Non, je vous remercie, dit-elle.

Elle ne voulait pas le regarder. Bien qu'il fût tout près d'elle maintenant, elle ne tourna pas la tête d'un pouce.

— Vous frissonnez, Miss Thorne.

Nick s'approcha encore. Il sentait son parfum maintenant : un arôme de pivoines et de jacinthes, frais et sucré, qui masquait l'odeur poussiéreuse de la pièce et ses sombres souvenirs.

— Il fait toujours un peu froid dans cette pièce. Je peux sonner pour faire allumer un feu, dit-elle en montrant la cheminée d'un geste de la main.

— Je n'ai pas l'intention de passer plus de temps que nécessaire dans ce bureau.

S'éloignant d'un pas pour ne pas l'oppresser, il lui tendit à nouveau le verre.

— Buvez, cela vous réchauffera.

Ses paupières se fermèrent. À ses mâchoires serrées, il devina qu'elle se mordait la langue. Enfin, elle prit le verre, l'approcha de ses lèvres et en avala le contenu en une gorgée.

— Merci, dit-elle d'une voix rauque.

— Ainsi, Miss Thorne, il semble que j'aie hérité d'un duché, et vous du poste d'intendant de votre père.

Sa seule intention avait été d'exposer des faits, de simples vérités, et pourtant ces paroles semblèrent irriter la jeune femme.

— J'ai un certain talent pour l'organisation. Je veille à ce que le travail soit fait, répliqua-t-elle en redressant le dos, ce qui la grandit un peu. Mon père m'a enseigné tout ce qu'il savait sur les responsabilités d'un intendant, et il avait coutume de dire que j'étais naturellement douée pour les chiffres.

— Vraiment ? Pourtant, j'ai déjà découvert une erreur dans vos calculs.

— Quelle erreur ?

Nick fit glisser jusqu'à lui l'un des énormes livres de comptes qu'il avait trouvés sur le bureau de son père. Puis il l'ouvrit à la page marquée par un signet, près d'une série d'entrées récentes.

— Là, dit-il en plantant son doigt au milieu de la colonne.

Miss Thorne s'approcha. Ses talons claquaient sur le plancher, et Nick se demanda si elle portait encore ses bottes sous sa robe. Pliant la taille au-dessus du bureau, elle regarda attentivement la page, inclinant la tête d'un côté, puis de l'autre. Enfin elle ferma les yeux, comme il le faisait lui-même lorsqu'il faisait un calcul difficile de tête.

Soudain, elle prit une profonde inspiration avant de rouvrir les paupières.

— Vous avez raison. Je me suis trompée.

Elle semblait si consternée qu'il fut tenté de la réconforter. Lui aussi détestait se tromper dans ses calculs.

— Tout le monde fait des erreurs, Miss Thorne, dit-il en se penchant plus près d'elle. Et comme vous le voyez, je l'ai corrigée sans peine.

— Mais si j'en ai fait une, peut-être y en a-t-il d'autres !

— Non. J'ai vérifié.

— Toutes les entrées ? C'est impossible. Il y a là des mois de transactions !

— Cela ne devrait pas vous impressionner. Je suis enfermé dans ce satané château depuis plus d'une heure.

Tandis qu'elle le regardait d'un air contrarié, Nick remarqua que ses sourcils formaient deux jolies arches. Quelque chose dans sa façon de le dévisager le troubla, et il sentit à nouveau cet étrange frisson qu'elle provoquait en lui. En outre, il était surpris de constater qu'ils avaient quelque chose en commun.

— J'aime les chiffres, avoua-t-il. On peut même dire que je suis « naturellement doué » pour cela. Et je suis un homme très minutieux.

Il se reprocha aussitôt d'avoir prononcé ces mots avec un ton plus séducteur qu'il ne l'aurait voulu. Et d'être beaucoup trop intrigué par cette femme.

S'approchant de la cheminée, elle déplaça d'une main nerveuse les bibelots disposés sur le rebord, de façon à ce que la laitière en porcelaine et une petite déesse de marbre se trouvent à la même distance d'une affreuse horloge en bronze doré. Nick calcula mentalement quel prix il pourrait tirer de chaque objet dans une vente aux enchères.

— Ce mur est nu sans le portrait de la duchesse, remarqua-t-elle en levant les yeux vers le grand carré blanc laissé en lieu et place du tableau. Et la pièce semble encore plus froide, maintenant.

— Elle a toujours été glaciale. Mais vous avez raison : la pièce est vide, sans elle.

Il restait sur le mur de nombreux autres petits tableaux, des paysages pour la plupart, ainsi qu'un portrait qui dominait le tout : celui de l'homme qui serait à jamais, pour Nick, le duc de Tremayne.

— Elle avait un regard qui respirait la bonté, dit doucement Miss Thorne en se retournant pour lui faire face.

Nick n'avait pas besoin qu'on lui dise que son regard n'avait rien de bon. La plupart des gens voyaient dans ses yeux le signe de sa mauvaise nature. Mais pour sa mère, leur forme était une preuve de sa filiation. Elle l'avait souvent placé devant un miroir lorsqu'il était enfant, pour lui montrer à quel point il ressemblait à son père.

Elle avait fait de son mieux pour le rassurer, pour lui prouver qu'il n'était pas un bâtard. Mais Nick ne voyait que le reflet de ses yeux vairons et, après l'un des accès de rage de son père, la cicatrice qui défigurait son visage.

— Avez-vous d'autres souvenirs d'elle ?

Nick s'était tant acharné à oublier le passé qu'il craignait parfois de perdre tout souvenir de sa mère. Il ne supportait pas de songer à la période qu'ils avaient passée ensemble après avoir fui Enderley. Sa mère et lui avaient vécu en France dans la peur et la pauvreté. Ils avaient échappé à la cruauté de son père, certes, mais la maladie l'avait arrachée à lui trop tôt. Il ne voulait garder d'elle que le meilleur.

— Très peu, je le crains. Je n'ai rencontré la duchesse que

de rares fois quand j'étais enfant. Mon père n'aimait pas que je les dérange.

— Et mon père ? Quel souvenir avez-vous gardé de lui ? se força-t-il à demander sur un ton neutre, comme si le seul fait d'évoquer cet homme ne l'emplissait pas de haine.

— Il… Il ne m'aimait guère, répondit Miss Thorne en frissonnant au souvenir, peut-être, d'une rencontre déplaisante.

— Qu'avez-vous donc fait pour le provoquer ?

Nick imaginait non sans déplaisir la petite fille en train de rabrouer l'ogre. Mais qu'aurait fait le duc en retour ? Il n'avait jamais toléré le moindre signe de rébellion.

— Une leçon de musique, répondit-elle en baissant son beau visage soudain tourmenté. Un jour, votre mère m'a surprise en train de pincer les cordes d'une harpe dans son salon de musique. Elle ne s'est pas fâchée. Au contraire, elle m'a encouragée et a même demandé à la gouvernante de me donner des leçons. Mais le duc a été furieux en l'apprenant. Je n'étais que la fille de l'intendant, et la gouvernante était engagée pour instruire votre frère. Il m'a réprimandée vertement et m'a chassée de sa vue. Je crois qu'il n'aimait guère que je me promène dans le domaine. Ma présence le dérangeait.

— Alors nous avons un nouveau point commun, Miss Thorne.

La jeune femme poussa un profond soupir, comme si elle avait retenu son souffle, et une esquisse de sourire apparut sur ses lèvres.

Cette infime marque de compassion toucha Nick au plus profond de son être. Le corps tendu, il lutta contre l'envie de se pencher près d'elle. Pourquoi diable voulait-il tant voir ce sourire s'épanouir ? Il désirait ardemment l'approbation de cette femme, et cela l'exaspérait.

Mais le sourire de Miss Thorne disparut de son visage, et elle le considéra avec le même regard méfiant et hostile que lorsqu'elle était descendue du vieux chêne. Il comprit alors que pour elle rien ne pourrait effacer ce qu'il avait tout fait pour oublier : il serait toujours le fils de son père.

À cet instant, il n'eut qu'un désir : ordonner à cette femme et à tout le personnel d'Enderley de plier bagage. Il pourrait engager de nouveaux domestiques et balayer tout le passé de ce maudit château.

Mais il devait faire preuve d'efficacité, et trouver de nouveaux employés prendrait trop de temps. Son but était de fuir cet endroit, et non de prolonger son séjour.

— Vous n'avez aucune inquiétude à avoir, déclara-t-il en reculant d'un pas pour s'appuyer contre le bureau de son père, les bras croisés sur la poitrine. Je n'ai pas l'intention de vous congédier.

Les traits de la jeune femme se détendirent.

— Et les autres domestiques ?

— Ils peuvent rester, eux aussi. Pour le moment.

Avait-il donc perdu toute autorité ? À la moindre résistance de Miss Thorne, le voilà qui battait en retraite !

— Mais la jeune bonne devra peut-être partir.

— Hildy ?

— Elle a hurlé en me voyant. Je ne lui en tiens pas rigueur, bien sûr, mais elle sera sans doute plus heureuse ailleurs.

Il n'avait aucune envie de subir ses cris perçants chaque fois qu'il la croiserait dans un couloir.

— Ce n'est qu'une enfant.

Miss Thorne scrutait son visage. Sans doute songeait-elle que la réaction de la jeune servante était bien naturelle. Pourtant, lorsque son regard s'arrêta sur les lèvres de Nick, elle parut se troubler. Se pouvait-il que cette étrange créature trouve quelque chose à admirer dans la forme de sa bouche ?

— Une enfant bien nerveuse, observa-t-il.

Clignant des yeux comme si elle sortait d'une rêverie, Miss Thorne redressa les épaules.

— Mais qui a besoin de cette place. Avant de la renvoyer, permettez-moi de lui parler, je vous en prie.

— Qu'allez-vous lui dire ? Que, contrairement aux apparences, je ne suis pas un monstre ?

Elle ouvrit la bouche mais la referma aussitôt, comme pour s'empêcher de prononcer des paroles qu'elle risquait de regretter.

— Allons, parlez ! dit-il doucement en se demandant s'il avait vraiment besoin, dans sa vie, d'une femme qui ne parvenait pas à décider si oui ou non elle le détestait.

— Que vous soyez un monstre ou non reste à déterminer, Mr Lyon.

Nick esquissa une grimace.

— Gardez donc cette petite bonne craintive, Miss Thorne, conclut-il. Je suis certain qu'elle s'habituera à voir ceci, ajouta-t-il en montrant son visage d'un geste vague.

— Merci, répondit-elle d'une voix faible et hésitante.

Nick fut surpris de la voir perdre pour la première fois sa contenance ferme et sérieuse. Mal à l'aise, il contourna le bureau de son père. Après un instant d'hésitation, il tira le fauteuil du vieux bougre et s'assit sur le cuir froid et raide.

Postée devant lui, la jeune femme semblait attendre ses premières instructions.

— Le fait est que j'ai besoin de vous, Thorne.

Pour se libérer en deux semaines, il lui faudrait en effet une alliée vaillante.

— Votre connaissance du domaine et votre autorité sur le personnel me seront indispensables.

— Je vous servirai avec autant de diligence que mon père a servi le vôtre.

— Nos relations seront différentes des leurs, rétorqua Nick, contrarié par cette comparaison.

Avant de poursuivre, il se pencha en avant, les mains posées à plat sur le bureau de son père. Son bureau, à présent.

— Vous allez m'aider à remettre de l'ordre à Enderley.

Le visage de la jeune femme s'éclaira comme s'il venait de lui offrir la lune.

— Oui, bien sûr ! J'ai une liste. Je ne saurais vous dire à quel point tout le personnel se réjouit de votre présence ici. Nous sommes ravis d'avoir quelqu'un qui dirigera le domaine et veillera à ce que les choses soient faites.

— Bien, dit-il avant de s'éclaircir la gorge.

Elle n'allait pas aimer la suite.

— J'ai commencé à passer en revue les inventaires que vous avez préparés, et j'ai remarqué que certains n'étaient pas terminés.

— En effet, mais vous êtes arrivé plus tôt que prévu. Je veillerai à ce que tout soit prêt d'ici à demain soir.

— Excellent.

Nick gardait les yeux fixés sur le sous-main de cuir usé du bureau pour ne pas croiser le regard d'ambre qu'il sentait posé sur lui, guettant ses moindres mouvements.

— Il me faut également une description détaillée de tous les objets de valeur afin que je puisse l'envoyer au commissaire-priseur avec les inventaires.

— Au commissaire-priseur ? répéta Miss Thorne en détachant lentement chaque syllabe comme si elle entendait ce mot pour la première fois.

Comme si elle ne parvenait pas à en saisir le sens. Ou que ce terme était inconciliable avec le nom d'Enderley.

— Cette maison est encombrée de vieilleries qui n'ont d'utilité pour personne. Et dont la plupart, Dieu merci, ne font pas partie du patrimoine inaliénable du duché. J'ai l'intention de vendre tout ce que je pourrai.

Pourquoi au juste lui exposait-il ses projets avec ce débit précipité, comme s'il se livrait à une confession ? D'un large geste, il désigna l'armure ridicule qui montait la garde dans un coin de la pièce, ainsi qu'une vieille collection d'épées suspendues au mur opposé.

— Lorsque nous nous serons débarrassés de tout cela, la pièce pourra être nettoyée de fond en comble.

— Je... Je ne comprends pas, balbutia Miss Thorne dans un murmure. Vous souhaitez vendre votre héritage ?

— Je me moque de mon héritage comme de ma première chemise, Miss Thorne.

S'approchant du chariot, il se servit un verre de whisky et contempla la couleur de miel de l'épais breuvage longtemps vieilli. La même que celle des yeux qui, sans nul doute, étaient en train de lancer des poignards dans son dos.

— Peut-être avez-vous tort, milord, dit-elle en insistant sur ce dernier mot. Les Tremayne règnent sur ces terres depuis des siècles.

Nick avala le contenu du verre d'un trait, laissant le feu de l'alcool se répandre dans son corps.

— L'heure est au changement, déclara-t-il.

— Votre père...

— Ne parlez plus jamais de lui.

Elle laissa échapper un petit grognement de protestation, juste assez sonore pour qu'il l'entende.

— Puis-je parler de votre frère, dans ce cas ?

— Si c'est absolument nécessaire.

— Comme vous avez pu le voir en consultant les livres de comptes, le duc précédent a laissé les coffres presque vides, dit-elle avant d'esquisser deux pas vers lui.

Nick lui tourna le dos pour remplir à nouveau son verre, mais il sentait sa présence, respirait son parfum doux et frais. Quand il se tourna à nouveau, elle était toute proche. Dangereusement proche. En tendant la main, il aurait pu la toucher.

Miss Thorne leva les yeux vers lui. Son émotion était visible, son désespoir palpable.

— Même lui n'a pas songé à vendre le patrimoine des Tremayne, ajouta-t-elle sèchement.

— En dépit des apparences, je ne suis pas mon père. Et soyez sûre que je ne ressemble en rien à mon frère.

Pour toute réponse, elle secoua la tête, comme si elle ne le croyait pas ou qu'elle ne voulait pas de ses dénégations. Alors Nick glissa un doigt sous son menton pour la forcer à le regarder dans les yeux. À l'écouter. À comprendre à quel homme elle avait à faire.

Mais, pris au dépourvu par le contact doux et chaud de sa peau, il ne put s'empêcher de l'effleurer du pouce. La jeune femme se crispa sous sa caresse, mais elle ne le repoussa pas.

— Je ne suis pas quelqu'un de bon, Miss Thorne. Je ne suis même pas particulièrement aimable. Il y a veillé, ajouta-t-il en montrant d'un signe de tête le portrait suspendu au-dessus d'eux, menaçant. Le fait que j'hérite de ce domaine prouve que je ne suis pas non plus favorisé par la chance. Mais je suis un homme juste.

En voyant naître une lueur d'espoir dans ses yeux, Nick serra les dents. Il aurait voulu lui donner une raison d'espérer, n'importe quelle raison. Mais c'était impossible. Il n'était venu à Enderley que pour régler les affaires du domaine et laisser le château derrière lui, une fois pour toutes.

Il la relâcha, serrant le poing pour retenir sa chaleur, la seule dans cette pièce glaciale.

— Je vous laisse deux semaines, à vous et au reste du personnel, pour remettre de l'ordre à Enderley. Je peux faire venir de l'aide pour transporter les objets que nous voulons vendre.

Dans les yeux de la jeune femme, la lueur d'espoir s'éteignit, telle la flamme d'une bougie.

— Vous avez vraiment l'intention de vider cette demeure de son contenu.

Nick détestait sa voix blanche et le tremblement de son menton. Il prit son attitude d'homme d'affaires, celle qu'il affichait dans son antre, devant les aristocrates. Celle qui disait qu'il était inutile de discuter.

— Il n'y a pas d'autre possibilité, Miss Thorne.

Elle devait comprendre qui il était, et savoir qu'il n'était pas venu à Enderley pour résoudre les problèmes de ses occupants.

— J'ai en effet l'intention de vider Enderley de son contenu, de louer le domaine et de ne plus jamais avoir à penser à ces sinistres murs de pierre.

# 6

Nick frappa du poing l'oreiller pour aplatir ses bosses et l'inclina dans l'espoir de trouver un peu de confort. Mais Enderley ne lui laissait décidément aucun répit. Les odeurs et les sons étaient trop étrangement familiers. Quand il fermait les yeux, le passé resurgissait, telles des mains invisibles sortant de chaque coin et de chaque fissure pour s'emparer de lui.

S'asseyant dans le lit grinçant, il frotta son menton que commençait à couvrir une barbe drue. Sa chambre du Lyon's Club lui manquait avec son matelas épais, ses couvertures de velours moelleuses et ses draps de soie. Pour comprendre pourquoi il tenait tant à tout ce luxe, il fallait passer une nuit dans ce château lugubre.

Mais au fond, ce n'était pas le luxe qu'il regrettait. Il aurait volontiers arpenté les pièces enfumées du Lyon's Club ou les rues noires de suie de la capitale. Tout lui semblait préférable à une nuit passée dans cette tombe humide où flottait une odeur de renfermé. Mais surtout, le château ravivait des souvenirs qu'il tenait enfouis depuis longtemps, et il sentait partout la présence de son père.

Surtout dans le portrait suspendu dans son bureau.

Dieu merci, sur les murs de la chambre d'invité, personne ne le dévisageait. Les seuls tableaux étaient de ternes paysages dans lesquels des groupes de chasseurs au teint blême traquaient des renards perdus d'avance.

Pourtant, le spectre du défunt duc planait au-dessus de la

vieille demeure, observant tout de ses yeux brûlants, comme sur ce maudit portrait. Celui que Nick n'avait pas supporté de voir à côté de celui de sa mère.

Lorsque, au beau milieu de la nuit, tous deux avaient fui celui qui était devenu davantage un monstre qu'un homme, ils n'imaginaient pas revenir un jour à Enderley. Et sa mère n'aurait certainement pas voulu que son portrait soit accroché à côté de celui de son époux.

Renonçant à trouver le sommeil, Nick enfila une chemise et un pantalon et marcha vers le bureau comme s'il se jetait dans une bagarre : le menton haut, le torse bombé, les poings serrés. Mais au fond de lui, bien caché, il y avait toujours le petit garçon terrorisé qu'il avait été autrefois.

Sa main tremblait lorsqu'il saisit la poignée de la porte. Aussitôt, un flot d'images du passé déferla devant ses yeux.

Nick avait neuf ans déjà, mais il claquait encore des dents lorsque son père le convoquait.

Ce jour-là, il avait à peine pénétré dans la pièce quand le regard noir du vieil homme s'était posé sur lui. Les yeux plissés par la haine, les narines dilatées de colère, il lui avait fait signe d'approcher d'un geste sec.

— Viens là, garnement, et regarde-moi quand je te parle !

Saisissant le verre qui était posé sur son bureau, il l'avait vidé d'un trait avant de le foudroyer à nouveau du regard.

— Que n'as-tu péri dans ton berceau, vil bâtard ! Cela m'aurait épargné la peine de te nourrir et de te vêtir !

Il avait grimacé comme si l'existence même de Nick l'emplissait de dégoût. Puis il s'était balancé en arrière, et le dos de sa main s'était écrasé avec fracas sur sa joue d'enfant.

Le choc avait fait bourdonner ses oreilles, lui donnant le vertige. Mais il avait appris à se tenir tranquille. Un tressaillement, un sanglot, le moindre signe de faiblesse redoublaient la fureur de son bourreau.

— Ne me regarde pas, mauvaise graine ! Détourne tes yeux de démon !

Alors Nick avait baissé les yeux pour observer le tapis, le bois sculpté du bureau, tout sauf cet homme. Comme d'habitude, ses ordres ne rimaient à rien. « Regarde-moi ! » « Ne me regarde pas ! » « Parle ! » « Tais-toi ! » « À genoux ! » « Lève-toi ! » Nick obéissait, espérant ainsi abréger leurs entrevues. Mais celles-ci ne se terminaient jamais après le premier coup. Les dents serrées, le corps tremblant, il avait attendu le suivant.

— Qu'as-tu à me dire, petit démon ?

— Rien, milord, avait-il répondu à grand-peine tant sa bouche était sèche.

— Et qu'est-ce que tu es, dis-moi ?

— Rien, milord, avait-il répété, prononçant d'une voix rauque les mots que son père lui faisait réciter chaque fois qu'il le convoquait dans son bureau.

Le duc s'était alors détourné de lui. La gorge nouée, Nick s'était préparé à recevoir une nouvelle gifle. Mais c'était le feu qu'il avait senti lui lacérer la joue et marquer sa chair. La douleur s'était propagée jusqu'à ce que son visage tout entier lui brûle. Lorsqu'il avait senti un liquide chaud couler sur son menton, il y avait porté la main avant de contempler ses doigts : ils étaient collants et rouges de sang. Nick avait alors risqué un regard vers son père : le vieil homme, souriant, faisait sauter un taille-plume dans sa main.

— Ta mère ne pourra plus dire que tu es tout mon portrait, n'est-ce pas ? Désormais, tu ressembles au monstre que tu es vraiment.

Repoussant ce souvenir, Nick s'agrippa à la poignée de métal du bureau. Il prit une profonde inspiration, puis une autre, jusqu'à ce que le pitoyable enfant tremblant cède la place à l'adulte qu'il était devenu. À l'intérieur de la pièce, un rayon de lune, perçant les rideaux, vint effleurer le portrait de son père et illumina son regard d'une lueur argentée.

La vue de ces yeux bleu pâle dont il avait hérité produisit sur Nick l'effet d'un torrent de coups. C'était comme si son bourreau s'acharnait à nouveau sur des plaies qui auraient dû guérir il y a longtemps. Deux éclats brillants, telles des fenêtres qui s'ouvraient sur l'âme glaciale de son père. Même un peintre payé pour exécuter le portrait du vieil homme n'avait pas réussi à masquer la cruauté de son regard.

— Vous êtes mort ! lança-t-il au fantôme.

Mais aucune satisfaction ne vint. Nick imagina que son père, avec son esprit tortueux, devait se réjouir de le voir forcé de revenir à Enderley. De le voir enchaîné à ses responsabilités, enfermé dans le lieu dont il avait, autrefois, fait sa prison.

Non. C'était un souvenir qu'il ne voulait pour rien au monde raviver. La tour. La porte fermée à clé. Les mois de terreur et de désespoir. Mais il n'était plus prisonnier ici. Plus que deux semaines, et il n'aurait plus jamais à revoir ce sinistre château.

Nick s'approcha du bureau en bois massif et se saisit du taille-plume qui avait autrefois répandu son sang. Une douleur lui élança la joue, comme si sa cicatrice reconnaissait le couteau.

Quel garçon fragile il était, alors ! Sensible et vulnérable. Son père l'avait haï pour cette faiblesse, autant que pour la certitude stupide qu'il n'était pas son vrai fils.

Le choc que Nick avait éprouvé en découvrant la haine qu'il lui portait avait été le pire de tout. Il était un enfant si innocent. Si désireux de plaire à son père. Jamais il n'aurait imaginé jusqu'où cet homme était capable d'aller pour le faire souffrir.

— Vous ne gagnerez pas ! dit-il à celui qui ne pourrait plus jamais le frapper. Maintenant que ce domaine m'appartient, je vais le réduire à néant. Je ferai disparaître tout ce que vous avez bâti. Toutes les possessions de la famille Tremayne seront vendues, et je louerai ce maudit château au plus offrant. Un étranger dormira dans votre lit et mangera à votre table !

Nick ouvrit le taille-plume, leva le bras et planta la lame entre les yeux de son père. Pendant un délicieux instant, la pointe resta enfoncée là. Puis, entraîné par son poids, le couteau tomba sur le sol.

Il avait échoué. À nouveau. Comme à chaque fois qu'il avait dû affronter son père.

Nick se dirigea à grands pas vers la fenêtre, tira violemment sur le battant pour l'ouvrir et passa la tête dehors pour aspirer une longue bouffée d'air froid. Un voile de fumée flottait dans le ciel, accompagné d'une odeur de feuilles brûlées. Un souvenir revint à sa mémoire. Un immense tas de feuilles que le jardinier avait formé dans la cour. Et lui qui sautait dedans avec toute la joie d'un garçon de sept ans. Pour être fouetté ensuite.

Dans son dos, il sentait toujours le regard vide de son père. *Vous êtes mort.* Nick décida de ne plus accorder une seule pensée à cet homme. Et de ne plus avoir à supporter la vue de son portrait pendant les jours qu'il lui restait à passer dans cette maison de malheur.

Se tournant pour faire face au tableau, il marcha jusqu'à une délicate table en bois et, d'un coup de botte, l'envoya voler contre le mur. Après être monté dessus, il arracha le portrait du mur. Le cadre se fendit avec un craquement réjouissant en heurtant le sol.

Sautant à terre, Nick se servit un doigt de whisky en réfléchissant à la meilleure manière de se débarrasser de la chose. Le cadre n'entrerait jamais dans l'âtre, ni même dans la cheminée de la cuisine, qui était encombrée de marmites et d'autres ustensiles.

Par la fenêtre ouverte, il vit des volutes de fumée s'élever dans le ciel. Alors, il sourit.

Mina se réveilla en sursaut, comme si quelqu'un l'avait arrachée à ses rêves en la secouant. Pourtant, sa chambre était vide et silencieuse. Retenant son souffle, elle tendit l'oreille, à l'affût du moindre bruit suspect.

La voix d'un homme lui parvint du rez-de-chaussée. Ce n'était pas celle de Wilder. Ni de Tobias. C'était une voix plus profonde, plus grave. Plus rageuse.

Sans hésiter, elle passa sa robe de chambre et enfila ses bottes. Un raclement effroyable fit alors courir un frisson sur sa nuque, et elle se hâta vers l'escalier sans prendre le temps d'allumer la bougie qu'elle gardait près de son lit.

En descendant, elle entendit le duc crier de plus belle.

— Dehors ! vociférait-il.

Seigneur, Millicent serait-elle venue se fourrer dans ses jambes ?

Mina se mit à courir. Le remue-ménage semblait provenir du bureau du duc. Se précipitant dans la pièce, elle la trouva dans un parfait chaos. Des éclats de verre étaient éparpillés sur le tapis et la table en bois de cerisier, rayée et couverte de poussière, avait été poussée contre le mur. La fenêtre était grande ouverte. Emportés par le vent, les rideaux flottaient au-dehors.

L'attention de Mina fut attirée par un mouvement à l'extérieur. Le duc de Tremayne était en train de traverser la pelouse. Sa chemise blanche se détachait au clair de lune et il traînait derrière lui un objet volumineux.

Parcourant la pièce des yeux, Mina remarqua un espace vide sur le mur. Il avait décroché le portrait de son père.

Mais où donc l'emportait-il ?

Le rebord de la fenêtre était suffisamment bas pour qu'elle puisse l'escalader. Une fois dehors, elle regarda Mr Lyon qui poursuivait sa marche, tirant l'énorme tableau. Lorsqu'une odeur de fumée vint lui piquer les narines, elle comprit. Le tas de feuilles que le jardinier avait brûlé dans la journée n'avait pas fini de se consumer ; des braises rougeoyaient encore. Il allait livrer son père aux flammes.

Mina ne pouvait lui en tenir rigueur : ce portrait lui avait toujours glacé le sang. Mais le duc ne pouvait tout de même pas passer ses nuits à errer dans les champs et à brûler tout ce qui lui déplaisait ! Quelle pièce de son patrimoine allait-il détruire la prochaine fois ?

Elle traversa la pelouse, s'approchant suffisamment pour entendre son râle tandis qu'il soulevait le cadre, presque aussi haut que lui, pour le jeter sur le tas de feuilles incandescentes. Pendant un instant, il resta immobile, le poing sur la hanche, à regarder les étincelles embraser le bois. Alors il laissa échapper un rire guttural, un rire empli d'amertume.

Avait-il perdu la raison ?

— Milord ?

Le duc se retourna brusquement, mais ne parut pas surpris.

Comme s'il était tout à fait normal qu'elle vienne le regarder brûler des meubles au beau milieu de la nuit.

— Il est tard. Vous devriez retourner vous coucher.

Mina voulut répondre, mais aucun son ne franchit ses lèvres.

Nicholas Lyon semblait déchaîné. Presque dangereux. Des mèches folles de cheveux noirs encadraient son visage et lui barraient le front. Sa chemise à demi déboutonnée dévoilait le dessin de ses muscles et les lignes fermes de son torse.

Lorsqu'elle se rendit compte qu'elle le fixait, bouche bée, elle chercha un autre endroit où poser son regard.

Le tableau. Elle montra du doigt, derrière lui, les flammes qui s'élevaient dans la nuit.

— En effet, il est tard, milord. Est-ce une heure pour arpenter le domaine à demi vêtu et brûler des œuvres d'art sur un tas de feuilles ?

Le duc fixa son doigt un instant avant de croiser les bras et de froncer un sourcil sombre.

— C'est mon tableau, répliqua-t-il. Mon domaine. Mon tas de feuilles.

Mina serra les dents.

— Généralement, nous ne passons pas nos soirées à jeter des portraits au feu, à Enderley. Le personnel va croire que vous êtes devenu fou.

— Ils sont tous bien au chaud dans leur lit. Pourquoi ne faites-vous pas comme eux, Miss Thorne ?

— Parce que je suis inquiète. Je veux savoir quelle partie de votre patrimoine vous allez brûler ensuite.

Le duc éclata d'un grand rire. Cette fois, ce n'était pas le rire amer qu'elle avait entendu lorsqu'il regardait son père brûler, mais un son plus chaleureux.

— J'ai fini de brûler des meubles pour ce soir. Cela vous satisfait-il, Thorne ? demanda-t-il avant de se tourner vers le portrait désormais réduit en fumée. Vous connaissiez le duc. Pouvez-vous me jeter la pierre ?

Mina comprenait que l'on puisse détester Talbot Lyon. Cet homme avait été un tyran, un maître brutal avec les domestiques.

Durant ses dernières années, son comportement irrationnel avait confiné à la folie. Malgré cela, elle ne pouvait encourager les penchants destructeurs du nouveau duc.

— Saviez-vous que l'artiste qui a peint le portrait de votre père était relativement célèbre ? Si le tableau vous déplaisait, nous aurions pu le vendre au moins cent livres.

Nicholas Lyon la considéra avec attention, tout en s'approchant suffisamment pour qu'elle puisse sentir le parfum boisé de son eau de Cologne. Il s'exhalait aussi de lui des notes de lavande. Une odeur d'Enderley. Mrs Scribb en déposait toujours un peu sur les draps avant de faire les lits.

— J'en aurais volontiers dépensé deux cents pour le seul plaisir de le brûler.

— Ces deux cents livres auraient pu nous permettre d'engager de la main-d'œuvre, de remplir le garde-manger.

— Je suis navrée de vous dire cela, Miss Thorne, mais je me moque complètement d'Enderley.

À ces mots, Mina sentit le feu envahir sa poitrine, comme s'il venait de la transpercer avec un fragment du tableau enflammé.

— Si j'en avais le temps, je démolirais ce château pierre après pierre, poursuivit-il.

Tout en parlant, il porta son regard derrière elle, à l'extrémité du domaine, où se dressait la tour qui remontait de l'époque des Tudor.

— Vous n'avez donc pas l'intention de remplir votre devoir ?

Mina savait ce que c'était que de recevoir en héritage de lourdes responsabilités, et de voir sa vie prendre une direction imprévue. Mais comment pouvait-il se dérober à ses obligations quand tant de personnes dépendaient de lui pour leur subsistance ?

— Je suis ici, n'est-ce pas ?

— Mais vous ne semblez pas souhaiter jouer votre rôle de duc.

— Je n'arrive pas à savoir si vous maniez l'ironie à la perfection, Thorne, ou si vous avez un don exceptionnel pour la litote, dit-il avant d'esquisser un pas vers elle.

Un long pas. Il était trop proche, si proche qu'elle sentit, dans l'air froid de la nuit, la chaleur qui irradiait de son corps.

— Vous connaissez les rumeurs, je suppose. On dit que je n'ai aucun droit au titre des Tremayne. Mon père était convaincu que j'étais un bâtard ; ne me dites pas que vous l'ignoriez ?

— C'est faux. Ce portrait le prouve.

Le visage de l'ancien duc avait presque disparu, défiguré, avalé par les flammes.

— Je lui ressemble, n'est-ce pas ? demanda Nicholas Lyon en se baissant pour lui faire face. J'ai les mêmes yeux froids.

— La ressemblance est indéniable, en effet.

Mina ne pouvait tout de même pas lui dire qu'il était à tous points de vue plus séduisant que son père !

— Sans compter que vous semblez avoir le même caractère.

Il esquissa un sourire narquois mais Mina vit une lueur douloureuse dans son regard, comme s'il était blessé par son accusation.

— Bien sûr, je ne vous connais que depuis quelques heures, milord. Mais si vous avez l'intention d'abandonner Enderley, vous ressemblez davantage à Eustace qu'à votre père.

— Je n'ai rien à voir avec eux ! lança-t-il en s'approchant comme pour mieux marquer son discours.

Son menton tremblait, et elle vit frémir un muscle de sa mâchoire.

— Vous avez dit Eustace ? reprit-il. Vous parlez de mon frère bien familièrement. Étiez-vous proches ?

— Je l'ai côtoyé toute ma vie.

Une grimace contracta sa bouche charnue.

— Oui, bien sûr, parce qu'il était ici et que je ne l'étais pas. Comme vous l'avez dit, Miss Thorne, vous ne me connaissez pas.

Il s'apprêtait à se détourner quand Mina, subitement, eut envie de savoir pourquoi il avait quitté le domaine étant enfant pour ne jamais revenir. Les rumeurs sur sa filiation avaient-elles été la cause de cette longue absence ?

— Je vous ai vu une fois, le jour de votre départ. Par une fenêtre de l'étage. J'aimais regarder le paysage, jusqu'à ce que les bonnes me découvrent et me chassent.

— Et qu'avez-vous vu ? demanda-t-il en jetant un regard vers les champs.

C'était presque la même vue que celle qu'elle aimait tant contempler, seulement obscurcie par la nuit.

— Un garçon aux cheveux noirs qui attendait dans l'allée. Un grand coupé sombre venu vous chercher. Je me souviens avoir pensé que j'avais de la chance que mon père refuse de m'envoyer en pension. Cela a-t-il été horrible ?

— Là où je suis allé ce jour-là ? Vous n'avez pas idée.

Sa voix était grave et rocailleuse. Malgré la pâle lueur de la lune, Mina vit une expression lugubre se dessiner sur son visage.

— Je vous ai vue aussi, Miss Thorne. Plus d'une fois. Vous étiez toujours en train de rire, de danser ou de courir partout.

Il l'examina comme s'il fouillait dans ses souvenirs pour comparer la fillette d'alors à la femme qui se tenait devant lui.

Mina n'avait pas l'habitude d'être regardée. Du moins, pas de cette façon. Ni par un bel homme. Et encore moins quand elle ne portait que des bottes et une robe de chambre, et qu'il lui aurait suffi de tendre le bras pour toucher son torse nu.

— Vous étiez une créature étrange pour moi, avec votre joie insouciante, dit-il en se rapprochant d'un pas.

Ils étaient face à face à présent. Elle sentit son souffle chaud caresser son visage tandis qu'il l'observait.

— Aimez-vous toujours danser ?

— Je n'en ai plus besoin. Les occasions de danser sont rares pour la fille d'un intendant.

— C'est très triste. Et pourtant, vous persistez à aimer cet endroit ? Pas seulement parce que vous avez pris la suite de votre père, mais parce que pour vous, ce tas de pierres représente quelque chose d'important.

— Oui, répondit-elle dans un souffle, avec toute sa sincérité.

Comme si elle prononçait une prière.

Le duc se contenta de la regarder. Pour une fois, il lui fit grâce de ses commentaires acerbes sur Enderley et elle considéra cela comme une petite victoire.

— Rentrez vous coucher, Miss Thorne. L'aube va bientôt se lever.

— Vous ne jetterez plus rien au feu ?

— Pas cette nuit.

Sa lèvre supérieure esquissa un mouvement tout juste perceptible. Il avait presque souri.

Mina fut saisie d'une envie d'en dire davantage, de prolonger un peu ces prémices d'une entente entre eux.

— N'y a-t-il vraiment rien à Enderley dont vous vous souveniez avec tendresse ?

— Ma mère, répondit-il sans hésiter. Elle est mon seul souvenir heureux de cet endroit.

— Nous déposons des fleurs sur sa tombe chaque saison.

À peine avait-elle prononcé ces mots que son visage se ferma.

— Quelle tombe ? demanda-t-il avec un regard méfiant. Furieux. Ma mère est enterrée... ailleurs.

Mina resta un instant muette de stupeur.

— Mais des funérailles ont été célébrées ! dit-elle enfin. Il y a une plaque près de celle de votre père dans la crypte familiale. Pourquoi aurait-il dit à tout le monde qu'elle était enterrée là ?

— Parce qu'il était fou, répliqua-t-il en secouant la tête avant de reculer. Mais c'est une histoire que je ne raconterai jamais. À personne. Allez vous coucher, Miss Thorne, ajouta-t-il en esquissant un geste en direction du château. Il y a beaucoup à faire demain, et je dois quitter cet endroit perdu au plus vite.

Sur ce, il la quitta, s'éloignant aussi rapidement que ses longues jambes le lui permettaient.

Mina resta figée sur place. La colère de cet homme se déclenchait aussi brusquement qu'un orage d'été, et s'évanouissait tout aussi vite. Pourtant, il n'était pas sans humour ni sans charme.

Une chose était sûre : qu'il soit furieux, irrité ou amusé, le nouveau duc de Tremayne était incapable de dissimuler ses émotions. Elles transparaissaient dans tout son être, et brûlaient dans ses yeux comme des braises.

À cet instant, un bruit attira l'attention de Mina vers le champ qui s'étendait derrière la cour de l'écurie. L'arbre qu'elle avait escaladé le jour même se détachait dans le ciel indigo. Puis une autre silhouette apparut : un cheval approchait, ses rênes traînant à terre.

Tobias n'aurait jamais laissé une bête sortir de l'écurie en pleine nuit.

Mina se dirigea vers l'animal, ralentissant le pas lorsqu'il se mit à reculer, l'air craintif. Il ne s'agissait pas de l'un des chevaux de trait des Tremayne : elle les connaissait tous par cœur. Non, c'était un étalon gracieux, à la robe lisse et brillante.

— D'où viens-tu, dis-moi ?

La bête s'arrêta et baissa la tête pour brouter une touffe d'herbe. Mina la rejoignit sur la pointe des pieds, retenant son souffle jusqu'à ce que ses doigts effleurent la courroie de cuir de ses rênes.

Elle baissa la main, laissant le temps à l'animal de sentir son odeur et de comprendre qu'elle ne lui voulait aucun mal. C'est alors qu'elle aperçut son flanc lustré à la lumière de la lune. La chair était entaillée de longues plaies sombres et des gouttes de sang coulaient le long de sa robe. Les stries évoquaient les marques d'un fouet.

— Qui t'a fait cela ? demanda-t-elle, la gorge brûlante.

Elle passa les doigts dans sa crinière et caressa le poil soyeux de son encolure.

— Peu importe. Tu vas rester ici.

— Miss ?

Sortant de l'écurie, Tobias vint à sa rencontre tandis qu'elle menait le cheval dans la cour.

— Il est blessé. Nous allons le nettoyer, lui donner à manger et lui montrer qu'il est ici en sécurité.

Tout en flattant le toupet de l'animal, Tobias lança à Mina un regard hésitant.

— À qui appartient-il ?

— Nous nous soucierons de cela demain.

— Mais il appartient forcément à quelqu'un, Miss Thorne. C'est une belle bête. Sans doute un cheval de Lord Lyle.

Mina était de son avis, mais elle ne voulait pas entendre parler des Lyle.

— S'il est à Lord Lyle, alors le vicomte ou son dresseur est un monstre.

La cruauté lui était insupportable, surtout envers un être vulnérable et confiant.

— Il voudra récupérer son étalon.

— Pour le battre jusqu'au sang ?

— Certains ne se laissent pas dompter facilement, répondit Tobias avec un haussement d'épaules. Il faut parfois de la fermeté.

— Je vous demande seulement de l'aider, dit Mina doucement. Nous nous occuperons de Lord Lyle plus tard. Je vais préparer un cataplasme avec la bouillie que nous avons utilisée pour guérir Mercury quand il s'est pris la patte dans les ronces.

Le jeune homme acquiesça d'un air sombre. Il ferait ce qu'elle lui demandait, comme toujours. Ils avaient presque le même âge et s'étaient toujours entendus comme un frère et une sœur. Et à présent qu'elle était l'intendante du domaine, il lui devait obéissance.

— Mina ? appela-t-il alors qu'elle se dirigeait vers l'entrée de la cuisine. Est-ce que le duc a dit si nous allions garder notre place ou non ?

— Nous pouvons rester. Il n'a pas emmené de personnel ; il a donc besoin de nous pour l'instant.

Lui avouer que le duc avait l'intention de vider le château de tout ce qu'il contenait était au-dessus de ses forces.

— J'en saurai davantage demain, ajouta-t-elle. Et je ferai tout mon possible pour que nous ayons tous un travail à l'avenir.

Que ce soit à Enderley ou ailleurs. Elle ne voulait pas que ses amis s'inquiètent pour leurs lendemains.

— Est-ce un brave homme ? demanda Tobias en montrant le château d'un geste du menton. Mieux que les deux autres ?

Mina leva les yeux vers les fenêtres du deuxième étage, où se trouvaient les chambres d'invités, puis elle jeta un regard vers le tas de feuilles qui finissait de se consumer. Elle pensa au caractère imprévisible de Nicholas Lyon, à sa douleur quand il parlait de son père, à sa tristesse lorsqu'il évoquait sa mère et à sa haine chaque fois qu'il faisait allusion à Enderley.

— Je ne saurais le dire. Quel genre de duc sera-t-il, quels changements va-t-il apporter à Enderley ? Cela reste à voir.

— Il est donc assez mystérieux ?

C'était le moins que l'on pût dire. Mais, pour leur survie à tous, Mina allait devoir percer son mystère.

# 7

— Il n'y a rien à espérer du nouveau maître, gémit Hildy en astiquant les grilles du foyer, agenouillée sur un carreau fendu de la cuisine. Il est pire que les autres, ajouta-t-elle avant d'écarter du revers de la main une boucle de ses cheveux blonds et soyeux. Qu'allons-nous faire, Miss Thorne ?

C'était bien là le problème. Il n'y avait rien à faire. Enderley appartenait au duc, et à moins que son notaire ne trouve un moyen pour qu'il refuse la succession, ce qui était hautement improbable, il pouvait disposer du domaine à sa guise. S'il décidait de le mettre en pièces, comme il avait menacé de le faire, Mina ne pourrait pas l'en empêcher.

Pourtant, elle allait s'y employer.

Tard dans la nuit, elle avait échafaudé un plan. La vue du cheval blessé l'avait aidée à comprendre une chose : prendre Nicholas Lyon en aversion ne les mènerait nulle part. En effet, à quoi bon répondre à sa colère par de la colère ? Certains êtres avaient besoin d'être apprivoisés avant d'accorder leur confiance. Peut-être le duc avait-il simplement besoin d'un peu de gentillesse et de bienveillance.

Et s'ils parvenaient à lui montrer qu'Enderley pouvait être un havre de paix, loin du bruit et de l'agitation de la vie londonienne ?

— Il n'a fait que causer des ravages depuis son arrivée ! renchérit Mrs Scribb, qui avait apparemment oublié le respect dû à leur nouveau maître. Seigneur, ce ne sont pas des façons ! A-t-on déjà vu un gentleman grimper sur les meubles, décrocher des tableaux ? S'il continue ainsi, il va démolir tout le château sous nos yeux !

— C'est un peu exagéré, intervint Mina en espérant que personne ne remarquerait son manque de conviction.

— On pourrait lui donner un peu de mouton avarié, suggéra Mrs Darley. J'ai une amie qui a fait cela jusqu'à ce que son maître n'en puisse plus et se sauve à Londres.

Mina considéra la cuisinière avec des yeux stupéfaits. Jamais elle n'aurait cru l'adorable vieille dame capable d'imaginer pareilles manigances.

— Je crains qu'il ne retourne à Londres plus tôt qu'il ne le faudrait, dit-elle, bien qu'elle n'ait pas encore divulgué son plan.

Il y avait beaucoup à faire avant que le château ne puisse être loué, et pendant ce temps, elle espérait convaincre le duc de la valeur du domaine. Elle devait l'amener à voir Enderley sous un autre jour : non comme un fardeau, mais comme une opportunité.

L'empoisonner avec du mouton ne faisait pas partie des tactiques qu'elle envisageait.

— Bon débarras, s'il n'est là que pour nous détester et nous mener la vie dure ! déclara Tobias en fourrant un gros morceau de pain frais dans sa bouche.

— On peut tuer un homme en lui donnant du mouton avarié, observa Emma avec une nuance d'inquiétude dans sa voix douce. L'été dernier, le vieux Mr McKintrick est mort après avoir mangé un ragoût qui s'était gâté !

— À ce que l'on dit, Mrs McKintrick y était pour quelque chose, lança Tobias avec un sourire narquois en enfournant une nouvelle bouchée de pain. Vous ne vous êtes jamais demandé pourquoi elle faisait pousser de la belladone dans son jardin ? ajouta-t-il en baissant la voix.

Les yeux gris-bleu d'Emma se firent ronds comme des soucoupes.

— Ça alors ! Vous croyez que c'est vrai ? demanda-t-elle.

— Nous n'allons pas l'empoisonner ! s'exclama Mina d'une voix forte qui surprit tout le monde, y compris elle-même.

L'inquiétude et le manque de sommeil l'avaient laissée en proie à une agitation nerveuse qu'elle s'employa à modérer.

— Ni avec du mouton ni avec quoi que ce soit d'autre, poursuivit-elle. Au contraire, il doit être traité mieux qu'il ne s'attend à l'être.

D'après ce qu'elle avait compris, Nicholas Lyon était homme à s'attendre au pire. Du domaine, et peut-être de ses semblables également. Pourquoi ne pas lui prouver qu'il avait tort ? Il devait bien y avoir un moyen de lui montrer la valeur d'Enderley, de son personnel et de ses occupants.

— Nous devrions l'accueillir de la meilleure manière possible, continua-t-elle en cherchant les yeux écarquillés de Hildy. Notamment en cessant de pousser des cris perçants quand nous le croisons dans les couloirs.

La jeune fille baissa la tête, acquiesçant d'un air penaud.

— Ce n'est pas sa faute s'il fait peur à voir ! observa Tobias, protecteur.

— Je ne le trouve pas vilain, moi, murmura Emma. Il est même plutôt bel homme, avec ses cheveux noirs et ses yeux clairs.

— Et ces épaules ! Je n'en ai jamais vu d'aussi larges. Il porte l'habit mieux que personne, reconnut Mrs Scribb en reniflant. On peut dire qu'il a fière allure, notre maître.

— Je pourrais aiguiser mon couteau sur son menton, renchérit Mrs Darley qui épluchait des légumes debout devant une table, à l'autre bout de la pièce.

— Sa bouche..., commença Mina avant de se ressaisir.

Son instinct lui dit qu'elle devait prendre garde, car rien de ce qu'elle pensait de la bouche de Nicholas Lyon n'était convenable ni digne d'une dame.

— ... est bien faite, se contenta-t-elle d'ajouter.

— C'est vrai qu'il a de jolies lèvres, admit Hildy en gloussant.

— Moi aussi, j'ai les cheveux noirs, remarqua Tobias, le menton appuyé sur la main, en regardant Emma d'un regard malheureux.

Mina tenta de les ramener tous au sujet qui la préoccupait.

— Si le duc a une piètre opinion d'Enderley, efforçons-nous de lui montrer qu'il se trompe.

— Mais comment ? demanda Mrs Darley. Il y a des réparations à faire, le personnel manque et le budget de la cuisine est bien trop maigre pour remplir le garde-manger et le nourrir comme un duc le mérite !

Augmenter les fonds du ménage faisait partie de la liste de requêtes que Mina entendait présenter à Mr Lyon. Mais elle devait tout d'abord gagner sa confiance.

— Je vais lui parler de nos préoccupations, Mrs Darley.

— Que nous le traitions comme un roi ou comme un ennemi, c'est notre maître, à présent, déclara Mrs Scribb en ajustant le trousseau de clés suspendu à sa taille.

Puis elle hocha la tête comme si elle venait de décider de la conduite à tenir.

— Nous le supporterons comme nous avons supporté les autres. J'ai survécu à deux ducs ; je me demande combien de temps tiendra celui-ci.

— J'espère qu'il partira plus vite que son frère, marmonna Tobias.

Comme Emma le considérait avec effarement, il prit un air contrit.

— Je voulais dire à Londres. Il doit être pressé de retourner à sa maison de jeu. On dit que c'est un endroit prestigieux.

— Nous ne devrions pas avoir hâte de le voir partir, insista Mina.

Une fois à Londres, le duc se préoccuperait encore moins d'Enderley.

— Nous devons le retenir ici aussi longtemps que possible, poursuivit-elle. Il faut le convaincre d'engager des fonds dans le domaine. Sinon, Enderley court à sa perte.

— Sans parler de tous les villageois qui voudront le voir pour lui adresser leurs réclamations, ajouta Mrs Scribb.

Malgré tout le temps et le soin qu'elle consacrait à ses responsabilités au château, la gouvernante semblait connaître tout le monde à Barrowmere, et aucun des potins du village ne lui échappait.

— Nous devrions peut-être les faire patienter un peu.

Wilder, qui était resté assis en silence jusqu'alors, se leva en posant des mains noueuses sur le dossier de sa chaise.

— Laissons-lui le temps de se réapproprier les lieux avant de lui faire part de nouveaux problèmes.

— Excellente idée, répondit Mina en hochant la tête.

Il y avait tant de problèmes ! Elle les connaissait tous comme si la liste qu'elle conservait dans son bureau était gravée dans son esprit. Et il en survenait sans cesse de nouveaux. S'il y avait une seule certitude dans son emploi d'intendante, c'était bien celle-là. Qu'il s'agisse d'un petit désagrément comme une tuile tombée du toit ou d'un ennui plus grave comme un cheval blessé, chaque jour apportait son lot d'incidents.

— Dans ce cas, déclara Emma en se saisissant d'un plateau chargé de plats fermés par des couvercles, je ferais mieux de lui monter son petit déjeuner.

Mina jeta un coup d'œil à la montre épinglée à la robe qu'elle avait revêtue à la place de sa confortable chemise usée.

— Nous ne lui avons pas encore fait porter ?

— Je lui ai dit d'attendre, expliqua Mrs Scribb en se dirigeant vers la petite pièce qui lui servait d'office. Je pensais qu'il sonnerait, comme le faisait son père.

— Je ne crois pas que nous devions nous attendre à ce qu'il se comporte comme son père. Ni comme son frère. Peut-être est-il né ici, mais il a été absent pendant vingt ans.

— Il n'a pas été élevé pour endosser le titre, intervint Wilder en redressant sa silhouette filiforme avant de s'éclaircir la voix. Peut-être est-ce à nous de le guider.

Mina sourit au vieil homme qui lui était devenu aussi cher que son propre père. Il était la voix de la raison, et elle avait cruellement besoin de lui.

— Il vous respecte, Wilder. Êtes-vous prêt à m'aider ?

— Bien sûr. Et je vous aiderai aussi à veiller à ce que personne ne l'empoisonne, dit-il avec un regard ironique vers les autres membres du personnel. La duchesse, Dieu ait son âme, m'a autrefois chargé de protéger ce jeune homme comme s'il était mon fils, ajouta-t-il en adressant un clin d'œil à Mrs Darley. Je n'ai donc aucune objection à faire ce qui est dans son intérêt.

Mina scruta son visage. Que savait-il sur l'enfant qui était devenu cet adulte apparemment si intransigeant ? Si Wilder était convaincu qu'il finirait par assumer son rôle de duc, cela lui donnait de l'espoir. Il faudrait qu'elle l'interroge sur les quelques années que Nicholas Lyon avait passées à Enderley.

Quelques minutes plus tard, un tintement de métal et de porcelaine attira son regard. Emma, qui avait failli laisser le plateau de petit déjeuner intact lui échapper des mains, venait de le déposer sur la table.

— Il n'a pas voulu de son petit déjeuner ?

— Ce n'est pas qu'il n'en a pas voulu, miss. Le duc est parti.

Mina se tourna à nouveau vers Wilder.

— Il doit être ici, affirma-t-il avec une certitude rassurante. Sinon, il aurait fait appeler Tobias pour atteler la voiture. Et nous l'aurions entendu partir. Ses vêtements sont-ils toujours dans sa chambre ?

Emma rougit comme si l'idée d'examiner la garde-robe d'un homme était proprement scandaleuse.

— Je n'ai pas vérifié, mais le lit est fait. Peut-être qu'il s'est levé très tôt ou qu'il est sorti hier soir.

Mina fronça les sourcils. La dernière fois qu'elle l'avait vu, il se dirigeait vers le château. Aurait-il fait un détour ? Mais pour aller où ?

— Peut-être est-il dans le petit salon. Emma, montez à l'étage. Quant à moi, je vais voir dans la salle à manger. Tobias, vérifiez s'il n'est pas aux écuries.

Le cœur battant, Mina commença les recherches. Le duc ne se trouvait ni dans la salle à manger, ni dans le petit salon, ni dans aucun des boudoirs alentour. Elle passa sa tête à l'intérieur de la bibliothèque, l'une de ses pièces favorites du château, mais elle était vide, elle aussi.

— Mr Lyon ? Milord ?

Elle ne savait plus au juste de quelle façon elle devait s'adresser à lui.

Jamais elle n'avait rencontré quelqu'un qui détestait un endroit comme il détestait Enderley. Son instinct la mena jusqu'au bureau, pour lequel il semblait concevoir une aversion particulière. Elle le trouva dans le même désordre épouvantable que la veille. La fenêtre était restée grande ouverte, et Mina traversa la pièce pour la fermer.

Où pouvait bien se terrer un duc malheureux ?

Elle remarqua alors que la porte située de l'autre côté du couloir était entrouverte. La porte qui menait à son bureau.

Il n'était tout de même pas allé là !

Mina poussa la porte avec précaution pour éviter de faire grincer les gonds. Elle trouva un géant endormi sur le sofa où elle avait autrefois joué, lu et appris ses leçons pendant que son père travaillait.

Le duc semblait occuper toute la surface du vieux canapé, écrasant les coussins de son corps massif, ses longues jambes étendues devant lui. Il avait changé de vêtements depuis la veille. Selon toute vraisemblance, il s'était levé, lavé et habillé sans l'aide d'un domestique avant de descendre pour lui parler. Et de s'assoupir.

Il avait la tête renversée contre les coussins, et sa joue droite, celle qui ne portait pas de cicatrice, était tournée vers la fenêtre. Un rayon de lumière dorée caressait son visage, accentuant ses pommettes saillantes et la courbe de sa mâchoire puissante.

Il était beau. Cruellement beau. C'était le type d'homme qu'elle aurait voulu séduire si elle avait eu une once de talent.

Mina esquissa un pas en avant pour étudier ses traits. De tous les portraits et les sculptures de généraux romains et de dieux grecs qu'elle avait vus dans des livres, aucun n'avait l'attrait de cet homme. Peut-être parce que son visage était imparfait, alors que le reste semblait dépasser toute mesure. Sa haute taille, sa robuste carrure faisaient de lui un être à part. Un homme de contrastes et d'excès.

— Vous l'avez trouvé, miss, chuchota Emma par-dessus son épaule.

— Peut-être devriez-vous apporter ce plateau de petit déjeuner ici. Ou au moins du thé.

Mina pénétra dans la pièce à pas feutrés, sans savoir au juste pourquoi elle prenait tant de précautions. Après tout, il fallait bien qu'elle le réveille. Pourtant, une part d'elle l'enviait : elle n'avait guère dormi plus d'une heure et se serait volontiers lovée sur le sofa pour faire un somme.

— Milord ! appela-t-elle à voix basse d'abord, puis plus fort : Mr Lyon !

Elle vit battre ses cils noirs et son regard bleu et vert se planta dans le sien. Le duc cligna des yeux et, l'espace d'un instant, il sembla effrayé. Jeune. Vulnérable.

— Que diable faites-vous ici ?

— Vous êtes, répondit-elle doucement, dans mon bureau.

— Pardonnez-moi.

Mina reconnut le timbre grave de Wilder. Le majordome se tenait sur le pas de la porte.

— Vous avez des visiteurs, milord, annonça-t-il.

Nicholas Lyon passa une main dans ses cheveux, ce qui eut pour seul effet de faire retomber ses boucles d'ébène en cascade sur son front.

— Je ne reçois personne aujourd'hui. Miss Thorne et moi avons beaucoup à faire.

— Quelle raison dois-je leur donner, sir ?

— « Le duc est indisposé. » N'est-ce pas l'excuse que vous aviez coutume de fournir pour mon père lorsqu'il était dans un de ses accès de fureur ? répliqua sèchement le duc.

— Très bien, milord.

— De qui s'agit-il, Wilder ? demanda Mina, imaginant le triumvirat que formaient le juge, le pasteur et le doyen des fermiers en train de patienter dans le grand salon.

— Lady Claxton et sa petite-fille.

C'était encore pire.

— Peut-être devriez-vous les recevoir, suggéra-t-elle au duc en espérant le convaincre par la douceur.

— N'avez-vous pas entendu ce que je viens de dire ? Nous avons du travail. Je n'ai aucune envie de faire la conversation avec les commères du village. Allez, Wilder.

— Mais si vous refusez de les voir, ce sera pour elles une grave offense. Cette commère, comme vous l'appelez, s'empressera de dire pis que pendre sur vous à tout son entourage...

— Croyez-vous que je me soucie de ce que l'épouse d'un nobliau de campagne peut dire à mon sujet ?

— Vous devrez vous en soucier si elle monte tout le village contre Enderley. Ils défileront tous devant notre porte, croyez-moi, dit-elle avant de s'approcher d'un pas pour ajouter d'un ton de conspiratrice : Si vous la charmez, elle s'en ira ravie et ne vous importunera plus jamais. Mais si vous l'ignorez, elle trouvera le moyen de vous le faire payer.

Pour toute réponse, il lui adressa un regard furieux.

— Pensiez-vous vraiment que vous pouviez venir ici sans jouer au duc une seule fois ? demanda-t-elle.

— Très bien ! grommela-t-il en se levant d'un bond pour se trouver nez à nez avec elle.

Mina lui sourit comme elle l'aurait fait devant un enfant récalcitrant qui avait enfin consenti à manger ses betteraves. Puis elle se tourna vers Wilder.

— Conduisez-la dans le salon vert. Je vais sonner pour que l'on porte du thé.

Le duc se dirigea vers la porte mais s'arrêta en la voyant s'installer derrière son bureau.

— Oh non, Miss Thorne ! Vous venez aussi.

— Mais c'est absurde. On n'a jamais vu un duc demander à son intendant de l'accompagner lorsqu'il reçoit des invités !

Il la gratifia d'un sourire narquois, manifestement indifférent à ses arguments.

— Je vous avais prévenue que j'allais instaurer de nouvelles règles. Vous connaissez ces femmes ; moi pas. Je comprends votre point de vue : la politesse veut que je les reçoive. Cela permettra peut-être d'apaiser les villageois lorsqu'ils verront le domaine loué à un étranger. Mais puisque j'accepte de suivre votre conseil, poursuivit-il en lui tendant la main, vous m'accompagnerez.

Mina considéra, hésitante, cette main offerte.

— S'il vous plaît, ajouta-t-il à voix basse, entre ses dents.

# 8

Les deux visiteuses dans leurs robes pastel – l'une rose et l'autre bleue – se fondaient parfaitement dans le décor fané du salon. Le papier peint, qui dans les souvenirs de Nick était couleur sapin, s'était défraîchi au fil du temps jusqu'à devenir vert pâle.

Après les présentations, Miss Thorne se retira au fond de la pièce.

Nick aurait aimé pouvoir en faire autant.

— Lady Claxton, Lady Lillian, comme c'est aimable à vous de me rendre visite ! déclara-t-il d'une voix qui, il le sentait lui-même, sonnait faux.

La tension qu'il éprouvait avait gagné tous les muscles de son corps. Échanger des politesses avec des dames était nouveau pour lui ; il n'avait aucune expérience de ce genre de conversation.

La marquise était une femme formidablement grande et sculpturale. Lui qui approchait le mètre quatre-vingt-dix ne la dépassait que de quelques centimètres. Chaussant une paire de bésicles qu'elle portait suspendue à son cou par une chaînette, elle entreprit d'inspecter sa personne. Partant de ses bottes, elle remonta lentement jusqu'à ce que son regard achoppe sur son visage. La cicatrice de Nick finissait toujours par attirer l'attention des femmes, tel un aimant monstrueux.

La plupart d'entre elles avaient un mouvement de recul. Ce ne fut pas le cas de Lady Claxton.

— Sans cet œil vert, vous seriez le portrait craché de votre père, observa-t-elle.

— C'est ce que l'on dit, répondit Nick sans sourire.

Il savait que ce n'était pas un compliment de sa part. La marquise avait pincé ses lèvres fines d'un air réprobateur, comme si elle avait mis trop de citron dans son thé. Apparemment, il avait échoué à l'examen auquel elle venait de le soumettre.

Il lança un coup d'œil à Miss Thorne, qui avait eu le bon sens de s'installer dans un coin sombre de la pièce, à l'abri du regard du vieux dragon. Manifestement, elle n'avait pas la moindre intention de l'aider à traverser l'épreuve redoutable que représentait pour lui cette visite.

— Que puis-je faire pour vous, Lady Claxton ? demanda-t-il en priant pour qu'il s'agisse d'une requête insignifiante et rapide à satisfaire. Il n'avait aucune envie de se soumettre plus longtemps à ses regards inquisiteurs.

— Pour moi, my lord ? Mais vous n'y êtes pas du tout ! Je suis venue vous apporter mon aide, au contraire. Tout d'abord, laissez-moi vous dire à quel point je suis heureuse de vous trouver ici. Le château d'Enderley est trop magnifique, trop essentiel au bien du village pour rester vide longtemps.

— Je vous promets de faire de mon mieux pour qu'il ne reste jamais inoccupé.

Sur ces mots, il jeta un nouveau regard vers Miss Thorne. Mais, assise sur son canapé à dossier droit, elle était en train de regarder ses mains comme si un roman particulièrement captivant avait été tatoué sur sa peau.

— C'est une promesse que nous n'oublierons pas, my lord.

Lady Lillian Portman, la petite-fille de la marquise, avait soufflé ces mots d'une voix si langoureuse que Nick sentit un frisson d'effroi parcourir son dos.

C'était un fort joli spécimen de femme. Des cheveux auburn, des yeux bleus et des courbes voluptueuses à souhait. Le visage balafré de Nick ne semblait même pas la rebuter. Lorsqu'il se tourna vers elle, elle passa la langue sur ses lèvres. Lentement.

Attirante, mais guère subtile.

— Ma petite-fille vient de faire ses débuts dans le monde, my lord, expliqua Lady Claxton.

Elle avait articulé ces mots avec soin afin qu'il n'y ait aucune méprise possible : la demoiselle était en quête d'un époux, et elle avait jeté son dévolu sur lui.

— Je crois savoir que vous avez passé quelque temps à Londres, my lord.

— En effet. J'y ai passé la plus grande partie de ma vie.

*Et je compte bien y retourner au plus vite.*

— Nous avons tous hâte de regagner Londres dès le début de la saison des bals, déclara Lady Lillian avec enthousiasme. C'est tellement divertissant !

Lorsqu'elle gloussait, son corps tout entier était secoué de tremblements.

— D'ordinaire, ronronna-t-elle en lui jetant un regard gourmand, la campagne offre bien peu d'agréments pour une jeune lady.

— Et nous aimerions vous aider à remédier à cette situation.

Son inspection de la pièce terminée, la femme à la chevelure argentée avait enfin posé ses bésicles. Elle tourna vers Nick son regard déconcertant.

— Vous êtes la figure de proue de la société de Barrowmere. Par conséquent, il est de votre devoir de recevoir.

Déjà, il sentait la migraine le gagner. L'aider, vraiment !

— Qu'aviez-vous en tête, Lady Claxton ?

— Un bal, répondit la marquise avec un sourire qui illumina son beau visage ridé.

— Oh ! dites oui ! s'exclama Lillian, dont la voix perdait un peu de sa séduction lorsqu'elle geignait. Je n'ai pas dansé depuis des siècles ! N'est-ce pas, grand-maman ? lança-t-elle à Lady Claxton en esquissant une moue boudeuse qui fit ressortir ses lèvres parfaitement ourlées.

La marquise dirigea ses bésicles vers son intendante.

— Je suis certaine que même Miss Thorne serait d'accord. Un bal nous ferait le plus grand bien à tous.

— Il est vrai que danser rend les gens plus gais.

Miss Thorne avait prononcé ces mots avec un tel entrain que Nick sentit la nervosité le gagner. Si elle s'imaginait qu'elle pouvait le persuader d'organiser un bal de campagne ou tout autre divertissement frivole, elle se trompait lourdement !

— Je ne peux vous fournir le remède que vous demandez, Lady Claxton, affirma-t-il du ton catégorique qu'il utilisait avec les aristocrates qui venaient le trouver dans son antre.

— Mais il le faut ! Vous êtes le duc de Tremayne. Votre père avait beau pester et renâcler, il faisait son devoir et donnait au moins un bal par an.

Nick sentit une douleur de plus en plus vive lui marteler le crâne. Il aurait voulu envoyer ces dames au diable et réduire le salon en miettes.

— Parfois, la duchesse l'incitait à en organiser deux dans l'année, ajouta Miss Thorne, qui ne lui était décidément d'aucun secours. Quelle date suggérez-vous pour le bal, my lady ? Et de quoi auriez-vous besoin ?

— Il faudrait que ce soit bientôt. Oui, très bientôt, répondit Lady Claxton, les yeux exorbités. Quant à ce qu'il nous faudra, seulement ce que toute réception de ce genre exige. Un buffet, des musiciens, une salle de bal. Mais les domestiques d'Enderley doivent savoir tout cela. Le duc et la duchesse savaient si bien recevoir !

Nick ne put réprimer un rire amer. Certes, sa mère était une femme chaleureuse, avenante, gracieuse, comme toute duchesse qui se respecte. Mais d'après ses souvenirs, son père passait son temps à bouder dans les coins et à se quereller avec les invités au moindre prétexte.

— Nous pourrions fournir le buffet et les boissons pour un bal, commença Miss Thorne d'un ton enjoué, comme s'il ne se trouvait pas dans la pièce.

Lady Claxton semblait aux anges. Lady Lillian applaudit fébrilement de ses mains gantées. Et Nick serra la mâchoire si vigoureusement qu'il craignit de se fendre une dent. Lorsqu'il parvint à attirer l'attention de Miss Thorne, il lui lança un regard furieux qui sembla refroidir son enthousiasme.

— Mais si vous voulez que la réception ait lieu dans les

semaines à venir, je crains que la salle de bal d'Enderley ne soit pas disponible, ajouta-t-elle aussitôt.

Elle le considéra d'un air qui semblait dire « Vous êtes content, maintenant ? », auquel il répondit par un petit hochement de tête satisfait.

— Je crains, poursuivit-elle, que la pièce n'ait besoin de réparations.

Son soulagement avait été de courte durée. Des réparations ? Jamais elle n'avait évoqué cette nécessité dans ses inventaires ni dans ses échanges avec son notaire.

Lady Claxton laissa échapper un soupir résigné.

— Nous pourrions vous proposer la salle de bal de Claxton Hall, je suppose. Bien sûr, elle est plus petite que celle d'Enderley.

Avant de poursuivre, elle tapota ses lèvres de son doigt ganté.

— Pouvons-nous compter sur votre aide, my lord, et sur votre présence ?

Nick n'aimait pas faire des promesses, surtout quand il n'avait pas l'intention de les tenir.

— Je ferai tout ce qui sera en mon pouvoir pour vous être utile, répondit-il, évasif.

La marquise ne sembla pas percevoir son manque d'enthousiasme.

— Je me doutais que vous seriez différent des autres Tremayne, my lord, dit-elle avant d'arquer un sourcil gris. Et peut-être est-ce une bonne chose.

Sur ces mots, elle se leva, visiblement prête à prendre congé.

Nick inspira profondément et sentit le poids qui lui oppressait la poitrine s'alléger quelque peu. Il s'en était tiré à bon compte. Et rapidement. Pour une tâche tant redoutée, il n'aurait pu espérer conclusion plus heureuse.

— Je vous réserverai une place sur mon carnet de bal, susurra Lady Lillian comme il la conduisait vers le vestibule.

Miss Thorne, qui les précédait, lui lança un regard impénétrable par-dessus son épaule.

— Montez-vous, my lord ? demanda la jeune lady en pressant

son avant-bras de sa main gantée comme s'ils étaient en promenade à Hyde Park.

— Seulement en voiture.

— Quel dommage ! Je ne connais rien de plus revigorant qu'une chevauchée dans les champs par un matin ensoleillé !

Arrivée sur le perron, elle promena son regard sur le domaine. Ses yeux s'illuminèrent lorsqu'elle aperçut la silhouette robuste de Tobias qui sortait de la cour de l'écurie en menant avec lui un cheval.

— Voilà un beau spécimen !

Nick étouffa un rire : pendant un instant, il avait cru qu'elle faisait allusion à son domestique, et non à l'animal.

— Mais..., commença-t-elle en portant la main à son front pour protéger ses yeux du soleil. Cette robe et cette crinière de jais me font penser à Hades, un cheval de l'écurie de Lord Lyle. Le vicomte vous a-t-il vendu l'un de ses étalons ?

Avant que Nick n'ait le temps d'expliquer qu'il ne s'intéressait nullement aux écuries d'Enderley, Miss Thorne apparut à ses côtés. Elle se faufila entre Lady Lillian et lui pour s'approcher de la marquise, qui s'apprêtait à descendre les marches.

— Faites-moi parvenir tous les détails de ce que nous devrons fournir pour le bal, my lady.

— Oui, bien sûr, répondit Lady Claxton. Nous dresserons la liste de tout ce qu'il faudra. Venez, Lillian. Ne restez pas là à rêvasser.

Nick aida les deux ladies à monter en voiture et esquissa même un petit salut lorsque Lillian se mit à agiter frénétiquement la main tandis que la calèche s'éloignait. Leur départ eut pour effet de dénouer en lui de nouvelles tensions. Au fond, il n'avait rien perdu dans cet arrangement, sinon le coût du buffet. Mettre la main à la poche pour financer la réception ? Il voulait bien consentir à ce petit sacrifice, dès lors qu'il pouvait rentrer à Londres avant que l'on ouvre le bal.

Se retournant, il vit son intendante qui attendait, hésitante, sur le perron.

— Est-ce bien vrai, Miss Thorne ? Ce que vous avez dit sur la salle de bal ?

— Oui, hélas. Le plâtre s'effrite et une fuite a causé d'importants dégâts l'hiver dernier. Voulez-vous que je vous montre ?

— Je vous suis.

En réalité, il n'avait pas besoin qu'elle lui indique le chemin. Il se souvenait parfaitement de la salle de bal. Un soir, il s'y était caché pendant que ses parents donnaient un bal, et il avait vu sa mère en train de danser avec l'un des aristocrates de la région. Il n'oublierait jamais la vue de son père qui bouillonnait de fureur dans l'ombre.

Thomasina Thorne ouvrit la double porte avec l'une des clés du trousseau qui pendait à sa ceinture. Puis elle poussa les deux battants, laissant Nick apercevoir la pièce pour la première fois depuis de longues années. Comme un nuage de poussière se soulevait, il se couvrit le nez de la main pour ne pas éternuer.

Il fut d'abord saisi par une odeur de moisi. Puis il remarqua une vilaine trace sur le mur du fond. De l'eau avait coulé là, déformant et décolorant le papier peint. Au-dessus, une tache sombre souillait le plafond.

— Nous faisons notre possible pour empêcher l'humidité de gagner les autres pièces. La pluie pénètre à l'intérieur par une fissure dans le mur extérieur, ou peut-être dans le toit. Nous avons fait venir un maçon, mais il n'a pas trouvé la source de la fuite.

Miss Thorne se mordit la lèvre avant de poursuivre.

— Il a dit qu'il lui faudrait démolir une partie du mur pour découvrir d'où venait le problème, et c'est un coût que le précédent duc a refusé de prendre en charge.

Nick n'avait pas plus envie que lui d'engager cette dépense, mais pouvait-il louer un château dont la salle de bal était en train de moisir ?

— Cette pièce n'est-elle pas magnifique ? Magique, même.

Tout en parlant, Miss Thorne se dirigea vers le milieu de la salle. Levant les bras, elle se mit à tourner sur elle-même comme si les chandeliers étaient allumés, jetant sur les murs des reflets chatoyants, comme le soir où Nick s'était glissé hors de son lit, enfant.

De la pointe de sa botte, elle balaya la poussière, faisant apparaître les motifs sinueux du parquet.

— J'aime la façon dont les lamelles de bois sont assemblées pour suggérer le mouvement. C'est parfait pour une salle de bal. Et les lustres ! ajouta-t-elle en pointant le doigt vers le plafond.

Recouverts de drap blanc, les imposants ornements de cristal ressemblaient à d'énormes ruches prêtes à les écraser tous deux.

— Lorsqu'ils sont allumés, on dirait que toutes les étoiles sont descendues du firmament !

Mais la seule beauté que Nick voyait dans la pièce était celle de cette femme. Sa vitalité faisait oublier les ruines et la pourriture. Il admirait même la loyauté dont elle faisait preuve à l'égard d'Enderley, même s'il ne pourrait jamais la partager.

— Cet endroit ne mérite pas vos louanges passionnées, déclara-t-il.

Elle se décomposa sous ses yeux, et Nick s'en voulut d'avoir gâché sa joie. Refermant la main qui lui avait montré tous les attraits de la pièce, elle baissa le menton.

— Peut-être ne mérite-t-il pas non plus votre haine.

— Peut-être que si.

Elle ne connaissait pas ses secrets. Si elle avait su, elle se serait sauvée des années plus tôt.

— Me croyez-vous naïve, milord ?

Se passant la main sur la nuque, Nick s'efforça de taire ce qu'il brûlait de lui dire. Que son attachement à ces murs n'avait pas de sens. Qu'elle se trompait en croyant qu'il était venu guérir tous les maux d'Enderley.

— Regardez donc autour de vous ! insista-t-elle. Ne voyez-vous pas ce que cette salle de bal pourrait devenir avec quelques travaux et un bon nettoyage ?

— Je ne vois que des dépenses imprévues.

Des centaines de livres pour combler la fissure. Des heures de travail pour repeindre les murs, laver et astiquer le sol. Alors seulement la pièce ressemblerait à nouveau à une salle de bal correcte.

— Mais si vous consentez à faire ces réparations, vous pourrez donner un bal ici l'an prochain et impressionner Lady Claxton ainsi que toute la haute société de Barrowmere.

Elle le regarda avec un sourire sincère, chaleureux, qui le troubla au point de lui mettre les nerfs à vif.

Ce sourire n'était pas pour lui, se dit-il. Elle imaginait simplement la salle de bal briller de tous ses feux, bondée de femmes parées de bijoux somptueux et d'hommes en habit de soirée.

— Je n'ai aucune intention de donner un bal, Miss Thorne.

Elle tressaillit comme s'il venait de la tirer d'un rêve éveillé.

— Je suis un piètre danseur, ajouta-t-il.

Pourquoi avouait-il ainsi ses défauts ? Il n'avait aucunement besoin de la détestable compassion qu'il lisait dans son regard !

— Vous pourriez louer les services d'un professeur de danse.

— Je déteste les bals et je n'ai pas la moindre envie de me mêler à la haute société de Barrowmere. Les propriétaires de maisons de jeu, comme les intendantes, n'ont guère besoin de savoir danser.

Devant sa mine courroucée, il comprit qu'il avait touché un point sensible. Miss Thorne ouvrit la bouche mais, au lieu de le vouer à la damnation comme il s'y attendait, elle la referma aussitôt. Puis, passant devant lui, elle s'éloigna d'un pas vif en soulevant un nuage de poussière derrière elle.

Resté seul, Nick considéra le mur délabré avec colère. Il se mit à calculer le coût des travaux nécessaires en s'efforçant de ne plus penser à la déception qu'il avait lue dans ses yeux.

Quelques minutes plus tard, la voix caverneuse de Wilder résonna sous le haut plafond.

— Vous avez contrarié Miss Thorne.

— C'est moi qui ai toutes les raisons d'être contrarié, répliqua Nick en se tournant vers le majordome qui approchait. Personne ne m'avait prévenu que cette maison tombait en ruines !

— Ce n'est pas aussi grave que cela, Master Nicholas. Il y a quelques réparations à faire, voilà tout. Ce sera chose facile.

Wilder, qui était aussi grand que Nick, se tenait tout près de lui.

— Il est de votre devoir de remettre le château à neuf, à présent.

— Je ne résiderai jamais dans cette demeure, Wilder. Je ne suis pas ici chez moi et je ne le serai jamais, quoi qu'il arrive.

Le vieil homme inclina la tête, esquissant un semblant de révérence.

— C'est votre prérogative, bien sûr. Mais les dégâts doivent être réparés, si vous ne voulez pas que la situation empire. Et les travaux prennent du temps.

Nick le regarda du coin de l'œil. La poitrine gonflée, le menton haut, les mains toujours jointes dans le dos dans une attitude appliquée et obséquieuse, le majordome semblait fixer un point droit devant lui.

— Vous pourriez faire mieux qu'eux, milord.

Nick reconnut dans la voix de Wilder l'assurance inébranlable que lui-même n'éprouvait que lorsqu'il traitait ses affaires.

— Mieux que votre frère et que votre père. Vous pourriez être un bon duc. Peut-être un excellent duc. Réussir là où tous deux ont échoué.

Le majordome se tourna alors vers lui en haussant un sourcil.

— Ne serait-ce pas là la meilleure des revanches ?

Nick respectait l'opinion de Wilder, mais il ne voulait rien de tout ce qu'il évoquait. Ni le titre, ni le château et encore moins tous les ennuis qui allaient avec. Mais il savait mieux que quiconque qu'il était important de mener une entreprise à son terme.

— Trois semaines, Wilder. C'est tout ce que j'accorderai à cet endroit.

Et, pivotant sur ses talons, il quitta la salle de bal à grands pas. Arrivé dans le couloir, il tourna la tête à gauche, puis à droite. Aucun signe de Miss Thorne, hormis quelques notes florales de son parfum sucré. En dix longues enjambées, il se trouva devant la porte entrouverte de son bureau.

À son approche, elle redressa la tête et, balayant une mouche invisible de la main, se leva de sa chaise.

Sans lui laisser le temps de prononcer un mot, Nick pénétra dans la pièce.

— Ce mur doit être réparé, dit-il. Faites le nécessaire, Miss Thorne. Quel qu'en soit le coût.

Elle cligna des yeux, l'air interloqué.

— Très bien. Je m'en charge immédiatement.

Nick la quitta aussitôt, mais son image resta gravée dans son esprit. En plus de sa mine stupéfaite, elle lui avait offert l'ombre d'un sourire.

Il aimait ses sourires. Il les aimait beaucoup trop.

# 9

— Le duc a disparu ! s'écria Hildy en glissant sur le parquet ciré dans sa hâte de franchir la porte du bureau de Mina.

— Encore ?

Mina posa sa plume et rangea le livre de comptes sur lequel elle travaillait.

Cet homme avait la manie de s'évanouir dans la nature ! Généralement, il parcourait les champs pendant des heures, comme s'il ne supportait pas de rester entre les murs d'Enderley.

— Le pasteur est venu lui rendre visite, mais quand Emma est allée le chercher dans sa chambre, il n'y était plus.

— Le pasteur n'est pas en train de l'attendre, j'espère ? demanda Mina en priant en silence pour que personne n'ait informé Mr Pribble qu'ils avaient perdu le duc de Tremayne.

— Emma lui a demandé de revenir plus tard. Mais qu'allons-nous faire pour le duc ?

— Je vais le trouver. Il doit bien être quelque part.

Et tant pis s'il y avait cinquante-huit pièces où il pouvait se cacher. Le temps avait tourné à la pluie et il ne s'était sans doute pas aventuré dehors.

Sa disparition donnait à Mina un prétexte pour explorer des parties du château qu'elle avait d'ordinaire peu de raisons de visiter.

Après avoir passé la tête dans le jardin d'hiver et dans chaque chambre à coucher, salon et boudoir, elle se dirigea vers la bibliothèque.

À peine eut-elle ouvert la porte qu'elle sut qu'elle l'avait trouvé.

On percevait une nouvelle énergie dans cette pièce sombre au plafond haut. Pénétrant à l'intérieur à pas feutrés, elle s'arrêta et tendit l'oreille. Du coin le plus éloigné de l'entrée, derrière une immense table recouverte de cartes, provenait le bruit aisément reconnaissable de pages que l'on tourne.

Mina s'avança sur la pointe des pieds. S'arrêtant près de la table, elle vit deux bottes noires soigneusement cirées qui en dépassaient.

Dans cette pièce remplie de canapés et de fauteuils rembourrés, il avait choisi de s'asseoir à même le sol ?

Elle s'éclaircit la voix et aussitôt, le duc se leva, émergeant derrière la table. En scrutant son visage, elle songea qu'elle devait avoir exactement la même expression lorsque Mrs Darley la surprenait en train de chiper des scones sortant du four.

— Miss Thorne.

Nicholas Lyon lança un regard sur le mince volume qu'il tenait entre les mains avant de le jeter sur la table comme s'il ne présentait pas le moindre intérêt.

— J'étais juste en train de...

— Vous cacher ?

— De lire.

— Vous avez choisi le bon endroit.

Il la considéra d'un air hésitant, comme s'il cherchait à déterminer si elle se moquait de lui.

— Cette pièce est toujours un peu trop sombre, si vous voulez mon avis.

Mina n'avait pas eu l'intention de se moquer. Elle comprenait parfaitement que l'on ait envie de tranquillité et que l'on cherche le réconfort d'un livre. Même si le duc ne pouvait pas éviter indéfiniment de rencontrer le pasteur.

— J'ai toujours pensé que les bonnes devraient ouvrir les rideaux plus grand.

— Mon père l'interdisait. Il tenait à ce que le cuir des reliures ne déteigne jamais.

Sa voix se faisait toujours plus rocailleuse lorsqu'il évoquait le défunt duc.

— Pourtant, la pièce est aménagée de façon à réduire ce risque. La fenêtre est ici et les étagères…

— … sont toutes disposées de manière à ne pas recevoir directement la lumière du soleil, dit-il, achevant sa phrase. C'est ingénieux.

— Oui.

Dans son enthousiasme, Mina se rapprocha de lui. Suffisamment pour remarquer que la fraîcheur de son parfum contrastait avec l'odeur de renfermé de la pièce.

— Quand j'étais enfant, expliqua le duc, je m'installais sous la table pour lire. Dans la pénombre, je devais plisser les yeux pour arriver à distinguer les mots. Mais ce refuge est devenu trop petit pour moi, semble-t-il.

En effet. Tout chez lui était modelé selon des proportions généreuses. Le sommet de la tête de Mina arrivait à peine au niveau de son menton.

— Pour ma part, je m'asseyais toujours sur le rebord de la fenêtre, derrière les rideaux, avoua-t-elle à son tour.

— De qui vous cachiez-vous ?

— De mon père. Et du vôtre, j'imagine, même si l'ancien duc pénétrait rarement dans la bibliothèque.

— Pourquoi vous cachiez-vous de votre père ?

— À cause des lectures que j'aimais. Il ne les approuvait pas.

Nicholas la considéra d'un air étonné.

— Et que lisiez-vous exactement ?

— Rien de terrible.

Comme elle hésitait à en dire davantage, il se mit à tourner lentement autour d'elle. Lorsqu'il fut derrière son dos, Mina se retourna, nerveuse.

— Allons, dites-le-moi ! reprit-il. Votre père n'est plus là pour vous réprimander.

Se grattant le menton, il sembla réfléchir.

— Des romans d'aventures de Sir Walter Scott ?

— Non.

— Quelque chose de sentimental, alors. Dickens ?

Mina hocha la tête avec réticence.

— J'aime beaucoup Mr Dickens, mais ses histoires sont parfois un peu...

— Larmoyantes ?

— Exactement.

— Je suis d'accord avec vous, affirma-t-il avant de lever un doigt en l'air. Vous qui avez une prédilection pour les salles de bal, vous appréciez forcément les romans de Miss Austen.

— Vous avez lu Jane Austen ?

Les seuls exemplaires de ses livres que possédait la bibliothèque d'Enderley étaient de délicats ouvrages de petit format qui devaient sembler minuscules entre les immenses mains de cet homme.

Nicholas Lyon haussa les épaules, mais Mina vit son noble visage se colorer légèrement.

— Ma mère aimait ses livres.

— Mon père appréciait Miss Austen, lui aussi, observa Mina en montrant le mur où étaient rangés ses romans. Mais dites-moi plutôt quel était votre livre favori.

— N'essayez pas de détourner mon attention.

Le duc se rapprocha encore et Mina ne recula pas, même lorsqu'elle dut tendre le cou pour rencontrer son regard.

— J'ai posé la question le premier, ajouta-t-il.

— Très bien, répondit Mina avec un soupir. Les frères Grimm, si vous tenez à le savoir. J'aime les contes de fées.

— Bien sûr, dit-il en croisant les bras, un sourire suffisant aux lèvres.

Comment pouvait-il être aussi irrésistible et exaspérant à la fois ?

— Une jeune fille élevée dans un vieux château délabré ne peut qu'aimer les lutins et les monstres de contes de fées.

C'était lui qui se moquait d'elle, à présent. Mais Mina ne l'avait pas cherché partout pour parler de littérature.

— Le pasteur est venu vous rendre visite, et vous feriez mieux de vous préparer, car il va revenir. Et les inventaires sont terminés. Nous pouvons les passer en revue maintenant, si vous le souhaitez.

Sur ces mots, elle esquissa un pas vers la porte, pressée d'échapper à cette inspection. Elle s'était déjà trop confiée. Mais le duc se rapprocha d'elle.

— Pourquoi votre père n'aimait-il pas que vous lisiez des contes de fées ? demanda-t-il avant de baisser la voix, adoptant un timbre terriblement séduisant. C'est exactement ce qu'une jeune fille devrait avoir envie de lire, il me semble.

Mina fronça les sourcils.

— Avez-vous lu les frères Grimm ?

— Probablement. À un moment ou un autre.

— Leurs récits sont violents et complexes. Ce ne sont pas de petites histoires simplettes et puériles, comme on le croit souvent. La plupart des gens se méprennent au sujet des contes de fées.

— Était-ce le cas de votre père ?

— Il les jugeait trop fantaisistes, répondit-elle en regardant le bout de ses bottes. Il disait que si je voulais lire, je devrais choisir des biographies ou les livres de son bureau.

Levant les yeux, elle fut étonnée de lire sur le visage de Nicholas Lyon une expression compatissante.

— Il disait que ce n'était qu'un tissu d'inepties.

— Et pourtant, vous avez persisté à venir vous cacher derrière ce rideau ?

S'approchant de la fenêtre, il tira la lourde tenture. Puis il plaça un genou sur le rebord orné de coussins dont la couleur pourpre avait viré au vieux rose après des années au soleil.

Le voir s'installer à l'endroit même où elle s'était assise des milliers de fois était étrangement fascinant. Le duc regarda par la fenêtre, contemplant la vue qu'elle avait scrutée pendant une interminable succession de jours de solitude. Puis il glissa une main sous les coussins.

— Attendez ! dit-elle, mais trop tard.

Se retournant, il sourit en sortant la poignée de rubans qu'elle conservait pour marquer sa page lorsqu'elle s'interrompait dans sa lecture. Ils étaient bien plus utiles là que dans ses cheveux.

Son père voulait qu'elle ait l'esprit pratique, et ces fanfreluches faisaient de parfaits signets.

— Un seul de ces rubans a-t-il jamais servi à nouer vos cheveux ? demanda-t-il d'un air intrigué.

— Si c'est arrivé, c'était contre mon gré.

En deux longues enjambées, il se trouva tout près d'elle. Quand il prit doucement sa main dans la sienne, Mina oublia de respirer.

En voyant le duc approcher sa main de son visage, elle eut l'idée folle qu'il allait déposer un baiser sur ses doigts. Mais au lieu de cela, il posa son poing sur sa paume ouverte et laissa tomber en cascade les rubans qu'il avait ramassés.

Les boucles de satin et de soie avaient gardé la chaleur de sa peau. Elle les fourra dans la poche de sa jupe.

— Vous n'êtes pas celle que vous semblez être, n'est-ce pas ? demanda-t-il avec un sourire.

C'était la première fois qu'elle voyait sur son visage une expression d'amusement sincère et sans équivoque. Cela la surprit tant qu'elle en eut le souffle coupé.

— Vous ne me connaissez que depuis quatre jours, milord. Je doute que vous ayez pu vous faire une idée claire de ce que je suis ou même de ce que je semble être.

Et pourtant, il savait. Cet homme était venu à Enderley pour y déverser sa haine et détruire tout ce qu'elle s'était efforcée de préserver. Et pourtant, il avait compris mieux que personne d'autre qu'elle n'était pas la jeune femme avenante et distinguée que son père avait tant voulu qu'elle devienne.

Elle avait bien essayé d'enfouir en elle ses élans et ses envies de rébellion, comme elle avait caché ses rubans sous les coussins. Mais elle n'y était jamais vraiment parvenue.

— Que vous le croyiez ou non, dit-il avec une gentillesse surprenante, j'ai un certain talent pour cerner la personnalité de mes semblables.

S'éloignant, il alla s'appuyer contre le bord de la table et croisa les bras.

— C'est très utile dans mon métier. Les joueurs affichent

toujours une confiance imperturbable, quelles que soient les cartes qu'ils ont en main. Percer à jour les gens et leurs motivations est ce qui m'a permis de survivre.

— Vous êtes le fils d'un duc. Votre survie a-t-elle vraiment été menacée ?

Mina connaissait des hommes qui ne savaient pas de quoi leur prochain repas serait fait, et des jeunes femmes, comme Emma, qui avaient la lourde charge de subvenir aux besoins de leurs frères et sœurs.

— Je n'ai jamais tiré aucun avantage de ma filiation. Elle n'a été pour moi qu'une malédiction.

Inclinant la tête sur le côté, il l'examina un moment.

— Quand j'ai quitté Enderley, poursuivit-il, je n'avais rien. Ma mère et moi...

Sa phrase resta en suspens, comme s'il avait oublié ce qu'il allait dire ou qu'il était trop troublé par ses souvenirs pour les évoquer. Après quelques instants, il s'éclaircit la gorge et reprit la parole, d'une voix plus rauque, chargée d'émotion.

— Nous avons vécu en France pendant quelque temps. Je suis revenu en Angleterre après sa mort.

En France ? Mina n'en savait rien. De nombreuses questions lui brûlaient les lèvres.

— On a dit aux domestiques d'Enderley que la duchesse séjournait dans un sanatorium au bord de la mer !

— Mon père était un menteur, répondit le duc, les yeux luisants de colère.

De colère et de chagrin.

— Mais pourquoi êtes-vous allés en France ? Et quand ?

Mina songea à nouveau au jour où elle l'avait vu quitter le domaine, enfant. La maladie de la duchesse s'était déclarée quelques mois après, et elle était partie à son tour. Du moins, c'était ce qu'on leur avait fait croire à tous.

— C'est du passé. C'était il y a presque vingt ans.

Il détourna le regard et prit une profonde inspiration avant de continuer.

— Ma mère est morte quand j'avais seize ans, deux ans

seulement après notre arrivée. Elle était malade, en effet, mais il ne l'a jamais envoyée dans un sanatorium. Il préférait se voiler la face, et il a sans doute tissé tous ces mensonges pour cacher une vérité qui lui était insupportable. À moins qu'il n'ait simplement voulu protéger le précieux duché de Tremayne.

Mina souffrait d'entendre tant de douleur dans sa voix.

— Je suis navrée d'apprendre ce qu'a enduré votre mère.

Le duc ne répondit pas. Poussant un soupir, il resta un instant silencieux.

— Je suis retourné à Londres peu après sa mort. Là, je me suis construit une nouvelle vie. Le nom de mon père ne m'a strictement rien apporté. Tout ce que je possède, je l'ai gagné à la sueur de mon front. Je me suis battu pour en arriver où je suis.

Il jeta un regard par la longue fenêtre avant de se tourner à nouveau vers Mina.

— Être le fils d'un duc n'est un avantage que si votre père ne vous en veut pas d'être né.

— Il était cruel envers vous.

Dès son plus jeune âge, Mina avait perçu la menace qui émanait du vieil homme. Et elle n'avait jamais oublié la façon dont ses cris faisaient trembler les murs du château.

— Il était odieux avec tout le monde, n'est-ce pas ? répliqua-t-il.

Mais son sourire de dérision ne parvenait pas à cacher son malaise.

— Les souvenirs que j'ai gardés de ce château sont pour la plupart des cauchemars, Miss Thorne.

Mina se mordit la langue, repoussant toutes les questions qui tournoyaient dans son esprit. Elle se doutait qu'il ne répondrait à aucune et n'était même pas sûre d'oser les poser. Les réponses, les souvenirs semblaient le rendre si malheureux !

Elle ignorait ce qui s'était passé exactement entre son père et lui, mais elle commençait à comprendre pourquoi il détestait tant être de retour à Enderley. Les souvenirs de Mina, au contraire, étaient illuminés par la présence de son père chéri, dont la sagesse avait guidé ses pas. Et si elle avait eu du mal à satisfaire ses attentes, il ne s'était jamais montré cruel envers elle.

Lorsqu'elle émergea de ses pensées, elle vit que le duc s'était dirigé vers une étagère proche de la fenêtre. À présent, il passait un doigt sur les rangées de livres d'un air concentré.

— Cherchez-vous votre livre de chevet ?

— Non, marmonna-t-il. Ah, le voici ! déclara-t-il en brandissant le vieil exemplaire usé des contes de Grimm. Est-ce bien celui-ci ?

— Oui, dit-elle en le regardant feuilleter rapidement les pages. Que faites-vous ?

— Je cherche des rubans, répondit-il avec un regard espiègle avant de replacer le livre sur son étagère. Je pensais trouver des notes griffonnées dans les marges qui m'auraient aidé à déchiffrer votre nature contradictoire.

Contradictoire, elle ? Cet homme ne se rendait-il pas compte que son humeur était aussi capricieuse que le cours d'un fleuve ?

— Ne prenez pas cet air courroucé, Miss Thorne.

S'approchant d'elle, il pencha la tête et la regarda à travers des cils excessivement épais.

— Je ne voulais pas vous offenser. Je trouve vos contradictions assez plaisantes.

— Je n'ai pas de contradictions !

— Vous semblez dévouée à Enderley, insista-t-il avant de se pencher davantage. Suffisamment consciencieuse pour rester dans ce lieu désolé alors que vous devez vous y ennuyer à mourir.

Le duc prit une brève inspiration avant de poursuivre.

— Mais au fond de vous, vous en voulez davantage, n'est-ce pas ? Vous avez envie d'aventure, comme les personnages de ce livre. Vous rêvez de quitter ce château et de découvrir le monde. De choisir vous-même votre avenir.

— Vous ne me connaissez pas, et vous ne savez pas ce que je veux, milord.

Elle serra les dents à en avoir mal pour ne pas en dire davantage. Pour ne pas prononcer des mots qu'elle risquait de regretter.

— C'est vrai, je ne vous connais pas, reconnut-il. Mais j'aimerais beaucoup avoir ce plaisir.

La voix de Nicholas Lyon avait-elle pris un accent rauque, ou était-ce le fruit de son imagination ? Tout ce dont elle était sûre, c'était du long frisson que ses paroles avaient fait courir sur sa peau.

Subitement, elle semblait tout ressentir avec une acuité nouvelle : le sang qui battait dans ses tempes, l'accélération de son pouls. Il était trop proche. Mina fut soudain prise de l'envie insensée de le toucher.

Pour le surprendre. Pour lui prouver qu'elle était aussi aventureuse qu'elle aurait voulu l'être.

Ses paroles l'avaient frappée en plein cœur parce qu'elles étaient vraies. Avec une impitoyable clairvoyance, il avait vu ce qu'elle s'efforçait tant de cacher. Ses rêves. Ses envies d'ailleurs. Un désir de faire et de voir davantage que ce que ses responsabilités à Enderley lui permettraient jamais.

Enfant, elle avait nourri ses rêves de fables et de contes de fées. Désormais, elle se contentait de s'occuper du matin au soir en se persuadant que résoudre les problèmes du domaine et faire son devoir comme son père l'aurait souhaité lui suffisait.

Et voilà que le nouveau duc était arrivé.

Brusquement, elle en eut assez de voir son rictus suffisant, de se sentir petite devant sa haute taille et de supporter son regard trop perspicace qui allait et venait de ses yeux à sa bouche.

Peu lui importait qu'il soit le propriétaire du domaine qu'elle administrait. Et même de la bibliothèque qui était devenue son refuge dans ses moments de solitude. Rien de tout cela ne lui donnait le droit d'être aussi insupportablement troublant.

Peu à peu, les battements affolés de son cœur s'apaisèrent. Les frissons sur sa peau disparurent. Et les idées inconvenantes qui l'avaient assaillie cessèrent de tourbillonner dans son esprit.

Debout au bord du gouffre, elle recula juste à temps.

— Vous n'avez pas besoin de me connaître davantage, milord, déclara-t-elle, utilisant son titre comme un bouclier.

Elle éprouvait même une petite satisfaction en le voyant tressaillir chaque fois qu'elle prononçait ce mot.

— D'autant plus que vous n'avez l'intention de rester que deux semaines.

— Trois semaines. J'ai changé d'avis.

Elle sentit son cœur s'emballer à nouveau. Mais pourquoi n'arrivait-elle pas à se réjouir de cette victoire ?

C'était ce qu'elle voulait. Il fallait qu'il reste. Elle était censée le convaincre des mérites d'Enderley et lui montrer le domaine tel qu'elle le voyait : une demeure riche d'une longue histoire, qui reflétait le travail de tous les domestiques qui contribuaient à la faire vivre.

Mais le duc lisait en elle trop facilement, devinant des vérités qu'elle-même s'avouait rarement. Soudain, le persuader de rester au château semblait aussi dangereux que de le laisser partir pour toujours.

— Trois semaines semblent bien courtes pour ce que vous souhaitez accomplir, dit-elle en s'efforçant d'adopter un ton neutre. J'ai laissé les inventaires dans votre bureau. Voulez-vous que nous commencions à les examiner ?

Se détourner de lui fut facile. Marcher jusqu'à la porte s'avéra plus ardu. Le bout de sa botte se prit dans sa jupe et elle tira d'un coup sec sur l'étoffe pour se libérer.

Un bruit de pas résonna derrière elle, puis une main puissante lui saisit le coude.

Sa peau était chaude, son étreinte étonnamment douce. Et la tentation forte. Ce contact lui donna envie de se pencher plus près de lui. Mais ce fut lui qui se rapprocha. Ses pieds effleurèrent l'ourlet de sa robe. Un seul pas, quelques pouces à peine, séparait son corps du sien.

Mina s'écarta de lui. Elle ne pouvait pas s'abandonner aux sensations et aux désirs qu'il faisait naître en elle, ni perdre de temps à songer à l'image romanesque qu'il se faisait d'elle.

Tout ce qu'elle voulait de lui, c'était qu'il fasse son devoir. Alors elle pourrait continuer à faire le sien, et tout le monde à Enderley y gagnerait.

Elle avait cessé de croire aux contes de fées.

Nick n'aurait pas dû prendre tant de plaisir à troubler Mina Thorne. Mais il était ravi de découvrir qu'une autre femme se cachait derrière l'intendante zélée.

Bien sûr, c'était elle qui avait raison. Il devait se concentrer sur la raison de sa présence ici. Pourtant, il ne parvenait pas à se résoudre à rompre leur fragile trêve. Et il n'aimait pas la méfiance qui venait de surgir dans son regard.

— Vous ai-je contrariée, Miss Thorne ?

Il s'interrompit, cherchant les mots pour faire amende honorable.

— Je me suis comporté comme un idiot. Cela m'arrive souvent.

Nick n'avait pas pour habitude de refréner ses instincts. Un homme qui régnait sur un empire du jeu avait rarement besoin de reconnaître ses torts. Quant à demander pardon, cela ne lui arrivait jamais.

— Vous êtes très sûr de votre jugement.

— En effet.

— Bien que vous soyez vous-même orgueilleux et insensible.

— J'ai reconnu que je m'étais comporté comme un idiot. Cela devrait comprendre tous mes défauts.

Elle se pencha vers lui, une main sur la hanche, des éclairs dans les yeux.

— Je n'en reviens pas : vous êtes fier d'être grossier !

— Grossier ? Je vous trouve sévère !

— Les gens vous trouvent-ils charmant, d'ordinaire ?

Nick sourit. Cette jeune femme ne se laissait pas faire. S'il ne l'avait admirée pour sa repartie, son amour-propre en aurait été quelque peu froissé.

— La plupart. Du moins, c'est ce qu'ils disent. Lorsque l'on est riche, il est difficile de savoir si ce que l'on vous dit est sincère.

— Cela signifie qu'ils peuvent vous influencer en faisant appel à votre vanité.

— Non. Cela signifie seulement qu'ils essaient.

— Ce ne sera pas mon cas.

Miss Thorne redressa les épaules et leva le menton. Un fort joli menton. Gracieusement courbé, et creusé par une exquise fossette en son milieu. Il eut envie de la toucher. D'y poser sa bouche.

Jamais Nick n'aurait cru trouver la défiance d'une femme si excitante.

— Je tâcherai de m'en souvenir, Miss Thorne, dit-il avant d'esquisser un geste vers la porte et de se diriger vers le seuil.

Si elle continuait à le regarder de cette façon, il risquait de faire des choses qu'ils regretteraient tous deux.

— Si nous allions jeter un coup d'œil sur ces inventaires ?

Quel que soit le plaisir qu'il avait à croiser le fer avec elle, il en éprouverait davantage en rentrant au Lyon's Club.

— Attendez !

Elle avait prononcé ce mot avec la même autorité qu'il avait entendue dans la bouche de Wilder lorsqu'il s'adressait aux valets.

Se retournant, il la trouva devant la fenêtre. Quelques rayons de soleil avaient réussi à percer les nuages pour venir caresser sa peau et dorer ses cheveux, révélant des mèches d'ambre légèrement plus sombres que la couleur qui étincelait dans ses yeux.

— Qu'y a-t-il, Thorne ? Avez-vous caché d'autres trésors sous les coussins de la fenêtre ? demanda-t-il, se risquant à un ton taquin.

Comment une femme qui avait passé toute sa vie enfermée à la campagne pouvait-elle le fasciner autant ?

— Vous n'avez pas répondu à ma question.

Il aurait pu sortir sans plus lui accorder d'attention. Son père n'aurait jamais toléré qu'un membre du personnel hausse la voix, et encore moins qu'il s'adresse à lui avec une once de nonchalance.

Nick commençait à se demander s'il avait eu tort de la garder comme intendante. Elle occupait beaucoup trop ses pensées, et les réactions qu'elle provoquait en lui chaque fois qu'ils se frôlaient devenaient inquiétantes.

— Quelle question ?

— Quel est votre livre de chevet ?

— Vous ne le trouverez pas ici.

Il esquissa une grimace en repensant au vieil appartement qu'il avait partagé avec sa mère à Paris. Les pièces qu'ils occupaient dans la rue Vignon n'avaient rien de luxueux. Pour lui offrir ce livre, elle avait dépensé des mois d'économies.

— L'avez-vous perdu ?

— Je l'ai laissé en partant pour l'Angleterre.

Mina Thorne fit glisser le bout de son pied sur le parquet puis scruta son visage en se mordant la lèvre. Il devinait les questions qui se bousculaient dans son esprit.

— Vous êtes parti à l'âge de seize ans ?

Nick hocha la tête. Cela, il pouvait l'admettre sans peine.

— Je ne comprends pas pourquoi votre père a menti à ce point. À tout le monde.

— Pourtant, il a bel et bien menti. Surtout à lui-même. Mon père ne supportait pas l'idée qu'un scandale puisse entacher l'honneur des Tremayne, expliqua-t-il avec un rire amer.

— Et maintenant, c'est à vous que revient le devoir de protéger la réputation de votre famille.

Repoussant les pans de sa redingote, il posa les mains sur ses hanches pour ne pas serrer les poings.

— Je ne pourrais décrire les sentiments que m'inspire la famille Tremayne sans écorcher vos oreilles.

La jeune femme éclata de rire, et la douce légèreté de ce son apaisa la colère qui montait en lui.

— Avez-vous déjà entendu Mr Wilder lorsqu'il a bu un verre de trop ? Je vous assure que mes oreilles ne sont pas aussi délicates que vous le pensez.

Sa réponse attira l'attention de Nick sur cette partie de sa personne. Ses oreilles étaient très délicates, contrairement à ce qu'elle avait dit : des coquillages à la forme parfaite dont il eut aussitôt envie de suivre le contour de sa langue.

Miss Thorne s'éclaircit la voix.

— Alors, quel est donc ce livre ? Même si vous ne l'avez plus, vous devez vous souvenir du titre ou du nom de l'auteur.

— Bien sûr. Il en existe une traduction anglaise, mais

l'exemplaire que ma mère m'avait acheté était en français. La langue de l'auteur.

— Vous parlez français ?

Elle semblait tellement impressionnée qu'il eut envie de lui dire qu'il connaissait un peu l'italien et aussi l'espagnol.

— Oui, mais *Notre-Dame de Paris*, de Victor Hugo, est le premier livre que j'ai lu dans cette langue.

Il frotta son pouce contre l'index, se remémorant la texture des deux volumes reliés de cuir rouge.

— De quoi parle ce livre ?

— D'une belle Gitane.

Les yeux brillants de curiosité, elle esquissa un pas vers lui.

— Et ?

— Elle séduit de nombreux cœurs, y compris celui d'un homme que les habitants de la ville considèrent comme un monstre. Il est difforme. Un bossu. Il ne doit pas être très beau à voir.

Portant une main à sa gorge, elle se mit à jouer distraitement avec le premier bouton de sa robe.

— Et que se passe-t-il ?

— Son amour est sans retour : personne n'aime un monstre. L'histoire finit tragiquement. Elle n'a rien d'un conte de fées, Miss Thorne.

— De toute évidence, vous n'avez pas lu beaucoup de contes de fées, milord, répliqua-t-elle en plissant le front. Tous ont leur lot de tragédie, et parfois, le monstre est un prince victime d'un maléfice.

Sur ces mots, elle rougit violemment, comme si elle avait révélé un secret sans le vouloir.

Nick sentit son cœur faire une étrange embardée.

Mina Thorne écarquilla les yeux, puis elle prit cette attitude qu'il en était venu à redouter. Son visage devint serein, vide de toute émotion, et elle se mit à parler d'une voix monocorde.

— Je serai dans mon bureau, si vous souhaitez que nous parlions des inventaires.

Nick ne chercha pas à la retenir.

Une fois seul, il s'efforça de revenir au présent. De chasser ses souvenirs de Paris et de l'histoire de la Gitane et du monstre qui l'aimait. Portant la main à sa nuque, il massa ses muscles noués.

C'est alors qu'il remarqua le ruban sur le sol. Une fine bande de satin rose pâle que la jeune Mina Thorne avait préféré utiliser pour marquer sa page plutôt que pour orner sa chevelure.

Nick ramassa le ruban et caressa du doigt sa douce surface avant de le ranger soigneusement dans sa poche.

# 10

Mina avait les nerfs à vif : elle avait à peine fermé l'œil de la nuit. Et la présence massive de Nicholas Lyon dans son dos n'était pas pour apaiser son humeur.

Il la suivait de près sur le chemin de ronde battu par les vents d'Enderley, une vieille passerelle de pierre qui surplombait la façade arrière du château.

Le duc l'avait surprise en arrivant dans son bureau tôt le matin : il voulait examiner le toit et le mur extérieur de la salle de bal. Mina avait bien l'intention de saisir cette occasion pour lui faire visiter les jardins du domaine et ses principaux attraits. Si elle devait l'amener à apprécier Enderley, lui montrer toute sa beauté semblait une stratégie judicieuse.

Malheureusement, cela signifiait aussi qu'il allait découvrir tous les signes de délabrement. Mais elle s'y était préparée. Les notes qu'elle tenait dans sa poche contenaient des estimations du coût des réparations les plus urgentes.

Sous leurs pieds, les pierres étaient usées et le mortier avait été rongé par le temps. Mais le passage avait résisté pendant des centaines d'années ; il tiendrait bien un jour de plus.

Pourtant, Mina était loin d'être rassurée. Les hauteurs l'avaient toujours rendue nerveuse. Elle avait constamment l'impression qu'elle allait basculer dans le vide, comme si un instinct irrésistible la poussait à sauter pour prendre son envol.

Elle tourna la tête vers le duc, ce qui ne fit qu'aggraver son vertige, et trébucha.

Une main puissante la retint par la taille.

— Prenez garde, Miss Thorne ! cria Nicholas Lyon, effleurant sa joue de son haleine chaude. Vous sentez-vous bien ?

— Oui, je vous remercie, répondit-elle en hochant la tête.

Aussitôt, il relâcha son étreinte sans prêter la moindre attention à son expression de gratitude. Elle prit soin de ne plus regarder en bas tandis qu'ils poursuivaient leur progression vers l'aile ouest du château.

Après l'avoir côtoyé pendant cinq jours, Mina savait que l'homme était d'humeur exécrable le matin. Son sommeil était-il aussi troublé que l'était le sien depuis son arrivée ? Des cernes pâles s'étaient formés sous ses yeux, accentuant leur couleur froide.

Regardant par-dessus son épaule, elle le surprit en train de fixer le bas de sa jupe. Lorsqu'il leva les yeux, son regard était voilé, et ses lèvres sensuelles crispées.

— Êtes-vous sujet au vertige, vous aussi ? demanda-t-elle, curieuse de savoir si comme elle il avait le tournis.

— Je n'ai pas peur du vide, répondit-il avec un entrain visiblement feint, mais je le préfère à Londres, sans cet air marin qui vous glace les os !

— Nous y sommes presque ! annonça-t-elle sur un ton aussi enjoué qu'elle le put.

Sa nervosité augmentait à chaque pas, non parce qu'elle craignait de tomber mais parce qu'elle s'apprêtait à donner au duc de nouveaux motifs de mécontentement.

— Je connais le chemin, répliqua-t-il d'une voix caverneuse. Je suis né dans cette maudite maison !

— Bien sûr, répondit Mina sans parvenir à réprimer un soupir.

Dieu, que cet homme était taciturne ! Et totalement imprévisible. S'il était aussi lunatique étant enfant, cela pouvait expliquer qu'on l'ait envoyé en pension. Elle avait résolu de se montrer agréable, de lui montrer les charmes d'Enderley. Mais rien n'y faisait : chaque matin, ils étaient comme chien et chat.

— Le labyrinthe végétal a été conservé, je vois.

Se retournant à nouveau, Mina suivit son regard. Le duc

contemplait le gigantesque dédale de haies dessiné par son ancêtre près d'un siècle plus tôt.

— Je crains qu'il ne soit rarement visité.

En l'absence du maître, les réceptions avaient été rares lors des dernières années, et le lacis d'allées d'arbustes soigneusement taillés restait vide, sauf lorsque Mina ou un domestique venait s'y promener.

— Pourquoi ne pas le raser ? demanda le duc avec un visage impassible. Cela épargnerait au jardinier un travail bien inutile.

Malgré tous ses efforts, elle ne parvint pas à tenir sa langue.

— Je crois que votre mère aimait beaucoup le labyrinthe.

Tout comme Mina elle-même. Elle avait passé bien des journées à flâner sur ses chemins, à l'ombre des haies. C'était là qu'elle se réfugiait lorsque son père, lassé des colères de son maître, devenait irritable.

— Mais bien sûr, cette décision vous appartient, milord.

Lorsqu'elle se retourna à nouveau, l'homme eut l'audace de lui sourire d'un air suffisant.

— Est-ce votre nouveau jeu ? Dès que je heurte votre susceptibilité, vous me punissez en m'appelant « milord » ?

— Je ne suis pas susceptible, répliqua-t-elle aussi gaiement qu'il est possible de le faire les dents serrées.

Puis elle se mit à songer à des châtiments autrement plus cruels. Le forcer à nettoyer les écuries, par exemple. L'image de son maître en train de travailler en manches de chemise, la peau luisante de sueur, la laissa songeuse pendant quelques minutes.

Soudain, elle s'arrêta pour lui faire face.

— N'y a-t-il vraiment rien à Enderley qui inspire votre considération ?

Le duc fixa son visage avec intensité, comme s'il pensait trouver la réponse en elle.

— Et vous, pourquoi aimez-vous tant ce château ? demanda-t-il enfin.

Mina ne s'était pas du tout attendue à ce qu'il lui retourne la question. Et elle n'aurait pas cru avoir tant de mal à lui répondre.

— Je connais Mr Wilder et Mrs Scribb depuis mon enfance. Et mon père aimait beaucoup Enderley.

— Mais c'est votre avis que je veux. Pas le leur.

— Enderley est tout ce que je connais.

Mina plongea les yeux dans l'immensité du paysage pour échapper à son regard scrutateur. Mais elle continuait à le sentir sur elle, suivant ses moindres mouvements.

— Vous êtes jeune, Miss Thorne. Toutes sortes de possibilités s'offrent à vous.

Mina se tourna à nouveau vers lui, surprise par la sincérité qu'elle percevait dans sa voix.

Non, pas aujourd'hui ! Elle ne voulait pas écouter une nouvelle fois ces sornettes sur sa prétendue soif d'aventure. Son but était de le convaincre de faire son devoir, pas de se laisser persuader d'abandonner le sien !

— Je n'ai rien d'autre qu'Enderley, my lord. Ni famille, ni titre, ni éducation digne de ce nom. Et je n'ai aucune intention de me marier.

*Ni de prétendants, d'ailleurs.*

Elle sentit ses joues lui brûler en dépit de la bise glacée. Nicholas Lyon était le dernier homme avec qui elle aurait dû aborder un sujet aussi intime que l'absence de prétendants.

— Mon père m'a appris que se dévouer à Enderley était une ambition louable.

Il était même si dévoué que Mina craignait parfois qu'il se soucie davantage du domaine que d'elle-même. Mais ce n'était pas pour discuter de cela que le duc et elle se tenaient sur une passerelle de vieilles pierres, trois étages au-dessus du sol, tandis qu'un vent vif gémissait autour des remparts.

— De plus, ajouta-t-elle, se souvenant soudain du but qu'elle s'était fixé, l'architecture d'Enderley est magnifique.

Le duc croisa les bras avec une moue dubitative.

— Il y a de bien plus beaux châteaux en Angleterre.

— Eh bien, je ne les ai jamais vus.

Cette réponse lui valut un nouveau rictus. Pas tout à fait un sourire.

— Êtes-vous jamais allée au-delà du Sussex ?

Cette question semblait l'amuser beaucoup trop.

— Non. J'ai rarement eu l'occasion de quitter le comté.

Il n'avait pas besoin de savoir que le vieil atlas de la bibliothèque avait été l'un de ses livres préférés, ni qu'elle avait parfois rêvé, enfant, de s'enfuir pour gagner la capitale. Cet homme d'affaires devenu duc malgré lui la considérait comme une simple fille de la campagne ? Eh bien soit. Pourtant, elle avait beau se dire que cela ne devait pas l'affecter, elle n'arrivait pas à faire fi de son opinion.

— Je suis allée à Brighton une fois, lança-t-elle stupidement.

Cette fois, un sourire éclaira son visage, mais si furtivement qu'elle se demanda si elle l'avait imaginé.

— Cela reste le Sussex, mais les plages sont magnifiques. Le soleil a dû faire ressortir vos taches de rousseur.

Sur ces mots, il fixa son attention sur les petits points qui mouchetaient le nez et les joues de Mina. Et plus il la regardait, plus elle sentait le rouge envahir ses joues et son cou.

— Qu'avez-vous pensé du bord de mer, Miss Thorne ? demanda-t-il enfin en l'examinant cette fois de la tête aux pieds, un sourcil arqué. Avez-vous trouvé le sable chaud sous vos pieds ? Avez-vous été assez hardie pour vous aventurer dans l'eau glacée ? Quelque chose me dit que oui.

Deux fossettes creusaient son visage de chaque côté de la bouche lorsqu'il souriait. Mina ne put détourner le regard. Captivée par ses lèvres, elle se souvenait à peine de la question qu'il venait de poser.

— Je ne m'en souviens pas. C'était il y a longtemps.

— Trop longtemps, j'imagine. Vous devriez y retourner. Moi-même, il y a trop longtemps que je ne suis pas allé au bord de la mer, dit-il, soudain mélancolique.

Cette perspective semblait tant le séduire que Mina s'attendit presque à ce qu'il lui propose de faire atteler une voiture pour qu'ils partent sur-le-champ.

Mais, bien sûr, il n'en fit rien.

Il y avait entre eux un gouffre immense. Il était duc : il pouvait faire une escapade à Brighton, Bath ou n'importe où ailleurs quand cela lui plaisait. La vie de Mina était bien différente.

— Ma place est ici, Mr Lyon.

Sauf si lui ou le prochain occupant du domaine choisissait de la congédier.

— Du moins, pour l'instant.

Le duc ouvrit la bouche comme pour répondre, mais il ne dit rien. Tout en s'éclaircissant la gorge, il se mit à scruter les champs qui s'étendaient au-delà du labyrinthe.

— Est-ce le cheval d'Eustace que je vois, celui qui a provoqué l'accident ?

Mina resta muette en apercevant l'étalon noir. L'animal blessé guérissait vite. Elle allait le voir chaque matin pour lui apporter des pommes et examiner ses plaies. Mais elle n'avait pas encore décidé ce qu'elle allait faire de lui.

— Ce n'est pas celui de mon père, c'est certain, poursuivit le duc. Son cheval préféré était une bête massive, à la robe blanche. Celui-là n'aurait pas été à son goût.

Bien qu'elle n'ait pas bougé d'un pouce, Mina eut soudain l'étrange sensation de tomber. Elle esquissa un pas en arrière pour s'éloigner du bord et, la poitrine haletante, s'efforça de ralentir le rythme de sa respiration.

— Vous avez vraiment peur du vide ! s'exclama le duc en lui saisissant le bras pour l'aider à retrouver l'équilibre.

Levant les yeux, Mina le trouva tout près d'elle. Les pans de sa redingote frôlaient sa robe et son regard était planté dans le sien.

— Est-ce le vôtre ? demanda-t-il doucement.

— Aucun des chevaux de l'écurie ne m'appartient.

Elle prit une profonde inspiration avant de passer aux aveux.

— Ce cheval n'appartient pas à la famille Tremayne.

Comme Mina s'y attendait, le duc s'assombrit. Sa main serra plus fermement son bras.

— Je ne comprends pas.

— Je l'ai trouvé en train d'errer dans les champs, près du taillis, la nuit de votre arrivée.

— Mais d'où vient-il ?

— Sa place est ici, répondit-elle d'un ton catégorique. Pour l'instant.

— Miss Thorne, à qui appartient ce cheval ?

Mina hésita avant de se résoudre à répondre.

— À Lord Lyle, de Stebbing Hall. Sa propriété se trouve à la sortie du village.

— Je connais cet homme. Du moins, mon père le connaissait, dit le duc avant d'esquisser un geste en direction des champs. Dites à Tobias de lui restituer son bien immédiatement. Lord Lyle n'est pas d'un tempérament affable.

Sur ces mots, il se remit en marche en la contournant de manière à la protéger du vide. Sentant qu'elle ne le suivait pas, il se retourna.

— Allez-vous venir avec moi ?

— Je ne rendrai pas l'étalon à Lord Lyle.

L'étonnement sembla rajeunir Nicholas Lyon, adoucissant les traits les plus marqués de son visage sculptural. Les rides inquiètes de son front s'effacèrent, tout comme les tensions qui crispaient sa bouche charnue, et l'ombre qui voilait ses yeux s'évanouit. Puis l'un de ses sourcils se releva, et une mèche de cheveux noirs retomba sur son front.

Mina songea qu'elle devrait le surprendre plus souvent, et se hâta aussitôt de chasser cette idée.

— Êtes-vous en train de braver mes ordres ? demanda-t-il d'une voix grave, presque dans un murmure.

— Je suppose que oui, répondit-elle.

Un souffle de vent vint déranger sa coiffure, et elle ramena derrière son oreille une boucle de cheveux échappée de ses épingles.

— Lord Lyle, ou l'un de ses garçons d'écurie, a battu ce cheval jusqu'au sang. Il avait des marques profondes sur les flancs lorsque je l'ai trouvé.

Mina rassembla son courage. Le duc allait lui dire ce qu'elle savait déjà : la cruauté de Lyle importait peu. Cette bête lui appartenait, et c'était tout ce qui comptait. Surtout ici, à la campagne. Tout le monde connaissait la passion de Lyle pour les chevaux, et par-dessus tout pour les courses. C'était un homme qui aimait parier. Pour rien au monde il ne renoncerait à son étalon.

Le duc ne répondit pas. Les yeux plissés, il sembla réfléchir, et parvenir à une décision dont il s'abstint de lui faire part.

Un nouveau coup de vent balaya la queue de son habit et acheva de décoiffer Mina.

— Allons voir les dégâts et descendons de ce satané rempart, lança-t-il en lui faisant signe de le suivre.

Ses manières étaient devenues aussi froides et maussades que le temps.

— Regardez, dit-il en indiquant une tache sombre sur le toit de tuiles en pente. La fuite vient d'ici, et descend le long du mur.

Il se baissa, prenant équilibre sur ses cuisses.

Mina s'approcha, mais sans oser aller jusqu'à l'extrémité de la muraille. Remarquant qu'elle vacillait sur les jambes, le duc lui lança un regard désormais dépourvu de toute chaleur.

— Retournez à l'intérieur. Je n'ai pas besoin d'aide.

— Je préfère rester avec vous.

Lentement, il se tourna pour lui faire face. Ils n'étaient qu'à un pas l'un de l'autre sur l'étroite passerelle.

— Craignez-vous que je déteste cet endroit au point de vouloir me jeter dans le vide ? demanda-t-il en plongeant le regard dans le gouffre qui s'ouvrait sous ses pieds. À moins que vous n'espériez que je le fasse ?

— Bien sûr que non !

Mina jeta à son tour un regard vers le bas et le regretta aussitôt. Prise de nausée, elle tendit la main et ses doigts s'agrippèrent à un pan de sa redingote.

Le duc la saisit par le bras. Sa main lui offrit une chaleur réconfortante, comme un rempart contre le vide.

— Tout va bien, dit-il d'une voix douce, de la même façon qu'elle avait murmuré à l'oreille du cheval effarouché. Je vais inspecter rapidement cette brèche, et nous regagnerons la terre ferme.

Mina hocha la tête et il lâcha son bras pour examiner à nouveau les tuiles endommagées.

Si jamais ils réussissaient à descendre vivants de ce toit, elle montrerait au duc les jardins et la maison de plaisance, près de l'étang. Le jardinier y avait créé des sculptures végétales qui n'existaient pas à l'époque de son enfance.

— Je ne vois pas très bien l'utilité de notre présence ici, observa-t-elle. Un maçon ne serait-il pas plus apte à juger de la solidité d'un mur plusieurs fois centenaire ?

— Vous me sous-estimez, Miss Thorne, répondit Nicholas Lyon avec un sourire en coin. Je m'y connais un peu en vieilles pierres.

Mina lui jeta un regard sceptique.

— Ne me dites pas qu'en plus de diriger une maison de jeu, vous êtes expert en maçonnerie.

Son rire, profond et séduisant, lui sembla bien trop bref.

— Lorsque j'ai trouvé le bâtiment où j'ai installé mon club, il était en ruines. J'en ai appris davantage sur le travail des maçons, des plâtriers et des vitriers que vous ne pourriez l'imaginer.

— Vous avez réalisé tous les travaux vous-même ?

— Non, répondit-il avec un petit rictus ; j'ai engagé les meilleurs ouvriers que je pouvais m'offrir. Mais j'ai tenu à tout savoir. Et à surveiller de près les travaux. Le Lyon's Club est la seule chose que je possède, et je voulais connaître les moindres détails de sa construction.

— Vous ne faites vraiment confiance à personne, n'est-ce pas ?

— Il y a quelques exceptions.

Il la regarda en plissant les yeux, comme pour lui rappeler qu'elle n'en faisait pas partie. Ne lui avait-elle pas prouvé, plus d'une fois, qu'elle n'était pas digne de confiance ?

— Je peux les compter sur trois doigts, ajouta-t-il.

— Ce doit être des personnes extraordinaires, observa-t-elle, irritée à l'idée qu'elle ne rejoindrait jamais leur nombre. Mais pourquoi avoir choisi un bâtiment en ruines pour votre club ?

— Pour sa situation, répondit-il avec un haussement d'épaules.

Mina attendit. Il devait y avoir une autre raison.

Le duc laissa échapper un soupir avant de satisfaire sa curiosité.

— J'ai vu ce qui avait échappé à d'autres. Ce que cet endroit pouvait devenir. Les possibilités qu'il offrait.

À ces mots, Mina éprouva une étrange sensation. Comme si une nuée de papillons s'agitaient dans son ventre.

— Vous êtes donc capable d'espoir !

Encore une fois, elle vit la surprise adoucir ses traits. Un peu de douceur gagner son regard.

— Seulement en de très rares occasions, répondit-il avant d'ôter sa redingote. Voulez-vous bien me la tenir ? Mieux encore, mettez-la sur vos épaules, elle vous tiendra chaud.

Acceptant l'habit de laine, elle enfonça les mains dans les plis qui retenaient encore sa chaleur. Un parfum de bergamote, accompagné de notes plus sombres, vint effleurer ses narines.

Le duc mit un genou à terre et s'appuya des deux mains sur le toit en pente pour mieux examiner les tuiles. C'est alors que Mina vit, à l'endroit où il se trouvait, le dessin de briques entrecroisées bouger légèrement.

— Prenez garde ! s'exclama-t-elle.

Jamais elle n'aurait imaginé une telle chose possible.

Aussitôt après, elle sentit le sol osciller sous ses pieds également. Un infime mouvement.

— À propos d'espoir, je crois bien que c'est la seule chose qui fait tenir ces briques ensemble, dit Mr Lyon, le visage tendu. Il n'y a plus de mortier.

Sous ses pieds, la passerelle se mit à pencher dangereusement, et un morceau de la façade de calcaire émit un affreux gémissement en se détachant.

Nicholas Lyon se leva lentement, écartant les jambes pour se maintenir en équilibre. S'avançant vers lui, elle lui tendit la main.

— Ne vous approchez pas ! siffla-t-il. Reculez. Vite !

Mina esquissa un pas en arrière mais ne put se résoudre à s'éloigner davantage. Elle n'allait pas le laisser perché sur un pan de mur prêt à s'écrouler !

— Prenez ma main !

Roulant la redingote sous son coude, elle se pencha vers lui en étirant l'autre bras autant qu'elle le put. Un soudain vertige s'empara d'elle, l'attirant vers le bas, mais elle garda les yeux fixés sur le duc.

— Que vous êtes têtue ! grommela celui-ci.

En une longue enjambée, il parvint à approcher son pied du sien.

— Cette partie est solide, je ne risque rien. À présent, tournez-vous et regagnez l'escalier.

Baissant la tête, Mina observa les rainures sombres auquel le mortier avait laissé place. Rien ne garantissait que la passerelle ne s'effondrerait pas.

— Prenez ma main ! insista-t-elle.

S'il tombait, au moins aurait-elle une chance de le retenir. Mais en voulant étirer encore le bras, elle souleva le talon de sa botte et perdit l'équilibre. Aussitôt, son corps réagit comme le métal devant un aimant, et elle bascula vers le bord de la passerelle. Un cri jaillit de sa poitrine.

Son corps se fit insoutenablement lourd tandis qu'elle tombait dans le vide.

Nicholas Lyon surgit juste à temps. Se penchant par-dessus la muraille, il lui saisit vigoureusement le bras.

— Cramponnez-vous à moi. Et lâchez cette satanée redingote !

Elle laissa tomber l'habit et tendit le bras pour agripper son épaule. Aussitôt, il l'empoigna par la taille et la hissa vers lui.

Ils atterrirent dans une étrange position, moitié assis, moitié couchés, et trop près du bord de la haute muraille. Mina ne voulait pas le lâcher. Son corps était chaud et solide, et il l'empêchait de songer à son cœur qui battait à se rompre.

— Je vous tiens, dit-il dans un souffle.

Il posa le menton sur sa tête un instant, puis il prit son visage dans le creux de la main pour l'incliner vers lui.

— Vous n'avez rien ? demanda-t-il en arrêtant son regard sur sa bouche.

Du pouce, il effleura doucement sa joue. Mina ne le quitta pas des yeux tandis qu'il la contemplait. Pour un homme qui semblait toujours savoir exactement ce qu'il voulait, il semblait curieusement hésitant. Avec une infinie précaution, il dessina le contour de ses lèvres du bout du doigt.

Mina se sentait délicate sous sa tendre exploration. Désirable. Et elle reconnut la lueur qui brillait dans son œil. C'était un besoin violent, impérieux. Le même que celui qu'elle éprouvait. Elle avait désespérément envie de le toucher, de tracer à son tour les contours de sa bouche avant d'y poser ses lèvres.

Les tempes battantes, elle retenait son souffle, attendait, espérait. Brûlait d'avoir ce qui lui était interdit.

Sa surprise fut grande lorsque, baissant la tête, le duc pressa sa bouche contre la sienne. À peine eut-elle le temps de goûter ses lèvres qu'il s'écarta pour déposer un baiser sur son front.

— Rentrons, murmura-t-il contre sa peau.

Sans lâcher sa main, il se détacha d'elle et se leva.

— Je vais passer le premier. Restez près de moi.

Une longue enjambée, et tous deux se retrouvèrent sur un pan solide de la passerelle.

— À présent, allez devant, Miss Thorne. Je veux m'assurer que vous n'allez pas essayer à nouveau de vous jeter dans le vide.

— Mina.

— Pardon ?

— Appelez-moi Mina.

Cet homme venait de l'embrasser et de lui sauver la vie, et elle savait qu'il n'avait que faire des formalités.

Mais il lâcha sa main sans répondre. Avait-elle commis une erreur de jugement ? À moins que ce ne soit lui ? L'ennui, c'était qu'elle avait trop aimé sentir ses lèvres sur les siennes. Comment pourrait-elle considérer cette expérience comme autre chose que du plaisir ?

Elle le suivit jusqu'à la porte qui menait à un escalier intérieur. Nicholas Lyon l'invita à descendre la première mais, après deux marches, elle se retourna.

— Oubliez ce que j'ai dit. Une telle familiarité serait inconvenante.

Quelle sotte ! Elle s'était couverte de ridicule. Cet homme était duc, et elle n'était qu'une intendante. Son intendante. Peut-être aurait-elle mieux fait de se jeter du haut des remparts.

« Tâche de te conduire avec décence, Mina », répétait la voix de son père dans sa tête.

— J'ai parfois tendance à oublier les convenances, avoua-t-elle.

Un rire profond, contagieux, résonna contre les murs de pierre.

— Je l'avais remarqué ! répondit Nicholas Lyon. Et c'est une des qualités que j'admire en vous, ajouta-t-il avant de se pencher pour la regarder dans les yeux. Avec votre esprit entêté et, bien sûr, votre mauvais caractère.

L'appréciait-il vraiment pour ses défauts ? Pour son incapacité à se conduire comme il seyait à une jeune femme distinguée ?

Quoique encore piquée par sa remarque sur son caractère, Mina dut admettre qu'elle aimait l'entendre rire. Quant au sourire qui accompagnait son hilarité, il était tout simplement ravageur. Ce sourire qui révélait des dents blanches, entouré de deux profondes fossettes sur chaque joue, parvenait à le rendre à la fois attirant et terriblement dangereux.

— Nous risquerions de scandaliser Scribb et Wilder si je vous appelais Mina.

Son front se plissa comme s'il tentait d'élucider un épineux problème.

— Bien sûr, j'insisterais pour que vous m'appeliez également par mon prénom, ajouta-t-il en laissant son regard glisser jusqu'à sa bouche, comme pour la défier de le dire à voix haute.

*Nicholas.* Mina ne put se résoudre à prononcer ces trois syllabes, mais elles résonnèrent dans sa tête.

— Rentrons au chaud, à présent.

C'était une excellente idée. Mina n'avait qu'une envie : boire une tasse du thé noir trop fort de Mrs Scribb, blottie sous une couverture. Alors peut-être son cœur cesserait-il de battre la chamade. Mais elle n'avait rien accompli de ce qu'elle avait prévu de faire.

— Je voulais vous faire visiter le domaine.

Pour lui montrer ses plus beaux attraits, et non ses remparts croulants.

— J'ai déjà tout vu.

— Mais le jardin...

— Tout a dû être taillé pour l'hiver, j'imagine, coupa-t-il en descendant d'un pas.

Il se trouvait maintenant une marche au-dessus d'elle. Mina tendit la main pour l'empêcher d'aller plus loin. Ses doigts se posèrent sur son torse, et elle sentit ses muscles fermes sous son gilet. Elle laissa retomber son bras, sans pour autant le laisser passer.

— Je suis navrée de ne pas vous avoir averti au sujet du cheval de Lord Lyle.

Elle avait prévu de tout lui avouer à un moment ou à un autre, mais le poids de la culpabilité lui pesait plus que jamais à présent.

— Vous auriez dû m'en parler. Vous auriez dû me faire confiance, comme je dois vous faire confiance. Si vous restez à Enderley après mon départ, je compterai sur vous pour représenter mes intérêts, et non pour vous livrer à du vol de bétail.

— Vous pouvez me faire confiance.

À la pensée qu'il partirait bientôt, elle sentit son cœur se serrer douloureusement.

— Quelle que soit ma décision ? demanda-t-il en appuyant une main contre le mur, près de sa tête. Et si je renvoie l'étalon à Lyle ? Si je vous demande de renvoyer tous les membres du personnel ?

— Pourquoi feriez-vous une chose pareille ? demanda-t-elle, la gorge nouée.

— Pour tourner la page et en finir avec le passé.

— Emma a dix-neuf ans, Hildy seize. Elles n'ont rien à voir avec le passé d'Enderley. Elles n'ont pas connu le père que vous haïssez tant.

Sur ces mots, Mina se tut. Elle n'avait pas voulu lui parler aussi crûment.

— Je vois, dit-il avec un soupir de frustration. Si je comprends bien, vous comptez m'obéir pour ensuite m'en vouloir jusqu'au restant de vos jours ?

— La plupart des ducs ne se soucient pas de l'opinion que leurs employés peuvent avoir d'eux.

Nicholas Lyon croisa les bras sur sa poitrine en émettant un petit rire.

— Qu'ai-je fait pour vous donner l'impression que je serais comme la plupart des ducs ? Pour être tout à fait franc, je donnerais mon titre à Tobias si je le pouvais !

— Tobias ferait un très mauvais duc.

— Pire que moi ?

Sa voix s'était faite plus douce, vulnérable. Comme s'il se souciait vraiment de savoir si elle le croyait capable d'endosser ce rôle qui lui faisait horreur.

— Incontestablement.

— C'est un début, j'imagine, dit-il en haussant les épaules.

— Si vous souhaitez être un bon duc, je peux vous y aider.

C'était en ces termes que le père de Mina lui avait décrit son rôle d'intendant autrefois.

— Et que suggérez-vous ? demanda-t-il en la considérant d'un air méfiant, comme s'il avait accepté d'avaler une dose de médicament mais qu'il en redoutait le goût.

Enderley revint au premier plan de ses pensées, comme c'était si souvent le cas. Si le duc voulait faire mieux que son père et son frère, il devait commencer par prendre soin de son patrimoine.

Plongeant la main dans sa poche, elle en sortit la liste qu'elle avait préparée tôt le matin.

— Tenez ; ce serait un bon début.

Les yeux plantés dans les siens, il tendit la main pour saisir la feuille pliée. Quand leurs doigts se frôlèrent, Mina sentit une chaleur envahir son bras, sa poitrine, puis descendre plus bas, jusqu'à ses cuisses. Comme lorsqu'elle avait avalé le verre de sherry qu'il lui avait donné. Au moindre contact de leurs peaux, la fièvre la gagnait.

— Vous devez la lâcher, dit-il dans un chuchotement qui la fit frissonner.

Mina ouvrit la main et recula d'un pas. Elle se comportait comme une idiote. Comme cette sotte au cœur d'artichaut qu'elle avait été autrefois. Elle n'allait pas recommencer à jouer les amoureuses transies ! Cette fois, son cœur devrait lui obéir.

Si le premier homme sur lequel elle avait jeté son dévolu avait été un mauvais choix, le duc de Tremayne était tout simplement inaccessible.

Tandis qu'il examinait les notes de Mina, ses épais sourcils se froncèrent.

— C'est une longue liste, conclut-il avant de retourner la feuille.

Quand il découvrit la suite, un muscle se mit à frémir sur sa joue.

— Il aurait été plus facile d'énumérer ce qui n'exige pas de réparations.

Mina ne pouvait lui en vouloir de détester le fardeau que son frère lui avait laissé sur les bras. Elle éprouvait pour lui une compassion de plus en plus profonde. Ce n'était pas sa faute si le domaine avait été laissé à l'abandon. Mais il y avait à Enderley des choses qui méritaient d'être sauvées, et elle voulut lui en montrer une sur-le-champ.

— Tout n'est pas sur la liste.

— Qu'y a-t-il encore ? Une autre pièce en train de pourrir ? Un mur sur le point de s'écrouler ?

— Juste ici, dit-elle en descendant quelques marches pour s'arrêter devant une petite fenêtre circulaire encastrée dans le mur de pierre.

Le duc s'arrêta sur la même marche, si bien que leurs corps se trouvèrent pressés l'un contre l'autre. Il se voûta pour regarder par la vieille vitre parsemée de bulles.

— Vous souvenez-vous de la tour ? C'est le plus ancien vestige de l'histoire d'Enderley qui tienne encore debout.

Observant son profil, elle vit ses lèvres se serrer.

— Il y a ici des choses qui n'ont pas besoin d'être réparées, poursuivit-elle. Mais elles font partie du charme du domaine.

Sur ces mots, elle se hissa sur la pointe des pieds pour regarder à son tour. Le duc se retourna si brusquement qu'elle se jeta contre le mur pour éviter une collision.

— Faites-la raser !

— Mais…

— Que l'on brûle la charpente de bois et que l'on emporte toutes les pierres loin d'ici ! Pas une seule ne doit rester à Enderley.

Sa voix était aussi glaciale que le bleu de son œil. Il n'y avait plus de chaleur entre eux. Il ne restait rien de l'homme qui lui avait sauvé la vie, qui l'avait embrassée, qui avait souri et ri avec elle.

— Faites-le, Miss Thorne. Je ne veux plus jamais voir cette tour !

# 11

Penchée sur le courrier du matin, Mina se frotta les yeux et s'efforça de se concentrer sur sa tâche. Les créditeurs du précédent duc perdaient patience, et les factures ne cessaient de s'entasser. Eustace avait contracté des dettes auprès de dizaines de maisons londoniennes. Elle payait celles qu'elle pouvait et remettait les autres à plus tard. Les comptes en souffrance étaient le dernier sujet qu'elle souhaitait aborder avec Nicholas ce matin.

*Avec le duc.* Elle ne devait pas songer à lui avec tant de familiarité.

Même si elle savait ce que c'était que d'être serrée dans ses bras. Même si elle n'avait pas fermé l'œil de la nuit, trop occupée à penser à la douce chaleur de ses lèvres. Il l'avait embrassée pour la réconforter ; rien de plus.

Et c'était bien ainsi. Car aller plus loin lui attirerait des complications bien inutiles, quoi que lui dise son cœur.

Perdue dans l'écheveau confus de ses pensées, Mina sursauta en entendant frapper à la porte. Quand, un instant plus tard, Wilder franchit le seuil, elle ravala sa déception.

— Mrs Scribb dit que vous n'avez pas pris votre petit déjeuner, ce matin, dit-il en posant sur son bureau un plateau chargé d'une tasse de thé et d'une tranche du gâteau glacé à l'orange de Mrs Darley.

Mina n'avait pas d'appétit mais elle sourit au vieux major-dome, reconnaissante de son attention.

— Merci, Wilder.

— Le duc n'a pris que du thé ce matin, lui aussi. Seriez-vous tous les deux souffrants ?

— Je ne suis pas souffrante. J'ai beaucoup de travail, voilà tout, répondit Mina en priant pour qu'il ne remarque pas ses joues en feu.

— Emma m'a parlé de votre mésaventure d'hier, sur le chemin de ronde. J'espère que vous n'avez pas été blessée.

— Ce n'était rien. Mais je crois qu'à présent, le duc est convaincu de l'urgence des réparations.

Au souvenir de sa chute évitée de justesse, Mina sentit les battements de son cœur s'accélérer. Puis l'image de Nicholas s'imposa : ses mains qui l'avaient secourue, la chaleur et le réconfort de ses bras... Et enfin une pensée moins plaisante. Son visage contracté par la colère. Ses cris qui résonnaient dans l'escalier tandis qu'il lui ordonnait de faire raser la vieille tour.

— Commencer par la salle de bal est une excellente idée, observa Wilder. Je suis sûr que notre maître verra bientôt l'intérêt de restaurer le château.

— Parlez-moi de la tour.

L'homme que Mina aurait voulu interroger refusait d'aborder ce sujet, et elle n'avait aucune envie d'attiser sa colère. Mais Wilder savait certainement quelque chose. De tous les domestiques, c'était celui qui était arrivé à Enderley le premier.

Le vieux majordome plissa le front et ses joues pâles se teintèrent légèrement.

— Votre père a dû vous raconter son histoire.

— Pourquoi le duc veut-il la faire démolir ?

— La faire démolir ? répéta-t-il, visiblement choqué par cette nouvelle.

Il demeura bouche bée un instant avant de se ressaisir.

— Il est vrai qu'elle est dans un état de délabrement avancé. La charpente menace de s'écrouler. Peut-être serait-il plus prudent de l'abattre.

— Je croyais que notre but était d'amener le duc à apprécier son patrimoine, et non à le détruire, répondit Mina avec un soupir de découragement.

Son projet de mettre en valeur les atouts d'Enderley pour les montrer à Nicholas commençait affreusement mal.

— Croyez-vous qu'il trouvera quoi que ce soit à son goût ici ?

— C'est un homme d'affaires. Il est donc certainement à l'affût d'opérations fructueuses. J'ai cru comprendre qu'il plaçait des fonds dans des entreprises comme les chemins de fer. Peut-être la ferme des Wilcox pourrait-elle l'intéresser ?

Des nombreuses exploitations du domaine, la ferme des Wilcox était la plus prospère. Et grâce aux inventions de Colin, le cousin de Mina, elle affichait de loin le meilleur rapport.

— Mais bien sûr ! s'exclama Mina en se levant, un grand sourire aux lèvres.

L'espoir et l'excitation avaient chassé en un clin d'œil toute sa fatigue.

— C'est une brillante idée, Wilder, ajouta-t-elle avant de boire une gorgée de thé et de détacher avec les doigts un morceau du gâteau à l'orange. Est-il dans son bureau ?

— Sans doute. À moins qu'il ne soit en train de battre la campagne.

Elle passa une main dans ses cheveux et ajusta son corsage avant de s'engager dans le couloir. Après la façon dont ils s'étaient quittés la veille, elle avait redouté leur prochaine rencontre. Mais à présent, elle avait un but : elle allait lui montrer un aspect d'Enderley qu'il ne pourrait qu'admirer.

Arrivée devant la porte, elle frappa doucement. Comme elle ne recevait pas de réponse, elle tourna la poignée et entra.

— Seigneur ! souffla-t-elle devant le spectacle qui s'offrait à ses yeux.

Un vase brisé en une douzaine de morceaux gisait sur le tapis. Le duc se tenait debout au milieu des éclats de faïence, l'une des épées d'ornement de son père au poing.

— Ne vous fiez pas aux apparences, lança-t-il comme pour se défendre. Je n'ai pas attaqué cette poterie !

— C'est évident, répondit Mina en promenant son regard des restes de l'antiquité au visage courroucé de Nicholas. Vous êtes seulement en train de la piétiner, une arme à la main.

— J'ai décroché l'épée du mur pour la voir de plus près et... j'ai heurté ce bibelot. Était-ce un objet précieux ? demanda-t-il en observant les débris éparpillés sur le sol.

— Qui sait ? Eustace l'avait rapporté de l'une de ses escapades en Europe, répondit-elle avec un haussement d'épaules.

Curieusement, elle se souciait moins du vase brisé que de savoir si le duc accepterait la proposition qu'elle s'apprêtait à lui faire.

— Voudriez-vous m'accompagner pour une petite excursion ?

À ces mots, le duc leva brusquement les yeux du tapis.

— Oui !

Mina ne put réprimer un sourire devant l'enthousiasme avec lequel il avait prononcé ce simple mot.

— Vous ne savez même pas où nous allons !

— Vous avez raison. Peut-être devriez-vous m'en dire davantage, dit-il en enjambant les éclats de porcelaine pour poser l'épée de son père sur le bureau. Y aura-t-il des hauteurs vertigineuses et des murs qui s'écroulent ?

— Ni l'un ni l'autre, fort heureusement. Seulement le bon air de la campagne et une ferme bien tenue.

— Une ferme ? répéta-t-il en fronçant les sourcils. Nous n'allons pas au bord de la mer ?

Il semblait si déçu que pendant un instant, Mina s'imagina s'aventurer avec lui dans un tout autre endroit, qui n'avait rien à voir avec ses obligations ni avec Enderley. Mais ce n'était pas pour cela qu'elle était venue le chercher.

— Je crois que la ferme des Wilcox va beaucoup vous intéresser.

Le duc lui jeta un regard sceptique avant d'esquisser un sourire impénétrable.

— Nous verrons cela, Miss Thorne.

Nick laissa échapper un grognement lorsqu'une ornière creusée dans le chemin de campagne projeta le corps de Mina contre le sien. Depuis un quart d'heure, leurs cuisses étaient collées l'une à l'autre et le bras de la jeune femme frôlait le sien chaque fois qu'elle tirait sur les rênes.

Elle avait opté pour la carriole, dont le siège était très étroit, en expliquant que le véhicule était plus rapide à préparer. Mais Nick commençait à se demander si ce n'était pas plutôt pour le plaisir de le torturer avec sa présence toute proche et son délicieux parfum.

— N'est-ce pas charmant ? demanda-t-elle pour la troisième fois en lui montrant l'un des attraits du domaine.

Il y avait d'abord eu le dôme scintillant du jardin d'hiver que sa mère avait tant aimé, puis les sculptures végétales qu'un jardinier avait réalisées avec une surprenante fantaisie. À présent, elle désignait du doigt un mur de silex que les habitants de Barrowmere avaient construit des siècles avant leur naissance à tous deux.

Nick se tourna pour la regarder, admirant les pommettes hautes fouettées par des mèches folles, la ligne nette de son nez retroussé, l'élégante courbe de son menton.

— Charmant, en effet, répondit-il comme il l'avait fait les deux fois précédentes.

Cette fois, elle sembla comprendre que c'était elle qu'il regardait, et non le paysage qui défilait de chaque côté de la voiture. Elle posa sur lui un regard pénétrant, empli de douceur.

— Mina...

— Nous sommes presque arrivés, coupa-t-elle d'une voix haletante avant d'engager la carriole sur un étroit chemin bordé d'un petit mur de pierre.

Il y avait tant de choses qu'il aurait voulu dire, tant de choses qu'il ne pouvait expliquer ! Sitôt après l'avoir embrassée, il l'avait accablée d'invectives. Elle devait avoir des questions : elle en avait toujours. Mais il ne pouvait lui donner les réponses qu'elle attendait. Jamais il n'avait parlé à personne des mois qu'il avait passés entre les murs froids et humides de la tour.

Lorsqu'elle arrêta la voiture, Nick sauta à terre et lui offrit sa main pour l'aider à descendre. Comme lui, elle ne portait pas de gants, et au contact de sa peau nue, il sentit une chaleur envahir son bras et embraser la région la plus intime de son corps.

— Voulez-vous que nous commencions par le hangar de battage et la grange ? demanda-t-elle d'un ton enjoué, comme si la sensualité de cet instant ne l'avait aucunement affectée.

— Montrez-moi le chemin, Miss Thorne, répondit-il, presque soulagé que l'un d'eux parvienne à conserver son bon sens.

— Comme vous le voyez, dit-elle comme ils pénétraient dans une longue et haute grange, ce bâtiment est utilisé pour le battage et l'entreposage.

— Très impressionnant.

Nick écarquilla les yeux en découvrant l'endroit. Il avait un jour visité l'une des filatures de coton dans lesquelles il avait placé des fonds, et la grange des Wilcox donnait la même impression d'organisation et d'efficacité.

Mina adressa un geste de la main à deux jeunes hommes occupés devant des machines, et ils soulevèrent leur chapeau pour la saluer. Ils ne semblaient nullement surpris de voir l'intendante du château déambuler dans la ferme.

— Voici l'ancien manège, expliqua-t-elle en montrant une série de poulies et de manivelles reliées à un axe.

Là était rangé du grain qui avait été battu et moulu. Non loin, un jet de vapeur fit comprendre à Nick pourquoi les chevaux n'étaient plus nécessaires.

— Comme vous le voyez, il fonctionne désormais à la vapeur.

Une autre machine installée contre le mur de la grange acheminait des sacs de toile suspendus à une courroie par des crochets jusqu'à un ouvrier qui les remplissait un à un de grain. Le blé lui-même était transporté par une autre longue courroie, située plus haut. Le tout était actionné par des chaudières à vapeur.

— Combien de grain cette ferme produit-elle ?

Nick ne connaissait guère le travail de la ferme, mais les sacs étaient remplis et le blé battu à une cadence que quelques hommes aidés de chevaux n'auraient certainement jamais pu égaler.

— Suffisamment pour nourrir le bétail d'Enderley tout au

long de l'année et en vendre à tous les marchés du comté. La ferme des Wilcox compte parmi les meilleures du domaine.

Sur ces mots, Mina lui sourit avec tant de fierté que Nick sentit les coins de sa bouche se relever à l'unisson.

— Et ici, il n'y a rien de cassé, rien à réparer, ajouta-t-elle avec une lueur espiègle dans l'œil.

— Quel changement rafraîchissant !

— Voulez-vous en voir davantage ? J'aimerais vous montrer le rucher.

Déjà, elle se dirigeait vers l'entrée de la grange, comme si elle le savait prêt à la suivre toute la journée.

— Prenez garde, Miss Thorne. Le couvercle de l'une des ruches est endommagé.

Le garçon de ferme avait prononcé cet aveu d'un air presque contrit, comme s'il était navré de la contredire. Ne venait-elle pas d'affirmer que tout était en bon ordre dans la ferme ?

— Je vais la réparer tout de suite, ajouta-t-il.

— Merci, Billy. Nous serons prudents.

— Une ruche ? demanda Nick comme ils cheminaient côte à côte. Vous m'emmenez voir des abeilles ?

Au lieu de répondre, Mina s'arrêta brusquement et lui barra le chemin de son bras. Sa main atterrit sur son ventre et, à travers sa chemise et son gilet, il sentit la chaleur de sa peau.

— Mieux vaut nous approcher lentement. Si les dégâts ont dérangé la ruche, les ouvrières risquent d'être agitées.

Nick entendit bientôt les insectes, un bourdonnement sourd et incessant porté par la brise. Il n'avait jamais beaucoup apprécié les abeilles, mais lorsque Mina s'avança, il la suivit de près.

— Soyez prudente, Mina.

— Ce n'est pas aussi grave que je l'imaginais, dit-elle avec un soupir de soulagement. Regardons de plus près.

Cette femme était-elle courageuse ou folle ? Sans doute un peu des deux. Se dirigeant droit vers le groupe de hautes structures de bois à plusieurs étages, elle s'approcha de celle dont le couvercle était cassé.

Lorsqu'elle se pencha pour examiner les dommages, Nick la rejoignit et posa une main sur son bras.

— Vous savez qu'elles piquent, n'est-ce pas ?

— Elles sont occupées, pour le moment, répondit-elle en lui prenant la main pour l'attirer vers la ruche. Regardez.

Nick s'avança prudemment et esquissa une grimace lorsque Mina souleva le couvercle avec précaution.

— Lorsque la température baisse, elles travaillent davantage pour se tenir chaud.

Nick constata avec surprise qu'elle avait raison. Serrées les unes contre les autres sur les rayons de miel, les petites bêtes ne prêtaient guère attention à eux. Seules deux d'entre elles s'envolèrent une fois le couvercle ouvert.

— Cette ferme produit l'un des meilleurs miels du Sussex.

Mina passa un doigt sur le bord du cadre avant de le tendre devant Nick.

— Vous voyez comme il est foncé ? Les fleurs qu'ils cultivent ici lui donnent une saveur plus prononcée.

La vue de cette goutte de miel sur sa peau lui mit instantanément l'eau à la bouche. Non parce qu'il était curieux de goûter le meilleur nectar du comté, mais parce qu'il brûlait d'envie de prendre son doigt dans sa bouche.

Il se lécha les lèvres et plongea son regard dans celui de Mina. La flamme qui brûlait dans ses yeux redoubla son désir. Il voulait vivre davantage de moments comme celui-ci avec elle. Sans Enderley pour les enfermer, sans obligations pour les accaparer. Seulement Mina et l'étrange étincelle qui avait jailli en eux dès le jour de son arrivée.

— J'aimerais le goûter, dit-il doucement.

Mina le considéra d'un air grave, puis son regard descendit jusqu'à sa bouche. Elle sembla retenir son souffle tandis qu'elle glissait un doigt couvert de miel sur sa lèvre inférieure.

Tout en goûtant la substance du bout de la langue, Nick prit la main de la jeune femme. Brusquement, un flot de saveurs florales jaillit dans sa bouche.

— Délicieux, murmura-t-il avant de se pencher près d'elle

pour goûter à nouveau le nectar sur son doigt. Mais pour être franc, je ne sais pas si c'est vous ou le miel.

Il s'attendait à ce qu'elle le réprimande pour son audace, mais au lieu de cela, elle se rapprocha d'un pas.

— Nous devrions..., murmura-t-elle d'une voix tremblante.

— Nous embrasser, coupa Nick d'un ton décidé.

— Ce n'est pas ce que j'allais dire ! reprit Mina en pouffant.

Un léger sourire fendit son visage, puis elle regarda autour d'elle comme si elle se souvenait brusquement de l'endroit où ils se trouvaient.

— Je suis venue pour vous montrer la ferme. Je voulais que vous sachiez qu'il y a à Enderley des choses qui fonctionnent, et qui fonctionnent bien.

Nick lâcha sa main et serra le poing pour retenir sa chaleur sur sa peau. Quel idiot il faisait ! Bien sûr, elle n'avait jamais eu autre chose en tête qu'Enderley. Ce n'était pas pour passer du temps en sa compagnie qu'elle l'avait conduit ici.

— Nous devrions probablement rentrer.

La ferme des Wilcox était certes admirable, mais il en avait vu suffisamment. Et il avait désespérément besoin de boire un verre. N'importe quel alcool ferait l'affaire, pourvu qu'il fasse passer le goût du miel sur sa langue.

— Oui, répondit-elle après un silence.

Dans le ton de sa voix, Nick crut percevoir la même déception que celle qui lui serrait le cœur. Il aurait voulu revenir cinq minutes en arrière. Et, bon sang, son envie de l'embrasser ne l'avait pas quitté. Mais lorsqu'il vit la jeune femme reculer d'un pas, il sut qu'il avait laissé passer sa chance.

Sa raison, qui lui avait imposé comme seul idéal une vie libre de tout engagement personnel, approuvait Mina d'avoir tracé entre eux cette ligne infranchissable.

Mais son cœur, cet organe dont il se servait si peu et qui battait furieusement chaque fois qu'elle s'approchait de lui, était d'un tout autre avis.

# 12

Debout sur le perron d'Enderley, Nick poussa un bâillement et regarda la vapeur de son souffle se dissoudre dans le brouillard matinal.

S'il avait passé de mauvaises nuits dès son arrivée à Enderley, il avait encore plus de mal à trouver le sommeil depuis sa visite à la ferme des Wilcox avec Mina.

Chaque fois qu'il fermait les yeux, il voyait son visage. Ou pire, il revivait les sensations qu'il avait éprouvées en la serrant dans ses bras et en goûtant ses lèvres pendant un instant bien trop fugitif.

Ils ne s'étaient pas parlé depuis des jours.

La jeune femme l'évitait tout en continuant à s'acquitter consciencieusement de son travail. Elle laissait des documents sur son bureau avant qu'il ne les lui demande, faisait venir des maçons pour réaliser les travaux dans la salle de bal et avait pris des dispositions pour que plusieurs meubles soient envoyés à la maison d'enchères.

Mais à présent, Nick devait se réconcilier avec Mina sans plus songer à toutes les autres choses qu'il aurait voulu, et ne pourrait jamais, faire avec elle.

Il avait passé les dernières journées à se tourmenter en songeant à ses inavouables désirs. Mais ce matin-là, une étrange et impérieuse idée s'était emparée de lui et ne l'avait plus quitté. Il savait fort bien ce que Mina attendait de lui. Elle voulait qu'il aide les habitants du domaine avant de partir pour toujours.

Pour elle, il avait décidé de le faire. Et pas parce qu'il avait fait la paix avec Enderley. Les Tremayne, entre autres défauts, étaient d'incorrigibles têtes de mules.

Pour la première fois, ce n'était pas à son histoire qu'il songeait, ni à la haine qu'il vouait au château, mais à Mina. Elle l'avait aidé. Elle l'avait changé, à tel point qu'il attachait désormais plus d'importance à ses attentes qu'à son propre désir de faire table rase du passé.

Certes, il n'imaginait pas pouvoir un jour aimer Enderley. Mais à présent, il pouvait se promener dans les couloirs du château sans avoir envie de tout réduire en cendres. Lorsqu'il pénétrait dans la bibliothèque, la première chose qu'il voyait était le coussin sur lequel elle avait rêvé et lu, marquant ses pages de rubans colorés. Même le bureau de son père lui évoquait les moments qu'il y avait passés avec Mina plutôt que les horribles cauchemars de son enfance.

Nick tapota la poche de sa redingote, dans laquelle il avait rangé la liste des réparations qu'elle avait préparée. Il y avait beaucoup à faire avant qu'il puisse rentrer à Londres, mais un homme d'affaires se devait de mener ses projets à leur terme.

Restaurer le château était judicieux, matériellement parlant. Une fois remise en état, la demeure attirerait plus facilement un locataire. En outre, surveiller les travaux lui fournirait une occupation bienvenue. Cela lui permettrait d'employer utilement son énergie en le détournant de la principale distraction qu'offrait le domaine de ses ancêtres.

Il en était à ce stade de ses réflexions lorsque Mina, comme par enchantement, arriva derrière lui.

Cela devenait ridicule. Nick était si attentif à cette femme qu'il aurait pu reconnaître son parfum et le claquement de ses bottes les yeux bandés.

— Êtes-vous prêt à partir ? demanda-t-elle avec un entrain trop marqué pour être sincère.

Bien sûr, elle ne fit aucune allusion à la façon embarrassante dont ils s'étaient quittés après leur visite à la ferme des

Wilcox. Miss Thorne, semblait-il, savait elle aussi se montrer professionnelle.

Elle avait convaincu Nick de tenir audience au village, afin d'éviter de voir tous les habitants de Barrowmere venir frapper aux portes d'Enderley. Les visites n'avaient pas cessé depuis son arrivée, or il n'avait reçu personne, à part Lady Claxton et sa petite-fille.

— J'ai demandé à Tobias d'amener la voiture ici.

Nick crut percevoir dans sa voix une nuance de sarcasme qui le troubla. Après s'être armé de courage, il se retourna pour la voir enfin. Aussitôt, un frisson courut sur sa peau, comme chaque fois qu'elle s'approchait de lui. Elle avait coiffé ses cheveux différemment. Le chignon serré qu'elle portait d'ordinaire sur la nuque avait été remplacé par un savant arrangement de boucles et d'ondulations. Le temps froid et brumeux qui forçait Nick à serrer les poings pour réchauffer ses doigts avait teinté les joues de Mina de rose et ses lèvres d'une nuance plus foncée.

Elle ne lui rendit pas son regard.

Le crissement des sabots des chevaux sur le gravier attira son attention vers la voiture qui arrivait des écuries.

Nick crut revivre son pire cauchemar lorsque le coupé sombre émergea du brouillard et qu'il découvrit ses flancs d'ébène usés et éraflés.

Comme elle l'avait fait ce terrible soir qu'il s'était efforcé d'oublier, la voiture s'arrêta, menaçante, devant le perron.

Mina commençait à descendre les marches quand Nick l'arrêta.

— Nous pourrions nous rendre au village à pied.

— Oui, répondit-elle d'un ton hésitant, mais cela prendrait trois fois plus de temps. Et nous aurons plus chaud dans le coupé, ajouta-t-elle en revenant vers lui.

Serrant son châle autour de ses épaules, elle lui adressa un regard interrogateur.

— Avez-vous aussi quelque chose contre les voitures d'Enderley ?

Un nuage de vapeur s'échappait de sa bouche lorsqu'elle parlait, et quand elle se tut, Nick vit qu'elle claquait des dents.

Les éclairs courroucés de ses yeux d'ambre achevèrent de le persuader.

— Très bien. Nous prendrons le coupé.

Sa gorge se noua et il sentit tous les muscles de son corps se crisper. Mais il supporterait cette épreuve. Il avait supporté bien pire, et le village n'était pas loin.

Sans prendre la main qu'il lui tendait, Mina monta dans la voiture. Nick retint son souffle avant de s'élancer sur le banc d'en face.

L'intérieur n'avait pas changé. Seuls les coussins de velours sur lesquels il s'était assis le jour où on l'avait chassé avaient perdu leur couleur bleu saphir. Mais le souvenir demeurait vif. Il était si petit alors ! Ses pieds ne touchaient pas le sol du véhicule.

— Vous voyez, le coupé est assez confortable, dit Mina en poussant la chaufferette vers lui du bout du pied. Et nous avons bien plus chaud que si nous étions allés à pied au village.

Nick hocha la tête. C'était tout ce qu'il était capable de faire. Son esprit affolé cherchait à se raccrocher à la moindre pensée qui ne lui donnât pas envie de se jeter par la fenêtre du véhicule.

— Je dois reconnaître, poursuivit-elle, que cette voiture doit être la plus vieille d'Enderley. Votre frère a vendu les autres.

— Je me souviens d'elle.

Mina sembla comprendre subitement. Elle plissa le front, ses sourcils se soulevèrent et elle esquissa un geste de la main, comme pour la lui tendre.

Nick fut déçu qu'elle n'en fasse rien.

— Est-ce dans cette voiture que vous êtes parti ce jour-là ? Cela doit réveiller de désagréables souvenirs.

Elle n'avait pas idée. Mais il ne voulait pas qu'elle sache à quel point la vérité pouvait être hideuse.

Nick préféra concentrer toute son attention sur elle. Sa voix douce et son adorable visage.

— Parlez-moi de votre père.

*Parlez-moi de n'importe quoi qui puisse me faire oublier.*

— Pourquoi voulez-vous que je vous parle de lui ? demanda-t-elle d'un ton méfiant.

— Parce que sans lui, vous ne seriez pas ici, à faire semblant de supporter un homme qui vous est antipathique.

— Vous ne m'êtes pas antipathique, et il n'est pas la seule raison de ma présence ici.

Mina se mordit la lèvre avant de poursuivre.

— Je ne sais trop que vous dire à propos de lui. C'était un homme bon.

Nick devinait sans peine le sens implicite de ces paroles : Thomas Thorne avait été un homme bon, contrairement à lui.

Mina se mit à regarder ses mains, puis elle tourna la tête pour contempler le paysage qui défilait par la fenêtre. Était-ce le fait de se trouver si près de lui qui la mettait mal à l'aise ? À moins qu'elle n'ait pas l'habitude de parler d'elle-même. Nick eut soudain le sentiment qu'elle avait autant envie que lui de s'échapper du véhicule.

— J'ai beaucoup déçu mon père, dit-elle enfin avec un profond soupir.

— C'est impossible !

Comment un père pourrait-il être déçu par une fille si loyale, qui avait pris sa suite avec un tel sérieux, un tel dévouement ?

— Je vous assure que c'est vrai.

— Pourquoi ? demanda-t-il en se penchant vers elle, les coudes posés sur les genoux. Parce que vous aimiez lire des contes de fées ?

Tournant la tête vers lui, elle se mordit à nouveau la lèvre. Nick ne put s'empêcher de garder les yeux fixés sur sa bouche. Mais il lui fallait lutter contre le désir qui montait en lui. Le désir de la toucher à nouveau, de l'embrasser vraiment. De découvrir si sa bouche était aussi sucrée que le miel qu'il avait léché sur son doigt.

— Il aurait voulu que je sois plus distinguée. Que je me comporte de façon plus convenable.

— Et vous avez tendance à oublier les convenances, ajouta Nick en souriant. Est-ce pour cette raison que vous êtes restée à Enderley ? Pour réparer vos torts envers votre père ?

Mina secoua la tête et releva légèrement le menton.

— Jamais il ne m'aurait demandé une telle chose.

Elle était magnifique lorsqu'elle affirmait sa loyauté, que ce soit envers Enderley ou son père. Nick admirait cette fidélité qui lui semblait si naturelle. Il commençait même à l'adorer.

— Tout le monde croit que je regrette cette vie, que je suis à plaindre, dit-elle en se penchant en avant jusqu'à ce que leurs visages soient tout proches. Ne me plaignez pas. Je suis parfaitement heureuse.

Mais son visage tendu contredisait ses paroles.

— Si vous aviez quitté Enderley, vous auriez pu avoir une existence bien différente, objecta Nick. Avec des bals, et des promenades sur des remparts qui ne s'écroulent pas.

À ces mots, Mina éclata de rire. Nick aimait la voir sourire, comme il aimait la petite fossette qui apparaissait alors au coin de sa bouche.

— Pensez-vous vraiment que c'était le choix qui s'offrait à moi ? M'amuser dans les bals ou m'épuiser à administrer un domaine ? demanda-t-elle avant d'agiter l'index à la manière d'une gouvernante qui gronde son élève. Attention, je ne dis pas que ce travail ne me plaît pas.

— N'avez-vous jamais eu de prétendants ?

C'était une question impudente. Et même totalement déplacée. Pas un instant il n'aurait songé à interroger Spencer ou Iverson sur leurs affaires de cœur. Et Huntley lui aurait fait plaisir en cessant de se vanter de ses conquêtes.

Mais Mina était différente.

C'était bien là l'ennui. Jamais il n'avait rencontré une femme comme Miss Mina Thorne, et les sentiments qu'elle lui inspirait étaient une source troublante d'élans contradictoires. Tantôt il voulait l'éviter, tantôt il brûlait d'envie de l'embrasser.

Or ces deux attitudes étaient aussi ridicules qu'inappropriées. Et ce n'était certainement pas pour cela qu'il était venu à Enderley.

Mina entortillait autour de son doigt les franges de son châle. Elle n'avait pas levé les yeux vers lui depuis qu'il avait posé cette impertinente question.

— Il y a eu quelqu'un.

— Il devait être terriblement épris.

Nick regrettait déjà sa question. Il ne voulait pas savoir qu'un autre homme l'avait courtisée, l'avait aimée.

— Non, je ne crois pas, répliqua-t-elle en remuant sur son siège avec embarras. J'ai été idiote.

— Il vous a fait du mal ?

La façon dont elle se raidit en se tournant vers la fenêtre lui fournit la réponse. Nick eut envie de retrouver le scélérat sur-le-champ pour le rouer de coups.

— Peu importe, répondit Mina en arrêtant un instant son regard sur lui avant de secouer la tête comme pour chasser de vieux souvenirs.

Puis elle tira de la poche de son manteau une feuille de papier pliée.

— Nous rencontrerons les villageois dans la salle communale, déclara-t-elle en ajustant ses jupes, retrouvant son ton ferme et sérieux. Le pasteur a prévu des rafraîchissements, et j'ai préparé une liste des villageois qui ont exprimé le souhait de vous parler.

Nick voulut prendre la liste, mais Mina la lâcha trop tôt et la feuille tomba en voletant entre eux. Comme elle tentait de la rattraper, sa main nue se referma sur son genou.

Elle l'ôta aussitôt et serra le poing. Le souffle haletant, elle écarquilla les yeux. Mais ce qu'il lut dans son regard n'était ni du dégoût ni du regret. C'était la même étincelle que celle qui embrasait son sang. Nick sentait encore sur sa jambe l'empreinte chaude de ses cinq petits doigts et de la paume de sa main.

Il avait envie d'elle, et il lui fallut tout son sang-froid pour se retenir de la prendre dans ses bras avant que la voiture ne s'arrête devant le presbytère.

C'était de la folie. Mais était-il encore temps de reculer ?

Dès que le duc eut pris place au bout de la longue table préparée par le pasteur, Mina s'installa un peu à l'écart, sur le côté, afin de pouvoir observer la rencontre sans être trop remarquée.

Nicholas semblait méfiant, comme s'il avait eu quelque chose à craindre des villageois. À la vérité, eux-mêmes arrivaient chargés de leurs propres peurs. Cet homme avait le pouvoir de rejeter leurs requêtes. Beaucoup redoutaient probablement qu'il soit comme son frère, ou pire, comme son père.

Rowena Belknap s'avança la première. C'était une veuve âgée qui avait quatre enfants, dont deux vivaient encore sous son toit, et une demi-douzaine de petits-enfants. Son défunt mari avait loué des terres aux Tremayne pendant de longues années. Mais, depuis sa mort, elle avait du mal à payer ses rentes et à produire suffisamment pour nourrir sa famille.

Le duc l'écouta avec attention tandis qu'elle plaidait sa cause. Elle lui demanda sa clémence, son aide si cela était possible. Avec plus de considération qu'il n'en avait accordée à Lady Claxton, il hocha la tête et sourit à la vieille femme, allant jusqu'à se lever pour lui prendre la main tandis qu'ils discutaient à voix basse.

Mina se pencha pour les écouter.

— Ce sera fait, l'entendit-elle dire de sa voix de baryton.

Mrs Belknap lui adressa un sourire radieux qui transforma son visage. Elle parut soudain rajeunie, délivrée du poids de tous ses soucis.

Le duc se tourna alors vers Mina, le visage crispé, les sourcils froncés. Dès qu'il rencontra son regard, ses traits se détendirent, comme s'il était soulagé de la voir toute proche. Mais il y avait autre chose encore. Une énergie circulait entre eux, apaisante et déroutante à la fois. Peu à peu, les autres personnes présentes dans la pièce s'effacèrent et, l'espace d'un instant, Mina ne vit plus que lui.

Le juge Hardbrook vint rompre le charme en s'avançant à son tour vers Nicholas.

Mina baissa la tête vers son carnet pour prendre quelques notes : elle voulait se rappeler de demander à Nicholas ce qu'il avait promis à Mrs Belknap. Mais un long moment s'écoula avant que les battements de son cœur ne s'apaisent. C'était comme si le regard de cet homme l'avait mise à nu, rendant toute feinte impossible.

— Vous êtes enfin venu recueillir votre héritage ! Nous sommes heureux de voir à nouveau un Tremayne à Enderley, my lord.

Le juge ne s'inclina pas devant le duc mais ôta son chapeau usé et le tint contre sa poitrine.

— Pourrais-je vous parler de certaines tâches qui me paraissent nécessaires à Barrowmere ?

— Avez-vous une liste, Hardbrook ? demanda Nicholas en se levant sans pour autant lui serrer la main. Mon intendante aime les listes.

Hardbrook n'eut aucun mal à trouver Mina dans le coin de la pièce.

— Je pensais que vous auriez engagé un intendant digne de ce nom, dit-il en braquant les yeux sur elle. Cette jeune fille n'a pas les épaules ! J'ai l'intention de la marier à mon fils, si elle veut de lui, ajouta-t-il plus bas en se penchant vers le duc.

Mais Mina avait parfaitement entendu. À présent, les deux hommes la fixaient du regard. Il était fort déconcertant de les voir ainsi discuter de son sort en la dévisageant. Elle se rendit compte qu'elle retenait son souffle. Qu'allait donc répondre le duc ?

— Miss Thorne est une intendante efficace. Loyale envers le domaine. Intelligente et obstinée.

Mina écoutait, interdite.

— Je ne crois pas que je pourrais supporter un « intendant digne de ce nom », désormais.

Rien n'aurait pu réjouir Mina davantage que la mine dépitée du juge. Ne trouvant rien à répondre, il s'éloigna, abasourdi.

Puis vint le tour de Mrs Shepard. C'était une femme très douce pour qui Mina avait beaucoup d'affection. Sa fille aînée était devenue sa meilleure amie avant de quitter le Sussex pour Hampstead, où elle avait trouvé une place de gouvernante.

— Milord, dit la femme en exécutant une parfaite révérence, la seule faveur que je vous demande est d'assister à notre bal de Noël.

À nouveau, le duc se tourna vers Mina, cette fois avec un regard malheureux : la requête de la dame n'était pas pour le réjouir.

— Je crains de n'avoir aucun talent pour la danse, Mrs Shepard.

Le visage de la vieille femme s'assombrit. Mina savait qu'assistée d'un groupe de villageois, elle passait des mois à préparer le bal annuel de Barrowmere. Autrefois, Talbot Lyon assistait à l'événement chaque année. Eustace, qui était rarement présent pendant les mois d'hiver, n'avait guère suivi cette tradition. Aussi avaient-ils formulé l'espoir que le nouveau duc leur ferait l'honneur de sa présence.

— Vous n'êtes pas obligé de danser, milord, expliqua Mina en s'approchant. La coutume veut que le duc de Tremayne assiste au bal et offre à boire ou à manger. C'est une façon d'accorder sa bénédiction.

— C'est une si grande fête que nous devons utiliser le premier étage de l'auberge du village, et les réjouissances s'étendent jusqu'au presbytère, poursuivit Mrs Shepard en tendant au duc une enveloppe couleur crème ornée de lettres calligraphiées et de feuilles de houx délicatement peintes. Votre présence serait pour nous un grand honneur, milord. Le bal aura lieu le dimanche qui précède Noël.

Nicholas leva les yeux vers Mina. Attendait-il qu'elle vienne à son secours comme elle l'avait fait pendant la visite de Lady Claxton ?

— La plupart des domestiques d'Enderley seront présents, dit-elle. Même Mrs Scribb et Mr Wilder.

— Et vous, Miss Thorne ? demanda-t-il en haussant un sourcil. Assisterez-vous à ce bal ?

— Vous êtes invitée, bien entendu, Miss Thorne, intervint Mrs Shepard en lui adressant un aimable sourire. Je me souviens combien vous aimiez le bal de Noël !

En effet. Mais la magie s'était brisée deux ans plus tôt.

— Je vous remercie, Mrs Shepard, déclara le duc avec chaleur. Je serais ravi d'y assister.

Ravi ?

Cet homme n'avait pas montré le moindre enthousiasme depuis son arrivée, à part le jour où Mina lui avait évité de donner un bal. Il lui avait bien fait comprendre qu'il détestait ce genre de frivolités, et voilà qu'il se disait ravi ? Sans compter que l'événement devait avoir lieu bien après la date à laquelle il avait juré de quitter Enderley pour toujours !

Après avoir salué Mrs Shepard, il reprit place derrière la table et attendit que la personne suivante approche. Les villageois formaient une file ininterrompue, et le duc accorda à chacun la même bienveillance et la même attention. Certains voulaient simplement faire la connaissance du nouveau maître d'Enderley, mais la plupart venaient demander une faveur que seul le duc de Tremayne pouvait leur accorder.

Mina avait la tête penchée sur son carnet désormais noirci de notes lorsqu'une voix l'appela du fond de la salle.

— Mina ! Je ne savais pas que tu serais ici.

À peine eut-elle le temps de se lever que deux bras l'enlacèrent tendrement. Son cousin, Colin, avait cinq ans de moins qu'elle et mesurait deux têtes de plus. Depuis la mort de son père, il était sa seule famille à Barrowmere. Les autres parents de sa mère étaient dispersés dans le Nord, tandis que la famille de son père venait d'un village situé à une heure de route de là.

— Le duc m'a demandé de l'accompagner. Je consigne par écrit ce qu'il promet à chaque villageois.

Mina ne précisa pas à quel point elle était stupéfaite de la patience et de la générosité du duc.

— Comment est-il ? demanda Colin en écartant de son front une mèche de cheveux blonds trop longs.

Sous un bras, il serrait une liasse désordonnée de feuilles aux pages cornées.

— Peux-tu m'introduire auprès de lui ? Je voudrais lui montrer mes plans.

— Toutes les personnes invitées par le pasteur peuvent le voir, répondit-elle. Va te présenter ; il ne mord pas.

Certes, Nicholas grognait parfois, mais Mina était de plus en plus convaincue que son cœur n'était pas aussi dur qu'il voulait bien le laisser croire.

Deux hommes étaient en train de lui exposer les détails d'un litige au sujet d'une haie qu'ils se disputaient. Ils souhaitaient visiblement que le duc leur serve d'arbitre.

Comme Mina s'approchait de lui, Colin la suivit.

— Oui, mais tu le connais, insista-t-il. Si c'est toi qui me présentes, il sera dans de meilleures dispositions.

S'arrêtant à côté d'elle, il lui offrit le sourire en coin qu'elle connaissait si bien. Soudain, il redevint le petit garçon à qui elle avait appris à grimper aux arbres et à pêcher dans l'étang du moulin.

— Je veux lui demander son soutien, chuchota-t-il en lui montrant sa liasse de feuilles. Les journaux de Londres disent qu'il a placé des fonds dans les chemins de fer.

Mina tenta de jeter un coup d'œil sur ses croquis.

— Dis-moi qu'il ne s'agit pas de ton appareil à enlever les chaussettes. Ni du mécanisme qui tourne les pages des livres à l'aide d'un bras en métal !

— J'ai grandi, depuis cette époque ! protesta Colin en levant les yeux au ciel. Cette idée vaut de l'or, reprit-il en tapotant les pages froissées. Une batteuse qui fonctionne entièrement à la vapeur ! Plus perfectionnée que celle que j'ai conçue pour la ferme des Wilcox. Elle est plus petite, plus rapide, et plus efficace que toutes les machines que j'ai inventées. Si j'arrive à rassembler des fonds, elle pourrait aider le village entier !

— Êtes-vous prête à partir, Miss Thorne ?

Mina sursauta en entendant la voix du duc. Se retournant, elle le trouva en train de dévisager Colin avec curiosité.

— Il vous reste un visiteur à rencontrer, milord. Mon cousin, Colin Fairchild.

— Mr Fairchild, vous auriez dû venir plus tôt, dit le duc en le saluant d'une ferme poignée de main. Nous avions dit 2 heures, ajouta-t-il à l'attention de Mina en tirant sur la chaînette qui pendait à son gilet pour consulter sa montre. Il est bientôt 3 heures. Si je reste plus longtemps, je crains d'être invité à de nouveaux bals et de devoir arbitrer le concours floral au printemps !

Mina sentit Colin lui tapoter doucement l'épaule.

— Viens à Enderley demain, lui glissa-t-elle à l'oreille. Je m'arrangerai pour que tu le rencontres.

— Merci ! répondit-il en plantant un baiser sur sa joue avant de s'éloigner pour parler à la plus jeune des sœurs Shepard.

— Allons-y, déclara le duc avant de se diriger vers la porte.

Mina se sentait perdue. Cet homme était aussi déroutant que le labyrinthe végétal d'Enderley. Son humeur changeait si vite ! Il pouvait se montrer aimable et bienveillant, comme aujourd'hui avec les villageois d'Enderley les plus démunis, et, l'instant d'après, se fermer complètement.

Mina le trouva à l'intérieur de la voiture, immense sur le banc, les jambes écartées, le regard fixé vers la fenêtre. Lorsqu'elle monta à son tour, il se poussa pour lui faire de la place.

Encore une raison de détester les jupes. Tout ce tissu était bien trop encombrant.

Une fois assise, elle profita du silence de Nicholas pour étudier son visage. Il possédait un profil extraordinaire. Un front songeur encadré de boucles de jais, une mâchoire carrée et un nez fin et droit qui dominait son visage tout en donnant à ses traits une saisissante noblesse. Si seulement elle avait pu voir ce qui se cachait derrière ce masque ! Quelles pensées le gouvernaient ? Quels fardeaux plissaient son front inquiet ?

— Vous avez rendu beaucoup de gens heureux aujourd'hui.

Le duc la considéra d'un air interrogateur avant de porter son regard sur le carnet qu'elle tenait sur ses genoux.

— Mrs Shepard rayonnait de joie, et je suis sûre que Mrs Belknap dormira bien mieux cette nuit. Que lui avez-vous promis ? demanda-t-elle en ouvrant son cahier, cherchant une page vierge. Je vais le noter et veiller à ce que ce soit fait.

— La suspension de ses rentes jusqu'à l'été prochain et des réparations dans son cottage avant la fin de l'année, répondit-il avant de changer de position sur le banc. Cette journée vous a-t-elle plu, Mina ?

— Oui, bien sûr, répondit-elle d'une voix soudain éraillée.

Le dos droit, les bras croisés, il semblait tendu, mais son regard était d'une troublante intensité. Cet homme avait des yeux magnifiques. Pas seulement parce qu'ils étaient de couleur différente, mais à cause de ce qu'elle voyait en eux. Ils trahissaient la moindre de ses émotions.

Ce qu'elle lisait à cet instant était un besoin éperdu, et elle dut faire appel à toute sa retenue pour ne pas lui tendre la main.

— Parlez-moi de votre cousin, Miss Thorne, dit-il en se tournant pour regarder par la fenêtre.

Voilà qu'il l'appelait à nouveau par son nom de famille ! Mina s'efforça de contenir son irritation. C'était mieux ainsi. Plus convenable. Voilà comment un duc était censé s'adresser à son intendante.

— Colin souhaite vous rendre visite demain, milord. Il se considère comme un inventeur et voudrait vous parler d'une batteuse qu'il a conçue.

— Il veut donc mon argent.

— Son invention semble très utile. Ne vous arrive-t-il pas de miser sur des inventions ?

— Parfois. Généralement à la demande insistante de mon ami Iverson. C'est lui, le champion des inventeurs.

— Vous avez aidé des habitants du village, aujourd'hui. Une invention comme celle de Colin pourrait être une autre façon de le faire. Si vous avez décidé de rester plus longtemps…

— Je n'ai rien décidé de tel.

C'était elle à présent qui plissait le front d'inquiétude.

— Mais vous avez dit à Mrs Shepard…

— J'ai changé d'avis.

— En une demi-heure ?

Il n'eut pas le temps de répondre : déjà la voiture s'arrêtait devant le château d'Enderley. Le duc sauta à terre et commença à s'éloigner. Puis il sembla se souvenir des règles de la galanterie et fit demi-tour pour l'aider à descendre.

Mina n'avait pas besoin de son aide, mais elle saisit cette occasion pour le questionner.

— Pourquoi avoir changé d'avis ? Vous avez promis d'assister au bal de Noël.

Nicholas s'avança d'un pas, si bien qu'elle se trouva acculée contre le coupé, tandis qu'il la dominait de toute sa taille.

— Il y a d'honnêtes gens ici, je le vois bien. Mais mes sentiments pour Enderley ne changeront jamais.

Il approcha la main de son visage, mais au lieu de la toucher, il la posa sur la voiture, près de sa tête.

— Je me suis laissé distraire, poursuivit-il. Mais je suis venu ici avec un plan en tête, et j'ai bien l'intention de le mener à bien. Une fois les trois semaines écoulées, je dois être en mesure de quitter tout ceci pour de bon.

Mina savait qu'il faisait allusion au domaine, à son devoir envers les villageois et aux souvenirs douloureux que son père lui avait laissés. Pourtant, Nicholas l'examinait fiévreusement, promenant son regard de ses yeux à sa bouche. Il se pencha vers elle jusqu'à ce que son visage vienne effleurer le sien. Son souffle était chaud et précipité contre sa joue.

— Je dois être capable de vous quitter, ajouta-t-il d'une voix rauque qui fit courir un frisson sur la peau de Mina. Et cela devient plus difficile chaque jour.

Inclinant la tête, il déposa un tendre baiser au coin de sa bouche. Puis il recula, tourna les talons et s'éloigna. Pas en direction du château, mais vers le champ qui s'étendait derrière les écuries.

— Où allez-vous ? cria Mina.

Serrant les poings, il accéléra le pas.

— J'ai besoin de marcher un peu.

# 13

Étendue dans son lit quelques heures plus tard, Mina regardait le plafond. Ses yeux suivaient sur le plâtre le contour des fissures et des taches de suie qu'elle connaissait par cœur. Elle dormait dans cette chambre depuis deux ans et avait eu le temps d'identifier plusieurs formes géométriques : un cercle ici, une ellipse là, un trapèze en forme de chapeau dans l'angle opposé de la pièce.

Ce soir, toutes ses pensées convergeaient vers l'homme qui dormait un étage plus bas. Il ne pouvait pas savoir que la chambre d'invité que Mrs Scribb lui avait attribuée se trouvait exactement sous la sienne. Et, bien sûr, elle n'avait avoué à personne que, l'oreille tendue, elle guettait ses mouvements au petit matin.

Un léger grincement se fit entendre dans l'obscurité et elle retint son souffle. Reconnaissant le bruit du sommier de Nicholas, elle l'imagina en train de se coucher sur son lit.

Quelques minutes plus tard, un autre son retentit. Un gémissement ? Un murmure ? Elle ne parvenait pas à le discerner.

Puis le silence retomba dans le château. Mina pressa deux doigts contre sa poitrine. Une douleur familière la tourmentait, une sensation de vide qui l'assaillait toujours la nuit.

Tendant le bras, elle prit l'exemplaire des *Fables d'Ésope* qui ne quittait jamais sa table de chevet. Mais lorsqu'elle ouvrit le livre, les mots se brouillèrent devant ses yeux. Rapidement, les lignes floues laissèrent place à l'image d'un nez fin et droit, d'une bouche charnue et d'un front haut.

*Cesse donc de penser à lui !*

Cet homme n'était pas son problème. Qu'il garde ses mystères ! Bientôt, il retournerait à Londres et Enderley retrouverait sa tranquillité. Ils avaient vécu sans maître entre la mort d'Eustace et l'arrivée de Nicholas Lyon, et ils continueraient après son départ.

Bien sûr, les matinées de Mina seraient étrangement vides sans le son des jurons qui lui parvenaient depuis le bureau de l'ancien duc. En moins de deux semaines, elle s'était habituée à interrompre son travail de temps à autre pour jeter un coup d'œil par la porte, et elle le voyait alors tourner en rond sur le tapis comme un lion en cage. Elle s'était mise à aimer son parfum et le timbre de sa voix, qui provoquait des frémissements dans son ventre.

Maudit soit cet homme ! Comment cet ours mal léché pouvait-il révéler, sans crier gare, des trésors de charme et de gentillesse ? Il s'était montré purement et simplement magnanime à l'égard des villageois. Jamais son père ni son frère n'avaient fait preuve d'une telle bienveillance.

Mais pouvait-on se fier à une telle démonstration de générosité de la part d'un maître qui changeait d'avis au moindre prétexte ? Un jour il brûlait des portraits et, une semaine plus tard, il promettait aux villageois de faire réparer leurs cottages !

Mina n'oublierait jamais le jour de leur rencontre. Ses mains rassurantes sur ses hanches lorsqu'il l'avait aidée à descendre du chêne. Sa haute et imposante silhouette tandis qu'il tenait Millicent contre lui. Le curieux frisson qu'elle avait éprouvé lorsqu'enfin ils s'étaient trouvés face à face. Non seulement il s'était révélé bien plus séduisant qu'elle ne l'avait imaginé, mais il lui avait donné la sensation d'être vue. D'être remarquée. Pas comme n'importe quelle domestique, mais comme une femme qu'il respectait pour la connaissance qu'elle avait d'Enderley.

Nicholas Lyon ne ressemblait en rien au duc dont elle avait tant redouté l'arrivée. Aujourd'hui encore, elle avait du mal à croire que l'homme qui était capable d'une colère stupéfiante envers son propre père était le même que celui qui s'était montré si bon à l'égard des villageois. Elle se mit à égrener ses souvenirs, tâchant de concilier toutes les facettes de sa personnalité. Force fut d'admettre que les moments qui étaient restés le plus profondément gravés en elle étaient ceux où ils s'étaient touchés.

Son doigt qui lui effleurait le menton. Ses bras chauds et fermes autour d'elle. Le feu de sa bouche contre la sienne.

Laissant échapper un soupir d'exaspération, Mina reposa son livre et ferma les yeux. Le duc de Tremayne avait suffisamment occupé ses pensées pour cette nuit !

Pourtant, il restait présent dans son esprit. Ses mèches de cheveux noirs qui lui tombaient sur le front. La façon dont il s'était affalé, maussade, dans la voiture. Sa maladresse en avouant qu'il était mauvais danseur.

C'est alors qu'un cri retentit à l'étage en dessous. C'était la voix de Nicholas qui appelait. Mina crut entendre son nom. Se glissant hors du lit, elle se dirigea vers la porte, aux aguets. Un autre cri déchira la nuit, étouffé cette fois. Se retournant, elle s'agenouilla près de son tapis ovale, en releva le bord et colla son oreille contre le parquet glacé.

— Allez-vous-en ! entendit-elle distinctement. Ne partez pas ! Laissez-moi sortir !

Sans plus hésiter, elle se leva, passa sa robe de chambre et traversa le couloir sur la pointe des pieds. Un calme parfait semblait régner dans les chambres des domestiques. Elle descendit l'escalier aussi silencieusement que possible.

Devant sa porte, elle s'arrêta, la main sur la poignée. Ce qu'elle s'apprêtait à faire n'avait rien de correct, et allait même à l'encontre de toutes les convenances. Pourtant, elle se refusa à faire demi-tour.

Son pouls se mit à battre follement dans ses veines lorsqu'elle pénétra dans la chambre de Nicholas.

Étendu sur son lit, il semblait calme et serein. Jusqu'à ce qu'un mot franchisse ses lèvres, prononcé avec angoisse.

— Non !

Secouant la tête sur l'oreiller, il leva le bras comme pour saisir quelque chose.

— Ne partez pas, je vous en prie !

Était-il réveillé, ou encore en proie à la terreur de son cauchemar ? S'approchant, Mina tenta de distinguer ses traits à la faible lueur de la lampe qui brûlait à son chevet.

Il était d'une beauté à couper le souffle sans les rides d'inquiétude qui plissaient habituellement sa bouche et son front. Des boucles de cheveux noirs ruisselaient sur sa joue, cachant une partie de son visage.

Mina s'accroupit à côté du lit et repoussa les douces mèches, révélant la ligne dentelée de sa cicatrice. La chair marquée offrait un saisissant contraste avec son beau teint clair. La coupure avait été profonde. Qui avait pu s'attaquer au fils d'un duc, et surtout à un homme d'une carrure aussi imposante ?

Elle sursauta lorsque ses paupières se soulevèrent.

— Vous ne devriez pas être là, dit-il tout en lui saisissant la main.

— Je sais.

Pourtant, il ne la lâcha pas. Pendant un moment, il resta immobile à l'observer. Il y avait dans ses yeux une lueur, au coin de sa bouche l'ombre d'un sourire. Comme s'il était heureux de la voir, soulagé de se réveiller et de la trouver près de lui.

Puis, de son pouce, il effleura la paume de sa main. Une délicieuse caresse qui arracha à Mina un gémissement étouffé. Sans plus réfléchir, elle se pencha plus près de lui et, du bout de l'index, dessina le contour de sa bouche. Elle sentit ses lèvres trembler sous son doigt.

— Mina, souffla-t-il d'une voix rauque et désespérée.

Elle désirait sentir à nouveau sa bouche contre la sienne ; elle le désirait tant que cela lui faisait peur.

— Vous avez raison. Je ne devrais pas être là.

Nicholas s'assit dans son lit et posa les pieds sur le sol tout en décrivant sur le poignet de Mina de petits cercles qui firent monter en elle autant de vagues de chaleur.

— Vous êtes donc impulsive en plus d'être susceptible.

— Quant à vous, vous êtes lunatique et renfrogné.

Mina préférait la fièvre qui brûlait dans ses yeux à son ton espiègle. Elle était fatiguée de faire semblant.

— À présent que nous avons mis le doigt sur nos défauts réciproques, je vais retourner dans ma chambre, déclara-t-elle avant de se lever.

Nicholas l'imita, si bien qu'ils se trouvèrent face à face. Il était si proche qu'elle fut obligée de se cambrer pour voir son visage, son cou nu, et la partie de son torse que dévoilait sa chemise ouverte.

Il relâcha la pression de sa main, mais quelque chose dans son regard la retint : la tristesse qu'elle y lisait faisait écho à sa propre solitude.

— Votre sommeil a été troublé ? demanda-t-elle.

— Il l'est toujours.

— Je vous ai entendu crier. J'ai cru que vous appeliez mon nom.

C'était un aveu embarrassant. Elle avait sans doute mal entendu, mais il lui paraissait nécessaire de lui fournir une raison qui explique sa présence dans sa chambre.

— Vraiment ? Peut-être me hantez-vous dans mon sommeil.

À nouveau, il fit glisser le pouce sur son poignet d'une manière terriblement sensuelle. Mina sentit des frissons parcourir son bras et une chaleur remonter le long de ses cuisses.

— Vous ne vous souvenez pas de vos rêves ? demanda-t-elle d'une voix tremblante.

— Je m'efforce de les oublier.

— Qu'est-ce qui vous trouble ainsi ?

— Tout, répondit-il avec un petit rire grave avant de baisser la tête pour l'examiner. Surtout vous.

— Cela n'a jamais été mon intention, dit-elle en lui retirant sa main sans s'attarder sur la nouvelle sensation que le frôlement de leurs peaux déclenchait en elle. Je vais vous laisser afin que vous puissiez vous rendormir, ajouta-t-elle.

— Mina, attendez !

Comme il lui saisissait le bras, des mèches de ses longs cheveux s'emmêlèrent entre ses doigts.

— Je veux vous dire une chose avant que vous ne partiez.

Elle s'approcha un peu. Jamais elle n'avait éprouvé une telle tentation devant un homme. Il émanait de lui une chaleur torride, un parfum boisé auxquels il était difficile de résister. En outre, elle se sentait étrangement bien près de lui. Mina aurait pourtant dû être effarée de se trouver seule avec le duc de Tremayne. Le propriétaire d'une maison de jeu. Qui ne portait rien d'autre qu'un pantalon et une chemise à demi boutonnée.

Pourtant, elle brûlait de savoir ce qu'il voulait lui dire. Que s'était-il passé entre son père et lui ? Et pourquoi n'était-il jamais revenu à Enderley ?

Il la surprit en murmurant un simple mot.

— Merci.

Jamais elle n'avait entendu parole de gratitude aussi sincère. Pourtant, elle ne comprenait pas pourquoi il lui offrait ainsi sa reconnaissance.

— Si j'ai fait preuve de bonté envers ces villageois aujourd'hui, c'est vous qui m'avez inspiré.

— Moi ? Mais c'est absurde ! Vous ne me connaissez pas suffisamment pour que je puisse vous inspirer quoi que ce soit.

Mina n'avait pas l'habitude de recevoir des éloges. Cela lui donnait envie de s'enfuir, de se cacher derrière toutes les règles de bienséance qu'elle avait coutume d'ignorer.

— De plus, il m'a semblé que la bonté vous venait très naturellement.

— Pas comme à vous.

Nicholas plissa un coin de la bouche en la regardant d'un air pensif, puis il ramena une mèche de cheveux de Mina derrière son oreille.

— J'aimerais pouvoir vous dire que je suis un homme bienveillant, poursuivit-il, mais c'est une qualité que j'ai tendance à oublier.

— Peut-être devriez-vous essayer plus souvent. D'après ce que j'ai vu, cela vous va très bien.

Il balaya sa remarque d'un haussement d'épaules.

— Chaque fois qu'un villageois s'avançait, je me demandais ce que vous voudriez que je fasse.

— Vous n'avez pas traité ces gens comme vous avez traité Lady Claxton.

— Aucun d'eux n'a exigé quoi que ce soit, ni supposé que je lui devais quelque chose. Ils se sont contentés de demander, expliqua-t-il avant de froncer les sourcils. D'ordinaire, je prends un grand plaisir à dire « non », à protéger ce qui m'appartient. Mais aujourd'hui, avec votre voix dans ma tête, j'ai trouvé que dire « oui » était effroyablement facile.

— Ma voix dans votre tête ? répéta Mina qui sentait une chaleur gagner ses joues, puis se répandre le long de son cou.

Bientôt, elle eut l'impression que son corps tout entier était aussi rose que les œillets qui fleurissaient en bordure de l'allée d'Enderley.

— Pas seulement votre voix, répondit-il en fixant son regard sur sa bouche.

— Vous m'avez impressionnée aujourd'hui.

Elle était entrée dans sa chambre à coucher. Le moins qu'elle puisse faire était de lui dire la vérité.

— Contrairement à tous les autres jours où je vous ai horrifiée ?

Mina sentit son sang battre dans ses tempes lorsqu'il se pencha plus près d'elle. D'un geste hésitant, elle leva la main pour le tenir à distance… ou peut-être pour le toucher. Elle ne le savait pas très bien elle-même. Doucement, elle posa les doigts sur son torse et sentit son cœur cogner à grands coups dans sa poitrine.

— Pardonnez-moi pour la façon dont je vous ai rabrouée l'autre jour.

Il sembla hésiter, puis inspira profondément avant de reprendre la parole.

— Il y a certains endroits ici que je ne peux pas supporter.

— Certains seulement ? Vous avez progressé depuis votre arrivée.

En le voyant sourire, Mina se mordit la lèvre. Voir son visage s'adoucir quand il était amusé produisait sur elle un étrange effet.

— Il y a certaines choses à Enderley qui me plaisent beaucoup, reprit-il en passant une main autour de sa taille. Et je regrette vraiment d'avoir crié. Je jure de ne plus jamais le faire.

— Êtes-vous sûr de pouvoir tenir une telle promesse ? demanda Mina sans pouvoir réprimer à son tour un sourire.

Le regard de Nicholas glissa jusqu'à sa bouche.

— Je peux au moins essayer, répondit-il en se penchant, les yeux toujours fixés sur ses lèvres.

— Pourquoi vouloir vous faire passer pour ce que vous n'êtes pas ? demanda-t-elle avec le dernier souffle qu'il lui restait.

Elle devait connaître la réponse. Pas seulement celle de Nicholas, mais aussi la sienne.

Comme il l'avait fait la nuit de son arrivée, il glissa un doigt sous son menton pour le relever.

— Ne vous méprenez pas, Mina. Je suis bien le monstre que vous voyez. Mes cicatrices, ma cupidité et toutes les autres malédictions que l'on a pu jeter sur moi… Tout cela, c'est moi.

— Vous ne vous résumez pas à cela. Je vois davantage en vous.

Oui, il était davantage que cela. Elle l'avait vu pendant cette journée, et elle sentait au plus profond d'elle-même que c'était là la vérité. Sa tendresse avait fini par avoir raison de ses doutes. Cet homme était en train de devenir le plus cruel dilemme qu'elle ait jamais connu, car elle le trouvait tout simplement irrésistible.

— Que voyez-vous ? demanda-t-il, le visage soudain tendu, le regard méfiant.

— La douleur. La compassion, répondit Mina en plongeant ses yeux dans les siens. La tentation.

Une tentation si vive qu'elle plantait ses ongles dans les paumes de ses mains lorsqu'il était près d'elle. Si vive qu'elle avait repris son crayon et fait appel à ses pauvres talents en dessin pour tenter de croquer son portrait. Si vive qu'elle se surprenait chaque matin à attendre avec impatience de l'apercevoir.

— Ah, mais vous aimez les contes de fées, répliqua-t-il. Vous voyez des choses qui n'existent pas.

Quand il recula d'un pas, elle fut saisie par le vide qu'il créait entre eux.

— Vous devriez partir.

— Et si je restais ? demanda Mina en s'avançant vers lui.

— Alors vous découvririez qui je suis réellement. Et vous regretteriez d'avoir cherché à le savoir.

Tendant le bras pour l'enlacer, il inclina la tête pour appuyer son front contre le sien. Ses cheveux vinrent chatouiller le nez de Mina et elle sentit son souffle sur son visage et jusque dans son cou. Rien ne put la retenir de se cambrer contre lui. Elle voulait sentir sa chaleur partout sur elle.

Tournant la tête, elle posa une main sur sa joue et effleura sa cicatrice. Il tressaillit légèrement mais ne recula pas.

Mina ne put résister non plus à l'envie de sentir ses lèvres sous son pouce. Sa bouche était charnue et plus douce qu'elle n'aurait cru. Cet homme était-il vraiment l'être bougon et colérique qui était arrivé à Enderley deux semaines plus tôt ? Celui dont les paroles étaient aussi coupantes que du verre brisé ?

Mina se souleva sur la pointe des pieds et posa ses lèvres sur les siennes.

Nick songea qu'il était mort et qu'il se trouvait au paradis.

Elle devait être folle, cette femme si belle, si désirable qu'il tenait dans ses bras ! Et pourtant non : elle était intelligente, impétueuse, travailleuse et résolue. C'était son intendante, bon sang !

Sans doute n'éprouvait-elle pour lui rien d'autre que de la pitié, et c'était la dernière chose qu'il voulait.

Surtout de la part de Mina.

Mais il avait faim d'elle, faim de tout ce qu'elle avait à offrir. À peine ses lèvres soyeuses eurent-elles effleuré les siennes qu'il sentit son sexe se durcir à en avoir mal, comme s'il n'avait pas eu de femme depuis des années. Dieu, qu'il avait envie d'elle ! Même s'il savait qu'il n'aurait jamais que ce baiser à savourer.

Malgré cette certitude, Nick se retint.

Il était tellement habitué à prendre ce qu'il voulait. À réclamer son dû. Lorsqu'il désirait une femme, il la courtisait, la couchait dans son lit et, lorsqu'il partait, il la laissait plus que satisfaite. Mais il partait toujours.

Il n'était pas froid par choix, mais par nécessité. Et seulement en surface. Au fond de lui brûlait la fureur qui le faisait vivre, chaude comme la braise.

Mais ici, maintenant, alors que la bouche voluptueuse de Mina était contre la sienne, il hésitait. Il avait embrassé plus d'une femme avant elle et n'avait jamais rien ressenti d'autre que de l'excitation. Rien de plus qu'un besoin charnel.

Mais Mina était différente. Elle était son contraire, elle était tout ce qu'il n'était pas : généreuse, loyale et, pour son malheur, emplie d'espoir.

Et de même qu'il connaissait exactement les chances de gagner à chacune des tables de jeu du Lyon's Club, il savait qu'elle représentait un risque qu'il ne pouvait pas, qu'il ne devait pas prendre.

Car goûter ses lèvres ne suffirait pas. Déjà il en voulait davantage. Il ne pourrait pas embrasser cette femme et la quitter sans souffrir.

Comme il ne lui rendait pas son baiser, elle esquissa un mouvement de recul.

*Oui, pars ! Sauve-toi, pendant qu'il en est encore temps !*

Il ignorait si les paroles qui résonnaient dans sa tête étaient pour elle ou pour lui.

— Pardonnez-moi, dit-elle. Je me suis montrée présomptueuse et...

— Mina.

Nick toucha sa joue, passa un bras autour de sa taille et prit sa bouche comme il brûlait de le faire depuis le jour où ils s'étaient rencontrés.

*Doucement.* Il se répétait d'aller doucement, mais le désir qui s'était emparé de son corps se muait rapidement en un besoin violent. Mina était si chaude contre lui ! Elle avait un goût de cannelle et de thé au jasmin, et ses lèvres étaient un paradis qu'il ne mériterait jamais, quoi qu'il fasse.

Au bout d'un moment, elle s'écarta de lui, haletante, et planta ses yeux brillants dans les siens.

— Je vous en prie, dites-moi que vous allez rester, souffla-t-elle d'une voix rauque qui lui fit mal.

Nick était déchiré. Il voulait exaucer ses souhaits, lui donner tout ce qu'elle voulait. Sauf cela. Il ne pouvait s'infliger la souffrance de demeurer dans cet endroit qui avait été pour lui un enfer.

— Retournez dans votre chambre, Mina.

Si elle restait un instant de plus, si elle continuait à le regarder avec ce regard empli de désir, toutes ses défenses finiraient par tomber.

D'un baiser, cette femme l'avait presque mis à genoux.

Il l'attira à nouveau contre lui et l'embrassa plus fougueusement qu'il n'aurait dû le faire, glissant la langue dans sa bouche pour la goûter encore. Puis il se força à reculer.

— Partez, lui dit-il encore.

*Pour votre salut, partez !*

Le feu qui embrasait son regard s'éteignit. Nick songea que c'était une bonne chose : elle devait le voir tel qu'il était.

Tournant les talons, elle se glissa hors de la pièce sans prononcer un mot.

Du plat de la main, Nick donna un violent coup sur la porte, autant pour évacuer sa frustration que pour s'assurer qu'elle était bien fermée. Pour s'empêcher de courir après Mina.

Mais, Seigneur, que n'aurait-il pas donné pour la rejoindre, la ramener dans sa chambre et l'embrasser à nouveau !

# 14

Les joues fouettées par l'air frais, Mina resserra les genoux, heureuse de sentir entre ses cuisses la chaleur et la puissance de sa monture qui martelait le sol de ses sabots. Se penchant au-dessus de la crinière de l'étalon, elle lui lâcha la bride. Il la récompensa en redoublant de vitesse. Champs, haies et arbres aux feuilles jaunies se mirent à défiler à vive allure.

Lorsqu'elle aperçut les écuries d'Enderley, Hades et elle étaient tous deux essoufflés et en sueur. Mais le cheval hennissait de plaisir et Mina avait les idées plus claires. Même si elle ne savait absolument pas comment elle allait faire face au duc après les événements de la nuit précédente.

— On dirait qu'il est complètement rétabli, maintenant, dit Tobias en se saisissant d'une rêne pour conduire l'étalon dans la cour de l'écurie. Il est temps qu'il retourne chez son maître, vous ne croyez pas, Miss Thorne ?

Ignorant la question du palefrenier, Mina épousseta son pantalon.

— Avez-vous vu le duc, ce matin ?

— Pourquoi ? Vous l'avez encore perdu ? demanda Tobias en riant de sa propre plaisanterie.

Voyant que Mina ne partageait pas son hilarité, il montra le château d'un geste de la main.

— À part les garçons d'écurie, je n'ai vu qu'Emma. Elle rôde autour de la vieille tour depuis ce matin.

Rôder ? Ce n'était pas dans les habitudes d'Emma.

— Que fait-elle près de la tour ?

— Dieu sait, répondit-il en ôtant la selle de l'étalon, tirant sur les sangles avec une vigueur rageuse. J'espère qu'elle ne va pas retrouver un valet.

Tobias était un brave garçon, quoique un peu sanguin, et il était de toute évidence épris d'Emma. Mina l'avait surpris plus d'une fois en train de regarder la jeune femme du coin de l'œil.

— Irez-vous au bal de Noël de Mrs Shepard ? Peut-être devriez-vous proposer à Emma d'être son cavalier.

Sur ce petit conseil, Mina s'éloigna, laissant derrière elle le colosse muet et rougissant.

Elle sentit son pouls s'accélérer à mesure qu'elle s'approchait du château. Son travail ne pouvait attendre, mais comment réagirait-elle si le duc était dans son bureau ?

Mina ne pouvait se résoudre à regretter leur baiser, tout inconvenant qu'il fût. Inconvenant, et même dangereux. Elle s'était déjà aventurée sur ce chemin, et elle savait comment cela se terminerait.

Mais le souvenir de ce baiser était encore si frais dans son esprit ! Être lovée dans ses bras, se sentir désirée… Tout cela lui avait semblé si bon, si naturel.

Soudain, elle perçut un mouvement près de la tour. Emma se trouvait là, un paquet dans les mains. La jeune bonne n'allait tout de même pas pénétrer dans ce tas de ruines ! Par le passé, le vieil édifice avait parfois été utilisé pour entreposer des récoltes. Mais la charpente avait pourri et les murs de pierre menaçaient de s'écrouler.

Sa curiosité, disait autrefois son père, la perdrait un jour. Mais Mina n'avait jamais pu résister à l'envie de soulever des pierres pour découvrir ce qu'elles cachaient.

Elle traversa la pelouse, prenant soin de regarder droit devant elle en passant devant la fenêtre du bureau de Nicholas, et s'arrêta au pied de la tour.

— Emma ?

Tout d'abord, seul l'écho de sa voix dans l'escalier vide lui répondit. Tournant sur elle-même, elle scruta les environs.

— Emma !

— Chut !

Un bruit de pas résonna dans l'escalier en spirale et Emma apparut en haut des marches.

— J'essaie de ne pas l'effrayer.

Avant que Mina n'ait le temps de poser la moindre question, elle entendit un miaulement plaintif.

— Millicent.

— Je crois qu'elle va avoir ses petits. Elle s'est fourrée dans une vieille malle et refuse d'en sortir, expliqua Emma à voix basse tout en jetant des regards furtifs derrière elle. Je lui ai apporté des couvertures, mais je ne sais pas quoi faire d'autre !

— Elle sait quoi faire, mais c'est dangereux là-haut. Vous devriez descendre.

Emma obéit, mais s'arrêta une marche au-dessus de Mina.

— Il doit bien y avoir quelque chose à faire pour l'aider !

— Peut-être un peu d'eau dans une soucoupe.

— Je vais en chercher immédiatement ! répondit Emma en passant devant elle comme une tornade.

Mina leva les yeux vers le toit. L'intérieur était principalement fait de bois et les planches avaient été tordues et ramollies par l'eau qui s'était infiltrée. Pourtant, malgré son état délabré, la tour conservait un certain charme. Que s'était-il passé entre ses murs arrondis ? Et pourquoi Nicholas tenait-il tant à la détruire ?

Au-dessus d'elle, Milly continuait à pousser de petits miaulements de douleur et de détresse. Après avoir gravi prudemment l'escalier, Mina pénétra d'un pas hésitant dans la pièce principale. À sa grande surprise, elle découvrit là un petit lit, une armoire étroite et la malle dont Emma avait parlé. Comme si quelqu'un avait vécu là.

— Tout va bien, Milly ? dit-elle en s'approchant.

Elle trouva la chatte haletante, les yeux fermés, concentrée sur sa difficile tâche. Lorsqu'elle la caressa entre les oreilles, Milly appuya la tête contre sa main.

— Nous allons t'apporter de l'eau, mais malheureusement, nous ne pouvons guère faire davantage.

En s'accroupissant auprès de l'animal, elle remarqua une inscription sur la malle et retint sa respiration.

« Nicholas Lyon » était gravé sous la serrure.

À nouveau, elle regarda le lit et remarqua qu'une paire de vieux chaussons élimés était rangée dessous. De petits chaussons. Des chaussons d'enfant.

Un frisson d'effroi lui parcourut l'échine.

Se relevant, elle se dirigea vers l'armoire et tira avec force sur la porte qui tourna sur ses gonds rouillés. Quelques vêtements, sales et moisis, étaient entassés au fond. D'une main tremblante, elle souleva une chemise d'enfant. Les coutures qui tenaient encore avaient été cousues avec soin, mais la plupart des boutons manquaient et le tissu était mangé par les mites.

Soudain, des lettres grossièrement gravées au dos de la porte attirèrent son regard. Le vêtement lui échappa des mains. Des larmes embuèrent ses yeux et une rage sourde monta dans sa gorge. Du bout du doigt, elle suivit le contour des lettres.

LAISSEZ-MOI SORTIR.

Mina eut la sensation d'étouffer. L'odeur de moisi qui imprégnait la pièce lui fut subitement insupportable. Comme elle sortait en titubant, une douleur vint lui déchirer la poitrine. Un bourdonnement affreux résonnait dans ses tempes, lui donnant le tournis.

Que lui avaient-ils fait ?

Dans l'escalier, Mina trébucha sur une latte pourrie et se cogna contre le mur de pierre. Posant une main sur le granit dur pour retrouver l'équilibre, elle sentit des larmes chaudes ruisseler sur ses joues.

Elle ne comprenait pas.

Une fois dehors, elle tomba à genoux, essuya son visage et s'efforça de retrouver son souffle.

— Mina, qu'y a-t-il ?

Penchée au-dessus d'elle, Emma lui touchait doucement l'épaule.

— Le duc. L'avez-vous vu ?

— Non, mais Mrs Scribb m'a dit qu'il était allé inspecter le labyrinthe végétal. Il dit qu'il veut tout détruire.

Mina se leva, aidée de la jeune femme.

— Montez la soucoupe d'eau mais ensuite, ne retournez plus dans la tour. C'est trop dangereux.

Emma hocha la tête, les sourcils froncés.

— Oui, miss. Mais qu'allons-nous faire de Milly ?

— Dès que les chatons seront nés, nous lui trouverons un endroit sûr dans la cuisine ou l'écurie.

Une fois Emma partie, Mina se dirigea vers le labyrinthe. Son corps lui semblait lourd et elle peinait à avancer. Mais elle devait trouver le duc.

Un frisson d'appréhension la saisit lorsqu'elle franchit l'entrée bordée de hautes haies. Les allées qui avaient si souvent été son refuge autrefois lui semblaient à présent menaçantes. Elle avança en tendant le bras, laissant les feuilles luisantes lui égratigner la main.

— Nicholas ! appela-t-elle d'une voix faible.

Nicholas : le nom sur la malle. Le garçon que l'on avait chassé. L'homme qu'elle ne pouvait se résoudre à voir quitter Enderley dans quelques jours seulement.

Elle l'appela à nouveau, d'une voix plus forte.

— Mina ?

Son émotion fut telle en entendant sa voix qu'elle chancela sur ses jambes. Mais il était trop loin, et elle ne savait quelle direction prendre.

— Où êtes-vous ?

Arrivée à la croisée de deux allées, elle emprunta celle de gauche.

— Appelez encore !

— Restez où vous êtes ! répondit-il. Je viens vous chercher.

Sa voix était plus distincte à présent. Mais Mina ne pouvait pas s'arrêter. Quelque chose la poussait à avancer pour le rejoindre, vite.

— Je vais vous trouver ! cria-t-elle.

Un éclat de rire lui parvint, porté par la brise.

— Seigneur, vous êtes décidément têtue !

— Je préfère « déterminée ».

Arrivée à un nouveau croisement, elle choisit un chemin sans hésiter. Aucune logique ne la guidait, seulement son instinct. Et le léger parfum de l'eau de Cologne de Nicholas qui flottait dans l'air.

— Voulez-vous que nous dressions la liste de vos qualités ? Je sais que vous aimez les listes.

S'arrêtant net, Mina se retourna. Sa voix venait de derrière elle. Elle fit demi-tour, allongeant le pas. Peu à peu, elle se sentait apaisée par le ton espiègle de ses paroles.

— Très bien, dit-elle. Je vous écoute.

— Têtue, commença-t-il. Impulsive. Déterminée – je l'ajoute à votre demande. Et enfin…

Mina courait, maintenant. Arrivée au coin d'une allée, elle tourna et se cogna contre le mur ferme et chaud de son torse.

— … Irrésistible, murmura-t-il dans ses cheveux.

Toutes les questions qu'elle voulait lui poser restèrent au fond de sa gorge. Elle n'avait pas envie de parler, mais seulement de le serrer contre elle. Enfouissant les mains sous sa redingote, elle caressa le satin de son gilet et blottit sa joue contre sa poitrine.

Nicholas laissa échapper un gémissement avant de se laisser aller contre elle. L'attirant plus près encore, il posa le menton sur sa tête. Mina lui savait gré de l'enlacer sans rien dire.

Elle ne voulait pas que ce moment s'achève. Les battements de leurs cœurs semblaient s'être accordés, adoptant un rythme rassurant. Puis Nicholas plongea la main dans ses cheveux, ramassés en un chignon désordonné. Sous la caresse de ses doigts, un torrent de sensations descendit le long de sa nuque, provoquant de délicieux frissons dans tout son corps.

— Mina ? murmura-t-il.

— Je ne veux pas parler.

Pour l'instant, elle avait besoin de recevoir sa chaleur et de lui offrir la sienne. Juste un peu de tendresse et de réconfort pour repousser tout le reste. Elle voulait s'approcher au plus près de cette facette de lui qu'il ne montrait qu'à elle. Relevant la tête, elle se dressa sur la pointe des pieds et déposa un baiser sur son menton.

Avec un soupir, il se pencha pour prendre sa bouche. Tandis qu'il l'enlaçait d'une main, l'autre descendit dans son dos et s'arrêta sur ses fesses. Toute l'hésitation de la nuit précédente avait disparu. Un baiser en entraînait un autre, plus fougueux encore que le précédent, plus profond. Mina apprenait de lui, mordillant sa lèvre inférieure comme il avait mordillé la sienne, enfouissant la langue dans sa bouche.

Ses doigts trouvèrent les boutons de son gilet. Elle en défit deux avant de détacher ceux de sa chemise. Un petit cri jaillit de sa gorge lorsqu'elle toucha son torse nu. Il était si chaud que chacun de ses muscles fermes, chaque parcelle de sa peau lisse lui brûlait les doigts.

À son tour, Nicholas déboutonna son corsage de haut en bas. Ses doigts dansèrent doucement sur la peau nue puis, s'aventurant plus bas, il prit son sein dans le creux de la main.

Mina se cambra contre lui en gémissant.

— Nicholas.

Il appuya son front contre le sien comme il l'avait fait la nuit même avant de s'écarter légèrement d'elle pour la regarder dans les yeux.

— Mina, qu'y a-t-il ? demanda-t-il en fronçant les sourcils. Vous avez pleuré. Dites-moi pourquoi.

Bouleversée par ce qu'elle venait de découvrir, elle avait bien des questions à lui poser. Pourtant, elle n'osait parler. La dernière fois qu'elle avait évoqué la tour, il avait tourné les talons, furieux.

En même temps, elle savait que leur étreinte, leurs baisers, n'étaient qu'un mirage. Il allait partir, et elle resterait à Enderley. Rien ne viendrait changer leurs destins. Mais avant cela, elle voulait profiter de sa présence autant qu'elle le pouvait.

— Dites-le-moi, insista-t-il en déposant un baiser sur son sourcil.

Puis un autre sur sa tempe. Et enfin sur le bout de son nez.

— Je ne peux pas.

— Il n'y a personne d'autre que nous ici. Quoi que nous disions, seules les haies nous entendront.

Comme elle se taisait, il soupira et l'attira à nouveau dans ses bras.

— Est-ce le domaine qui vous préoccupe ?

— Non.

Pour une fois, ses pensées n'étaient pas pour Enderley, mais seulement pour lui. Elle voulait tant connaître son histoire !

Nicholas fit glisser sa main le long de son dos.

— Venez à Londres avec moi, dit-il soudain.

Mina resta interdite. La proposition était tentante. S'échapper d'ici ? Avec lui ? La perspective de se retrouver seule avec Nicholas en faisant fi des convenances était terriblement attrayante. Une partie d'elle voulait lui dire oui, sans autre promesse que la certitude qu'elle serait auprès de lui.

Mais elle devait se montrer pragmatique. Sa joyeuse inconséquence lui avait déjà valu d'avoir le cœur brisé. Et elle se devait de rester à Enderley, même si sa récente découverte avait irrémédiablement entaché l'image qu'elle se faisait du domaine.

— Ma place est ici.

Ce n'était pas la première fois qu'elle prononçait ces mots, mais jamais ils ne lui avaient semblé à ce point vides de sens.

Reculant, Nicholas prit son visage dans le creux de ses mains.

— C'est à vous de choisir votre place. Vous ne devez rien à votre père ni à personne d'autre. Pour une fois, pensez à ce que vous voulez vraiment !

Mina leva la main vers son visage pour écarter une mèche noire de son œil. Elle commençait à s'habituer au contact soyeux de ses cheveux entre ses doigts.

— J'aimerais visiter Londres.

Le regard de Nicholas s'éclaira, et il lui offrit un sourire étincelant.

— Alors je vais vous y emmener. Oui, je vous ferai visiter la capitale.

L'espace d'un instant, il sembla déconcerté.

— Je vous installerai dans un hôtel. Vous pourrez emmener Anna, si vous le souhaitez.

— Emma ?

— C'est cela.

Sa proposition était totalement indécente. Mina n'avait pas besoin de lire le manuel de bonnes manières que son père lui avait offert pour son treizième anniversaire pour connaître les conséquences d'une telle conduite. Laisser un aristocrate célibataire l'accompagner à Londres ruinerait à jamais sa réputation aux yeux de personnes telles que Lady Claxton. Non que la lady en question ait une très haute opinion d'elle.

— Puis-je prendre les dispositions nécessaires ? demanda-t-il en lui saisissant la main pour embrasser ses doigts. Nous pouvons partir la semaine prochaine.

— Je dois rester ici pour surveiller les travaux entrepris dans la salle de bal. J'ai aussi demandé à un maçon de venir travailler sur le chemin de ronde, et il y a une fenêtre à remplacer dans la bibliothèque.

— Ce n'est pas mon intendante que je veux emmener à Londres, mais vous.

Mina avait la gorge en feu. Pour accepter sa proposition, pour envisager de passer plus de temps avec lui, elle devrait renoncer à la seule chose à laquelle elle se raccrochait depuis longtemps. À la seule certitude qui guidait sa vie.

Et maintenant, cela aussi était terni.

— Je suis entrée dans la tour.

Aussitôt, Nicholas se figea. Son visage devint froid comme le marbre et son regard s'éteignit. Puis il lâcha la main de Mina, boutonna sa chemise et son gilet, et recula de quelques pas.

Elle ne pouvait plus revenir en arrière. Quoi qu'il y ait entre eux, que leurs sentiments s'épanouissent ou se muent en souffrance et en rejet, elle ne voulait plus faire semblant.

— Je vous avais ordonné de la détruire, dit-il d'une voix grave, effroyablement calme.

Un calme que démentaient ses poings serrés, si serrés qu'il en avait les jointures blanches.

— Racontez-moi ce qui s'est passé.

— Je n'ai pas à expliquer quoi que ce soit. Ni à vous ni à personne d'autre, répondit-il, le menton tremblant. Vous voulez rester à mon service ? Alors faites votre travail.

Comme il passait en trombe devant elle, Mina tendit la main mais ne réussit qu'à saisir un pan de sa redingote.

— Ne partez pas, je vous en prie !

Nick s'arrêta brusquement. « Ne partez pas, je vous en prie ! » Il avait crié ces mots tant de fois qu'ils auraient pu être gravés sur sa langue.

Il demeura le dos tourné, incapable de regarder Mina. Chaque fois qu'il le faisait, il avait envie de la toucher, de l'embrasser. De se perdre dans sa douceur pour ne plus jamais songer au passé.

Et tout ce qu'elle voulait, c'était continuer à administrer ce misérable tas de ruines !

— Vous avez vécu dans cette tour… quand vous étiez enfant ? demanda-t-elle d'une voix hésitante, presque brisée, qui lui serra le cœur.

Nick sentit une douleur lui transpercer le crâne. Il avait l'impression que l'on hurlait dans ses oreilles. Peut-être était-ce l'écho de ses propres cris qui résonnait dans sa tête.

Jamais il n'aurait dû revenir à Enderley. Mais alors, il n'aurait pas rencontré Mina. Mina qui s'accrochait obstinément à ce domaine sans paraître se rendre compte qu'elle ne faisait pas partie de ses murs.

Au diable Enderley ! L'instinct de Nick lui dictait de la prendre, de la séduire, de déployer tous ses charmes pour la garder. Il lui fallait à tout prix quitter le Sussex et ne plus jamais poser les yeux sur ce sinistre château.

C'était un sujet qu'il ne pouvait aborder. Jamais elle ne saurait comment on l'avait jeté dans cette tour dont il avait cru ne jamais sortir.

— Ne me demandez pas de vous raconter cette histoire.

Il se tourna vers elle mais ne put la regarder dans les yeux.

— Si ce que nous vivons est bien réel, ajouta-t-il en esquissant un geste vers elle en regrettant qu'elle soit trop loin pour qu'il puisse la toucher, alors ne me posez plus jamais cette question.

Comme Mina se taisait, il sentit un grand soulagement l'envahir. L'angoisse qui lui nouait l'estomac se fit plus légère. Peut-être avait-elle compris, ou du moins accepté, qu'il ne pourrait jamais lui révéler cet épisode de sa vie. C'est alors qu'elle leva les yeux vers lui, les joues brillantes de larmes.

— Vous a-t-il... enfermé ? Votre père ?

Malgré lui, l'expression de son visage, de ses yeux dut le trahir. Les masques qu'il s'était fabriqués pour bâtir son empire ne dupaient pas Mina.

— Pourquoi donc a-t-il fait une chose pareille ?

La réponse était simple.

— Tremayne me détestait. Il croyait aux rumeurs qui disaient ma mère infidèle. Dans son esprit dérangé, elles devenaient la réalité. Il répétait que je devais payer pour sa trahison.

Elle porta les mains à sa bouche comme si elle était saisie d'un haut-le-cœur. Puis, soudain, elle écarquilla les yeux.

— Ce soir-là, lorsque je vous ai vu..., murmura-t-elle. Le soir où la voiture vous a emmené... Voilà pourquoi vous n'êtes jamais revenu.

Nick était incapable de parler. Une douleur aiguë lui transperçait le cœur et ses os lui semblaient soudain aussi fragiles que des branches sèches. Un mot de plus, et il craignait de se briser en deux.

Mais il savait que Mina ne s'arrêterait pas. Elle était trop impulsive, trop entêtée. Rien ne l'empêcherait de se précipiter dans l'abîme ténébreux qu'il cachait au fond de lui depuis tant d'années. Cette femme n'avait pas peur. Elle allait arracher ses bandages pour appuyer le doigt sur sa blessure encore vive et sanglante.

— Nicholas, où cette voiture vous a-t-elle emmené ?

— En enfer, où était ma place, selon mon père.

Soudain, malgré toute l'horreur que lui inspiraient ces

souvenirs, Nicholas se mit à parler. Les mots se bousculaient dans sa bouche.

— J'ai pleuré comme un pauvre petit garçon effrayé. Je n'ai même pas regardé par la fenêtre, de peur que ma mère ne voie mes larmes.

Aujourd'hui encore, il revoyait cette maudite voiture, entendait le gravier crisser sous ses roues. L'énorme masse noire du coupé venu l'arracher à sa mère. Sa seule consolation avait été d'échapper à la violence de son père, et c'était finalement cette idée qui l'avait décidé à gravir l'unique marche du véhicule.

Jamais il n'aurait imaginé avouer un jour à quelqu'un qu'il avait pleuré, assis sur les coussins de velours. De chagrin mais aussi de soulagement. Une fois en pension, avait-il pensé, il serait à l'abri de la fureur de son père.

— Je ne sais pas qui était l'homme qui m'a emmené. Ce n'était pas le cocher du domaine, mais une brute qui empestait l'oignon et la bière.

Le véhicule avait démarré avec une violente secousse, le précipitant contre la paroi, et il avait prié pour que le trajet ne soit pas long.

— Le coupé s'est arrêté quelques minutes après notre départ. L'homme a ouvert brusquement la porte et m'a attrapé par le col.

Nick ravala la colère qui menaçait de le submerger avant de poursuivre.

— Il a appuyé sa main sur mon visage si fort que j'ai cru étouffer.

Mina ne dit rien, mais un petit cri d'angoisse s'échappa de sa gorge.

— Saviez-vous que l'enfer est en haut, et non en bas ? Nous sommes montés haut, très haut. La pierre m'a écorché les genoux lorsqu'il m'a jeté dans la pièce. À peine avais-je eu le temps de regarder autour de moi que la porte s'est refermée.

Seigneur, comme il avait eu faim au début !

— Personne n'est venu pendant trois jours. Puis quelqu'un a glissé un plateau sous la porte. Du gruau. Du thé.

— Combien de temps cela a-t-il duré ?

— Des mois.

Mina fit entendre un gémissement douloureux. Nick en entendit l'écho en lui-même mais fut incapable d'émettre le moindre son. Même lorsqu'elle s'approcha pour l'enlacer avec douceur, il ne parvint pas à la serrer contre lui.

Ses muscles ne répondaient plus. Tout comme son cœur.

Mina s'écarta légèrement pour le regarder, les yeux emplis de larmes.

— Comment en êtes-vous sorti ? Pourquoi personne n'a su que vous étiez là ?

Du pouce, Nick lui effleura la joue.

— Ma mère croyait que j'étais en pension. Comme ses nombreuses lettres restaient sans réponse, elle a rendu visite au directeur. À son retour, elle a sommé mon père de s'expliquer. Wilder l'a aidée, nous a aidés tous deux, à nous enfuir.

— Je suis désolée.

Mina pleurait maintenant, le corps secoué de petits sanglots. Elle le serrait dans ses bras, lui prêtant sa chaleur, son réconfort, sa bonté. Pourtant, Nick avait l'impression qu'un mur les séparait. Il mourait d'envie de prendre sa bouche, de la pousser contre la haie et de lui arracher ses vêtements pour s'enfouir en elle. Mais malgré le désir qui bouillonnait en lui, il n'éprouvait aucune émotion. Subitement, il se sentait vide. Il était inutile, comme le lui avait si souvent répété son père.

À présent, Mina avait pitié de lui. Elle savait désormais qu'il n'était pas cet homme d'affaires habile que tant de joueurs craignaient, mais seulement une pitoyable victime jadis emprisonnée par son propre père.

— Je ne veux pas de votre pitié.

— Et ma sympathie, l'acceptez-vous ? demanda-t-elle en s'agrippant au col de sa chemise pour se soulever sur la pointe des pieds. Et ceci ?

Sa bouche effleura la sienne, chaude et gourmande.

Nick se força à lui résister. À s'écarter d'elle.

— Vous devriez partir, Miss Thorne.

Si elle restait, il ne répondait plus de ses actes. La colère reviendrait, et il s'en prendrait à elle... ou la séduirait. Il passerait une heure à lui donner du plaisir, jusqu'à ce qu'ils en oublient leur propre nom. Mais elle méritait mieux qu'une étreinte furtive dans l'herbe avec l'ombre d'un homme, par un froid matin d'hiver.

Quant à lui, il ne la méritait tout simplement pas.

Elle recula, des éclats dorés dans les yeux, avant de tourner brusquement la tête. Quelqu'un avait crié.

Deux hommes. Non, trois.

Aussitôt, elle partit dans la direction d'où venaient les voix. Décidément, quand un problème surgissait, cette femme fonçait toujours tête baissée.

— Savez-vous comment sortir ? demanda-t-il.

Mina s'arrêta, le dos raide, mais ne se retourna pas.

— Je n'en suis pas certaine. Et vous ?

Nick la rejoignit, s'approchant suffisamment pour pouvoir la toucher. Pour humer son parfum fleuri. Pour percevoir la frustration qui émanait de son corps.

— Suivez-moi, dit-il en passant devant elle.

# 15

Toute sa vie, Mina s'était efforcée de se tenir convenablement et de surveiller ses paroles afin de se montrer à la hauteur des espérances de son père. Mais jamais elle n'avait rencontré quelqu'un qui sache aussi bien cacher ses émotions que le duc de Tremayne.

Sauf, bien sûr, si l'on observait attentivement son regard.

À le voir marcher d'un pas vif vers les écuries, on aurait juré qu'il sortait d'une entrevue au sujet des réparations à faire dans le domaine ou de ses projets de louer la propriété. Personne n'aurait deviné qu'il venait d'évoquer les souvenirs les plus douloureux de son enfance. Personne n'aurait soupçonné que, quelques instants plus tôt, il l'avait caressée, embrassée. Que leurs corps s'étaient mêlés.

Mina, en revanche, ne parvenait pas à calmer les battements de son cœur ni à sentir autre chose que l'odeur de Nicholas sur ses vêtements et le goût de sa langue sur ses lèvres. Quant au feu qui lui brûlait la poitrine, elle ignorait s'il était dû à leurs baisers ardents ou à sa course pour parvenir à le suivre.

Heureusement qu'elle ne portait pas une robe !

Elle se mordilla l'intérieur de la joue comme pour se punir. Pourquoi l'avait-elle poussé ainsi à parler ? Elle lui avait posé trop de questions.

— C'est Tobias, dit-elle comme ils approchaient, reconnaissant l'une des voix. Il semble furieux ; je ne l'ai jamais entendu crier ainsi.

Comme ils tournaient l'angle du château pour rejoindre les écuries, Mina sentit son cœur défaillir. Un cri de stupeur s'échappa de ses lèvres.

*Gregory.*

Ses cheveux dorés étincelaient au soleil. Il se tenait derrière son père, Lord Lyle, qui semblait dans une fureur noire. Mina s'était doutée que le vicomte risquait de venir réclamer son cheval un jour ou l'autre, mais jamais elle n'avait imaginé qu'il serait accompagné de son fils. L'homme qui lui avait brisé le cœur.

Leur idylle était née rapidement. Aujourd'hui, elle se rendait compte qu'il ne l'avait pas courtisée dans les règles et ne savait pas très bien pourquoi ni comment cela avait commencé. Un peu de charme du côté de Gregory lorsqu'ils s'étaient rencontrés dans un village voisin, lors d'une vente aux enchères. Et pour sa part, la joie trop évidente d'être l'objet des attentions d'un bel homme, fils de vicomte par-dessus le marché.

Elle avait vu en lui un moyen de changer le cours de sa destinée. D'être davantage que la fille de l'intendant. Quand elle songeait à toutes les possibilités qu'elle avait imaginées alors, la honte l'envahissait. Tous ses rêves n'avaient reposé que sur du vent.

C'était la première fois qu'elle croisait la route de Gregory Lyle depuis le jour où, dans le jardin d'hiver du domaine de sa famille, il lui avait déclaré qu'ils ne devaient plus jamais se revoir.

« Un agréable moment », ainsi avait-il qualifié leur liaison, qui s'était achevée aussi vite qu'elle avait commencé.

Comme pour tout le reste, elle s'était jetée à corps perdu dans cette histoire.

Soudain, Mina remarqua que derrière Gregory deux hommes se bagarraient à même le sol. Elle ne reconnut pas le premier mais le second, avec sa carrure de géant, ne pouvait être que Tobias.

— Il suffit !

Le cri de Lord Lyle interrompit l'empoignade mais, tandis que l'inconnu s'écartait de Tobias, le vieil homme s'approcha de lui d'un air menaçant.

— Hé là ! Prenez garde, my lord ! s'écria le palefrenier en

reculant tandis que le vicomte brandissait une canne comme pour le frapper.

— Pour l'amour du ciel, que se passe-t-il ici ? gronda Nicholas en s'interposant entre les deux hommes.

Aussitôt, Lord Lyle se redressa.

— Ah, Tremayne !

Mina était restée à quelque distance de la scène, mais elle distinguait parfaitement la grimace dédaigneuse de l'aristocrate. Cet homme méprisait tout le monde, mais il n'avait jamais montré un tel manque de respect envers Eustace ni l'ancien duc.

— Ou dois-je vous appeler Nick Lyon ?

— Appelez-moi comme vous le voudrez, mais fichez le camp de ma propriété !

— C'est justement une question de propriété qui m'amène. Votre garçon d'écurie a volé un de mes étalons, et je viens réclamer justice.

Nicholas lança un regard à Mina par-dessus son épaule. Elle se mordit la lèvre inférieure : il avait toutes les raisons d'être en colère contre elle et pourtant, il n'y avait dans ses yeux que de l'inquiétude.

— Avons-nous le cheval de Lord Lyle, Tobias ?

Le regard du palefrenier alla de son maître à Mina puis à Lord Lyle, mais il resta muet.

Un mouvement attira l'attention de Mina du côté des écuries et elle vit Gregory se glisser à l'intérieur. Il aurait tôt fait de voir Hades. S'élançant à sa suite, elle le trouva en train d'inspecter les stalles en se pinçant le nez. S'approchant, elle lui agrippa le bras.

— Comment osez-vous ? s'exclama-t-il en se dégageant d'un coup de coude.

Lorsqu'il se retourna et découvrit son visage, il ouvrit des yeux ronds.

— Mina ? s'écria-t-il en promenant sur son corps ses yeux froids et gris.

Dans son regard brillait une lueur qu'elle avait vue bien des fois.

— Vous portez un pantalon.

— Je vous en prie, Gregory ! Je vous demande de ne pas faire cela.

— Reprendre ce qui nous appartient ? Bien sûr que je vais le faire ! répondit-il avant de désigner d'un geste du menton l'endroit où son père et Nicholas étaient en train de se quereller. Être au service d'un duc ne donne à personne le droit de voler un cheval. Le garçon d'écurie des Tremayne doit être puni pour ce qu'il a fait.

— C'est moi qui ai conduit l'étalon dans nos écuries.

— Absurdités ! Vous voulez protéger cette racaille, voilà tout. Je n'arrive pas à croire que vous avez été assez sotte pour rester dans ce misérable domaine, déclara-t-il en secouant la tête. Trouvez-vous un époux ou un protecteur ! Vous avez besoin d'un homme qui vous remette à votre place.

Mina fut saisie d'une telle indignation qu'elle sentit une douleur aiguë s'emparer de ses épaules et remonter le long de sa nuque. Quelle ironie d'entendre Gregory Lyle lui parler ainsi, lui qui avait tenté de la persuader que « sa place » était sur l'un des bancs de pierre qui bordaient le jardin d'hiver de sa famille, allongée sous son corps pantelant !

Dieu merci, elle avait eu le bon sens de l'arrêter avant que les choses aillent aussi loin !

— L'étalon était blessé lorsque je l'ai trouvé. Votre père l'avait battu jusqu'au sang.

Mina s'attendait à une réaction de sa part, mais il ne parut pas le moins du monde surpris.

— Ce cheval est à moi.

Il se pencha vers elle, et la bouche si bien dessinée qu'elle avait autrefois embrassée se tordit en un rictus hideux.

— Père ne le monte jamais. Cette bête a besoin d'être domptée : elle ne se laisse pas enfourcher facilement.

Lorsqu'elle vit son regard glisser dans son cou, elle se rendit compte que Nicholas avait laissé son corsage entrouvert, exposant son décolleté.

— Tout comme j'aurais dû vous dompter, Mina, ajouta-t-il.

Car nous savons tous deux que j'aurais dû être le premier homme à vous enfourcher.

Sans même réfléchir, elle serra le poing et l'envoya comme une flèche vers sa cible : le petit nez parfaitement sculpté qui trônait au milieu du visage arrogant de Gregory Lyle.

— Chienne ! s'écria-t-il en portant la main à son visage.

Un filet de sang coulait entre ses doigts. De sa main libre, il tenta d'empoigner Mina. En voulant reculer, elle trébucha.

Sa main lui faisait mal, mais elle ne regrettait pas d'avoir frappé ce fat. Seule la fureur qu'elle voyait dans ses yeux lui faisait peur. Pas pour elle, mais pour Nicholas, car Gregory et son père étaient capables de lui créer de gros ennuis. Et pour Hades aussi, si le pauvre animal retombait entre les mains des Lyle.

Un bruit sourd contre le mur extérieur de l'écurie les fit tous deux sursauter. Le bruit d'un corps projeté contre le bois.

Mina se précipita à l'extérieur. Elle trouva Tobias assis à même le sol, les doigts pressés contre sa lèvre fendue et enflée. Debout au-dessus de lui, l'homme de main de Lord Lyle le regardait avec un sourire de brute satisfaite.

— Laissez-le ! s'écria Mina.

Prête à intervenir, elle se dirigea vers le palefrenier tout en cherchant Nicholas des yeux.

À quelques pas de là, le vicomte et lui se tenaient face à face. Mina n'entendait pas ce qu'ils disaient mais percevait le ton menaçant de leurs voix. Soudain, Lyle brandit sa canne en poussant un grondement féroce.

— Infâme scélérat !

Changeant de direction, Mina courut vers les deux hommes pour se placer entre eux. Le dos pressé contre Nicholas, elle tendit la main derrière elle pour le retenir. Ses doigts se refermèrent sur les muscles fermes de sa cuisse. Malgré le désordre et la confusion de la situation, le contact de son corps puissant enflamma tous ses sens.

— C'est moi qui ai pris le cheval, avoua-t-elle à Lord Lyle.

— Vous ?

Le vicomte se cambra et abaissa sa canne d'un pouce.

— Ne seriez-vous pas l'effrontée qui a tenté de séduire mon fils ?

— Comment osez-vous ? rugit Nicholas en saisissant le col de la redingote de Lord Lyle.

Mina fit volte-face et le repoussa, les mains appuyées sur son torse.

— Ne faites pas cela ! Vous le regretteriez.

— Je suis au meilleur de ma forme quand je fais des choses que je risque de regretter.

— Père, laissez-les ! cria Gregory en sortant de l'écurie.

Il avait pris une selle et une bride appartenant aux Tremayne et menait Hades par les rênes.

— L'animal semble avoir été bien traité. Je vais rentrer avec lui. Tout cela n'est pas bien grave, ajouta-t-il en plantant ses yeux dans ceux de Mina.

— Nous ne partirons pas d'ici tant que cette affaire ne sera pas résolue. Cet homme, déclara Lord Lyle en montrant Tobias du doigt, a volé mon cheval. Je ne serai pas satisfait avant de le voir pendu !

— Je vous l'ai dit, c'est moi qui ai trouvé Hades, intervint Mina. Nous avons soigné ses blessures et lui avons laissé le temps de se rétablir, ajouta-t-elle en foudroyant Gregory du regard.

— Vous êtes bien impertinente, Miss Thorne ! Que penserait le juge Hardbrook du vol auquel vous vous êtes livrée ? demanda Lord Lyle en contemplant sa chemise froissée et son pantalon crotté avec un visage grimaçant.

— Nous avons recouvré notre bien, père, dit Gregory en sanglant l'étalon avant de mettre le pied à l'étrier et de monter en selle. Laissons le tenancier de tripot et son intendante en pantalon à leurs petites affaires !

Sur ces mots, il tira d'un coup sec sur les rênes, mais Hades recula, refusant d'obéir.

— Avance donc, sale bête !

Aveuglé par une fureur noire, Nick voyait à peine l'homme et le cheval.

C'était donc lui : le fils de Lyle. Il l'avait compris aux regards entendus qu'il avait surpris entre Mina et lui. Qu'il y ait eu de l'amour ou seulement du désir entre eux, peu lui importait. Cet homme lui avait fait du mal. Et maintenant, le scélérat se permettait de lui lancer des regards dédaigneux du haut de sa monture !

La colère faisait bouillir son sang et gouvernait tous ses sens, au point qu'il avait du mal à raisonner. Il n'avait jamais eu d'indulgence pour les tyrans. Ils étaient l'étincelle qui allumait la mèche de sa colère.

Mais ce fut le cri d'horreur de Mina devant la brutalité de Lyle qui scella le destin de l'animal.

— Combien ? demanda-t-il en passant devant elle.

Faute de pouvoir lui tendre la main, la rassurer, il alla se poster devant le jeune coq.

— Seigneur, vous êtes duc maintenant, Tremayne ! s'écria celui-ci. Je pensais que ce titre vous aurait guéri de votre passion du lucre. Tous ceux qui fréquentent votre club connaissent votre insatiable cupidité.

À présent, Nick se souvenait vaguement de lui. L'un de ces fils d'aristocrates trop gâtés qui s'attendaient à ce que le monde tombe à leurs pieds et geignaient quand la chance leur tournait le dos.

— Lord Calvert affirme que vos tables sont truquées ! poursuivit-il d'une voix si criarde que Hades coucha les oreilles.

— Calvert est un mauvais perdant.

*Comme vous.*

— Combien pour l'étalon ?

L'imbécile gloussa, dans une tentative comique d'intimidation virile.

— Il n'est pas à vendre.

Nick ne voyait pas ce que Mina avait pu trouver de séduisant chez ce damoiseau. Excepté, bien sûr, le fait qu'il était beau garçon, avec un visage presque féminin qui n'avait pas été lacéré par le taille-plume de son père.

— Tout s'achète, pourvu qu'on y mette le prix, répliqua Nick en saisissant la rêne qui pendait sous le museau du cheval. Mille livres.

Ah, voilà qui semblait plaire au joli jeune homme ! Il s'étrangla, et son assurance hautaine s'effondra comme un château de cartes.

— Vous êtes fou, Tremayne !

— C'est possible, répondit Nick en lançant un regard vers Mina par-dessus son épaule.

Son visage était empli d'un espoir presque insupportable. Il ne voulait pas la décevoir. Il voulait l'embrasser à nouveau, plus fougueusement encore, la prendre tout entière et ne plus jamais laisser son terrible passé s'interposer entre eux.

— C'est même probable, ajouta-t-il en tournant à nouveau son attention vers Gregory Lyle.

— Vous n'achèterez pas son impunité ! s'écria son père en agitant un doigt maigre en direction de Mina.

Nick résista à grand-peine à l'envie de le lui arracher.

— Cette femme a commis un crime ! poursuivit le vieil homme. C'est à la justice de décider du prix qu'elle doit payer.

— Deux mille livres, annonça Nick avec la dernière dose de patience qu'il lui restait.

C'était une maigre dose, qui s'épuisait à vue d'œil. Poussant un soupir, il attendit, promenant son regard du père, qui ouvrait et fermait la bouche comme un poisson échoué sur la plage, au fils, qui le fixait avec des yeux ahuris.

— Le cheval ne vaut pas la moitié de cette somme, dit enfin Lord Lyle d'une voix éraillée.

Ce sursaut d'honnêteté était une bonne surprise. Cela signifiait que le vieux bougre avait buté sur une proposition qu'il ne pouvait refuser.

— Dois-je comprendre que vous acceptez ?

Nick avait conclu suffisamment d'affaires dans sa vie, vu suffisamment d'hommes désespérés pour savoir quand il avait gagné.

Lord Lyle s'approcha de son fils, qui se pencha sur sa selle pour chuchoter à son oreille. Puis le vieil homme esquissa une grimace, saisit les pans de son habit et, redressant le menton, bomba le torse.

Le lâche ne regarda pas Nick dans les yeux. Lorsqu'ils étaient vaincus, les aristocrates y parvenaient rarement.

— J'avais entendu dire que vous étiez un habile homme d'affaires, Tremayne. Mais vous vous révélez un piètre négociateur.

Hélas pour lui, le tremblement de sa voix transformait son discours de victoire en une pitoyable démonstration.

— J'exige deux mille livres et l'effacement des dettes de mon fils.

Nick inspira profondément, faisant mine de réfléchir sérieusement à la question. À la vérité, il s'était attendu à ce que Gregory Lyle formule une telle condition. Spencer, le factotum du club, aurait pu le lui dire avec précision, mais il soupçonnait que ses dettes s'élevaient à beaucoup plus de deux mille livres. L'attente devait être insupportable pour le jeune homme ; la faire durer eût été cruel.

Il laissa donc passer soixante secondes de plus, rejeta les épaules en arrière et fixa Lord Lyle avec un regard froid.

— Marché conclu.

Nick dut faire un immense effort pour se comporter dignement, mais il résolut de laisser Lyle et sa progéniture partir en se pavanant comme s'ils sortaient vainqueurs de cet affrontement. Cependant, Gregory Lyle restait juché sur le cheval comme un roi sur son trône, un ricanement aux lèvres.

— Descendez, mon garçon, lui dit Lord Lyle comme s'il s'adressait à un enfant.

— Je vais vous aider ! lança Nick.

Saisissant le pied du cavalier, il l'arracha de l'étrier et le poussa sans ménagement. L'homme agita désespérément les bras avant de basculer sur le côté. Il atterrit avec un grand *plouf* sur le sol boueux de la cour de l'écurie.

— Comment osez-vous ? cria-t-il en le dévisageant d'un air incrédule.

Nick se pencha près de lui en luttant contre l'envie de le saisir par le col de sa chemise souillée pour le mettre debout.

— J'ose parce que tout ce que vous voyez devant vous m'appartient.

Du coin de l'œil, il vit Lord Lyle s'approcher à pas discrets. Se redressant, Nick lui arracha la canne des mains et lui en asséna un petit coup sur sa poitrine.

— Allez-vous-en, Lyle ! Partez de mes terres et veillez à ce que votre fils ne mette plus jamais les pieds dans mon club. Miss Thorne, ajouta-t-il en se tournant vers Mina, allez dans votre bureau et préparez un chèque pour Lord Lyle. Et une note indiquant que j'accepte d'effacer les dettes de jeu de son fils.

Mais, au lieu de lui obéir, elle resta figée sur place, les yeux écarquillés et la bouche entrouverte comme si elle essayait de parler sans y parvenir.

C'est alors que le jeune Lyle se releva, essuyant ses vêtements couverts de boue. Soudain, rentrant la tête dans les épaules, il s'élança vers Nick comme un taureau devenu fou.

— Vous n'êtes qu'un bâtard ! hurla-t-il ! Un usurpateur ! Rentrez à Londres, vous n'avez pas votre place ici !

Tendant le bras, Nick empoigna l'avorton par sa chemise et le traîna jusqu'à lui.

— Ma place est ici, misérable pleurnichard. Je suis le duc de Tremayne ! s'exclama-t-il avant de l'expédier, titubant, vers son père.

Aussitôt, Tobias s'avança, prêt à ramener l'étalon à l'intérieur. L'arrêtant d'un signe de la main, Nick mena le cheval jusqu'à Mina.

— Tenez, dit-il en lui remettant les rênes. À présent, l'un des chevaux de l'écurie d'Enderley vous appartient.

# 16

Mina allait et venait dans le bureau de son père depuis si longtemps qu'elle en avait mal aux jambes. Elle n'avait pourtant pas pour habitude de tourner en rond alors qu'elle avait des listes et des listes de tâches à accomplir.

Était-elle en train d'adopter les manies de Nicholas ?

Nicholas, ou « Nick », comme l'avait appelé Lord Lyle. Peu importait son nom : en moins de deux semaines, cet homme avait réussi à le graver dans son cœur.

Et à présent, il était parti.

Lorsqu'elle regardait de l'autre côté du couloir par la porte entrouverte, elle ne le voyait plus en train de marcher en long et en large comme elle le faisait à présent. Il n'était pas au château. Après s'être levée tôt, impatiente de le voir, Mina avait appris de Mrs Scribb que Wilder et lui étaient allés voir Mr Thurston pour lui parler des réparations à faire dans les cottages du village.

Mina avait commencé sa journée en écrivant à deux maçons de Barrowmere pour leur proposer les pierres de la vieille tour. S'ils acceptaient de démolir la charpente, elle leur demanderait de le faire immédiatement. Elle n'était pas loin de se saisir elle-même d'une masse pour réduire l'édifice en miettes.

Enderley ne serait plus jamais comme avant. Désormais, elle connaissait ses secrets. D'ignobles vérités qu'elle n'avait jamais voulu imaginer. Ce matin, pour la première fois, les murs lui semblaient froids et vides. Un voile sombre semblait recouvrir le château, et elle commençait à comprendre que c'était probablement de cette façon que Nick le verrait toujours.

Des pas résonnèrent à l'autre bout du couloir. Retenant son souffle, Mina ramena quelques mèches rebelles dans son chignon avant d'ajuster son corsage et ses jupes.

Était-ce lui ? La démarche lui semblait plus légère et les enjambées plus courtes que celles de Nicholas.

— Mina ?

Colin apparut dans l'embrasure de la porte. Le sourire qui illuminait son visage se mua bientôt en un froncement de sourcils. Ce garçon avait toujours été beaucoup trop perspicace.

— Qu'y a-t-il ?

— Rien. Entre donc ! Quel bon vent t'amène à Enderley ce matin ? demanda-t-elle en s'efforçant de prendre un ton enjoué.

Pour cacher sa nervosité, elle fit mine de remettre en place la plume et le pot d'encre posés sur un coin de son bureau.

— J'étais censé venir hier, tu ne t'en souviens pas ? Un projet m'a retenu, mais j'ai entendu dire qu'il y avait eu du grabuge avec Lord Lyle et son fils. Est-ce que tout va bien ? demanda-t-il en se laissant tomber sur la chaise placée devant son bureau. Je sais qu'il s'est passé quelque chose entre Gregory Lyle et toi, ajouta-t-il, la mine inquiète.

Seigneur, les rumeurs s'étaient-elles donc répandues dans le village au point que même son cousin, qui passait son temps le nez dans les livres et les expériences, avait eu vent de sa sottise ?

— Je suis venu prendre de tes nouvelles, et te demander si tu voulais que je le provoque en duel.

— Ce ne sera pas nécessaire, répondit Mina en serrant les lèvres pour réprimer un rire.

Nick avait veillé à ce que Gregory reçoive le châtiment qu'il méritait. Jamais elle n'oublierait la vue du pauvre garçon, les quatre fers en l'air dans la boue.

— Dans le village, on dit que le duc s'est fait berner, poursuivit Colin en la considérant d'un air sceptique.

Soulevant un presse-papiers de son bureau, il retourna la pierre lisse entre ses doigts.

— Il aurait payé une fortune pour un étalon noir qui est à peine débourré.

— Il a également effacé les dettes de jeu que Gregory avait contractées dans son club.

Mina n'était pas encore revenue de sa surprise devant la conduite de Nick, et il lui semblait que son cœur allait éclater dans sa poitrine lorsqu'elle repensait à son regard au moment où il lui avait remis les rênes de Hades.

— Cela n'a pas de sens, observa Colin en inclinant la tête à la manière d'un chiot perplexe. Le duc aime-t-il à ce point les chevaux qu'il est prêt à dépenser des sommes astronomiques pour un vulgaire canasson ?

— Hades n'est pas un vulgaire canasson. C'est un cheval magnifique.

Colin était un jeune homme d'une grande sagacité, qui collectionnait les faits et les expériences avant de les assembler, créant ainsi des inventions uniques. À présent, il étudiait Mina comme si elle était une particule sous la lentille de son microscope. Lorsqu'elle vit ses yeux noisette s'écarquiller, Mina sut qu'il serait vain de tenter de lui cacher ses sentiments.

— C'est pour toi qu'il a acheté le cheval, dit-il doucement. Mina, qu'y a-t-il entre le duc de Tremayne et toi ?

Elle le regarda fixement pendant un si long moment que ses yeux s'embuèrent.

Qu'y avait-il entre eux ? De l'attirance. Du désir. Nick aimait relever leurs points communs, mais pour Mina, ils n'étaient guère nombreux. Il était un homme d'affaires fortuné, et elle n'était que son intendante.

Pour l'instant. Car ce matin, une idée avait germé dans son esprit pour ne plus la quitter. Pour la première fois depuis bien longtemps, elle songeait qu'il était peut-être temps pour elle de quitter le domaine.

Car une fois que Nick serait reparti à Londres, pourrait-elle vraiment revivre au château comme avant ?

Hier, il avait déclaré à Gregory que sa place était à Enderley.

Mais à présent qu'elle savait ce qu'il avait enduré entre ces murs, comment lui reprocher de vouloir partir ?

— Tu ne vas pas me répondre, n'est-ce pas ? lui demanda Colin avec une curiosité qu'elle savait bienveillante.

— Je ne suis pas sûre d'en être capable.

Si seulement elle-même avait les réponses !

— Dans ce cas, dis-moi ceci. S'il peut se laisser convaincre d'acheter un cheval au prix de deux mille livres, crois-tu qu'il accepterait de m'accorder des fonds pour la fabrication de ma batteuse ?

— Il a dit que c'était son ami qui prenait ce type de décision. Un certain… Iverson, dit Mina en cherchant parmi une pile de lettres arrivées au courrier du matin. Aidan Iverson, lut-elle sur une enveloppe.

L'homme résidait à Mayfair. En contemplant son écriture nette et anguleuse, elle tenta d'imaginer ce que pouvait être la vie dans ce quartier huppé de la capitale. Elle songea à Londres, à ses couleurs et ses bruits, et à toute la diversité de gens qui parcouraient ses rues, affairés. Aux attraits de cette ville qu'elle avait toujours rêvé de visiter.

Nick avait raison. Elle ne connaissait presque rien au-delà des terres d'Enderley. Hormis la journée qu'elle avait passée à Brighton, elle n'avait jamais quitté Barrowmere. Après la mort de son père, elle avait pensé rester au domaine aussi longtemps que l'on aurait besoin d'elle. Rester à Enderley pour toujours.

L'arrivée de Nick avait tout changé.

— Mina ? lança Colin en remuant sur sa chaise. Dis-moi, à quoi penses-tu ?

Une idée surgit dans son esprit, ou plutôt une impulsion. Un besoin de s'échapper.

— Et si nous allions à Londres pour parler à Mr Iverson de ta batteuse ?

— Nous ? Tu veux dire toi et moi ? demanda-t-il avant de montrer la pièce d'un geste circulaire. Mais tu dois avoir du travail ?

— Il y a toujours du travail à faire, mais rien qui ne puisse attendre un peu. De plus, je n'ai pas eu un seul jour de repos depuis que je suis devenue intendante.

C'était vrai : elle n'avait pu se résoudre à abandonner son rôle, même l'espace d'une journée. Peut-être Nick avait-il raison une fois de plus. Au fond d'elle, elle avait le sentiment d'avoir une dette envers son père, et s'efforçait par conséquent de devenir, enfin, la fille convenable et consciencieuse qu'il aurait voulu qu'elle soit.

Depuis trop longtemps, le domaine était le seul endroit auquel Mina se sentait appartenir. À Enderley, elle était chez elle, et l'idée de partir l'avait toujours terrifiée. Jusqu'à aujourd'hui. Car tout ce qu'elle avait cru connaître lui apparaissait différemment, désormais. À moins que ce ne fût elle qui avait changé ?

Pendant des années, sitôt levée, elle s'était attelée à ses tâches. Mais ce matin, au lieu de se mettre au travail, elle avait fait les cent pas dans son bureau, impatiente de voir Nick, gagnée par une fébrilité qu'elle ne parvenait pas vraiment à s'expliquer.

— Nous pouvons partir aujourd'hui. Londres n'est qu'à deux heures de train, et nous pourrons être de retour avant la nuit.

Mina se dirigea vers l'étagère qui se trouvait derrière son bureau. Dans une boîte fermée à clé, elle rangeait les pièces et les billets qu'elle économisait sur ses gages.

— Et si Mr Iverson refuse de nous recevoir ?

— Alors nous nous offrirons un thé au Claridge et nous nous promènerons dans la ville ! s'exclama Mina avant de désigner du doigt le carnet qui dépassait de la poche de sa redingote. Mais s'il accepte, as-tu des croquis à lui montrer ?

— Je ne vais nulle part sans mes notes, répondit Colin en tapotant la forme rectangulaire que dessinait le cahier sur sa poitrine.

— Le temps de prévenir Mrs Scribb, et nous pourrons nous mettre en route.

Elle allait franchir le seuil lorsqu'il la retint par la main.

— Mina, dit-il en lui faisant face. Tu n'es pas en train de t'enfuir, j'espère ? Si le duc s'était mal comporté à ton égard, tu me le dirais ? Il est plus costaud que moi, mais je ferais de mon mieux pour lui donner une correction, s'il le fallait.

Comment lui avouer la vérité ? Comment lui dire que c'était elle qui était entrée dans la chambre de Nick, elle qui était allée le chercher dans le labyrinthe, qui l'avait embrassé, qui l'avait bouleversé en réveillant ses plus terribles souvenirs ?

— Tu n'as aucune inquiétude à avoir, Colin. Cette fois, je ne me conduirai pas comme une idiote. Gregory Lyle m'a donné une bonne leçon.

— Mina, c'est lui qui a été idiot. Jamais il n'aurait dû te traiter de la sorte.

Son cousin n'avait pas entièrement raison. Elle avait eu le tort de laisser son cœur la guider. Mais avec Nick, tout était différent. L'attirance qu'elle éprouvait pour lui était aussi irrésistible que naturelle.

Et pourtant, même s'il acceptait son titre et les devoirs qui l'accompagnaient, même s'il restaurait le château des carrelages jusqu'au chemin de ronde, que pourrait-elle espérer de lui ? Il était duc, et elle une fille d'intendant qui n'était jamais sortie du petit monde rassurant dans lequel elle avait été élevée. Rien ne viendrait jamais changer cela.

Mina ne pourrait pas rester à son service comme intendante, mais elle savait aussi qu'elle ne serait jamais davantage pour lui. Elle ne se faisait plus d'illusions comme au temps de Gregory.

Demeurer à Enderley en espérant que Nick y reviendrait une ou deux fois par an lui briserait le cœur. Et quitter tous ses amis, ne plus jamais le revoir serait tout aussi douloureux.

Mais que se passerait-il si elle s'abandonnait aux sentiments qu'elle éprouvait pour lui ? Où cela pourrait-il jamais la mener ?

Ce serait, sans doute, aller au-devant de cruelles souffrances. À cette différence près que cette fois, elle souffrirait par choix, et non par naïveté.

En s'installant sur le siège de la voiture des Tremayne, Nick éprouvait une curieuse sensation. Une sorte de griserie gonflait sa poitrine, une légèreté qui se répandait dans tout son corps, étrange et inattendue.

Peut-être, songea-t-il, était-ce de la satisfaction.

Une satisfaction qu'il n'avait pas gagnée en ruinant un aristocrate désespéré, ni en emplissant ses coffres. C'était même tout le contraire. Il avait dépensé des sommes folles. Sans réfléchir. Il avait promis à des dizaines d'habitants du village des réparations dans leur maison, et au forgeron des fonds pour apporter des améliorations dans son atelier. Et comme si cela ne suffisait pas, il s'était engagé à financer la majeure partie de la reconstruction du moulin de Barrowmere.

Nick détestait l'admettre, mais Iverson avait raison. Mettre son argent au service du progrès était infiniment plus gratifiant que de se contenter d'engranger des profits.

Et dans tout ce qu'il avait fait aujourd'hui, toutes les faveurs qu'il avait accordées, courait un fil rouge : le besoin de le raconter à Mina. Le désir de voir dans ses yeux autre chose que de la pitié. Les louanges de Wilder, même si elles s'étaient résumées à un petit *hum* satisfait à chacune de ses bonnes actions, lui avaient aussi réchauffé le cœur. Lui qui, enfant, avait tant recherché ces signes d'approbation, avait aujourd'hui été comblé au-delà de ses espérances.

Assis bien droit sur le siège de la voiture, le majordome regardait fixement par la fenêtre. En l'observant, Nick sentit resurgir en lui des questions restées enfouies des années durant, et il ne put les retenir plus longtemps.

— Pourquoi êtes-vous resté ? demanda-t-il au vieil homme.

C'était Wilder qui l'avait délivré. Au petit matin d'une nuit battue par la pluie, il était venu avec la mère de Nick, une poignée de billets de banque et la clé de sa prison. Comme deux fuyards, sa mère et lui avaient parcouru en courant des champs trempés et boueux jusqu'à ce qu'ils croisent la route d'une diligence qui les avait conduits à Douvres. Alors ils avaient embarqué pour la France, enfin libérés de la cruauté de Talbot Lyon.

— C'est une question difficile, milord.

— Comme l'ont été nos années en France.

Nick et sa mère avaient vécu pauvrement, mais en sécurité. Même si la peur ne les avait jamais vraiment quittés. Jusqu'à sa mort, sa mère avait craint que son père ne les retrouve. Il avait seize ans alors, et il s'était juré de retourner en Angleterre pour se venger.

Mais à son arrivée à Londres, il avait appris que le duc était mort et que son frère avait hérité de tout. Alors il avait tracé son propre chemin. Dans la rue, avec sa tête et parfois ses poings, et un talent insoupçonné pour le jeu.

— Je vous serai à jamais reconnaissant pour votre aide, Wilder, mais j'ai besoin de savoir.

— Votre père n'a jamais pu établir avec certitude ma responsabilité, dit enfin le majordome de sa voix grave.

Il posa sur Nick un regard fatigué, brûlant d'une émotion longtemps contenue.

— J'ai menti pour la première et la dernière fois en trente ans de service auprès du duc. Il a interrogé chaque membre du personnel. Nous a tous couverts d'injures, chacun à notre tour. J'ai accusé quelqu'un à ma place : l'individu que votre père avait payé pour vous conduire dans la tour.

— Mon geôlier ?

Nick se souvenait parfaitement de cet homme. Le rythme de ses pas, le raclement de ses bottes sur la pierre, l'odeur de bière et d'oignon qui imprégnait ses vêtements. Pendant des mois, il n'avait pas vu d'autre visage que le sien.

— La crapule a protesté de son innocence, bien entendu. Contre un bon prix, je suis convaincu que ce triste sire n'aurait pas hésité à vous expédier dans la tombe, si votre père le lui avait demandé.

De sa main gantée, Wilder s'essuya la bouche comme si le simple fait de parler de cet homme l'emplissait de dégoût.

— Le duc l'a renvoyé. Et je l'ai chassé en l'avertissant que si jamais il osait à nouveau salir de sa présence le domaine d'Enderley, je révélerais toute la vérité au juge Hardbrook.

Si seulement il l'avait fait ! Nick sentait sa gorge lui brûler comme s'il venait d'avaler deux verres de whisky à la suite. Il plongea la main dans le petit compartiment doublé de satin de la voiture, espérant y trouver une flasque, mais ses doigts ne rencontrèrent qu'une épaisse couche de poussière.

— Êtes-vous jamais allé parler au juge ?

— J'y ai pensé. Les choix que j'ai faits alors me hantent encore à ce jour, répondit Wilder sans le regarder. J'aurais dû comprendre ce qui se passait. J'aurais dû observer plus attentivement les allées et venues. Le duc autorisait son homme de main à vivre en dehors du domaine, voyez-vous. La nourriture qu'il vous apportait provenait du village. Et il ne se rendait à la tour que...

— Le soir, je m'en souviens.

Mais Nick n'avait aucune envie de se souvenir.

— J'ai connu les journées les plus longues de ma vie. Je craignais de devenir fou.

— Pardonnez-moi ! souffla le majordome dans un ardent murmure.

— Ce n'est pas vous qui m'avez enfermé dans cette tour, Wilder, répliqua Nick en secouant la tête.

Il était venu à Enderley déterminé à leur faire payer à tous ce qu'il avait subi. Mais à présent, il savait qu'un homme, un seul, avait été responsable de ses souffrances.

— J'aurais dû comprendre, répéta Wilder en baissant la tête.

Nick avait longtemps été hanté par cette pensée, lui aussi. Quelqu'un aurait dû comprendre ! Les premiers jours, il avait pleuré et hurlé jusqu'à en avoir les poumons en feu. Personne ne l'avait entendu. Personne n'était venu. Ni les domestiques, ni l'intendant qui enseignait à sa fille que son devoir envers Enderley comptait plus que tout.

Peut-être était-ce une bonne chose que ce soit finalement la mère de Nick qui ait découvert l'infamie dont son époux s'était rendu coupable. Elle-même avait enduré sa cruauté pendant de trop longues années. Que s'était-il passé le jour où elle l'avait sommé de s'expliquer ? Nick l'ignorait : elle avait toujours refusé d'en parler. Tout ce qu'il savait, c'était que la nuit même, Wilder et elle étaient venus le délivrer.

— Et pourtant, vous êtes resté au service de mon père ?

Nick avait parlé sans malveillance, ni dans son cœur ni dans le ton de sa voix. On ne pouvait prédire ce que l'on était prêt à faire pour survivre. Il y avait eu des moments où il s'était senti en sécurité entre les murs de la tour. Des moments où la perspective de les quitter l'effrayait. Au moins était-il à l'abri du fouet de son père.

— Oui, Master Nicholas. Et je n'ai aucune excuse qui puisse vous satisfaire, je le crains. Les jours se succèdent jusqu'à ce que l'on se rende compte qu'ils commencent à être comptés. Soudain, une année a passé, puis une autre, et rien n'est plus simple que de maintenir le cap.

— Et à la fin ? demanda Nick avec une curiosité qui lui coûtait. Je suppose que sa conscience est venue le tourmenter sur son lit de mort et qu'il a imploré le pardon.

— Le duc n'a jamais évoqué le sujet, répondit Wilder en inclinant la tête. Il n'a plus jamais parlé de vous, du moins en ma présence. Quant à votre mère, il a prétendu qu'elle était inhumée dans le caveau des Tremayne et a célébré sa mémoire de façon très solennelle. Mais il n'a plus jamais été le même homme. L'atrocité de ses actes a dû peser sur son âme.

— Je parie que ce vieux démon n'a jamais eu le moindre regret.

— Le duc était très malade, à la fin de sa vie. Je crois qu'il n'était plus que regrets. Mais il n'en a jamais rien dit. L'avouer aurait été pour lui une preuve de faiblesse. C'était un homme mesquin, violent et excessif, qui n'a jamais toléré la moindre fragilité chez les autres. Cela l'aurait forcé à admettre la sienne.

Wilder se tut un instant, visiblement épuisé d'avoir tant parlé. Sa poitrine se soulevait avec effort et ses joues étaient légèrement rosies.

— Je regrette souvent d'avoir donné tant d'années de service à un tel homme, avoua-t-il enfin.

— Je suppose que vous êtes resté pour Enderley.

— Pour les autres membres du personnel. Ils sont sous ma responsabilité.

— Miss Thorne parle comme vous. Elle fait preuve de la

même loyauté envers tous ceux qui sont au service du duché de Tremayne.

Après avoir entendu les explications de Wilder, Nick n'éprouvait que de la compassion pour le vieil homme. Mais en songeant à Mina, il sentit la colère monter en lui.

— Pourquoi l'avez-vous laissée reprendre le poste de son père ? N'y a-t-il eu personne pour lui dire qu'elle avait mieux à faire dans la vie que de se tracasser pour un tas de pierres croulant ?

Peut-être n'aurait-il pas dû aborder ce sujet : à présent, il était incapable de s'arrêter.

— Elle est jeune, belle, intelligente et passionnée. Une telle femme dans cet endroit infernal, c'est un véritable gâchis !

Wilder haussa un sourcil gris et broussailleux, mais ne contredit pas Nick.

— Vous vous êtes forgé une opinion très sûre de Miss Thorne en l'espace de quelques jours, milord.

— Épargnez-moi les titres honorifiques, Wilder ! répliqua Nick en ignorant son regard scrutateur.

— Puis-je savoir, sir, reprit le majordome après s'être éclairci la gorge, quelles sont vos intentions à l'égard de Miss Thorne ?

— Mes intentions ? répéta Nick, manquant de s'étouffer.

Il n'avait à donner au vieil homme aucune réponse susceptible de lui plaire.

Toutes ses intentions étaient purement égoïstes. Aucune d'entre elles n'était honnête ni convenable. Mais il avait beau se dire qu'il lui fallait oublier cette femme, elle était toujours présente dans son esprit. Dominant ses pensées, attisant un désir qui se faisait de plus en plus brûlant : celui de la prendre et de la garder pour lui seul.

Mais Mina n'était pas un cottage en bord de mer qu'il pouvait arracher à un aristocrate criblé de dettes. C'était une femme respectable qui méritait d'être délivrée des problèmes d'Enderley une fois pour toutes.

— Pardonnez ma franchise, sir. Je connais Miss Thorne depuis son enfance.

— Peut-être vaudrait-il mieux pour elle qu'elle quitte le château.

Il avait prononcé ces mots à contrecœur, car il ne les aimait guère lui-même. Peu lui importait qu'elle coupe les liens qui la reliaient au duché de Tremayne. Au contraire, il souhaitait qu'elle soit libérée de ce fardeau. Mais la perspective de ne jamais la revoir, une fois qu'elle serait partie vivre sa vie, lui faisait l'effet d'un glaive planté dans le cœur.

Dans le cœur ? Seigneur, que lui arrivait-il ? Ces niaiseries sentimentales ne lui ressemblaient guère !

— Peut-être aurais-je dû la congédier dès mon arrivée. Mais je lui ai demandé de rester pour m'aider à préparer le domaine afin qu'il puisse être loué.

— Je vois.

Pendant un long moment, Wilder resta silencieux. Nick, quant à lui, était soulagé que cette conversation soit terminée. Le trajet de cinq miles de Barrowmere à Enderley était en train de devenir le plus long de sa vie. En outre, le calme qui s'était installé dans la voiture lui laissait le loisir de penser à Mina.

Enfin, le majordome prit à nouveau la parole.

— Avez-vous une duchesse en vue, sir ?

*Non, pitié !* Nick se promit de ne plus jamais monter seul avec Wilder en voiture.

— Vous savez, je crois, que je n'ai aucune envie d'être duc ?

— Oui, sir. Tout comme je sais que vous en êtes un, que vous le vouliez ou non.

— Nous allons nous contenter de réparer le château et de remettre de l'ordre dans le domaine, si vous le voulez bien.

— Dois-je comprendre que vous allez rester plus longtemps que prévu ?

— Peut-être.

Pour la première fois depuis son arrivée dans le Sussex, Nick se sentait déchiré. Non parce qu'il s'était pris d'affection pour Enderley, mais parce que Mina s'y trouvait. L'idée de prolonger son séjour lui paraissait soudainement supportable.

Mais son club l'attendait, et sa place était à Londres. Il y avait tant à faire à Enderley que Nick n'avait pas accordé une seule pensée à sa maison de jeu depuis plusieurs jours. Ce constat le troubla.

Lorsque la voiture ralentit, il leva les yeux vers les hautes tours de la façade du château. Comme il avait détesté les revoir, le jour de son arrivée ! Maintenant, cette vue ne lui évoquait plus du tout le château, mais seulement Mina.

— Où est la liste, Wilder ? demanda-t-il en tendant la main avec impatience.

Le majordome avait noté scrupuleusement chaque réparation à apporter, chaque projet qu'il avait promis aux villageois de soutenir.

— Vous souhaitez la montrer à Miss Thorne, je suppose, sir ?

— Elle aime les listes.

— Celle-ci va beaucoup lui plaire.

Nick l'espérait.

Dès que la voiture s'arrêta, il bondit à terre et gravit les marches du perron en hâte pour se diriger droit vers le bureau de son intendante. Après avoir frappé un coup, il poussa la porte.

La pièce était vide.

— Miss Thorne est partie, milord, annonça Mrs Scribb, qui arrivait vers lui de l'autre bout du couloir.

— Partie ?

Cette nouvelle lui fit l'effet d'un coup de poing dans le ventre.

— À Londres.

— Seule ?

Ses récentes découvertes sur son passé et Enderley l'avaient-elles poussée à chercher une autre place si tôt ? Nick l'imagina dans la ville qu'il avait faite sienne et trouva aussitôt l'idée plaisante. Mais la savoir seule l'inquiétait : elle n'était jamais allée à Londres et n'y connaissait personne.

— Elle est accompagnée de son cousin, Mr Fairchild. Elle a dit qu'ils espéraient être de retour avant la nuit.

— Très bien, dit-il avant de pénétrer dans son bureau.

Nick arpenta la petite pièce jusqu'à ce que son cœur retrouve un rythme normal. Mina serait bientôt rentrée, mais ses intentions auraient-elles changé ? Malgré sa hâte de quitter Enderley, il redoutait l'idée d'être séparé d'elle. Partirait-elle pour de bon ? Il ne savait plus ce qu'elle pensait du domaine. Et n'avait jamais été certain de ce qu'elle éprouvait pour lui.

C'est alors qu'il remarqua une lettre d'Iverson sur le bureau. En la parcourant, il reconnut le style de son ami : concis et direct.

> *Calvert a déposé une plainte contre le club et vous. Huntley et moi vous suggérons de trouver un arrangement avant que l'affaire ne soit portée devant le tribunal. Avez-vous l'intention de revenir à Londres ou êtes-vous tombé amoureux de la campagne ?*

Nick mit la lettre de côté et se passa une main sur le menton. Jetant un coup d'œil à l'horloge, il se demanda combien de temps il lui faudrait pour se rendre à la gare, puis gagner la capitale en train. Iverson ne lui demandait pas de venir immédiatement, mais Mina était à Londres...

Il ne pouvait espérer la trouver dans une ville qui comptait des milliers d'habitants. Et pourtant, quelque chose lui disait qu'il y parviendrait. Comme s'il y avait entre eux un lien invisible. Peut-être depuis la première fois qu'il l'avait vue, qu'il l'avait touchée ou embrassée. Ou peut-être à cause de son caractère déterminé, sinon entêté, qui lui rappelait tant le sien. Tout comme sa solitude.

Se levant, Nick sortit dans le couloir, surprenant Mrs Scribb qui porta les mains à sa poitrine comme si son cœur allait défaillir.

— Je dois me rendre à la gare. Immédiatement.

— Pour aller à Londres, milord ? demanda la gouvernante, un petit sourire entendu aux lèvres.

# 17

Parmi la rangée d'élégantes maisons, celle de Mr Iverson attirait immédiatement l'œil.

Les fenêtres miroitaient comme du cristal taillé, les rideaux qui apparaissaient derrière la façade blanchie à la chaux étaient d'une teinte jaune citron et les lanternes de cuivre disposées de part et d'autre de la porte d'entrée étaient si bien astiquées qu'elles étincelaient au soleil.

Quelle différence avec les pierres grises et usées d'Enderley et ses imposants remparts médiévaux !

Étrangement, le charme de cette maison de ville la rendait encore plus intimidante. Qui étaient-ils pour faire ainsi irruption dans le monde bien ordonné de cet homme ?

À présent qu'ils se tenaient sur le pas de la porte d'Aidan Iverson, Mina regrettait sa décision impulsive. Avait-on idée de se présenter sans rendez-vous chez un inconnu ? Ils ne possédaient même pas de carte de visite à lui laisser au cas où il serait absent ou refuserait de les recevoir.

— Allons-nous frapper ou sommes-nous venus jusqu'ici pour admirer l'architecture ?

Mina n'eut pas besoin de regarder Colin pour savoir qu'un sourire sarcastique plissait ses lèvres.

— Nous n'aurions pas dû venir ; c'est trop imprudent.

Iverson ne risquait-il pas de refuser d'emblée l'invention de Colin en les voyant s'imposer ainsi à lui, au mépris de toutes les règles de savoir-vivre ?

— Nous allons frapper, déclara Colin en esquissant un pas en avant. Tu as eu une bonne idée, Mina. Parfois, il faut se laisser guider par son cœur et non par sa raison. Et c'est un homme dont l'esprit est en constante ébullition qui te parle.

Mina, contrairement à son cousin, n'avait jamais hésité à suivre son cœur, mais le moment était mal choisi pour énumérer toutes les fois où cela l'avait conduite droit à la catastrophe.

— J'ai un excellent pressentiment, ajouta Colin en lui souriant avant de tendre le bras vers la porte. Prête ? demanda-t-il, la main sur le heurtoir luisant en forme de tête de lion.

— Nous n'allons pas reculer après avoir fait tout ce chemin, répondit-elle en hochant la tête.

L'écho de ses coups résonna contre les murs des autres maisons de la place.

Ils attendirent. Colin se mit à tapoter nerveusement le carnet qui dépassait de sa poche. Mina, elle, songea qu'aux yeux d'Iverson, leur visite serait sans doute plus importune qu'audacieuse.

— Dois-je frapper à nouveau ? demanda son cousin, le visage déjà assombri.

Avant que Mina n'ait le temps de répondre, la porte s'ouvrit à la volée et une superbe femme aux cheveux bruns franchit le seuil. En se trouvant nez à nez avec eux, elle poussa un petit cri de surprise et s'arrêta net.

— Bonjour ! lança immédiatement Colin. Nous venons voir Mr Iverson.

— Dans ce cas, vous êtes au bon endroit. Quant à moi, je m'apprêtais à partir, déclara la lady. Malheureusement, ajouta-t-elle en jetant un regard derrière elle, le personnel d'Iverson est actuellement occupé par un léger incident.

Tout en ajustant ses gants, elle les examina tous deux de la tête aux pieds.

— Je suppose que je peux vous faire entrer, dit-elle en s'écartant pour les laisser passer. Que lui voulez-vous ?

— Nous souhaitons lui demander des fonds pour l'invention de mon cousin.

Mina savait en réalité peu de chose sur la batteuse de Colin. Ce dont elle était certaine, c'était que s'il avait conçu cette machine, elle devait être totalement nouvelle et unique, et dépasser tout ce qui avait été imaginé jusqu'à présent.

— Quel genre d'invention ? demanda la femme d'un air intrigué.

Mina espéra qu'Iverson montrerait autant d'intérêt que cette inconnue qui les conduisait vers lui à petits pas rapides. Tout en marchant, Colin voulut sortir son carnet de la poche de sa redingote, mais la tranche se prit dans l'ourlet. Il tira violemment et le tissu se déchira avec un grand bruit. Enfin libéré, le cahier relié de cuir lui échappa des mains et des bouts de papier tombèrent en virevoltant comme des flocons de neige sur le sol de marbre.

Se retournant, la lady les aida à ramasser les pages griffonnées éparpillées dans le couloir.

— Intéressant ! déclara-t-elle en examinant une longue équation mathématique. Et j'aime bien celle-ci aussi, poursuivit-elle en se penchant sur une bande de papier déchiré où figurait le croquis d'une étrange machine comportant des disques et des leviers, tous numérotés.

Bien que Mina partageât avec son cousin l'amour des chiffres, c'était aux livres de comptes qu'elle consacrait ses talents. Colin, lui, possédait une éducation et une imagination qui lui permettaient de créer des inventions qu'il était parfois seul à comprendre.

— Vous intéressez-vous aux mathématiques, miss ? demanda-t-elle à l'élégante lady.

— Beaucoup ! répondit celle-ci avec un sourire chaleureux qui illumina son visage et la fit aussitôt paraître moins impressionnante. Je me rends compte que je ne me suis pas présentée, ajouta-t-elle en remettant le morceau de papier à Colin avant de tendre à Mina sa main gantée. Lady Lovelace. Et vous êtes... ?

Colin fourra ses notes sous un bras avant d'esquisser une révérence.

— Colin Fairchild, milady, et voici ma cousine, Miss Mina Thorne.

— Que construisez-vous, Mr Fairchild ? Un appareil capable d'exécuter des calculs ?

— Oh ! ce n'est qu'un simple boulier, répondit-il en glissant la feuille dans son carnet. La machine que nous sommes venus présenter à Mr Iverson est destinée à la production agricole et industrielle.

— Vraiment ?

Lady Lovelace considéra Colin avec attention tout en se tapotant la joue de l'index.

— Êtes-vous libres pour le souper de ce soir ? demanda-t-elle subitement.

— Ada ?

Un grand et bel homme aux cheveux auburn venait d'apparaître au bout du couloir.

— Je croyais que vous étiez partie immédiatement après Charles.

— J'ai trouvé deux visiteurs sur le pas de votre porte, Iverson. Un certain Mr Fairchild et Miss Thorne, de… ?

— Barrowmere. Dans le Sussex, répondit Colin en exécutant une révérence moins spectaculaire que celle qu'il avait offerte à Lady Lovelace. Ma cousine est l'intendante du château d'Enderley.

Iverson les considéra avec un étonnement ravi.

— Vous devez connaître Lyon.

— En effet, Mr Iverson.

Mina voulut ajouter quelque chose, mais sa gorge se serra et elle ne parvint à émettre qu'un petit son aigu qui attisa le feu qui gagnait ses joues.

— Nous sommes heureux de voir le duc séjourner au château, réussit-elle enfin à articuler.

— Quelle est la raison de votre visite ? demanda-t-il, le front soudain plissé d'inquiétude. Est-il arrivé quelque chose à Nick ?

— Le duc se porte très bien, affirma Colin en s'avançant. Nous sommes venus vous parler d'une invention, sir. Une machine qui pourrait transformer pour toujours l'agriculture britannique.

Sur ces mots, Iverson lança un regard interrogateur à Lady Lovelace.

— Peut-être faudrait-il leur présenter Babbage.

— Vous voulez parler de Charles Babbage ? s'exclama Colin. J'ai lu son *Traité sur l'économie des machines et des manufactures* avec un grand intérêt !

— Je m'apprêtais justement à les inviter ce soir, avoua Lady Lovelace. Mais puisque vous êtes l'hôte, je vous laisse vous en charger.

— Mais certainement, répondit immédiatement Iverson. Joignez-vous à nous pour le souper. Je suis curieux de savoir comment le nouveau duc de Tremayne se fait à ses nouvelles responsabilités. Lady Lovelace et le professeur Babbage seront également des nôtres.

— Nous avons prévu de rentrer par le prochain train, objecta Mina en lançant un regard hésitant à Colin.

— Peut-être pourrions-nous en prendre un plus tard, proposa celui-ci, une nuance de désespoir dans la voix.

— Le souper sera servi à 6 heures, déclara Mr Iverson. D'aucuns trouvent que c'est un peu tôt, mais j'aime garder du temps pour la partie la plus intéressante de la soirée : les discussions. Un fabricant de machines agricoles sera également de la partie ; un certain Mr Munford.

— Si Iverson ne vous avance pas de fonds, peut-être le fera-t-il, lui, ajouta Lady Lovelace à voix basse avec un air de conspiratrice.

— Pas si vite ! marmonna Iverson. Je n'ai pas dit non : je n'ai même pas entendu ses idées.

— Eh bien, je vous laisse discuter ! déclara la lady. Les hommes ne résistent jamais à la compétition, glissa-t-elle à l'oreille de Mina avant de s'éloigner.

Mina sourit à l'intrigante aristocrate. On ne rencontrait pas tous les jours une femme qui était capable de parler de mathématiques et d'inventions, mais aussi de tirer les ficelles de riches hommes d'affaires comme Iverson. Son assurance était contagieuse, et ce fut la tête haute que Mina pénétra dans l'immense bureau de leur hôte.

Les murs de bois sombre rivalisaient de majesté avec les hautes fenêtres qui donnaient sur le jardin, et de longs rideaux de velours bleu-vert apportaient une douce harmonie à la pièce.

— Asseyez-vous, je vous en prie.

Debout derrière son bureau, les bras croisés, Iverson les soumit à un examen attentif. Que disaient d'eux leurs vêtements et leur attitude ? Suffisamment pour le satisfaire, apparemment. Bientôt, il prit place dans son fauteuil et se pencha en avant, les mains posées sur son bureau.

— Je suppose que vous avez des plans à me montrer ?

Colin se hâta d'extirper son carnet de sa poche déchirée pour lui présenter une série de croquis. Il les disposa soigneusement devant lui, comme s'il dressait une table.

— Décrivez-moi cette invention qui va transformer l'agriculture britannique pour toujours, murmura Iverson en étudiant chaque dessin, tournant une feuille, en soulevant une autre pour la regarder de plus près.

— Cette batteuse est plus petite mais plus puissante que toutes celles qui existent à ce jour. Elle fonctionne à la vapeur et nécessite moins de main-d'œuvre tout en produisant davantage de grain.

— Cela semble trop beau pour être vrai.

— Mais si c'était vrai ?

Iverson haussa un sourcil et sourit.

— Il est vrai que ce sont de telles hypothèses qui ont fait ma réussite. Je présume que vous avez des chiffres à me donner, ajouta-t-il en faisant signe à Colin. Une estimation des coûts, des capitaux à engager, des prévisions de profits.

Tandis que Colin fouillait dans son carnet, l'homme tourna son attention vers Mina.

— L'avez-vous aidé à concevoir cette invention, Miss Thorne ? En tant qu'intendante, j'imagine que vous vous intéressez aux questions d'agriculture.

— En effet, sir, mais je ne possède pas, hélas, les talents d'inventeur de mon cousin.

— Mina est la raison de notre présence ici, Mr Iverson.

Bien qu'ils aient tous deux atteint l'âge adulte depuis un certain temps, Colin persistait à croire qu'il devait venir à son secours.

— C'est elle qui m'a incité à venir vous voir. Le duc lui a parlé de votre intérêt pour les inventions, et Mina cherche toujours des moyens d'améliorer le fonctionnement d'Enderley.

— Et que peut apporter cette machine au domaine que vous administrez, Miss Thorne ? demanda Iverson en soulevant un des croquis posés sur son bureau.

Mina se pencha en avant sur sa chaise. Elle songea à Mr Thurston et aux autres fermiers qui avaient bien du mal à trouver de la main-d'œuvre pendant la période des moissons.

— De nombreuses personnes ont quitté le village au fil des années. Aujourd'hui, les jeunes gens s'en vont chercher du travail en ville. Tout ce qui pourrait améliorer l'efficacité du travail des moissons serait une bénédiction pour la plupart des fermiers de Barrowmere.

Iverson hocha le menton, l'air intéressé. C'était un homme impressionnant : large d'épaules, il souriait volontiers et ses yeux verts semblaient vous transpercer.

— Parlez-moi du château d'Enderley, dit-il tout en continuant à examiner les croquis de Colin. Y êtes-vous employée depuis longtemps ?

— Un peu plus de deux ans.

Voilà, songea-t-elle, ce que devait ressentir une jeune intendante interrogée par un éventuel employeur.

— Comment va Tremayne ? demanda Iverson en tapotant le bord de son bureau. Ce titre est arrivé dans sa vie d'une manière très inattendue, mais je suis certain que vous l'avez beaucoup aidé à endosser son rôle.

— Je fais de mon mieux, Mr Iverson.

La première image qui lui vint à l'esprit fut celle des mains de Nick sur ses hanches lorsqu'elle était descendue du chêne où Millicent s'était perchée. Puis elle revit ces mêmes mains jaillissant pour la sauver d'une chute mortelle sur le chemin de ronde.

En repensant à Nick dans ses moments chevaleresques, elle fut forcée d'admettre qu'il l'avait aidée plus d'une fois, lui aussi.

— Connaissez-vous le duc depuis longtemps, Mr Iverson ?

Il la considéra avec un sourire perplexe.

— Pardonnez-moi, dit-il aussitôt. J'ai du mal à me faire à l'idée qu'il est duc. Et j'imagine qu'il en va de même pour lui, ajouta-t-il avec un regard pétillant.

— Il l'a fait comprendre, en effet. Plusieurs fois.

Mina fixa les yeux sur un fil de son gant qui était sur le point de lâcher, tout comme ses nerfs. Nick occupait toutes ses pensées et, devant ce gentleman qui le connaissait mieux qu'elle n'aurait jamais l'occasion de le faire, elle brûlait de poser des questions déplacées.

En relevant la tête, elle trouva Colin en train de la dévisager d'un air interrogateur. Encore une fois, ses joues empourprées avaient dû la trahir.

— Je le connais depuis longtemps, oui, dit leur hôte d'une voix douce. Près de quinze ans.

— L'avez-vous rencontré à Londres ? Il ne m'a pas beaucoup parlé de cette période, lui confia Mina sans détacher son regard du sien.

À la lueur qui passa dans ses yeux, à la façon dont sa bouche se crispa légèrement, elle crut deviner qu'il savait ce qui était arrivé à Nick.

— Il n'aime guère en parler.

— Oui, j'imagine.

— Ce que Lyon a accompli est impressionnant en soi, mais c'est un exploit si l'on connaît son histoire.

Mina aurait tant voulu voir ce Lyon's Club, ce bâtiment en ruine dont il avait fait une maison de jeu renommée !

— Vous devriez rester pour le souper de ce soir, tous les deux, déclara leur hôte, un œil sur les estimations que Colin avait griffonnées. Si vous souhaitez passer la nuit à Londres, je serai ravi de vous loger. Il y a bien trop de chambres qui ne servent à rien dans cette maison.

Mina examina la jupe et les poignets de sa tenue de voyage

vert foncé. La veste de tweed et le pantalon marron de Colin n'étaient pas de la dernière mode non plus.

— Je crains que nous ne soyons pas habillés pour une réception, Mr Iverson.

Il ne répondit pas tout de suite, tout occupé qu'il était à parcourir les chiffres notés par Colin. Enfin, il releva la tête, plissa les yeux et sembla se souvenir de ce qu'elle venait de dire.

— Des vêtements ? Nous pouvons facilement remédier à ce problème.

Il arrêta sur Colin son regard perçant.

— Je suis sûr que je peux vous prêter une veste, Mr Fairchild, affirma-t-il avant de se tourner vers Mina. Et je vais peut-être vous surprendre, mais je crois pouvoir vous trouver une robe, Miss Thorne. Suivez-moi, ajouta-t-il en se levant pour se diriger vers la porte de son bureau.

Après avoir traversé le couloir, il ouvrit une porte et lui fit signe de le suivre à l'intérieur.

Mina n'avait jamais vu autant de vêtements réunis. On eût dit que le trousseau entier d'une jeune lady avait été répandu dans un salon. C'était une véritable mer de robes, de gants et de chapeaux de différentes étoffes. La plupart étaient rouges, avec diverses nuances de ton.

— J'ai récemment fait l'acquisition d'un grand magasin, et je dois choisir parmi ces robes lesquelles je vais proposer en prêt-à-porter, expliqua Iverson.

Les mains sur les hanches, il promena son regard sur les toilettes disposées sur les chaises, les tables et les canapés comme s'il ne savait pas le moins du monde par où commencer.

— Avez-vous une opinion sur la question ?

— Je ne connais guère la mode, Mr Iverson.

Elle ne pouvait tout de même pas lui dire que sa tenue préférée consistait en un pantalon, une simple chemise et un gilet !

— Eh bien, faites votre choix !

— Parmi ces robes ?

— Seulement si vous souhaitez vous changer pour le souper.

Ses yeux contemplèrent l'océan de tissu avant de se poser à nouveau sur elle.

— Est-ce une proposition terriblement inconvenante ?

— Probablement, reconnut Mina. Mais je ne suis guère soucieuse des convenances, je le crains.

Elle ne savait même plus ce qu'elle avait fait du manuel de bonnes manières que lui avait offert son père. Sans doute devait-il caler une porte ou récolter la poussière en haut d'une étagère.

— Dans ce cas, vous devez vous entendre à merveille avec Lyon, observa-t-il en arquant un sourcil roux.

Mina préféra s'abstenir de lui répondre, et elle fut soulagée lorsque la gouvernante de la maison, apparue dans l'embrasure de la porte, attira l'attention de son maître.

— Si vous voulez bien m'excuser, Miss Thorne, dit-il en s'éloignant. Je vous en prie, choisissez une robe, ajouta-t-il en s'arrêtant sur le seuil. Sauf si vous préférez rester comme vous êtes. Je vous assure que Lady Lovelace et les autres s'intéresseront beaucoup plus à votre conversation qu'à votre tenue vestimentaire. Que vous soyez ou non à la dernière mode est le cadet de leurs soucis.

Après son départ, Mina promena une main sur la pile de vêtements soigneusement disposés sur le dos du canapé. Ses doigts glissèrent sur du satin aussi lisse que le damas qui recouvrait les chaises du salon d'Enderley. Puis ils s'enfoncèrent dans un épais velours qui lui rappela les rideaux de la bibliothèque du domaine.

La robe de velours était d'un rouge vif et intense, et Mina continua à caresser l'étoffe sans pouvoir s'arrêter. La coupe était simple et les ornements réduits au minimum. Pour la première fois de sa vie, elle avait envie de porter une robe.

Que penserait-on d'elle, à la réception de Lady Lovelace, si elle paraissait vêtue d'une couleur aussi audacieuse ? Dans une toilette voyante, peut-être ne ressemblerait-elle pas à une fille d'intendant venue à Londres pour la première fois de sa vie.

Mina ôta sa main de la robe avec un soupir tremblant. Sa tenue de voyage verte ferait l'affaire. Elle n'était pas venue pour se faire remarquer. Cette soirée était une occasion unique de trouver des fonds pour l'invention de Colin.

— Tu devrais la porter, si elle te plaît, lança alors son cousin qui la regardait depuis le pas de la porte.

— Elle est trop osée.

Il éclata de rire.

— C'est toi qui dis cela ? La fille qui a défié tous les garçons du village à la course, et battu la plupart ? Celle qui a frappé Roger Beck parce qu'il me traitait d'avorton et m'a appris à pêcher avec un bâton taillé au couteau ?

— Rien de tout cela n'était osé, répliqua Mina en haussant les épaules.

Après avoir entendu la liste de ses exploits, elle se prit néanmoins à regretter ce qu'elle avait fait subir à son père. Peut-être avait-elle été un petit diable, après tout.

— Je n'étais qu'une enfant, ajouta-t-elle.

— Nous avons osé partir pour Londres alors que nous n'avions qu'un infime espoir de voir cet homme. Et regarde jusqu'où cela nous a menés ! Ce soir, je vais rencontrer Charles Babbage, et Mr Iverson semble curieux d'en savoir davantage sur ma batteuse !

— Crois-tu qu'il va accepter de t'accorder des fonds ?

— Peut-être bien que oui, répondit Colin, des étoiles dans les yeux. Je veux voir cette batteuse à l'œuvre à Barrowmere, Mina.

Elle se mit à imaginer les progrès que sa machine permettrait de réaliser. Si les fermiers pouvaient battre les céréales plus rapidement, et donc les vendre plus vite, ils augmenteraient leurs gains. Ils pourraient ainsi payer plus facilement leurs rentes, ce qui serait une bonne chose pour les coffres d'Enderley.

Aussitôt, elle eut envie d'en parler à Nick. Mais que lui importait l'avenir du domaine ? Sa vie était ici, à Londres, dans son club, où il menait ses affaires avec des hommes comme Iverson.

Leurs engagements et leurs préoccupations étaient si éloignés ! Pourtant, Mina avait de plus en plus de mal à imaginer sa vie sans lui. Sans le voir, lui parler et être tout près de lui. Près à le toucher.

Mais comment un duc et une intendante pourraient-ils jamais être ensemble ?

# 18

Nick eut l'impression de respirer à nouveau.

La nuit était tombée sur Londres à son arrivée, accompagnée d'un épais brouillard. Mais l'air chargé de suie et de métal était doux sur sa langue. Familier.

En s'éloignant d'Enderley, il s'était senti peu à peu plus léger. Plus libre. Lui-même, enfin. La capitale était le seul lieu au monde où il s'était jamais senti chez lui, et il était heureux de la retrouver.

Mais il y avait autre chose. Un sentiment d'impatience qui semblait ne pas vouloir le quitter. Mina était ici. Quelque part dans cette vaste métropole, elle se promenait sans but avec son cousin, qui était aussi peu préparé qu'elle aux dangers de Londres. Nick espérait qu'ils avaient découvert quelques-uns des attraits de la ville. Qu'ils s'étaient amusés, loin des sinistres remparts d'Enderley.

Il aurait voulu la voir ici. Plus encore, il aurait voulu qu'elle le voie chez lui, dans cette ville où il avait tant accompli. La ville où il se sentait à l'aise et où elle pourrait peut-être, à tout le moins, le voir comme un homme digne d'admiration.

Si seulement elle était venue le trouver avant de partir ! Il aurait pu arranger une entrevue avec Iverson ou Huntley, ou d'autres hommes d'affaires prêts à placer des fonds dans le projet agricole de son cousin.

Mrs Scribb lui avait assuré que Fairchild et elle avaient

l'intention de regagner Enderley le soir même. Étaient-ils déjà sur le chemin du retour ?

— Le Lyon's Club ! annonça le cocher comme la voiture s'arrêtait.

Nick sauta à terre et se dirigea vers une porte latérale. Il empruntait rarement l'entrée principale. Cela incitait toujours des aristocrates à venir se plaindre de leurs pertes ou à solliciter une entrevue dans son antre. Ce soir, en outre, il voulait éviter d'interrompre les jeux en cours et souhaitait parler un moment avec Spencer avant de se rendre chez Iverson.

À la gare, il avait envoyé un messager pour avertir son ami de son arrivée et lui demander d'organiser une entrevue avec Calvert immédiatement. À condition, bien sûr, que ce grossier personnage soit disposé à discuter avec lui.

En pénétrant dans le club, il en huma les odeurs familières. Au fumet de bœuf rôti et de légumes mijotés du restaurant se mêlaient les parfums d'eau de Cologne et de brillantine de la salle de jeu. Ce qui, en revanche, n'avait rien d'habituel, était le calme qui régnait. Quelques voix lui parvenaient des salons où les joueurs avaient coutume de souper ou de boire en conversant pendant des heures. Mais les tables de jeu étaient généralement en pleine effervescence à la tombée de la nuit. Or ce soir, le bourdonnement des conversations était tout juste audible et c'était à peine s'il entendait çà et là le tintement des dés et des jetons.

Nick gravit l'escalier quatre à quatre et fit irruption dans le bureau de Spencer.

— Que se passe-t-il ici ? Qu'est-il arrivé à mon club ?

Son factotum leva lentement les yeux du livre de comptes posé devant lui et ôta ses lunettes.

— Bonsoir, Mr Lyon. C'est un plaisir de vous revoir.

Il avait engagé Spencer pour son intelligence, son efficacité et son caractère imperturbable : quoi qu'il arrive, cet homme ne perdait jamais son flegme. Mais cela le rendait aussi fâcheusement indéchiffrable.

— Dites-moi ce qui s'est passé.

— En deux mots ? Lord Calvert.

Se levant, Spencer s'approcha d'un chariot sur lequel étaient disposées une théière et des tasses et poursuivit ses explications tout en se servant.

— Cet homme s'est engagé dans une campagne d'une précision militaire. Il a choisi les gentlemen les plus influents, ses amis les plus fortunés, et les a montés contre le club et vous.

— Je suis revenu à Londres pour le voir. Ce soir même, j'espère.

— Vraiment ? demanda Spencer en levant sa tasse, visiblement heureux de cette nouvelle. Vous vous êtes donc rangé à l'avis d'Iverson et de Lord Huntley ?

Non, pas vraiment. Mais il était prêt à faire ce qu'il fallait, comme un enfant avalait une pilule amère : avec le plus grand dégoût. Car il savait qu'un compromis était nécessaire pour éviter les complications d'un procès qui lui serait encore plus pénible.

— Peut-être ai-je fait du chemin, Spencer. Peut-être faut-il les laisser gagner une petite bataille de temps en temps pour remporter la guerre.

— Votre titre de duc vous réussit, si je comprends bien ?

— Pas du tout.

Le titre lui-même ne lui avait rien apporté. S'il avait appris quelque chose, c'était uniquement grâce à une jeune femme menue aux cheveux châtains et aux yeux dorés qui avait de l'indulgence pour les désespérés que la vie avait blessés.

— Mais je sais que parfois, un homme doit savoir quitter la partie pour éviter le pire.

— Excellent ! déclara Spencer en retournant à son bureau avant de tendre à Nick une liasse de feuilles pliées en deux. J'ai rassemblé ici toutes les reconnaissances de dettes de Lord Calvert.

Nick considéra d'un œil perplexe son factotum qui continuait à siroter gaiement son thé.

— Vous étiez certain que j'allais accepter d'effacer ses dettes ?

— J'étais certain que vous feriez le nécessaire pour que le Lyon's Club renoue avec son succès. Comme je le ferais moi-même, sir.

— Merci, Spencer.

Lorsque Nick sortit pour retrouver le cocher qu'il avait chargé de l'attendre, son factotum le suivit.

— Comptez-vous toujours revenir à Londres ? demanda-t-il. Ou allez-vous demeurer dans votre château du Sussex ? Je ferai selon votre volonté, sir, mais il y a ici beaucoup de questions qui mériteraient votre appréciation.

C'était la première fois que Nick percevait une pointe d'émotion dans sa voix.

— J'ai l'intention d'en finir très vite avec les affaires du domaine, répondit Nick en jetant un regard à travers la grande fenêtre qui donnait sur la salle de jeu.

Bien que les gentlemen attablés soient plus nombreux que le calme de la pièce le lui avait laissé penser, il se sentait coupable d'avoir délaissé la maison si longtemps. Calvert serait-il arrivé à ses fins s'il avait été là pour se défendre contre ses manigances ?

Dès que les pavés se firent plus lisses et réguliers sous les roues de la voiture, Nick sut que la maison d'Iverson était proche. Une légère tension s'empara des muscles de ses épaules : la perspective d'une nouvelle confrontation avec Lord Calvert ne le réjouissait guère. Mais il se sentait plus généreux qu'il ne l'avait été depuis des années. Il allait s'offrir la bonne volonté de cet aristocrate.

Tout s'achetait, pourvu qu'on y mette le prix.

Il fut étonné de voir tant de fenêtres éclairées chez Iverson : son ami vivait seul et se plaignait souvent de ce que sa maison comptait trop de chambres vides.

En lui ouvrant la porte, la jolie bonne rougit comme à chacune de ses visites.

— Est-il ici ? demanda Nick. Il m'attend.

— Vous n'êtes pas venu pour la réception, sir ?

— La réception ?

À peine eût-il franchi le seuil qu'il entendit le brouhaha des conversations. Une femme éclata d'un profond rire de gorge, bientôt suivie par un joyeux chœur d'hommes.

— Lyon, vous êtes là ! s'exclama Huntley en arrivant d'un pas nonchalant dans le vestibule. Iverson m'a montré votre message. Avez-vous reçu le mien ?

— Non, répondit Nick en lui lançant un regard accusateur. Était-ce pour m'avertir qu'il y avait une réception ?

— Je ne le savais pas moi-même ! protesta son ami en levant les mains comme pour se rendre. Mais vous savez que je suis toujours prêt à faire la fête.

— Bien entendu.

— Je crois pouvoir affirmer qu'une réception est toujours plus réussie si je suis de la partie, observa Huntley, qui semblait encore plus content de lui-même qu'à l'ordinaire. Mais commençons par les affaires. J'ai persuadé Calvert de venir ; il nous attend dans le bureau d'Aidan.

— Très bien ; alors finissons-en.

— Absolument, renchérit Huntley en lui administrant une tape sur l'épaule. Si nous réglons rapidement ce problème, peut-être pourrons-nous nous joindre aux invités.

— Je crains que le repas ne soit terminé, my lords, annonça la bonne d'un air sincèrement navré. Mais nous servons des digestifs dans le grand salon, ajouta-t-elle.

— J'ai désespérément besoin d'un verre, mais nous devons d'abord trouver Mr Iverson.

— Je crois qu'il est avec les invités.

La jeune femme s'apprêtait à les conduire vers les convives quand une voix d'homme les arrêta.

— Vous l'avez trouvé.

Iverson sortait de son bureau, le visage sombre.

— Nous sommes prêts à commencer, annonça-t-il.

Une fois dans la pièce, Nick vit que Calvert était venu seul.

— Vous lui avez dit ? demanda aussitôt l'aristocrate à Iverson sans lui adresser un regard. Connaît-il mes conditions ?

— Pas encore.

Un sourire hideux fendit son visage ridé.

— Dans ce cas, laissez-moi ce plaisir, reprit-il en se tournant enfin vers Nick. Votre club, Mr Lyon. Ou dois-je vous appeler Tremayne ? Voilà mon prix.

— Vous êtes fou !

— Nick, intervint Huntley en posant une main sur son bras comme pour le retenir de frapper le vicomte.

— Le club n'est pas à vendre ! s'exclama Nick en se dégageant.

Calvert éclata d'un ricanement frénétique.

— Je n'ai pas l'intention de vous acheter quoi que ce soit, Tremayne. Vous allez me céder ce club, car si vous ne le faites pas, je vous traînerai devant le tribunal et n'aurai de cesse que vous fussiez ruiné. Il ne vous restera rien d'autre qu'un titre que vous ne méritez pas.

Quelque part en lui, Nick savait qu'il y avait un être parfaitement rationnel. Il était capable de se montrer raisonnable, et même généreux. Mina avait mis au jour cette facette de sa personnalité en moins de deux semaines.

Mais à cet instant, il était incapable de trouver une once de générosité.

Il ne voyait que du noir. Des taches d'encre dansaient devant ses yeux. Ce sot arrogant et corrompu pensait pouvoir tout lui prendre ! Il s'imaginait qu'à la première menace de sa part, Huntley, Iverson et lui se coucheraient comme un joueur qui craint de perdre sa première mise !

— Non.

Dans la pièce, toutes les têtes pivotèrent vers lui. Tous les yeux se fixèrent sur son visage. Calvert se mit à trembler comme s'il avait avalé un pétard dont la mèche se consumait lentement.

Nick s'efforça de maîtriser sa colère et de s'exprimer clairement.

— Voici quelles sont *mes* conditions. J'oublie ce que vous me devez. Je brûle vos lettres de reconnaissance de dettes, vous quittez cette pièce et vous ne mettez plus jamais les pieds au Lyon's Club.

— Y êtes-vous allé récemment ? Il n'y a plus foule, à ce que l'on dit.

— Je préfère voir moins de membres autour de mes tables de jeu que des vipères de votre espèce !

— Comment osez-vous ?

Ce n'était pas la première fois que Nick entendait ces mots. Mais Lyle les avait prononcés avec davantage de dignité outragée.

Calvert, lui, avait la voix chevrotante. Il n'était pas aussi sûr de son jeu qu'il le prétendait.

— J'ai des preuves accablantes contre vous, insista-t-il cependant. D'autres ont accepté de porter plainte contre vous pour les pratiques déloyales dont ils ont été victimes dans votre club.

— Alors ce sont des menteurs, eux aussi, répliqua Nick avant de laisser échapper un profond soupir. Je n'ai aucune envie de me colleter avec les tribunaux, ajouta-t-il.

Avant de poursuivre, il laissa le temps au sourire grimaçant de Calvert de s'élargir.

— Mais j'ai à mon service les meilleurs avocats, et la justice se montre rarement indulgente à l'égard des gentlemen qui refusent de payer leurs dettes.

Le vicomte se mit à s'agiter dans son fauteuil. Il commençait à flancher.

— Avez-vous oublié ce que vous m'avez donné en gage ? demanda Nick. Que dira votre épouse quand je prendrai possession du pavillon de chasse que lui a légué son oncle ?

En se rapprochant de Calvert, il remarqua que son front ridé était luisant de transpiration.

— Ou du collier de rubis que vous lui avez offert pour vos fiançailles ? Ou encore de la bague ornée de diamants que vous avez donnée à votre maîtresse ?

En plus de la liste des dettes du vicomte, Spencer lui avait fourni une intéressante description de toutes les possessions que celui-ci avait engagées comme garantie. Depuis des années, Nick faisait appel à des enquêteurs privés pour se renseigner sur les biens qu'il acquérait lorsque des membres du club ne remboursaient pas leurs prêts. Ainsi savait-il depuis longtemps que leur plus grande faiblesse n'avait rien à voir avec l'argent lui-même, mais avec ce que cet argent représentait. Et avec les personnes que cette perte risquait d'affecter.

— Acceptez son offre, Calvert, intervint Huntley d'un ton amical. Qu'il efface vos dettes, et vous n'aurez plus qu'à l'oublier, lui et son club diabolique.

Calvert fut soudain pris de tremblements, comme un homme gagné par la fièvre. La fureur creusait sur son visage des plis hideux, et sa bouche se contracta en un rictus de haine. Mais au lieu de continuer à cracher sa bile, il se renversa dans son fauteuil.

— Je veux aussi que vous effaciez les dettes de Lord Webster, dit-il dans un murmure étouffé.

— Qui ?

Iverson s'était assis derrière son bureau pour rédiger, supposa Nick, les termes de leur accord.

— Le neveu de Lord Calvert, je crois, répondit Huntley à la place du vicomte. Nous pouvons faire cela, n'est-ce pas, gentlemen ? Du moment que cela met fin à cette déplaisante situation. Pour ma part, j'ai hâte de rejoindre les autres invités.

— En avons-nous terminé, Calvert ? demanda Nick.

— J'ai besoin de votre signature, lui dit Iverson en ajoutant rapidement quelques lignes à la feuille de papier avant de la faire glisser vers lui. Lorsque le duc aura signé, poursuivit-il à l'attention du vicomte, ce sera votre tour. Nous transmettrons ensuite le document à notre avocat.

— Je le veux immédiatement ! s'écria Calvert avec toute la fureur d'un enfant capricieux. Je ne partirai pas sans ce document signé !

Après avoir consulté Huntley puis Iverson du regard, Nick apposa son nom au bas de la feuille. Le vicomte fit crisser à son tour la plume d'Iverson sur le papier ministre, et Nick le regarda partir avec un soupir de soulagement.

— Dieu merci, voilà qui est fait ! déclara Huntley en se dirigeant vers le miroir disposé au-dessus de la cheminée pour passer une main dans sa chevelure indisciplinée.

— Peut-être devrions-nous nous montrer plus rigoureux dans le choix des membres de notre club, observa Iverson.

— En effet.

Comme souvent, Nick était d'accord avec son ami. Si Iverson réussissait si bien dans les affaires, c'était parce qu'il alliait flair et prudence.

— Si nous allions boire un verre ? suggéra Huntley, qui avait déjà franchi la porte.

Une fois dans le couloir, Nick entendit des pas lourds résonner dans son dos. Se retournant, il vit Calvert se diriger droit sur lui, l'écume aux lèvres, les yeux écarquillés de fureur.

— Un jour, vous perdrez, Lyon ! Quelqu'un vous arrachera tout ce qui vous est cher. J'espère seulement être encore en vie pour contempler vos souffrances !

— Vous arrivez trop tard, Calvert. J'ai déjà eu ma part.

Mina avait fait son choix. À présent, il était trop tard pour reculer.

Elle frotta ses mains gantées l'une contre l'autre. Pourtant, elle n'avait pas froid : si elle claquait des dents, c'était de nervosité.

Les deux marches qui séparaient le seuil de l'immense salon d'Aidan Iverson du groupe animé que formaient les invités lui semblaient un gouffre infranchissable. Étrangement, la robe rouge vif sur laquelle elle avait jeté son dévolu produisait sur elle un effet apaisant. Le velours était d'une douceur exquise sur sa peau, et la coupe confortable du vêtement rendait chacun de ses mouvements majestueux et déterminé. Pour la première fois de sa vie, elle comprenait que l'on puisse se sentir puissante grâce à une belle robe.

Après une profonde inspiration, elle esquissa un nouveau pas vers la pièce emplie de rires et de conversations. Toute son hésitation s'évanouit lorsqu'elle aperçut Colin. Debout parmi un petit groupe de ladies et de gentlemen, il lui fit signe de le rejoindre avec un sourire encourageant. Grâce à son caractère facile, il était toujours rapidement apprécié des gens qu'il rencontrait.

— Viens, Mina, je vais te présenter Mrs Elmhurst ! Elle écrit un livre sur l'économie domestique.

Une fois les présentations faites, la lady examina Mina de la tête aux pieds à travers son pince-nez, les sourcils haussés.

— Comme vous êtes jeune ! Mr Fairchild m'a appris que vous

étiez l'intendante d'une propriété ducale du Sussex. Quelle tâche considérable pour une personne de votre âge !

— Mon père m'a bien appris le métier, et j'aime travailler.

Mrs Elmhurst plut tout de suite à Mina. Elle n'était pas choquée par son sexe, mais seulement par son âge. Quel agréable changement après les remarques qu'elle avait subies de la part du juge Hardbrook et du pasteur !

— Installons-nous ensemble lorsque l'on commencera à jouer. Si vous voulez bien que je vous pose quelques questions sur ce que vous faites et sur la manière dont vous gérez un personnel aussi nombreux.

— Bien sûr.

— Peut-être devriez-vous songer à écrire un livre, Miss Thorne. Je suis certaine que vous avez des histoires fort intéressantes à raconter.

— En effet, répondit-elle tout en sachant que les plus captivantes concernaient un grand et ténébreux propriétaire de maison de jeu qui ne souhaiterait certainement pas voir son nom imprimé.

Une salve d'applaudissements interrompit soudain le brouhaha des conversations. Mina et Colin se joignirent aux acclamations lorsque Lady Lovelace et un homme qui semblait avoir deux fois son âge pénétrèrent dans la pièce.

— C'est Babbage, expliqua Colin d'un ton révérencieux.

Le vieil homme, lui avait il expliqué, était un professeur, un inventeur et un mathématicien renommé. Mais ce fut Lady Lovelace qui attira l'attention de Mina. Mr Iverson s'était trompé en affirmant que la jeune femme se désintéressait de la mode. La robe en satin de couleur prune qu'elle portait était de loin la plus éblouissante de toute la pièce.

Lorsque les invités s'approchèrent du couple pour le saluer, Colin resta en arrière et donna un petit coup de coude à Mina.

— Tu as la mâchoire si serrée que j'ai peur que tu ne te casses une dent ! lui lança-t-il d'un ton taquin.

— Si je comprends bien, je cache mal ma nervosité.

— Pourquoi es-tu nerveuse ? Il y a là un mélange de personnes absolument parfait. Des aristocrates et des roturiers, des riches et des pauvres. Tous unis par un seul et même but.

— Lequel ? demanda Mina, qui supposait que son cousin faisait allusion à leurs relations avec Mr Iverson.

— Le progrès.

C'était une idée très plaisante.

— Arrête ! dit-elle à Colin. Ton enthousiasme est contagieux.

— Mieux vaut que ce soit mon enthousiasme que ta nervosité. Amuse-toi, chère cousine ! dit-il en lui souriant. Tu es une fille intelligente vêtue d'une jolie robe dans une ville qui fourmille de possibilités. Profitons de cette visite autant que nous le pouvons !

Comme un valet passait près d'eux chargé de verres de vin, il en saisit deux et lui en offrit un pour trinquer avec elle. Mina s'apprêtait à y tremper ses lèvres quand elle se figea : un nouveau groupe d'invités venait de faire son entrée. Derrière Mr Iverson et un grand homme aux cheveux blonds apparut la personne qu'elle avait désiré voir dès l'instant où elle avait ouvert les yeux le matin même.

*Nick.*

— Le marquis de Huntley et le duc de Tremayne ! annonça Iverson à l'assemblée.

Le regard de Nick se porta droit sur elle et, pendant un instant, elle oublia de respirer. Elle oublia son cousin et jusqu'au verre qu'elle tenait à la main.

Quand il se dirigea vers elle, Mina se ressaisit un peu. Elle avala une gorgée de vin avant de tendre son verre à Colin.

— Respire ! lui ordonna celui-ci. Tu es en train de devenir aussi rouge que ta robe !

— Fairchild, dit Nick en arrivant à leur hauteur, sans détacher son regard de celui de Mina.

— Milord, s'exclama Colin, jovial, quelle heureuse coïncidence de vous trouver ici après avoir fait tout ce chemin !

— En effet, d'autant plus que Mrs Scribb m'avait assuré que vous seriez tous deux de retour avant la nuit.

— Mr Iverson nous a invités, répondit Mina qui éprouvait le besoin désespéré de lui expliquer qu'elle n'était pas venue jusqu'à Londres pour qu'il la retrouve. Je voulais vous informer de notre départ, ajouta-t-elle, mais vous n'étiez pas dans votre bureau ce matin.

— Je suis revenu pour vous annoncer tout ce que j'avais promis aux villageois, mais vous étiez déjà partie.

Mina se demanda s'il s'était senti aussi perdu qu'elle en trouvant son bureau vide.

— Je pensais que vous ne verriez pas d'inconvénient à ce que je m'absente pour une journée.

Nick ne répondit pas, mais continua à la fixer des yeux. Il la dévisageait avec avidité, comme s'ils ne s'étaient pas vus depuis des semaines.

— Je vous prie de m'excuser : je dois aller me présenter au professeur Babbage, lança Colin avant de s'éloigner.

Mille pensées tourbillonnaient dans la tête de Mina, mais elle était incapable d'en formuler une seule.

— Le rouge vous va bien, dit Nick d'une voix grave, suffisamment basse pour que personne d'autre ne l'entende.

— Elle n'est pas trop... ?

— Elle est parfaite.

Il promena un regard sur son corps avant de froncer les sourcils.

— Pourquoi êtes-vous ici ?

— Pour la batteuse de Colin.

Ses sourcils se froncèrent de plus belle.

— Pardon ?

— Sa batteuse. L'idée qu'il souhaitait vous exposer. Vous avez mentionné qu'une telle invention pourrait intéresser Mr Iverson. Nous sommes donc venus le lui demander.

— Et vous êtes partis comme cela, sans réfléchir ? Sans avoir une lettre de recommandation à lui présenter, ni même savoir s'il serait chez lui ?

Sa voix avait pris le ton irrité et bourru qu'elle commençait à bien connaître.

— Si Fairchild m'avait apporté une proposition en bonne et due forme, peut-être aurais-je été prêt à lui accorder des fonds.

Malheureusement, sa colère réveillait toujours les instincts rebelles de Mina.

— Je croyais que vous ne vous intéressiez qu'au profit ! De plus, nous n'avons pas pu vous consulter puisque vous étiez absent.

D'un geste vif, Nick saisit un verre sur le plateau du valet qui passait à nouveau et avala son contenu d'un trait.

— Quelque chose me dit que vous ne m'auriez pas demandé ma permission.

— Et vous, pourquoi êtes-vous ici ?

Mina n'était pas fâchée de la coïncidence qui les réunissait dans le salon d'Iverson, mais en était-ce bien une ? Ou était-il venu en espérant la trouver là ?

— J'avais une affaire à régler avec Iverson et un membre du club.

— Des ennuis ?

Peut-être s'était-elle trompée : ce n'était pas pour elle qu'il était venu. L'expression de son visage ravivait en elle un souvenir. Ce moment au clair de lune où elle l'avait vu brûler le portrait de son père.

— Vous avez le même regard que la nuit de votre arrivée à Enderley.

— Quel regard ?

— Un regard hanté.

— Certains vous répondraient que je mérite d'être hanté, répondit-il en posant son verre avant de s'emparer d'un autre. Que je mérite même bien pire.

— Je ne suis pas de cet avis.

— Miss Thorne ! appela alors Mrs Elmhurst. Nous allons commencer les jeux de salon. Venez donc vous installer avec nous sur le canapé ! Vous pouvez vous asseoir entre mon fils et moi, ajouta-t-elle en poussant le jeune homme mince qui se trouvait à ses côtés. Faites-lui de la place, Percy !

— Connaissez-vous cette femme ? demanda Nick.

— Je viens de faire sa connaissance. Je devrais...

— Restez avec moi, dit-il en lui prenant le poignet.

La caresse de ses doigts chauds sur sa peau était un doux supplice.

— Je voulais vous présenter mes excuses pour mon comportement d'hier. Évoquer cette histoire réveille des souvenirs trop douloureux.

— C'est moi qui ai manqué de tact.

— Vous n'avez rien fait d'autre que demander la vérité.

À nouveau, une ombre lugubre passa dans son regard.

— Vous avez passé toute votre vie à Enderley, poursuivit-il. Vous méritiez de savoir, après la façon dont je vous avais traitée.

— Mais si ces souvenirs vous font souffrir...

Comment aurait-il pu en être autrement ? Quelle torture ce devait être que de repenser à ce que son père lui avait fait !

— Je ne veux pas vous faire de mal. Jamais, ajouta-t-elle.

— Miss Thorne, puis-je me permettre ?

Le fils de Mrs Elmhurst venait d'apparaître à ses côtés.

— Ma mère m'a demandé de venir vous chercher, et elle est tenace.

— Elle vous rejoindra dans un instant, gronda Nick en lançant au jeune homme un regard mauvais qui le fit reculer en titubant.

— Ne soyez pas grossier ! murmura Mina lorsque l'importun se fut éloigné.

— Comme vous l'avez dit un jour, j'aime être grossier. C'est peut-être ce que je fais de mieux.

— Ce n'est pas vrai.

— Être égoïste, alors ? demanda-t-il.

Comme il s'avançait d'un pas, Mina ne put s'empêcher de se pencher vers lui.

— Êtes-vous en train d'essayer de m'apitoyer ? chuchota-t-elle.

— Non, ce n'est pas du tout l'émotion que je souhaite provoquer en vous.

Lâchant son poignet, il esquissa un geste du menton en direction des Elmhurst.

— Allez faire votre devoir. Vous êtes bien plus douée que moi pour cela.

Mina se dirigea vers la mère et son fils, qui lui adressèrent des sourires radieux. Mais elle ne put résister à l'envie de se retourner pour voir Nick. Elle sentait son regard sur elle, ce regard qui l'attirait comme un aimant. Chaque moment passé ensemble semblait les lier davantage, et chaque séparation était de plus en plus difficile.

Comme elle avançait, les yeux fixés sur lui, son pied se prit dans l'ourlet de sa robe. Elle tenta de se libérer mais bascula en avant. Les stupides souliers à talons qu'elle avait empruntés vacillèrent quand elle tenta de retrouver l'équilibre. Puis son pied droit glissa de côté.

Elle se tordit la cheville, laissant échapper un cri.

Percy Elmhurst eut un mouvement de recul et leva un coude pour se protéger tandis qu'elle tombait en avant.

Alors deux bras saisirent Mina par la taille, la rattrapant juste avant qu'elle ne heurte le jeune homme. Le souffle coupé, elle sentit Nick l'attirer tout contre lui et la soulever dans ses bras.

L'incident n'échappa pas à l'attention des autres invités. Tandis qu'il l'emportait hors de la pièce, elle ne vit que bouches bées et regards stupéfaits. Une lady ouvrit son éventail pour l'agiter fébrilement devant son visage.

— Où m'emmenez-vous ? demanda Mina. Tout le monde nous regarde !

— N'aurait-ce pas été pire si vous aviez poché l'œil de ce pauvre garçon ?

— Vous pouvez me poser.

— Sans doute, mais je vais d'abord vous conduire dans un endroit où vous pourrez respirer et essayer de marcher sans spectateurs.

Sans spectateurs ? Pas tout à fait. Colin, qui les avait suivis, les rattrapa dans le couloir.

— Comment va-t-elle ?

— Je me suis tordu la cheville. Ce n'est rien, lui dit Mina avant de lancer à Nick un regard furieux. Je pourrai m'en assurer dès qu'on me laissera me tenir debout !

L'intéressé la considéra en plissant les yeux avant d'ouvrir d'un coup de pied une porte entrebâillée. Une fois à l'intérieur de la pièce aux murs tapissés de livres, il se dirigea vers un sofa et la déposa délicatement sur les coussins.

L'endroit était tout ce que la bibliothèque d'Enderley aurait dû être. Une pièce aussi chaleureuse que lumineuse, embaumée par l'odeur des reliures de cuir, de l'encre et du papier ancien.

Mina leva les yeux vers les deux hommes qui la considéraient d'un air soucieux et se glissa vers le bord du sofa. Une vive douleur lui élançait la cheville chaque fois qu'elle bougeait la jambe, mais elle essaya de se lever.

Colin et Nick s'empressèrent de lui offrir leur aide. S'appuyant sur le bras de son cousin, elle posa le pied gauche sur le sol, puis le droit. Et se laissa aussitôt retomber sur le sofa.

— J'ai un peu mal, mais je suis sûre que ce n'est rien.

— Nous devrions envoyer quérir un médecin.

— Je me suis seulement tordu la cheville, enfin ! Allez-vous cesser d'en faire un drame, tous les deux ? Donnez-moi une minute, et je pourrai boitiller jusqu'au salon.

— Peut-être y a-t-il un médecin parmi les invités, suggéra Colin d'une voix inquiète.

— C'est peu probable, répliqua Nick. Iverson préfère les hommes d'affaires et les inventeurs. Mais nous avons un médecin au club. Je vais l'y emmener pour qu'il l'examine.

Il avait parlé comme si la décision était déjà prise. Pas de discussion. Personne ne prenait la peine de lui demander ce qu'elle voulait.

— C'est ridicule ! Mina ne peut pas se rendre dans votre club seule avec vous. De plus, votre médecin ne sera-t-il pas trop occupé, avec les joueurs qui ont besoin de ses soins ?

Nick jeta un regard à Colin, qui faisait les cent pas en rongeant l'ongle de son pouce.

— Trouver un autre médecin risque de prendre des heures. Mon club n'est qu'à quelques minutes de voiture.

— Très bien, emmenez-la, dit enfin son cousin. Pourra-t-il bander sa cheville et vérifier qu'il n'y a rien de cassé ?

— Je veillerai à ce qu'elle soit bien soignée, promit Nick.

— Voulez-vous cesser de parler de moi comme si je n'étais pas dans la pièce ?

— Veux-tu que je t'accompagne ?

Le regard de Colin alla de Mina à la porte restée ouverte. Elle savait qu'il ne souhaitait rien d'autre que de rejoindre les convives pour parler avec eux de batteuses et de machines industrielles.

— Il te faut un chaperon, ajouta-t-il cependant.

— Tout ira bien, ne t'inquiète pas. Je fais confiance au duc.

Pourtant, lorsqu'elle hasarda un coup d'œil vers ce dernier, le léger sourire qu'elle vit apparaître au coin de sa bouche lui arracha un frisson.

Colin hésita, décocha à Nick un regard aussi sévère qu'il le put et, enfin, se résolut à quitter la pièce.

— Vous voulez bien me donner le bras ? demanda Mina lorsque Nick l'eut aidée à se lever.

Il fit mieux que cela : il lui enlaça la taille.

— Vous me rattraperez si je tombe ?

— Toujours, répondit-il sans la regarder.

Elle esquissa un pas en avant et serra les dents.

— J'ai mal, avoua-t-elle.

— Cela n'ira pas, déclara le duc en la soulevant dans ses bras sans le moindre effort apparent.

— Vous me portez comme si j'étais aussi légère qu'un soufflé de Mrs Darley !

Elle s'attendait à ce qu'il éclate de rire, ou du moins à ce que les traits de son visage se détendent un peu. Mais au lieu de cela, il la considéra avec une intensité qui lui donna l'impression d'avoir des papillons dans le ventre.

— Vous devez savoir, dit-il enfin, que cette remarque ne fait qu'aiguiser mon appétit.

Mina entendit alors, lointaine, la voix de la raison qui lui criait de prendre garde. À sa réputation. À son cœur.

Mais il était trop tard.

Elle voulait tout ce que lui promettait le feu qui brûlait dans les yeux de cet homme.

# 19

Nick n'avait jamais rien connu de plus grisant. Il aimait sentir Mina pressée contre lui, sentir son poids dans ses bras. Cette femme était si douce et son parfum si sucré ! Ce n'était pas une fragile créature qu'il craignait de briser, et elle ne semblait nullement effarouchée.

Au contraire, elle glissa un bras autour de son cou et referma les doigts sur le revers de sa veste d'un geste possessif.

Alors il l'emmena, passant devant la porte du salon animé, devant la timide bonne qui rougit à leur vue, et devant Colin Fairchild, qui salua sa cousine d'un geste de la main, l'air presque malheureux.

Nick s'efforça de réprimer un sourire victorieux. Fort heureusement, la robe de Mina cachait la bosse qui s'était formée à l'endroit de son entrejambe.

— Vous ne devriez pas tirer du plaisir de la situation, murmura-t-elle.

— Je sais. Croyez bien que je fais de mon mieux.

— Excusez-moi, dit soudain derrière eux une voix qu'il ne connaissait que trop. Puis-je savoir où vous allez avec cette jeune lady ?

— Il m'emmène voir un médecin, expliqua Mina par-dessus son épaule.

Ce n'était pas la réponse que Nick aurait choisie. « Fichez le camp, Huntley ! » lui eût semblé plus approprié.

— Je l'emmène au club pour que le Dr Stevens l'examine.

— Ah oui, vraiment ? demanda son ami en venant se placer entre eux et la porte d'entrée. Vous savez pourtant que les femmes ne sont pas autorisées à entrer au Lyon's Club.

— Est-ce vrai ? s'enquit Mina, manifestement scandalisée par cette information.

— Miss Thorne, permettez-moi de vous présenter Rhys Forester, le marquis de Huntley. C'est également l'un des propriétaires du club, et il est connu pour enfreindre régulièrement son règlement.

— C'est un immense plaisir, Miss Thorne, déclara Huntley en faisant tournoyer une main en l'air avant de lancer sa jambe en avant pour exécuter une profonde révérence.

Cet homme n'aimait pas la mesure : il ne résistait jamais à l'envie de se vautrer dans l'excès.

Nick s'approcha de lui jusqu'à ce que la main qu'il avait passée sous les jambes de Mina effleure la monstruosité qui servait à son ami de gilet.

— À présent, nous allons partir, Huntley. Miss Thorne a besoin d'un médecin.

— Pardonnez-moi, dit Huntley en reculant. Je me souciais seulement de son bien-être. Mais je vois, Lyon, que vous avez la situation bien *en main*, ajouta le gredin avec un regard entendu.

Enfin, il s'effaça pour les laisser passer.

— Prenez ma voiture, proposa-t-il. Le cocher la ramènera après vous avoir déposés.

Au prix d'un grand effort, Nick réussit à monter dans le véhicule tout en portant Mina dans ses bras.

— Je peux m'asseoir sur le banc, dit-elle lorsqu'ils furent installés.

— Et si je préfère que vous restiez ici ? demanda-t-il en glissant une main au creux de son dos pour lui montrer qu'il n'avait aucune envie qu'elle quitte ses genoux.

— Vous me tiendrez plus chaud que les coussins, c'est certain, observa-t-elle d'un ton espiègle.

— Toujours cet esprit pratique, Miss Thorne.

Nick distinguait à peine ses traits dans l'obscurité, mais il entendit son souffle saccadé lorsqu'il resserra son étreinte.

Dans la position où ils se trouvaient, il sentait la chaleur de Mina envelopper tout son corps. Et il respirait son parfum de manière plus intense : en plus de l'essence fleurie qu'il connaissait bien, il percevait une odeur plus profonde qui n'appartenait qu'à elle. Quand elle se pencha plus près de lui, son haleine vint lui chatouiller la peau.

— Cela me rappelle la nuit où je suis venue dans votre chambre, murmura-t-elle.

— Vraiment ?

Comme cette nuit-là, il eut soudain l'eau à la bouche.

— Le fait de me trouver seule avec vous dans le noir.

Elle inspira profondément et son corps se tendit dans ses bras.

— Je ne regrette pas cette nuit-là.

Elle attendit, si silencieuse que Nick se demanda si elle retenait son souffle.

— Je ne regrette pas ce moment non plus, ajouta-t-elle enfin.

— Mina ! murmura-t-il avant de se pencher pour l'embrasser.

— Le club est-il encore loin ? demanda-t-elle en glissant une main autour de son cou.

— Non, ce n'est plus très loin. Souffrez-vous beaucoup ?

Il lui caressa la joue et sentit tout son corps réagir lorsqu'elle blottit le visage dans sa main.

— Non. Je me demande seulement combien de temps nous avons.

— Pas autant que je le voudrais.

Du bout des lèvres, il effleura sa joue et s'arrêta au coin de sa bouche.

Comment parvenait-il à se maîtriser ? Nick l'ignorait, mais il tenait à ce que ce soit elle qui décide. Il voulait désespérément qu'elle ait envie de lui, de ses caresses, de ses baisers, autant qu'il avait envie d'elle.

— Qu'aviez-vous en tête, exactement ? interrogea-t-il en laissant remonter la main qui enveloppait sa hanche jusqu'à la courbe de son sein.

— Tant de choses…

Elle tourna très légèrement la tête, d'un mouvement à peine perceptible et infiniment troublant. Pas assez pour que leurs lèvres se touchent, mais suffisamment pour qu'il sente son souffle contre sa bouche.

Ses jambes frémirent quand enfin elle l'embrassa, mais elle s'écarta aussitôt de lui.

— Me torturez-vous à dessein ? demanda-t-il en glissant la main sur son menton.

— Bien sûr que non.

Il regretta immédiatement sa question. Il brûlait de l'embrasser à nouveau, mais elle était trop loin de lui à présent.

C'est alors qu'elle posa deux doigts sur ses lèvres et se mit à suivre doucement leurs contours.

— Je veux me souvenir, murmura-t-elle en poursuivant sa délicate exploration.

Nick sentit sa caresse irradier dans tout son corps et tendre son sexe.

— J'ai peur d'oublier, lorsque vous serez parti.

Nick prit son doigt dans sa bouche, en caressa le bout de sa langue et se cambra contre elle lorsqu'elle gémit.

— Mina.

Lorsqu'elle se pencha pour coller sa bouche à la sienne, il oublia tout le reste.

La fureur de son désir se mua en plaisir à l'état pur. Le plus incroyable, c'était qu'il voulait aller lentement, savourer chaque seconde. Laisser Mina le guider. Il trouva en lui une réserve de patience dont il n'avait jamais soupçonné l'existence tandis qu'elle embrassait les coins de sa bouche avant de prendre sa lèvre inférieure entre les dents.

Lorsqu'elle s'écarta pour le regarder à la faible lueur de la lanterne de la voiture, Nick s'en voulut de s'être montré aussi naïf. Comme elle inclinait la tête, étudiant son visage, il se tourna pour cacher dans l'ombre son profil balafré.

Mina caressa ses cheveux, puis sa joue, et ses doigts rencontrèrent le bord de sa cicatrice. Elle laissa glisser sa main jusqu'à son menton, qu'elle attira doucement à elle pour qu'ils soient à nouveau face à face.

— Vous êtes si beau !

— Il fait sombre dans la voiture, répliqua-t-il.

C'était elle qui était belle. Belle et irréfutablement folle.

— Vous n'y voyez pas clair, ajouta-t-il.

— Je vous ai déjà vu à la lumière du jour.

— Justement. Le soleil a dû vous aveugler. Vous n'avez pas pu bien voir.

— Au contraire, je vous ai regardé très attentivement.

Elle se rapprocha de lui en parlant, et Nick sentit une chaleur envahir toutes les parties de son corps qui étaient en contact avec le sien.

— La douleur à votre cheville doit vous faire délirer, dit-il en regardant le bas de sa robe.

— Je sais très bien ce que je dis. Et curieusement, je n'ai presque plus mal.

— Tant mieux.

Elle l'embrassa à nouveau. Librement. Fiévreusement. Sa bouche était douce, tiède et sucrée contre la sienne. Les doigts enfouis dans ses cheveux, elle le goûta de sa langue, et il la laissa prendre tout ce qu'elle voulait. Même s'il avait voulu se cacher ou lui résister, il en aurait été incapable. Cette femme abattait toutes ses défenses.

Bien trop tôt, la voiture s'arrêta devant le Lyon's Club.

— Seigneur, c'est grandiose ! s'écria Mina en jetant un regard par la fenêtre.

— C'est bien mieux à l'intérieur, répondit Nick, la poitrine gonflée de fierté.

Tandis qu'il manœuvrait pour sortir de la voiture avec Mina dans ses bras, elle tira sur sa redingote.

— Que diront ces gentlemen en vous voyant me porter ? Cela ne va-t-il pas causer un terrible scandale ?

— Cela va peut-être vous surprendre, mais personne ici ne me prend pour un saint.

Nick n'osa pas rire de peur de l'offenser, mais la voir s'inquiéter davantage pour sa réputation, déjà exécrable, que pour la sienne, l'amusait au plus haut point.

— De plus, nous allons passer par une entrée privée qui mène directement à mes appartements.

Un léger frisson passa entre eux. Qui, d'elle ou lui, était le plus nerveux ? Contrairement à Huntley, Nick n'avait jamais emmené de maîtresse dans sa maison de jeu. Il vivait ses aventures ailleurs. Introduire quelqu'un dans les pièces privées du Lyon's Club exigeait une confiance qu'il n'avait jamais accordée à une autre femme.

À présent, il avait hâte de conduire Mina au cœur même de l'empire qu'il avait bâti. À tel point qu'arrivé devant la porte de fer située sur le côté du bâtiment, il tremblait trop pour parvenir à introduire la clé dans la serrure. La faire pénétrer dans son club n'avait rien d'anodin. Nick savait qu'après cela, il ne pourrait plus jamais revenir en arrière.

— Ce sera plus facile si vous me posez sur le sol, dit-elle de sa voix de gouvernante.

— Non, c'est vous qui allez le faire.

Nick lui tendit la clé. Ce petit instrument métallique n'ouvrait pas seulement l'épaisse porte de fer, mais aussi des parties de sa vie qu'il n'avait jamais partagées avec quiconque.

Mina prit la clé et, passant le bras autour de son cou, la glissa dans la serrure et tourna.

Dès qu'ils franchirent le seuil, elle laissa échapper une exclamation admirative. C'était l'une de ces soirées où un quatuor à cordes venait jouer dans les salons. La musique résonnait comme un magnifique refrain au-dessus du brouhaha des conversations et du tintement des dés.

Nick montra à Mina une fente entre les rideaux rouge foncé qui permettait de voir une partie de la salle de jeu.

— Tout étincelle ! s'écria-t-elle aussitôt.

— J'aime l'or.

— Mais cette salle est si lumineuse !

— Pas toute la salle, répondit Nick en s'approchant des rideaux pour qu'elle puisse mieux voir. Vous voyez ce balcon, tout en haut ? C'est là que je m'installe parfois pour travailler et observer les tables de jeu.

— Ainsi, vous restez dans l'ombre en veillant à ce que tous les autres soient dans la lumière. Est-ce parce que vous ne leur faites pas confiance ?

— Il est vrai que ma confiance est difficile à obtenir.

— Mr Lyon. Je ne m'attendais pas à vous revoir si vite.

Spencer, en factotum vigilant, avait déjà remarqué leur présence.

— Posez-moi ! souffla Mina tandis qu'il s'approchait.

Nick se courba pour la déposer délicatement sur le sol. Mais en la voyant vaciller, se raccrochant à son bras, il comprit qu'elle faisait reposer tout son poids sur son pied valide.

— Mina, voici Bastian Spencer, gérant et conseiller. Il pourrait diriger le Lyon's Club à lui seul si je le laissais faire. Spencer, ajouta-t-il en esquissant un geste à l'attention de l'homme râblé aux cheveux bruns, je vous présente Miss Mina Thorne.

— Miss Thorne, recevoir une aussi charmante visiteuse est un plaisir rare, dit Spencer en s'inclinant devant elle. Que puis-je vous préparer, sir ? demanda-t-il ensuite d'un ton qui, à la grande surprise de Nick, n'avait rien de réprobateur.

— Envoyez le Dr Stevens dans mes appartements, et faites-nous porter un plateau de thé, du whisky et des bandes de tissu.

— Vos appartements privés, sir ?

Mina lâcha son bras et essaya de prendre appui sur les deux pieds. Cet effort lui arracha une grimace.

— Vite, Spencer, ordonna Nick en enlaçant la taille de la jeune femme.

— Je peux marcher, mais continuez à me soutenir.

— S'il le faut.

Comme ils approchaient de ses appartements, Nick sentit les battements de son cœur s'accélérer.

— Je dois vous prévenir.

— Ce ne peut pas être pire qu'une salle de bal qui fuit ou un chemin de ronde croulant, déclara Mina en se tournant vers lui.

Il ouvrit la porte lentement, cherchant ses mots pour la préparer à ce qu'elle allait voir.

— J'ai décoré mes appartements d'une façon assez…

— Fastueuse, souffla-t-elle, interloquée. Vous aimez vraiment le rouge !

Il avait choisi la couleur la plus vive, la plus éclatante et la plus gaie qui soit. Tout l'opposé des murs froids et gris de la tour d'Enderley.

— Il y a tout de même d'autres couleurs dans la pièce.

Sans lui laisser le temps de la retenir, elle s'éloigna en boitillant pour passer un doigt sur les lambris dorés.

— C'est magnifique ! s'exclama-t-elle.

Nick l'observa tandis qu'elle explorait les lieux, suivant son regard, écoutant ses murmures admiratifs. Il se rendit compte qu'il retenait son souffle, espérant son approbation comme elle avait espéré le voir apprécier la beauté d'Enderley. Cette pièce reflétait sa personnalité, elle le montrait tel qu'il était devenu, et la réaction de Mina lui importait beaucoup.

— Le lit est vraiment…

— Immense.

— Haut, corrigea-t-elle en levant les yeux vers les quatre colonnes qui montaient jusqu'au plafond. Il y a vraiment tout ce qu'il faut, poursuivit-elle en embrassant du regard la petite table, le bureau et les canapés recouverts de tissu doré disposés devant la cheminée. Mais il n'y a guère de place pour recevoir.

Sur ces mots, elle lui adressa un regard curieux.

— Je ne reçois pas. Je n'ai jamais invité personne dans cette pièce.

Comme elle risquait un nouveau pas en avant, Nick se précipita pour lui offrir son bras.

— C'est une pièce très chaleureuse, commenta-t-elle en promenant un regard autour d'elle.

Pour Nick, c'était avant tout un endroit sûr. Son refuge. Mais, pour la première fois, il n'y était pas seul. Et Mina ne troublait en rien l'harmonie de ce qu'il avait toujours considéré comme son havre de solitude.

Il l'accompagna vers l'un des canapés en résistant à l'envie de la porter à nouveau dans ses bras. Un instinct primitif lui disait que c'était là sa place.

Mais à peine avaient-ils esquissé un pas que trois coups brefs retentirent à la porte. Spencer passa la tête dans l'entrebâillement.

— Pardonnez-moi, Mr Lyon, mais le Dr Stevens est rentré chez lui. Il semble que l'une de ses filles soit souffrante.

Le factotum esquissa un signe de la main et un domestique pénétra dans la pièce, chargé de tout ce que Nick avait demandé. Après avoir déposé son plateau, le jeune homme alluma un feu dans la cheminée et sortit rapidement.

— Dois-je envoyer chercher un autre médecin, ou tenter d'en trouver un parmi nos membres ? demanda Spencer, resté sur le seuil. Je crois savoir que Lord Kellyn a jadis exercé la médecine.

— Ce ne sera pas nécessaire, Mr Spencer, répondit Mina sans laisser à Nick le temps de le faire. Je peux marcher maintenant, et ma cheville me fait beaucoup moins mal. Je vous remercie.

Avec sa réserve habituelle, Spencer se contenta d'acquiescer d'un hochement de tête et quitta la pièce.

Comme pour prouver ses dires, Mina franchit en boitillant les quelques pas qui la séparaient du canapé et se laissa tomber sur les coussins. Le corsage de sa robe descendit un peu, et Nick eut bien du mal à rester de marbre devant cette vue exquise. Mais d'autres épreuves l'attendaient, car elle se mit à relever le bas de sa robe très lentement, sans le quitter des yeux, comme pour observer sa réaction.

S'il ne l'avait mieux connue, il aurait juré que Mina Thorne avait entrepris de le séduire.

— Si nous regardions un peu ? demanda-t-elle doucement.

*Oui. Oh ! mon Dieu, oui !*

Comprenant qu'elle faisait allusion à sa cheville, il s'accroupit devant elle. Lorsqu'il retroussa ses jupes davantage, elle esquissa un mouvement de surprise. Mais aussitôt après, elle lui vint en aide, ramassant le tissu entre ses mains. Jamais il n'avait vu spectacle aussi érotique que ses jambes galbées, gainées de bas d'un blanc virginal.

— Elle ne semble pas enflée. Avez-vous encore mal ? demanda-t-il en la touchant avec précaution, glissant la main jusqu'à son mollet plutôt que d'appuyer sur sa cheville.

— Peut-être devrais-je ôter mon bas, dit-elle en relevant encore un peu sa robe. Voulez-vous bien m'aider ?

Mina se mordit la lèvre en voyant Nick se figer devant elle, la main refermée sur son mollet, le regard prudent.

— Mina ?

L'implorait-il de continuer ou voulait-il la mettre en garde ?

Elle sentait tout son corps vibrer d'une énergie qui n'était pas de la nervosité et n'avait rien à voir avec la douleur de sa blessure. Sa cheville ne la faisait plus du tout souffrir. En revanche, elle avait mal ailleurs, en des endroits qui ne lui avaient jamais causé de telles sensations.

Mais, plus que tout, elle languissait de désir. Un désir désespéré. Elle ne voulait pas voir un médecin, ni explorer le club décadent où des hommes jouaient de l'argent, un étage plus haut. Elle voulait Nick. Elle voulait savourer ce moment avec lui, dans ces appartements privés qu'il n'avait montrés à personne d'autre.

Il l'avait emmenée ici. L'avait laissée l'approcher. Mais cela ne suffisait pas. Mina voulait être plus proche encore. Elle voulait davantage de lui. Même si ce devait être leur seule nuit ensemble.

Ici, loin d'Enderley, il n'y avait plus de duc, plus d'intendante. Seulement cette irrésistible et indéniable force qui les attirait l'un vers l'autre.

— Personne ne nous dérangera ?

— Je vous le promets.

Nick savait ce qu'elle voulait, il avait compris le sens de sa question. Quelque chose dans son regard changea. La prudence laissa place à la fièvre.

Mina s'en réjouit. Elle voulait qu'il en soit toujours ainsi entre elle et lui. Ils devaient se montrer honnêtes et sincères, et ne jamais faire semblant.

Doucement, il fit glisser son bas le long de sa jambe et elle sentit ses doigts sur sa peau nue. Lorsqu'il arriva à sa cheville, il la considéra d'un air inquiet.

— Je ne veux pas vous faire mal. Jamais.

— Ôtez-le lentement.

C'est ce qu'il fit. Sous le bas, sa cheville était légèrement rouge mais à peine enflée.

— L'autre, maintenant, dit-elle doucement en levant la jambe gauche pour la poser sur sa cuisse ferme.

Il ne la quitta pas des yeux tandis que ses mains plongeaient sous sa robe pour retirer le second bas. Lorsqu'il se pencha pour embrasser son genou nu, Mina le saisit par les revers de son habit.

Elle voulait ses lèvres sur les siennes.

Nick s'agenouilla entre ses jambes, l'obligeant à écarter les cuisses.

— Est-ce ici que vous me vouliez ?

— C'est un début, répondit Mina en caressant la mèche de cheveux noirs qui lui barrait le front.

— Dites-moi ce que vous voulez. Tout ce que vous voulez, et vous l'aurez.

Le désespoir qu'elle perçut dans sa voix résonna dans tout son corps, et jusque dans son âme. Elle comprenait son besoin. Elle éprouvait le même.

— Embrassez-moi.

Mina ne pouvait plus attendre. Elle brûlait de le goûter.

L'espace d'un instant, Nick contempla sa bouche, prit son visage dans le creux de ses mains. Elle s'agrippa à sa chemise, prête à le supplier de mettre fin à son tourment, lorsque ses lèvres rencontrèrent les siennes.

Leurs précédents baisers avaient été trop précipités. Trop nouveaux et incertains. Celui-ci était différent. Plus lent, et pourtant plus fougueux. Inclinant la tête, Nick enfouit la langue dans sa bouche.

Ce fut un baiser parfait. Rien d'autre ne comptait désormais. Mina se laissa submerger par la passion, le plaisir et un sentiment d'appartenance qu'elle n'avait encore jamais éprouvé.

Elle se cramponna aux épaules de Nick. Dans ses bras, assise au bord de ce canapé luxueux, elle se sentait en sécurité. Ce moment effaçait tout le reste. Toutes les années passées à faire semblant. Toute la souffrance de la solitude. Tous les élans, les envies de rébellion qu'elle s'était efforcée de refréner.

Avec lui, en cet instant, dans ses bras, elle en voulait de plus en plus et il lui donnait davantage encore. Ils étaient enfin à nu, sans aucun obstacle entre eux, aucune défense. Et elle n'avait pas peur.

Gémissant sous ses baisers, Mina lui arracha sa redingote, dénoua sa cravate et entreprit de déboutonner sa chemise.

— Vous voulez me déshabiller, moi aussi, dit-il, appuyant son front fiévreux contre le sien, tout en regardant ses doigts qui s'affairaient.

— Oui, murmura Mina en prenant sa bouche. Je veux vous voir.

Quatre simples mots. Des mots terribles qu'elle regretta aussitôt. Elle ne s'était pas doutée un instant qu'ils allaient rompre le charme.

Les mains de Nick qui, un instant plus tôt, la caressaient, possessives, s'immobilisèrent brusquement. Il se leva.

— Nick ?

— Nous devrions éteindre les lampes, dit-il, joignant le geste à la parole.

Bientôt, la pièce fut plongée dans une pénombre presque totale. Seules les flammes qui rougeoyaient dans la cheminée les éclairaient faiblement.

— Vous tenez à vous cacher de moi ?

C'était la dernière chose qu'elle voulait.

— Je tiens à vous épargner, répondit-il en revenant vers elle pour la serrer contre lui. Faites-moi confiance : il est des choses qu'il vaut mieux ne pas voir.

Il l'embrassa avec une telle douceur, une telle ardeur que Mina capitula, enroulant les bras autour de son cou. Elle aurait voulu que ce baiser ne s'arrête jamais.

Mais bientôt, il s'écarta doucement d'elle et, glissant une main sous ses jambes, la souleva dans ses bras. Tandis qu'il la portait jusqu'au lit, elle vit la lueur des flammes danser sur son visage.

Elle effleura son menton de la main puis, doucement, d'un geste hésitant, caressa la marque sur sa joue.

— Je n'ai pas peur de voir vos cicatrices.

— Moi si, répliqua-t-il en la déposant avec une infinie délicatesse au bord du vaste lit.

Cet aveu de sa part lui serra le cœur au point de lui ôter le souffle. Mais elle s'interdit de le montrer. Il détestait la compassion, et le moindre signe de pitié lui faisait horreur. Elle avait retenu cette leçon.

Passant les mains dans son dos, elle dégrafa sa robe, libérant ses bras du corsage, qu'elle repoussa jusqu'à la taille. Des frissons vinrent lui picoter la peau. Sous la toilette somptueuse prêtée par Iverson, elle portait son corset et sa chemise de tous les jours, qui n'avaient rien d'affriolant.

Cela ne sembla pas gêner Nick. Il la contemplait sans mot dire, plissant les yeux comme s'il ne voulait perdre aucun détail.

— Il y a un inconvénient à cette obscurité, dit-elle en faisant glisser la robe jusqu'à ses hanches.

Elle se cambra pour la faire passer sous ses fesses et, bientôt, le tissu de velours rouge tomba en corolle à ses pieds.

— Si je ne peux pas vous voir..., poursuivit-elle en se hâtant de se cacher dans l'ombre gigantesque que Nick projetait sur le lit, vous ne pouvez pas me voir non plus.

Tendant le bras, Mina toucha son torse chaud et ferme. Elle aimait la façon dont ses muscles tressautaient sous ses doigts. Glissant la main plus bas, elle trouva le seul bouton de sa chemise qui était encore attaché et le libéra. Puis elle descendit plus bas encore. Lorsqu'elle atteignit la fermeture de son pantalon, ses doigts rencontrèrent son sexe dur et tendu.

— Mina ! dit-il d'une voix qui était à la fois un grondement et un gémissement.

Quel plaisir de constater l'effet qu'elle produisait sur lui !

— Je vous en prie, Nick. Vous avez dit que je pouvais avoir tout ce que je voulais.

Lorsqu'elle eut déboutonné son pantalon, elle glissa les doigts dans l'ouverture et savoura sa chaleur.

— Je veux vous voir, répéta-t-elle.

Alors Nick ôta ses bottes et l'aida à retirer son pantalon et son caleçon. Enfin il se dressa devant elle, nu, la silhouette découpée dans la lumière de la cheminée. Mina dégrafa son corset, dénoua le ruban de sa chemise et tira sur l'encolure pour révéler ses épaules.

S'approchant du bord du lit, elle posa le pied gauche sur le sol puis, tout doucement, le droit.

— Attention, dit Nick en lui saisissant le poignet pour la soutenir.

Au contact de sa peau, elle sentit son pouls s'accélérer. Elle voulait qu'il sente à quel point il la troublait.

Le dernier vêtement qui couvrait son corps tomba sur le sol. Il n'y avait plus en elle la moindre hésitation. Elle savait exactement ce qu'elle voulait.

Nick effleura des doigts la courbe de son sein, arrêtant son pouce sur la pointe dressée, presque douloureuse. Puis il se pencha pour l'embrasser. Il baisa d'abord sa bouche, puis son menton et enfin le creux si sensible à la base de son cou. De la langue, il goûta sa peau et Mina se lécha les lèvres, impatiente d'en faire autant.

Lorsque sa bouche se referma sur le bout de son sein, elle sentit un flot de chaleur monter entre ses cuisses.

— Je vous en prie !

Ce furent les seules paroles qui lui vinrent. Que lui demandait-elle au juste ? Elle savait seulement qu'elle en voulait davantage, qu'elle voulait le sentir plus près, le voir plus clairement.

— Venez dans la lumière.

Nick releva la tête, scrutant son visage. Quittant ses bras, Mina passa devant lui et le prit par la main. Il se laissa attirer plus près de la cheminée.

En découvrant son corps à la lueur des flammes, elle retint un cri. Elle pria pour que les larmes qui lui brûlaient les yeux ne se muent pas en sanglots.

De nombreuses cicatrices, estompées par les années, sillonnaient son dos, ses fesses et le haut de ses cuisses.

Sous ces marques, c'était un homme impressionnant. Il possédait les épaules les plus larges qu'elle ait jamais vues, et les muscles puissants qui se contractaient sous ses yeux les rendaient plus colossales encore.

— Assez, dit-il d'une voix rude. À moi de vous regarder, maintenant.

Mina ne lui donna pas ce qu'il demandait. Pas encore. Se rapprochant, elle se pressa tout entière contre son dos. Doucement, elle suivit d'un doigt le dessin d'une cicatrice et le sentit frissonner sous sa caresse. Puis elle colla sa bouche au même endroit pour déposer des baisers tout au long de la terrible déchirure.

Se retournant, Nick l'attira brutalement contre lui et l'embrassa à pleine bouche, fougueusement d'abord, puis plus tendrement. Du bout des doigts, il effleura sa nuque comme si elle était un être fragile et délicat.

— Est-ce vraiment ce que vous voulez, Mina ?

Posant la main sur sa joue marquée, elle amena son visage tout près du sien.

— Je ne ferai jamais semblant avec vous. C'est moi que vous voyez, et je fais exactement ce que je veux.

— Dites-moi ce que vous voulez.

— Je veux vous aimer tout entier.

Glissant la main sur son torse, elle sentit sous ses doigts les martèlements précipités de son cœur. Il battait pour elle, pour ce moment. Et c'était cette part de lui qu'elle désirait le plus ardemment toucher, pour s'y blottir et guérir toutes ses blessures.

Pourvu qu'il la laisse faire.

# 20

*L'amour.*

Ce mot s'insinua en lui, secouant tout son être. Tous ses nerfs vibraient. Il sentait ses genoux chanceler et son cœur cognait fort contre sa poitrine.

Nick se targuait d'être un homme fort.

Chaque semaine, au club de boxe de Gentleman Jackson, il envoyait des hommes au tapis. Depuis des années, il s'entraînait pour faire du garçon chétif et maladroit qu'il avait été une véritable terreur. Jamais il ne perdait une bagarre.

Et voilà que cette beauté menue et entêtée lui faisait perdre tous ses moyens.

Mina ne faisait pas de lui un homme faible : elle lui donnait envie de déposer les armes. De tout lui donner pour ne jamais rien reprendre. Même si, pour cela, elle devait le voir tel qu'il était réellement, avec sa laideur, intérieure et extérieure. Cette femme avait réussi à déceler en lui une bonté, une droiture qu'il ne pensait plus posséder.

Enroulant l'index autour de deux de ses doigts, Mina le conduisit vers le lit.

Nick la suivit. Il l'aurait suivie n'importe où.

Arrivée devant le lit, elle se tourna et s'assit sur le bord. Pendant un instant, il s'abîma dans la contemplation de son corps. Admirant la façon dont une boucle de ses cheveux tombait sur la pointe rose vif de son sein, la douce cambrure de sa taille et la rondeur de ses hanches, et la toison qui formait un triangle parfait en haut de ses cuisses.

— Avez-vous encore mal ? demanda-t-il en s'agenouillant devant elle pour lui caresser la jambe, s'arrêtant juste au-dessus de sa cheville.

Elle secoua la tête et se mordit la lèvre lorsqu'il écarta ses cuisses. Un petit frisson courut sur sa peau.

— Vous n'avez qu'un mot à dire, et j'arrêterai.

— N'arrêtez pas.

Plongeant les doigts dans ses cheveux, elle l'attira vers elle.

— Je vous veux plus près.

Nick remonta les mains jusqu'à ses cuisses, jusqu'à ce que le bout de ses doigts touche ses douces boucles.

— Comme cela ?

— Oui, répondit-elle en inclinant la tête pour le voir effleurer doucement son sexe.

Nick attendit, brûlant d'entrer en elle, redoutant qu'elle ne revienne à la raison et le repousse. Mais Mina n'était pas femme à hésiter. Elle était impulsive, impatiente. Se pressant contre sa main, elle poussa un cri étouffé lorsqu'il glissa un doigt en elle.

Il se mit à la caresser, observant sur son visage une palette d'émotions qui semblaient répondre aux siennes. C'était le même émerveillement, le même plaisir, la même faim. Quand il s'enfouit plus profond, elle ferma les paupières, rejeta la tête en arrière et arqua le dos. Mais bientôt, elle se redressa pour le regarder, les yeux brillants de désir.

— Venez, dit-elle d'une voix rauque. Je vous veux plus près encore.

Nick s'approcha, soulevant les jambes de Mina pour les poser sur ses épaules, et poursuivit son exploration de sa langue.

— Nick, souffla-t-elle, je vous en prie !

Ce fut cette supplication qui eut raison de lui. Impossible désormais de prendre son temps, de se retenir. Sa caresse se fit profonde, il se délecta d'elle et des petits gémissements qu'il sentait résonner contre sa langue. Soudain, elle poussa un cri et planta ses ongles dans ses épaules, le corps tremblant contre sa bouche.

Nick se lécha les lèvres et se leva, les mains toujours sur elle, restant tout près comme elle le lui demandait. Posant un genou sur le lit, il se pencha au-dessus d'elle. Mina ressemblait à une déesse épanouie, le corps luisant, la chevelure éparse autour de son beau visage.

Lorsqu'elle leva les bras vers lui, l'émotion le saisit. La confiance qu'il lisait dans ses yeux faisait jaillir dans ses veines ce qui ressemblait fort à de la joie.

— Venez, ordonna-t-elle d'une voix âpre.

Nick s'étendit entre ses cuisses, les bras toujours tendus de chaque côté de sa tête. Jamais il n'avait fait l'amour comme cela à une femme, en la regardant droit dans les yeux, le corps serré contre le sien.

Toutes ses étreintes avaient eu lieu dans la pénombre, avec des maîtresses qui, le plus souvent, lui tournaient le dos. Cela se passait debout contre un mur, ou sur un canapé. Son côté animal voulait prendre Mina de toutes ces façons. Mais ceci, l'idée de la presser sous son poids, le terrifiait.

Sa surprise fut grande lorsqu'elle se souleva sur une main pour prendre sa bouche dans un baiser avide. Elle mordilla sa lèvre inférieure et le caressa de la langue, lui arrachant une plainte sourde. Puis elle enroula les bras autour de ses épaules et se laissa retomber sur le lit, l'attirant contre elle de son poids.

— Que dois-je faire pour que vous me cédiez ? demanda-t-elle.

— C'était un très bon début, répondit Nick en pressant son ventre contre le sien, son sexe contre le sien.

— Oui ! gémit-elle en se cambrant contre lui comme si elle savait exactement où elle voulait qu'il soit.

Mais il continuait à se retenir, et son supplice était tel qu'il sentait ses muscles frémir.

Alors Mina leva les yeux vers lui.

— Je n'ai pas peur, dit-elle en lui décochant le sourire le plus séducteur qu'il eût jamais vu de toute sa vie.

— Vous aurez peut-être mal.

— Ce ne peut pas être pire que l'attente.

— Mon impatient petit diable ! souffla-t-il contre son cou en riant.

Pour toute réponse, elle plaqua ses hanches contre lui et, petit à petit, laissa son sexe douloureux glisser en elle. Nick lui lécha le cou, mordilla sa peau tendre avant de trouver sa bouche. Tout en l'embrassant, il s'enfouit plus profondément entre ses cuisses. Quand elle laissa échapper une plainte, il s'arrêta, craignant d'être allé trop loin. Mais alors il sentit ses mains descendre dans son dos et effleurer les reliefs de ses cicatrices avant de s'emparer de ses fesses. Elle l'attira plus près encore, arquant ses reins contre lui.

— Ne vous retenez pas ! dit-elle d'une voix haletante. Je vous veux entièrement.

Alors Nick lui obéit, lui donnant tout. Mina écarquilla les yeux avant d'onduler contre lui, donnant le rythme, refermant les jambes autour de sa taille. Il prit sa bouche encore et encore en s'abîmant dans sa chaleur. C'était là qu'il voulait, qu'il devait être. Toujours.

— Mina !

Il appelait son nom car il était perdu. Incapable de se maîtriser davantage, de se retenir. Pourtant, même s'il sentait l'extase proche, il voulait qu'elle jouisse avant lui. Glissant une main entre eux, il se mit à la caresser tout en prenant dans sa bouche la pointe de son sein. Il la lécha jusqu'à ce qu'il la sente fondre dans ses bras, gémissante et tremblante. Alors seulement il s'abandonna à son tour, et un torrent de plaisir l'emporta avec une violence qui le laissa étourdi.

Un instant plus tard, Nick se rendit compte qu'il était toujours étendu sur Mina, pesant de tout son poids sur elle. Il roula sur le côté en l'entraînant dans ses bras. Collant le ventre contre sa hanche, elle passa une jambe sur la sienne.

Les minutes passèrent, mais sa respiration restait brève et saccadée. Il attendit que la fièvre retombe et que la joie intense qui baignait son âme s'éteigne. Que l'étrange plénitude qu'il ressentait se dissipe comme une brume matinale.

C'était généralement à ce moment qu'il partait. Non : avec une autre, il aurait été rhabillé depuis longtemps et serait déjà loin. Mais à cet instant, serré contre Mina, il avait l'impression que jamais il n'aurait envie de quitter ce lit. Ses bras autour de lui, ses doigts qui caressaient ses cheveux, le goût de sa bouche et de son sexe sur la langue... Jamais, en trente et un ans, il n'avait éprouvé un tel contentement.

C'était bien plus qu'il ne méritait.

Nick se réveilla en sursaut, comme il le faisait lorsqu'il avait un cauchemar. Pourtant, nul démon ne hantait son esprit.

Quelqu'un frappait doucement à la porte. En temps normal, il aurait bondi hors du lit pour se jeter sur la personne qui osait le déranger à – il consulta en plissant les yeux l'horloge accrochée au manteau de la cheminée – 3 heures du matin.

Mais ce n'était pas une nuit ordinaire. Se redressant sur un coude, il sentit la chaleur de Mina. Elle lui tournait le dos, recroquevillée contre lui, les mains repliées sous la joue. Nick ne résista pas à l'envie d'embrasser son épaule et d'enrouler une boucle de ses cheveux autour de l'index.

Il n'avait pas envie de la quitter. Et surtout, il n'avait pas envie qu'elle le quitte. Il fallait donc qu'il empêche l'importun qui se tenait dans le couloir de la réveiller. Après avoir revêtu son pantalon, il se dirigea vers la porte à pas feutrés.

— Spencer ?

Ce ne pouvait être que lui : personne d'autre n'aurait eu le cran de le déranger à cette heure indue.

— Nous avons un imprévu, sir.

Cela signifiait « un problème ». Nick tira le loquet et entrouvrit la porte en prenant soin de cacher Mina à la vue de son factotum.

— Qui est-ce ? Nos hommes ne peuvent-ils pas s'en occuper ?

Il faisait allusion aux quelques employés qui étaient chargés de garantir la sécurité du club et d'empêcher ses membres de nuire à eux-mêmes ou aux autres.

— Vous avez des visiteurs, sir.

— Savez-vous quelle heure il est ?

Spencer courba la tête avant de poursuivre.

— Le cousin de la jeune lady, ainsi que Mr Iverson et Lord Huntley, dit-il à voix basse. Ils insistent pour vous parler. Je leur ai demandé d'attendre dans votre bureau.

Nick se pinça l'arête du nez avant de se tourner brièvement vers Mina, qui dormait toujours profondément. Il aurait dû se douter que Fairchild viendrait à sa recherche en ne la voyant pas revenir chez Iverson. Mais pourquoi ses deux associés l'accompagnaient-ils ? Que pouvaient-ils bien avoir à faire dans cette histoire ?

Mina ne devait surtout pas assister à une scène qui risquait d'être désagréable. Il ne voulait pas qu'elle éprouve ne fût-ce qu'un soupçon de regret pour la nuit qu'ils avaient passée ensemble.

— Donnez-moi un instant.

Spencer hocha la tête et se retira, et Nick referma la porte.

Tout en passant sa chemise, il s'approcha du lit. Il lui suffit de regarder Mina pour avoir à nouveau envie d'elle.

Résistant à la tentation, il quitta la pièce sans un bruit et traversa le couloir pour affronter ses trois visiteurs.

— Gentlemen, dit-il en pénétrant dans son bureau.

Il eut tout juste le temps d'esquiver le poing qui surgit sur sa droite.

Ayant manqué son coup, Fairchild s'apprêtait à revenir à la charge lorsque Iverson le retint.

— Il suffit ! s'écria celui-ci.

— Loin de là, Mr Iverson ! répliqua Fairchild. Cet homme s'est enfui avec ma cousine sous le prétexte de la faire soigner ! Et à présent, elle est... perdue, ajouta-t-il, la gorge nouée.

Avec un profond soupir, Nick se tourna vers Iverson, qui semblait aussi furieux que Fairchild, puis vers Huntley, qui le regardait comme un condamné que l'on s'apprête à conduire à la potence.

— Vous vous êtes mal conduit, Lyon, déclara Iverson avec ce calme effrayant qu'il affichait lorsqu'il bouillait intérieurement. Pourquoi n'avez-vous pas raccompagné Miss Thorne chez moi hier soir ?

— Comment va sa cheville ? demanda doucement Huntley.

— Oui, est-elle cassée ? s'enquit Fairchild d'une voix soudain plus inquiète que courroucée.

— Sa cheville va bien.

La mention de cette partie du corps de Mina lui rappela aussitôt toutes les autres, et il sentit ses joues s'enflammer. Fairchild le considéra d'un air horrifié.

— Vous n'avez aucune décence !

— Non, bien sûr. Mais jamais je ne ferais de mal à Mina. Je vous le jure.

— Mais vous l'avez déjà fait ! protesta Fairchild en se précipitant vers lui, les poings brandis.

— Gentlemen, intervint Huntley, un demi-sourire aux lèvres. Laissez-moi un instant seul avec le duc, voulez-vous ?

Il avait parlé de sa voix la plus suave. Avec ce ton charmant et cajoleur qu'il maniait si bien.

Fairchild et Iverson le dévisagèrent comme s'il avait perdu la tête.

— Ayez confiance, leur glissa-t-il avec un sourire rusé qui aurait persuadé toute personne sensée de ne rien faire de tel. Iverson, conduisez donc Mr Fairchild dans la salle du petit déjeuner. Les cuisiniers se lèvent tôt ; ils pourront certainement lui servir un repas ou une tasse de thé bien fort. Le thé résout tous les problèmes, vous ne croyez pas ?

— Non, certainement pas ! hurla l'intéressé. Je veux parler à Mina ! Je vais la ramener à Enderley.

Cette remarque eut pour effet d'attiser la colère de Nick.

— C'est à Mina de décider où elle souhaite aller et quand !

Huntley renonça à jouer de son charme. Posant une main sur l'épaule d'Iverson, l'autre sur celle de Fairchild, il poussa les deux hommes vers la porte. Mais Iverson se dégagea brutalement. Et bien que Nick, Huntley et lui fussent à peu près égaux en poids et en taille, Fairchild exécuta une volte-face, visiblement prêt à les affronter tous les trois.

— Sortez, enfin ! lança Huntley, troquant sa voix de velours contre un rugissement qui cloua ses compagnons sur place. Accordez-nous dix minutes, bon sang !

Ces dernières paroles, qui ne s'adressaient qu'à Iverson, produisirent enfin l'effet souhaité.

— Dix minutes, répéta leur associé en guidant le jeune homme encore furibond vers la porte. Ensuite, nous partirons avec Miss Thorne.

— Ils ne l'emmèneront nulle part, déclara Nick lorsqu'il se trouva seul avec Huntley.

— Et si elle souhaite partir ? demanda son ami.

— Vous oubliez qu'elle et moi allons au même endroit. J'ai encore des affaires à régler à Enderley.

— Oui, c'est certain.

Huntley prit place sur l'un des fauteuils disposés dans un coin de la pièce, croisa ses longues jambes et appuya le menton sur sa main.

— Et comment allez-vous régler cette affaire, Nick ? demanda-t-il en montrant d'un geste nonchalant sa tenue débraillée. N'avez-vous pas songé à la réputation de cette jeune femme ? ajouta-t-il avant d'incliner la tête de côté. Vous vous montrez d'ordinaire si prudent avec vos aventures galantes !

— Ce n'est pas une aventure.

— Non, de toute évidence. Mais alors, qu'est-ce donc ?

Huntley le considéra avec un sourire qui, pour une fois, était dépourvu de suffisance. Il y avait sur son visage une expression bienveillante. Peut-être même compatissante.

— Vous et moi sommes bien trop futés pour tomber dans le piège de l'amour.

Nick retint son souffle, s'efforçant de ne laisser paraître aucune émotion, d'afficher son visage imperturbable de joueur. Hélas, Mina avait arraché tous ses masques.

Peu à peu, le sourire de Huntley s'effaça et, ouvrant la bouche, il le dévisagea d'un air effaré.

— Ma parole, vous êtes fait ! Vous êtes tombé amoureux !

Nick se passa la main dans les cheveux. Il ne parvenait pas à nommer ce qu'il ressentait. Était-ce de l'amour ? Peut-être bien. Mais donnait-il à ce mot le même sens que les poètes et les conteurs ? Jamais il n'avait aspiré à l'amour. Jamais il ne l'avait recherché. C'était pour lui un sentiment étrange et éphémère, qu'il avait rarement éprouvé.

Tout ce qu'il savait, c'était que Mina était sienne et que lui-même ne pourrait appartenir à personne d'autre. C'était une certitude absolue, plus forte que tout. Était-ce cela, l'amour ? Il ne pouvait pas vivre sans Mina. Son sourire, son caractère entêté, sa nature douce et impulsive à la fois... Il ne pouvait plus se passer de tout cela. Une seule chose comptait, désormais : la plénitude qu'il ressentait auprès d'elle. Et il n'avait qu'une envie : la rejoindre dans son lit pour la garder dans ses bras.

L'amour. Le terme lui semblait trop simple. L'étendue des sentiments qu'elle lui inspirait pouvait-elle être réduite à un mot de cinq lettres qu'il n'avait jamais prononcé ?

— Qu'est-ce que l'amour ?

Devant le visage horrifié de son ami, Nick devina que c'était la dernière personne à qui il aurait dû poser cette question.

— Est-ce que je le sais ? À vous de me le dire : vous êtes dedans jusqu'au cou !

Huntley s'était penché en avant, les coudes appuyés sur les genoux. Son visage était blême.

— Iverson veut à tout prix se trouver une épouse. Vous vous êtes fait piéger par deux beaux yeux et un sublime décolleté. Serai-je le prochain à être gagné par cette folie ?

— Premièrement, ne faites plus jamais allusion à la poitrine de Mina. Deuxièmement, arrêtez un peu de penser à vous, que diable !

— Oui, bien sûr.

Huntley se leva, hocha la tête et inspira profondément.

— Vous pouvez compter sur moi, mon ami. Je vais vous aider à vous sortir de cette situation. Tout d'abord, dit-il en commençant à compter sur ses doigts, nous devons empêcher Fairchild de vous assassiner.

— Il veut seulement protéger sa cousine.

— En effet. Ce garçon a du cœur, mais pour l'instant, il vous hait cordialement. Vous devrez trouver un moyen de l'adoucir. Lui présenter des excuses, avancer des fonds pour la construction de sa batteuse… Faites tout ce qu'il faudra.

Nick esquissa un moulinet de la main pour l'inviter à poursuivre. Contre toute attente, son ami semblait doté d'un certain bon sens.

— Ensuite, il nous faudra commencer les préparatifs.

— Quels préparatifs ?

— À cause de votre titre, tout le monde s'attendra à une réception somptueuse, mais vous pouvez faire comme bon vous semble. L'essentiel est d'agir vite. Vous savez que vous devez l'épouser ?

Dans l'esprit de Nick, si l'amour était un piège, alors le mariage était ni plus ni moins qu'une corde au cou. Il ne s'était jamais imaginé en époux. Et il connaissait peu d'hommes qui se montraient à la hauteur de la tâche. Quel mari serait-il pour Mina ?

Il vivait dans les entrailles d'une maison de jeu, dans une chambre sans fenêtres. Son caractère maussade et désagréable n'épargnait que trois personnes. Auxquelles s'ajoutait maintenant Mina, même s'il s'était comporté plus d'une fois comme un idiot à son égard.

— Je suppose que vous allez séjourner au château d'Enderley de façon plus régulière, à présent.

— Non. Peut-être, répondit-il, la gorge sèche. Je ne sais pas.

— Que ferez-vous du club ?

— Je ne sais pas.

Le Lyon's Club était comme une partie de lui. C'était sa création. Sa seule véritable réussite.

— Ma sœur connaît ces choses-là bien mieux que moi, bien sûr, mais je crois que vous devrez commencer par décider où aura lieu le mariage. Voulez-vous l'épouser à l'église ou préférez-vous une cérémonie plus privée ?

— Je n'en sais fichtrement rien !

Nick détestait l'incertitude. D'ordinaire, il savait toujours ce qu'il devait faire, avait toujours un coup d'avance. C'était sa façon de se protéger : personne ne pouvait le prendre au dépourvu.

Huntley se mordit la lèvre sans réussir à dissimuler un sourire.

— Qu'y a-t-il de si amusant ?

— À présent, je sais que vos sentiments à l'égard de cette Miss Thorne sont sincères. Voulez-vous savoir pourquoi ? Parce que vous n'avez pas de stratégie, dit-il en se levant. Vous prétendez que vous n'avez pas de cœur, mais je jurerais que vous venez de prendre une décision avec ce vieil instrument rouillé.

— Je la veux, répondit Nick. Comme je n'ai jamais voulu rien ni personne.

Il avait prononcé ces mots d'une traite, comme un aveu qu'il ne pouvait plus retenir.

— Dans ce cas, je vous laisse, conclut son ami en lui administrant une tape encourageante sur l'épaule.

*Oui, laissez-moi !* Si tout le monde pouvait le laisser, il pourrait enfin retrouver la joie indescriptible d'être auprès de Mina et, avec elle, de s'isoler du monde.

— À présent, allez. La tâche qui vous attend est la plus effrayante qui soit, lâcha Huntley avant de se diriger vers la porte.

— Vraiment ? demanda Nick, surpris.

Il s'apprêtait à retourner au lit pour faire l'amour à Mina avant le lever du soleil, et cela n'avait rien d'effrayant.

— Vous devez aller demander à Miss Thorne de vous épouser.

Nick lui lança un regard noir.

— Bonne chance ! lui lança Huntley sur le seuil. Les femmes sont changeantes, ajouta-t-il avec un clin d'œil. On ne sait jamais ce qu'elles vont dire...

# 21

— Colin, je t'en supplie, calme-toi.

Mina sortit du cabinet de toilette par la petite porte qu'elle avait trouvée derrière les rideaux de velours rouge de la chambre de Nick.

Son cousin l'avait réveillée en cognant si fort à la porte que tout le club avait dû l'entendre. Malgré tout, elle lui était reconnaissante de lui avoir apporté sa tenue de voyage. Elle venait de se laver et de s'habiller, ce qui lui avait permis d'échapper pendant quelques minutes aux remontrances de son cousin.

— Comment peux-tu être aussi sereine ? Ta réputation...

— Tu ne cesses de répéter ce mot comme si j'étais une débutante. Personne à Barrowmere ne se souciera de savoir comment j'ai passé ma soirée !

Le visage de Colin était si rouge qu'elle craignait qu'il ne prenne feu.

— Et il est certain que personne à Londres ne se soucie de savoir comment j'occupe mon temps, ajouta-t-elle.

— Et le duc ? Crois-tu que la haute société de Londres ne sera pas intéressée d'apprendre que le duc de Tremayne a profité d'une réception à Mayfair pour enlever une innocente ?

— Ce n'est pas du tout ce qui s'est passé, et tu le sais.

Si son cousin n'avait pas été dans un tel état d'énervement, elle aurait éclaté de rire.

— Que t'arrive-t-il ? Lirais-tu en secret les journaux à scandale, par hasard ?

— Non, mais si je le faisais, nul doute que je verrais ton nom et celui de Tremayne en première page de l'édition de ce matin.

Colin passa d'un pas raide devant la cheminée avant de se laisser tomber sur l'un des canapés de damas, la tête dans les mains.

— J'aurais dû te protéger.

— Je ne suis pas une enfant, Colin. N'oublie pas que je suis plus âgée que toi ! Ce qui fait de moi une vieille fille, aux yeux de la plupart des gens.

— Rentrons chez nous, dit-il en lui lançant un regard désespéré. Le prochain train part dans moins d'une heure.

— Je n'irai nulle part tant que je ne lui aurai pas parlé.

Mina avait passé les dernières heures à dormir dans les bras de Nick. Jamais de sa vie elle n'avait été plus proche de qui que ce soit. Même si ce devaient être leurs derniers moments ensemble, elle ne partirait pas sans lui dire au revoir.

Quelle avait été sa déception en se réveillant seule dans l'immense lit où la place de Nick était encore chaude ! Colin lui avait expliqué être venu accompagné de Mr Iverson et de Lord Huntley pour avoir une explication avec lui. Avait-il détesté la quitter autant qu'elle avait détesté se réveiller sans lui ?

— Cet homme est un scélérat, Mina, déclara son cousin en se levant pour lui faire face, le regard sombre. Je t'en prie, ne t'attache pas à lui !

— Il est trop tard, avoua-t-elle d'une voix douce.

*Beaucoup trop tard.*

— Je ne veux pas te voir souffrir une seconde fois.

— Tu veux parler de Gregory Lyle ? Ce n'était qu'une amourette.

— Et avec Tremayne ? Qu'y a-t-il de différent ?

— Tout.

Elle ne pouvait faire l'inventaire de ses sentiments maintenant. Ils étaient trop nouveaux, et Colin n'était guère disposé à l'écouter.

— Dans ce cas, nous n'avons plus qu'à espérer que Mr Iverson et Lord Huntley parviendront à le persuader.

Sans prêter attention aux paroles de son cousin, Mina se mit à ranger les vêtements qui étaient restés sur le sol. Elle étendit sur une table basse la robe de velours rouge qu'elle avait empruntée à Mr Iverson et entreprit d'en effacer les plis. Puis elle se pencha pour ramasser le gilet gris tourterelle de Nick. Une petite tache de couleur attira alors son attention et, s'agenouillant, elle trouva un long ruban rose tombé de sa poche.

Son ruban.

Une vague de chaleur emplit sa poitrine. Il avait gardé son ruban, l'avait rangé tout contre son cœur. Là où elle aurait eu le bonheur de rester toute la journée si Colin n'était pas arrivé.

Elle sourit en replaçant la bande de satin dans la poche de son gilet. Puis, comme si elle émergeait d'un état d'hébétude, elle entendit enfin les paroles de son cousin.

— Persuader le duc ? Mais de quoi ?

Un malaise soudain l'envahit lorsque Colin la regarda comme si elle avait perdu l'esprit.

— De t'épouser, bien sûr !

Mina secoua la tête en serrant le gilet de Nick contre elle. Son odeur lui apporta un peu de réconfort, mais pas suffisamment pour lui faire oublier l'horreur de la situation : les deux amis de Nick étaient en train de le forcer à se marier !

— Ses choix lui appartiennent, Colin.

Après ce qu'il avait enduré durant son enfance, cet homme méritait d'être libre de toutes ses décisions.

Certes, elle ne désirait rien plus que de passer le restant de ses jours avec lui, dans ses bras, dans son lit. Mais c'était impossible : il était duc. Et elle n'était en rien préparée à devenir duchesse.

Peut-être Nick détestait-il les responsabilités liées à son titre, mais il devait savoir qu'épouser une aristocrate pour donner un héritier au duché de Tremayne en faisait partie. Peut-être même était-ce la plus importante de toutes.

Lorsqu'elle avait décidé de passer la nuit avec lui, elle savait que ce choix serait irrévocable. Et aujourd'hui, elle n'avait pas le moindre regret.

— Il doit t'épouser, Mina, insista Colin en posant la main sur son bras.

— Il faut que je lui parle.

— Oui.

Se retournant, Mina découvrit Nick sur le seuil de la chambre.

— Il faut que nous parlions, ajouta-t-il. Seuls.

Depuis combien de temps se tenait-il sur le pas de la porte ? Mina l'ignorait ; tout ce qu'elle savait, c'était que le son de sa voix faisait courir des frissons sur sa peau. Désormais, son corps réagissait différemment à sa présence, comme si une part d'elle était plus vivante lorsqu'il était proche.

— Voulez-vous bien nous excuser, Mr Fairchild ? Vous trouverez en bas un billet de train pour votre retour dans le Sussex. Un fiacre vous attend dans la rue pour vous conduire à la gare.

Tout en parlant à Colin, Nick n'avait pas quitté Mina des yeux un seul instant.

Chaque fois que son regard se posait sur sa bouche ou sur une autre partie de son corps, elle sentait une douce pression, comme si ses lèvres frôlaient sa peau.

— Je ne quitterai pas cette pièce sans Mina, déclara Colin en s'avançant dangereusement vers Nick, comme un homme prêt à déclencher une bagarre.

Mais Nick ne fit aucun cas de lui. Toute son attention était concentrée sur Mina.

— Si, Colin, intervint-elle. Je t'en prie, rentre à Barrowmere. Je te promets d'être de retour avant la nuit, poursuivit-elle avant de lever vers Nick un regard interrogateur.

— Mina et moi rentrerons cet après-midi, répondit-il en hochant la tête.

— Alors tout est arrangé ? demanda Colin, qui semblait partagé entre la surprise et un immense soulagement. Lord Huntley vous a convaincu ?

Sans laisser au duc le temps de répondre, Mina s'approcha de son cousin.

— Colin, viens me voir demain à Enderley. Alors nous pourrons parler, dit-elle avant de déposer un baiser sur sa joue.

Considérant que cela mettait définitivement un terme à ses tentatives de la sauver malgré elle, elle s'éloigna de lui.

Enfin, Colin se résolut à partir. Nick referma la porte derrière lui et attendit.

Scrutant son visage, Mina ne vit que du désir, ce qui attisa le sien. Soudain, elle regretta d'avoir pris la peine de s'habiller. Dès qu'elle esquissa un pas vers lui, il brisa le silence.

— Nous avons à parler.

Mina continua à marcher jusqu'à ce que sa poitrine soit pressée contre son torse. Il inclina la tête pour ne pas la quitter des yeux.

— J'aimerais mieux que vous m'embrassiez, dit-elle avant de suivre le contour de sa bouche du bout de l'index.

Ses lèvres charnues étaient encore rougies par leurs innombrables baisers échangés dans le noir.

Prenant le doigt de Mina dans sa bouche, il le suça doucement. Puis il prit son visage dans le creux des mains et pencha la tête pour l'embrasser. Elle songea que ce baiser serait peut-être machinal, anodin mais, dès que leurs lèvres s'unirent, elle sut qu'il ne pourrait jamais en être ainsi entre eux.

À présent, elle connaissait le goût de sa bouche, elle savait comment lui arracher des gémissements de plaisir. Et elle adorait cela.

Lorsqu'ils furent tous deux hors d'haleine, il l'attira contre la porte et elle sentit son sexe tendu entre ses cuisses, là où elle le voulait.

— Vous n'avez pas à faire cela, souffla-t-elle entre deux baisers.

— Je ne suis pas sûr de pouvoir m'arrêter, répondit-il en lui mordillant délicatement le cou avant de le lécher.

— Je parlais du mariage, dit-elle tandis qu'il retroussait ses jupes.

Sa respiration était saccadée et, au moins, il ne cessa pas de la toucher. Mais Mina sentit les muscles de ses épaules se contracter, devenant durs comme la pierre sous ses doigts.

— Je sais que Lord Huntley vous a parlé.

Il releva la tête sans la regarder. Ses yeux semblaient fixer un point en haut de la porte.

— Diriez-vous non si je vous demandais de m'épouser ?

— Non. Oui. Je ne sais pas. Vous ne me l'avez pas demandé.

En une fraction de seconde, le désir impétueux qui s'était emparé de Nick se mua en un profond abattement.

Pendant tout le trajet entre son bureau et ses appartements, il avait cherché un moyen d'aborder le sujet. Répété les paroles qu'il prononcerait pour faire sa demande. Et surtout, il avait lutté contre lui-même : Mina méritait un homme meilleur que lui, mais son égoïsme était tel qu'il ne pouvait imaginer la laisser partir.

La vie qu'il menait était incompatible avec l'idée même de mariage : ses jours et ses nuits étaient consacrés au Lyon's Club. Hormis les quelques heures extraordinaires de paix qu'il avait trouvées aux côtés de Mina pendant cette trop courte nuit, jamais il n'avait partagé son lit avec une femme.

En outre, elle était faite pour la campagne. Elle aimait parcourir les champs au galop et administrer le domaine d'Enderley, où elle se préoccupait davantage des besoins des autres que des siens.

Au club, elle serait comme un oiseau en cage. Bien sûr, Nick pourrait lui offrir un cadre luxueux, mais pas la nature et la liberté, ni les terres immenses sur lesquelles elle était née. Enderley était tout pour elle, alors que ce lieu évoquait pour lui des souvenirs qu'il s'efforçait encore d'oublier.

— Nick ?

Il détestait voir son front plissé et la petite moue qui trahissait son inquiétude. Elle méritait d'être heureuse et de vivre là où elle le désirait.

Mais pourquoi cela serait-il impossible ? songea-t-il soudain. Peut-être n'avait-il rien d'honorable, mais il était duc. Le duc du seul endroit qu'elle aimait en Angleterre.

Une idée commençait à se faire jour dans son esprit. Peut-être pouvait-il la rendre heureuse tout en obtenant lui-même davantage que ce qu'il pourrait jamais mériter.

Prenant les mains de Mina dans les siennes, il passa les pouces sur ses jointures, notant les taches d'encre sur ses doigts, la petite marque laissée par la plume.

— Épousez-moi, Mina.

Sa voix tremblait et, à en juger par la façon dont ses genoux vacillaient, la terre devait être en train de se fissurer sous ses pieds.

— Vous êtes en train de me le demander, dit-elle en clignant des yeux à plusieurs reprises, comme si elle ne parvenait pas y croire. Vous l'avez vraiment dit, ajouta-t-elle sans le regarder, sans paraître rien voir autour d'elle.

— Voulez-vous que je recommence ?

Mina se mordit la lèvre inférieure. Le doute et l'hésitation marquaient son beau visage.

— On vous a forcé à faire cela, n'est-ce pas ?

— Personne ne peut me forcer à faire quoi que ce soit, répliqua-t-il en redressant le menton.

Laissant retomber les bras le long de son corps, elle s'écarta de lui et recula.

— Où allez-vous ? demanda Nick en la retenant par la main.

— Je n'arrive pas à réfléchir.

— Ne réfléchissez pas. Dites oui.

— Je ne sais pas quoi penser, Nick. Cela ne semble pas juste.

Il lâcha sa main et elle s'éloigna encore d'un pas. Alors il sut. Il sut que la laisser partir lui était impossible. La moindre distance entre eux lui semblait un gouffre.

— Je vous donnerai tout ce que vous voudrez.

Nick avait entendu parler d'hommes qui étaient morts d'un arrêt du cœur pendant qu'ils accomplissaient les tâches les plus banales. Demander Mina en mariage n'avait rien de banal pour lui, mais la douleur qui lui transperçait les côtes était si violente qu'il craignait de trépasser avant d'avoir sa réponse.

— Savez-vous ce que je veux vraiment ? demanda-t-elle, ses yeux d'ambre soudain emplis d'espoir.

— Oui, répondit-il sans hésiter.

Il n'avait aucun doute quant aux désirs de Mina.

— Épousez-moi, et Enderley sera à vous. Vous pourrez y vivre. Y apporter toutes les améliorations que vous voudrez, restaurer le château de fond en comble. Vous aurez tous les fonds qu'il vous faudra.

Mina esquissa un nouveau pas en arrière. Une expression

émerveillée vint adoucir ses traits. Mais aussitôt après, son front se plissa à nouveau et son regard se fit plus soucieux encore.

— Vous pourrez engager du personnel, poursuivit Nick, choisir les meilleurs artistes pour peindre des fresques sur les murs de la salle de bal. Remplir les écuries, si vous le souhaitez. Commander une nouvelle voiture.

Il insisterait même personnellement sur ce dernier point.

Mina était bouche bée à présent. Elle se tenait immobile, les bras ballants.

Que pouvait-il lui offrir d'autre ? De belles toilettes ? Des bijoux ? Ces futilités ne semblaient guère l'intéresser.

— Redécorer la bibliothèque, dit-il encore. Acheter les livres que vous voudrez. Des étagères entières, si vous en avez envie !

Nick cessa de parler parce qu'il voulait de toute son âme l'entendre à son tour. Qu'elle prononce un seul mot. Trois lettres. Un souffle. Jamais de sa vie il n'avait autant désiré entendre un « oui ».

Mina courba la tête.

L'attente devenait insupportable. Nick était persuadé qu'elle était en train de préparer une réponse polie, et il craignait fort que ce ne soit pas celle qu'il espérait.

Lorsqu'elle leva la tête, ses yeux étaient brillants de larmes.

— Et vous ? demanda-t-elle simplement.

— Moi ?

— Où serez-vous pendant que je vivrai à Enderley ?

— Ici, au club.

La gorge nouée, il marqua une pause avant de poursuivre.

— Je vous rendrai visite quand je le pourrai. Et, si vous le souhaitez, j'aimerais que vous veniez ici.

*Et que vous y restiez.*

— Aussi souvent que vous voudrez séjourner à Londres.

Mina se passa la langue sur les lèvres. Elle réfléchissait. Nick pouvait presque voir les rouages de son esprit vif en train de fonctionner, pesant le pour et le contre.

— Nous pourrions acheter une maison ici, ajouta-t-il.

Comment n'y avait-il pas songé plus tôt ? Une duchesse ne

pouvait pas vivre dans les appartements obscurs d'une maison de jeu !

— À Mayfair ou Belgravia. À vous de choisir.

— Donc..., commença-t-elle sans achever sa phrase.

Nick était suspendu à ses lèvres. Ce supplice allait-il jamais s'arrêter ?

— Donc ?

— Ce serait un arrangement très *pragmatique* ?

— Absolument.

Il connaissait l'esprit pratique de Mina et était prêt à lui offrir le mariage le plus raisonnable de l'histoire si cela pouvait la convaincre.

— Vous avez besoin d'un héritier, observa-t-elle.

— Je me moque complètement de cela, dit-il en balayant cet obstacle du revers de la main.

Elle devait pourtant savoir qu'il ne voulait pas l'épouser pour qu'elle lui fasse des enfants. La lignée des Tremayne pouvait bien brûler en enfer, il s'en fichait éperdument !

À moins que...

— Voulez-vous des enfants ?

— Il y a quelques heures encore, j'étais convaincue que je mourrais vieille fille, répondit-elle avec un sourire triste qui faillit bien lui déchirer le cœur. Mais nous devons faire preuve de bon sens, reprit-elle en lançant un regard mélancolique vers le lit. Si je devenais votre femme, il serait de mon devoir de vous donner un fils.

Ces mots produisirent un effet immédiat sur l'entrejambe de Nick. Soudain, il n'eut qu'une envie : s'employer activement à engendrer un héritier. Il était prêt à commencer sur-le-champ : il s'imaginait déjà la prendre sur le lit, à côté du lit, contre une des colonnes...

Mina s'approcha de lui jusqu'à ce qu'ils se touchent.

— Si je suis dans le Sussex...

De la main, elle effleura son ventre, et Nick laissa échapper un petit soupir de soulagement : elle le touchait à nouveau.

— ... Et vous à Londres...

Passant le doigt sur la rangée de boutons de sa chemise, elle fit tinter ses ongles sur chacun d'eux.

— ... Alors cela risque de devenir délicat.

Glissant sa main plus bas, elle put constater à quel point il avait envie d'elle. Sans détacher son regard du sien, elle se mit à caresser hardiment son sexe tendu.

— Mina...

Ce fut le seul mot qu'il réussit à prononcer avant de se pencher pour prendre ses lèvres. Les mains délicatement posées sur son cou, il l'attira tout contre lui pour l'embrasser avidement. Elle continua à le caresser, l'amenant au bord de la jouissance.

— J'ai besoin de votre réponse.

— Je ne sais pas quoi vous répondre, dit-elle en ôtant sa main pour la poser à nouveau sur son ventre.

— Oui, murmura Nick en déposant un baiser sur sa joue, puis un autre au coin de sa bouche. Dites-moi oui.

Elle secoua la tête, lui refusant ses lèvres.

D'un doigt, il inclina son menton vers lui et plongea son regard dans le sien. Allait-elle voir, enfin, qu'il s'était mis à nu devant elle ?

— Je vous en prie, dit-il doucement. Que puis-je vous donner de plus ?

— Vous m'avez tant promis, dit-elle en effleurant de la main sa joue balafrée. Bien plus que je ne le mérite, ajouta-t-elle en prenant une profonde inspiration, comme si elle était hors d'haleine. Mais au fond de moi, je serai toujours la petite fille qui aime les contes de fées.

— Remplissez-en la bibliothèque !

Oui, il connaissait cette part d'elle, et il remerciait le ciel de lui avoir donné cette passion pour les récits fabuleux. Si elle acceptait d'épouser un monstre, ce serait peut-être grâce à eux.

— L'amour.

Elle attendit, le souffle court.

— C'est la seule chose que vous ne m'ayez pas offerte. Je crains de ne pas pouvoir me marier sans cela. Si je vous épouse, y aura-t-il de l'amour ?

La douleur qui avait étreint sa poitrine un instant plus tôt redoubla de violence. Elle le suffoquait, à présent. Nick voulut parler, mais aucun son ne sortit de sa gorge. Le vide se fit en lui. Il ne voyait plus que Mina, et l'avenir dont il rêvait avec elle qui glissait comme du sable entre ses doigts.

Bien sûr, il aurait pu prononcer sans trop de mal les mots qu'elle attendait. Mais il se refusait à poser sur la table des cartes qu'il n'était pas prêt à jouer. Il voulait bien lui donner tout ce qu'il avait. Mais c'était autre chose qu'elle lui demandait : elle voulait un prince de conte de fées au cœur noble qui lui murmurerait des paroles romantiques.

Jamais il ne pourrait être cet amant-là.

L'amour rendait les hommes faibles et en poussait certains à la folie. L'amour mettait les hommes à genoux.

Il voulait bien donner à Mina tout ce qu'elle désirait, mais était-il prêt à se donner entièrement ? À renoncer à toutes ses défenses, abattre tous les murs qu'il avait érigés autour de lui pour se protéger ?

Cela, il ne le ferait pour personne.

# 22

Mina n'aurait jamais cru pouvoir souffrir autant qu'à la mort de son père. Mais c'était encore pire, car Nick était toujours là. Face à elle, et en même temps si loin.

Il était incapable de lui dire qu'il l'aimait. D'ailleurs, il ne prononça pas un mot mais se contenta de secouer la tête avec raideur.

Sentant les larmes monter, elle se retourna. Il lui fallait à tout prix se maîtriser ; sangloter ne résoudrait rien. « Ne laisse jamais paraître tes difficultés », disait la voix de son père dans sa tête.

Puis elle entendit celle de Nick, douce et grave.

— Je vous donnerai tout ce que j'ai, Mina. Répondez-moi, je vous en prie !

Ravalant ses larmes, elle se tourna vers lui.

— Je suis honorée par votre...

— Non, ne faites pas cela. Pas de mondanités entre nous. Envoyez-moi au diable si vous le voulez, mais de grâce, épargnez-moi les refus polis !

— Ce n'est pas un refus.

— Vous acceptez de m'épouser ? demanda-t-il en redressant brusquement la tête.

Une réponse lui monta aux lèvres, qui ne demandait qu'à sortir. *Oui, oui !* Épouser un duc ? Devenir duchesse alors que ni son éducation ni son sang ne l'y destinaient ? Quelle femme n'aurait pas accueilli cette proposition à bras ouverts ?

Pourtant, aussi parfaites qu'aient été les heures passées dans les bras de Nick, quelque chose dans sa demande la mettait terriblement mal à l'aise. Comme s'il lui avait offert un magnifique écrin qui se révélait vide. Le mariage qu'il lui proposait avait tout d'une séparation : ils vivraient chacun de son côté, et s'éloigneraient de plus en plus l'un de l'autre au lieu d'apprendre à se connaître mutuellement.

Mina ne pourrait pas supporter une telle union. Et surtout pas avec Nick.

Elle entendit à nouveau la voix de son père : « Un tiens vaut mieux que deux tu l'auras. »

Il aimait les aphorismes. Les dictons qu'il lui répétait sans cesse pour tenter de lui transmettre des qualités qu'il jugeait indispensables. Toutes ces leçons qu'il voulait lui inculquer ! L'une d'elles disait qu'il fallait se contenter de ce que l'on avait, sans espérer davantage.

Et voilà que Nick se tenait devant elle, beau comme un dieu dans sa chemise froissée, mal rasé, ses yeux extraordinaires luisants d'espoir. Un duc qui daignait demander à la fille d'un intendant de devenir sa duchesse. Un homme qui lui offrait Enderley, non pour qu'elle y travaille, mais pour en faire sa maison.

Et, sotte et égoïste qu'elle était, elle en voulait davantage.

— Je ne...

Elle fut interrompue par un coup frappé à la porte. Nick l'ouvrit aussitôt avec une telle violence qu'elle craignit qu'il ne l'arrache.

— Quoi ?

— Votre voiture est prête, sir, annonça Mr Spencer à voix basse. Voulez-vous que je fasse monter un petit déjeuner avant votre départ ?

— Non, répondit Mina en s'efforçant de parler d'une voix ferme. Merci, mais j'aimerais partir dès que possible.

Nick sembla hésiter.

— Nous partirons directement, dit-il enfin, les yeux fixés sur le sol.

Lorsque le factotum se fut éloigné, il claqua la porte derrière lui et resta un instant le dos tourné, la main sur le bois poli.

— Ne me répondez pas tout de suite. Tout cela est très soudain, lâcha-t-il d'une voix brusque avant de lui lancer un bref regard par-dessus son épaule.

Seule une esquisse de sourire animait son visage impénétrable.

— Ni vous ni moi n'avions prévu ce qui s'est passé cette nuit. Je veux que vous soyez sûre, Mina. Prenez un ou deux jours pour réfléchir ; vous me donnerez votre réponse lorsque nous serons de retour à Enderley.

— Je ne pensais pas que vous y retourneriez.

Les trois semaines qu'il avait prévu de passer au domaine étaient presque écoulées. En outre, Mina savait à quel point il détestait cet endroit.

— Pourquoi aller là-bas ?

— Parce que vous y serez, dit-il en se tournant à nouveau vers elle.

Le tremblement de son menton démentait la froideur de son regard.

— De plus, j'ai des engagements à tenir. Des réparations à faire au village, et ce maudit bal de campagne auquel j'ai promis à Mrs Shepard d'assister.

— Irez-vous également au bal de Lady Claxton ?

— Seulement si vous y allez aussi, répondit-il en arquant un de ses épais sourcils, un sourire narquois aux lèvres.

Visiblement, ce défi l'amusait. Mais il ne connaissait pas la haute société de Barrowmere aussi bien qu'elle.

— Je n'ai pas reçu d'invitation au bal de Lady Claxton, et je n'en recevrai jamais. Il n'y a pas de place pour moi dans son cercle.

— Cela pourrait changer.

Nick laissa son regard de défi s'attarder sur elle quelques instants encore, puis il s'approcha.

— Je dois me laver et me préparer avant notre départ.

Mina perçut le parfum légèrement estompé de son eau de Cologne mêlé à l'odeur de sa peau et en eut l'eau à la bouche. Elle n'avait qu'une envie : le toucher. Sentir ses bras autour d'elle. Oublier tout ce qu'ils venaient de se dire et être à nouveau tout contre lui, retrouver l'intimité qu'elle n'avait jamais imaginée possible auparavant.

— Sonnez pour vous faire porter du café ou du thé, ou quoi que ce soit d'autre, dit-il en se penchant pour déposer un léger baiser sur sa joue. Je ferai vite.

Après avoir ramassé son gilet et ses bottes, il disparut dans le cabinet de toilette. Mina sonna pour demander du thé pour eux deux.

Bientôt, un serviteur se présenta avec un plateau et sortit immédiatement. Presque au même moment, Nick revint, rasé de près. Mina but une première gorgée de thé en s'efforçant de ne pas laisser paraître l'effet qu'il produisait sur elle. Il avait revêtu un gilet couleur de plumes de paon. Un ton qui faisait ressortir le vert et le bleu de ses yeux.

— Je vous ai servi du thé.

— Merci.

Sa main tremblait quand il saisit la délicate tasse avant de la porter à ses lèvres et d'en avaler le contenu d'un trait.

— Il est temps de partir.

Il émanait de lui une énergie vibrante, une nervosité qui accentuait sa propre anxiété. Pourquoi était-il si pressé de retourner à la campagne ? Une fois de retour, ils n'auraient plus de moments à eux seuls. À Enderley, leurs rôles étaient bien définis. Même si Mina n'était plus très sûre de savoir où était sa place.

Retrouver sa simple fonction d'intendante auprès de lui était désormais impensable.

— Êtes-vous prête ? demanda-t-il en lui tendant une main gantée de cuir noir.

Acceptant son aide, elle se leva.

— Ma cheville ne me fait plus mal.

— Je suis heureux de l'apprendre, dit-il, un infime sourire aux lèvres.

— Nous sortirons par la porte latérale, annonça-t-il peu après tandis qu'ils traversaient le corridor éclairé par des torches. Par ici.

— Vous ne voulez pas me faire visiter le club avant de partir ?

Sa hâte de regagner Enderley l'avait quittée. À présent, Mina redoutait leur retour. Ce qu'ils avaient vécu ici n'appartenait qu'à eux. Leur nuit n'était gâtée par aucun des souvenirs que Nick avait du château, par aucune des responsabilités qu'elle estimait avoir envers le domaine et ses occupants.

— Juste un coup d'œil ?

L'aperçu qu'elle avait eu la veille ne lui avait pas suffi. Ce club était tout pour lui, et elle voulait voir ce qu'il avait bâti, cette réussite dont il était si fier.

— Je vais vous donner davantage qu'un coup d'œil, déclara-t-il en lui offrant le bras comme s'ils partaient pour une promenade matinale.

Après avoir monté les marches qu'ils avaient descendues la veille, il la conduisit vers les rideaux de velours mais, cette fois, ne s'arrêta pas.

— Où allons-nous ? demanda Mina en serrant son bras plus fort.

Les conversations se turent brusquement et des dizaines de visages d'hommes se tournèrent vers eux.

Mina entendit des murmures et des sifflements.

— Est-il venu jouer avec sa putain ?

Un grondement s'échappa de la gorge de Nick et il s'élança vers l'homme qui avait parlé, l'air menaçant. Mina agrippa son bras des deux mains pour le retenir.

Sous son regard braqué comme une arme, les hommes se figèrent, bouche bée. Il lui suffisait de poser les yeux sur eux pour qu'ils se taisent, renonçant à émettre le moindre commentaire.

Nick escorta Mina jusqu'au centre de la salle. Autour d'eux étaient disposées une douzaine de tables de jeu tendues de feutre vert. Levant les yeux, il lui montra le plafond.

— Je crois que c'est la partie du club que je préfère.

La pièce était surmontée d'un dôme composé de vitraux aux couleurs vives et audacieuses, telle la rosace d'une cathédrale.

— Dans quelques heures, lorsque le club se sera vidé de ses

joueurs et qu'il ne restera plus que le personnel, ces couleurs se refléteront sur les murs et le parquet.

Mina se rendit soudain compte qu'il avait cessé de contempler le plafond. Ses yeux étaient fixés sur elle.

— Il n'y a pas de murs gris au Lyon's Club.

Un mois plus tôt, elle se serait empressée de défendre Enderley contre cette critique voilée. Mais à présent, elle comprenait que cet homme qui n'avait gardé que des cauchemars du château de son enfance se soit construit un monde aussi chamarré, loin du Sussex.

— C'est magnifique !

Certains auraient pu être choqués par une telle débauche de couleurs, mais Mina voyait bien qu'un soin méticuleux avait été accordé au moindre détail de la pièce. Les joueurs qui les entouraient, en revanche, ne semblaient guère s'en apercevoir. Ceux qui avaient cessé de les dévisager observaient avec la plus grande attention les dés lancés sur la table ou les cartes que l'on battait devant eux. Leur désespoir était palpable : tous les hommes présents dans la salle semblaient traversés par la même tension. Même ceux qui riaient ou conversaient étaient trahis par le ton aigu, presque criard, de leur voix.

Seul Nick affichait une souveraine assurance. Jusqu'à ce qu'il se tourne vers elle. Alors une lueur d'incertitude passa dans son regard.

— Voulez-vous que nous montions ?

— Pour voir votre balcon privé ? demanda Mina en levant les yeux vers la passerelle protégée par une balustrade qui longeait le pourtour de la salle de jeu. Oui, volontiers !

Elle comprit qu'il souhaitait lui montrer les plus beaux aspects du club, tout comme elle avait espéré lui présenter les attraits d'Enderley.

La guidant vers l'escalier dissimulé d'un côté de la pièce, il lui prêta son bras tandis qu'ils gravissaient les marches. Dès qu'elle posa le pied sur l'épais tapis du balcon, elle comprit pourquoi ce lieu était pour lui un refuge. Il n'avait rien de calme : les bruits de la salle s'élevaient vers le plafond et résonnaient contre le dôme de verre. Mais tout dénotait un confort douillet : les fauteuils étaient moelleux, les fauteuils profonds.

Et lorsqu'elle s'approcha de la balustrade pour observer les malheureux joueurs attablés en bas, elle comprit Nick un peu mieux.

— Vous avez un immense pouvoir sur eux.

— Pendant de nombreuses années, je n'en ai eu aucun, dit-il en venant s'accouder à côté d'elle, si près qu'elle sentit son bras et sa cuisse l'effleurer.

— Lorsque vous êtes rentré seul à Londres ?

— Oui, répondit-il d'une voix tendue.

Mina n'osait le questionner. Pourtant, il sembla deviner qu'elle souhaitait en savoir davantage.

— Je n'avais rien, reprit-il après un silence. Si ce n'est les vêtements que j'avais sur le dos et quelques sous en poche.

Tirant nerveusement sur son oreille, il soupira.

— J'ai volé de quoi manger sur les charrettes des marchands. Je me suis battu pour gagner un peu d'argent. Bref, j'ai fait ce qu'il fallait pour survivre.

— Mais comment avez-vous bâti tout cela ? demanda-t-elle en embrassant du regard les colonnes dorées et les tables recouvertes de feutrine verte.

Nick lui décocha un bref sourire.

— En jouant, répondit-il. Je n'ai pas eu de chance dans mon enfance, mais je me suis rattrapé dans ma jeunesse.

— Jouez-vous encore ?

Mina retint son souffle. Sa question avait plusieurs sens. Dès le moment où Nick était arrivé à Enderley, elle avait espéré qu'il miserait sur le domaine. Qu'il consacrerait les fonds nécessaires à sa restauration. À présent, elle voulait qu'il prenne un autre risque.

Avec elle.

— Jamais, répondit-il d'une voix ferme en observant d'un œil inflexible les hommes à l'étage en dessous. Les joueurs laissent trop de pouvoir au hasard. Ils s'en remettent à une bonne pioche ou à un coup de dés, poursuivit-il avec un bref regard dans sa direction. Je ne veux plus jamais me sentir impuissant, déclara-t-il enfin d'une voix rocailleuse.

Mina n'ajouta pas un mot, et ce fut en silence qu'ils descendirent l'escalier pour quitter la salle de jeu.

Mr Spencer leur indiqua d'un signe une porte de bronze poli à deux battants.

— Votre voiture est prête, sir.

En franchissant la porte du club, Mina se sentit réconfortée par la main de Nick au creux de son dos. Le brouillard de Londres s'était dissipé et le soleil matinal était si vif qu'elle dut porter la main à son front pour protéger ses yeux.

— Tremayne ! cria soudain un jeune homme qu'elle n'avait pas vu dans le club.

Visiblement pris de boisson, il s'avançait vers eux en titubant dangereusement.

— J'ai une partie de ce que je vous dois !

Nick entraîna rapidement Mina jusqu'à la voiture et, enveloppant sa taille de ses mains, l'aida à monter.

— Pas maintenant, répliqua-t-il avant de la suivre à l'intérieur.

— Vous retournez dans le Sussex ? Pour jouer au duc ? Je veux régler mes dettes, Lyon !

Se précipitant vers la voiture, l'homme se cogna contre la porte.

— Venez me voir quand vous rentrerez à Londres ! insista-t-il.

S'installant sur le banc, Nick passa la tête à la fenêtre.

— Poussez-vous, si vous ne voulez pas que le cocher vous écrase ! Et pour ce qui est de vos dettes, adressez-vous à mon avocat.

Sur ces mots, il frappa un coup contre la paroi et l'attelage de chevaux s'ébranla. Le jeune homme recula en vacillant sur ses jambes, et Mina le perdit de vue lorsque leur voiture rejoignit une rangée de véhicules qui prirent la direction de St James Street.

— C'est un membre de votre club ?

— Plus maintenant, répondit Nick en ajustant sa cravate, pourtant parfaitement nouée, sans la regarder.

— Il semblait désespéré.

— C'est un très mauvais joueur.

Il n'y avait aucune hostilité dans sa voix. Mais l'infortune de cet homme ne semblait pas non plus le réjouir. Ce qui semblait curieux de la part d'un propriétaire de maison de jeu : après tout, c'était à lui que revenait l'argent que perdaient les autres.

— Il vous a parlé comme si son destin était entre vos mains.

— Il me doit de l'argent. Beaucoup d'argent, expliqua-t-il en ôtant ses gants d'un geste vif.

— Vous n'effacez jamais les dettes de vos membres ?

— Pourquoi le ferais-je ? demanda-t-il avec un regard sévère qui s'adoucit lorsqu'il s'attarda sur elle.

— Pourquoi ne placez-vous pas votre argent, comme le fait Mr Iverson ?

Mina comprenait la satisfaction que l'on pouvait tirer d'une affaire prospère. Mais quel intérêt pouvait-on trouver à regarder des hommes perdre leur fortune, leur dignité, leurs moyens de subsistance ?

— Je le place. La plupart du temps de manière judicieuse, grâce aux conseils d'Iverson.

Nick prit une profonde inspiration avant d'expirer lentement.

— Mais, poursuivit-il, je gagne aussi de l'argent en accordant des prêts aux membres qui ont perdu leur mise et veulent continuer à jouer.

— Et ils perdent encore ?

— La plupart du temps.

— Et ensuite ? demanda Mina en se penchant en avant, intriguée.

— Soit ils arrêtent, ce qui est rare, soit ils descendent dans mon bureau pour me demander un nouveau prêt.

Tandis qu'il parlait, elle vit ses traits se crisper et des sillons se creuser sur son front.

— Je demande des garanties, et ils perdent souvent ce qu'ils ont promis. Les aristocrates sont prêts à tout lorsqu'ils perdent.

— Cela semble bien triste pour tout le monde, observa Mina, qui percevait chez lui un malaise.

— J'y prenais du plaisir, autrefois.

— Et maintenant ? demanda-t-elle comme il se taisait.

— Quelque chose en moi a changé.

— En bien ?

La gorge serrée, elle attendit sa réponse. Elle avait changé, elle aussi. Pour la première fois, elle pouvait s'imaginer une vie sans Enderley, sans ses devoirs d'intendante. Mais elle savait aussi, désormais, qu'elle ne pourrait pas supporter un avenir sans amour.

— En bien, répéta-t-il.

Mina sourit et s'appuya contre le dossier de son siège tandis qu'il la regardait. Soudain, une inspiration jaillit dans son esprit. Une idée un peu folle, pas encore aboutie, mais qu'elle ne put garder pour elle.

— Et si personne n'était perdant ?

À la faible lueur de la lampe de la voiture, elle vit un sourire fugace éclairer le visage de Nick.

— Tout se terminerait bien pour tout le monde ? Comme dans un conte de fées ?

— Tout se terminerait de façon beaucoup plus pragmatique.

Mina songea à Colin et aux invités de Mr Iverson.

— Et si les hommes – ou les femmes, d'ailleurs – qui venaient vous demander un prêt avaient quelque chose à offrir en retour ? Une invention, une trouvaille susceptible de rapporter un profit ?

— Seigneur, c'est Iverson qui vous a mis de telles idées en tête, n'est-ce pas ? demanda Nick en se penchant vers elle avec une moue contrariée. Combien de temps avez-vous passé ensemble, tous les deux ?

— Très peu, répondit Mina en riant. Mais si vous avez jugé bon d'aider les villageois de Barrowmere, pourquoi ne pas en faire autant pour les entrepreneurs de Londres ?

— Je ne sais pas. J'y réfléchirai.

Visiblement pressé d'abandonner le sujet, il se tourna vers la fenêtre pour regarder avec attention le paysage défiler. Pourtant, il n'y avait pas grand-chose à voir à part une succession interminable de maisons blanchies à la chaux.

Quant à Mina, elle ne savait pas comment aborder le sujet qui la préoccupait vraiment. Aussi se turent-ils tous les deux. Dans la voiture, le silence était tel qu'elle entendait le souffle saccadé de Nick. Et pouvait à loisir compter les battements de son cœur, qui cognait fort contre sa poitrine.

Si son profil lui était familier à présent, il n'en était pas moins impressionnant. Elle brûlait d'envie de tracer du doigt une ligne qui descendrait de son front à son nez, puis jusqu'à sa délicieuse bouche.

Nick dut sentir qu'elle l'observait. Se détournant de la fenêtre, il se mit à son tour à l'examiner lentement. Elle vit son regard se promener de ses bottines à ses hanches, puis jusqu'à ses seins et ses lèvres – tous les endroits qu'il avait embrassés avec tant d'application – avant de revenir à ses jambes.

— Êtes-vous sûre que votre cheville va mieux ?

Mina hocha la tête et se mordit la lèvre. Elle ne pourrait pas supporter cette politesse froide pendant deux heures.

— Nick...

— Nous ne pouvons pas rester ainsi, vous le savez ?

— Dites-moi ce qui vous fait dire cela.

Il éprouvait le même manque qu'elle. Elle ignorait si cela rendait la situation plus facile ou plus cruelle.

— Vous êtes trop loin, dit-il en lui tendant sa main nue. La dernière fois que nous avons voyagé ensemble, vous étiez plus proche.

Le corps de Mina réagit comme si elle se trouvait déjà sur ses genoux. Prenant sa main, elle se laissa attirer contre lui, franchissant enfin l'espace qui les séparait. Cette fois, elle remonta ses jupes et plaça ses genoux de part et d'autre de ses cuisses pour qu'ils soient face à face.

Rapidement, l'émotion la submergea. Elle avait tant de choses à lui dire, mais par où commencer ? Posant la tête contre son torse, elle préféra le serrer contre elle. Les doigts refermés sur les pans de sa redingote, elle écouta les battements forts et réguliers de son cœur.

Là était sa place. Elle en était certaine. Lorsqu'elle le serrait dans ses bras, elle n'avait plus de doutes, la peur s'évanouissait. Au plus profond d'elle, elle savait.

Oui, elle avait trouvé sa place.

# 23

Quel lâche il faisait ! Un pitoyable idiot, taraudé par ses désirs inassouvis.

Il y avait deux jours maintenant qu'ils étaient rentrés à Enderley, et Nick avait fait de son mieux pour laisser à Mina le temps de réfléchir à sa demande. Il s'était occupé des affaires du village, avait rendu visite au pasteur, au juge et à tous les autres habitants de Barrowmere qui souhaitaient se plaindre de son père et de son frère.

Et, s'il avait donné raison à chacun d'eux, leurs griefs n'avaient en rien amélioré son humeur.

Il survivait grâce aux rares moments où il apercevait Mina, qui comme lui s'absorbait dans des tâches abrutissantes. Elle avait rencontré des maçons et des peintres et préparé le transport de nouveaux meubles et antiquités au cours des semaines à venir. Mais Nick n'était même plus sûr de vouloir les vendre. Il ne pouvait tout de même pas demander à Mina d'habiter un château vide !

La seule chose qu'il voulait vraiment, c'était sa réponse.

Chaque heure qui passait voyait augmenter sa terreur. Ne faisait-elle que reculer le moment où elle lui annoncerait son refus ? Plus il se posait cette question et plus le besoin se faisait impérieux de la garder, de la conquérir, de la convaincre. Pourtant, Nick ne pouvait toujours pas se résoudre à exposer le mécanisme rouillé qui lui servait de cœur. Il ne pouvait lui promettre ce qu'il n'avait pas. Pire, il ne savait même pas s'il serait capable de la rendre un tant soit peu heureuse.

Il n'était pas Huntley, avec son charme naturel et son visage d'Adonis. Ni Iverson, qui n'avait qu'à suivre son instinct pour faire ce qui était bien et juste.

Nick était prêt à donner à Mina son titre, sa fortune, sa dévotion. Mais il n'avait rien de plus à offrir.

Chaque nuit depuis leur retour, il avait quitté sa chambre pour se diriger vers la sienne. Le corps en feu, le cœur battant, il était allé jusqu'à sa porte, déterminé à l'embrasser jusqu'à ce qu'elle oublie son propre nom et à lui donner tant de plaisir qu'elle crierait « Oui ! » encore et encore.

Mais, chaque fois, sa main s'était figée au moment de frapper. Même s'il voulait Mina de toute son âme, cette décision devait être la sienne. Comment pourrait-il supporter de vivre toute sa vie dans le doute ? De penser qu'il avait obtenu son accord par la séduction ou avait exigé sa réponse trop tôt ?

Ses visites au village avaient eu une conséquence fâcheuse : tous les notables semblaient s'être ligués pour le persuader d'assister au bal de Lady Claxton. Nick n'avait cédé qu'en apprenant de Wilder que la moitié des domestiques d'Enderley prêteraient leurs services à la marquise lors de l'événement, et que Mina avait accepté de les diriger.

Nick aurait de loin préféré qu'elle vienne au bal à son bras, comme sa fiancée.

Le jour venu, il s'était cependant habillé et rasé. En descendant l'escalier pour se rendre au bal, il avait constaté que tout le monde était déjà parti pour la demeure des Claxton.

Tout le monde, sauf Mina.

Il y avait de la lumière dans son bureau, et il entendit un bruit sourd suivi d'un juron tandis qu'il se dirigeait vers la porte.

Courbée en deux, dos à lui, elle ramassait sur le sol une pile de livres de comptes. Quand il s'approcha pour l'aider, elle recula brusquement, comme si elle venait de se brûler.

— Je pensais que vous étiez déjà parti pour le bal de Lady Claxton, dit-elle en arrêtant son regard sur son habit de soirée.

— Et vous, n'y allez-vous pas ?

Nick remarqua qu'elle avait revêtu une plus jolie toilette que ses robes de tous les jours. Celle-ci avait un décolleté généreux qui révélait son cou et ses épaules.

— Wilder m'a demandé de l'aider à diriger les domestiques qui prêteront main-forte au personnel des Claxton.

— Mais vous êtes toujours ici.

— Mrs Scribb a finalement décidé d'y aller ; ils n'ont donc plus besoin de moi.

— Moi, j'ai besoin de vous.

Les mots avaient franchi ses lèvres sans qu'il puisse les retenir. Des mots simples et bruts, comme la vérité qu'ils exprimaient.

À la vérité, Nick n'avait aucune envie d'assister à un bal. Ce qu'il voulait, c'était un prétexte pour tenir à nouveau Mina dans ses bras.

Elle serra les lèvres, mais son regard s'adoucit. Il aimait constater que, quoi qu'elle éprouvât pour lui, dissimuler ses sentiments lui était impossible.

— Je serai dans la cuisine ou près du buffet, pour diriger les valets de pied. Nous ne serons pas ensemble.

— Je suis certain que je trouverai la cuisine.

— Vous ne pouvez pas descendre au sous-sol chez Lord et Lady Claxton ! Vous êtes le duc de Tremayne !

— Nous verrons bien, répliqua Nick en lui offrant son bras.

Quoi qu'il en coûte, il avait bien l'intention de danser avec elle ce soir.

Il sut immédiatement qu'elle avait décidé de l'accompagner. Non parce qu'elle accepta son bras, car elle ne le fit pas, mais parce que ses épaules se redressèrent légèrement et que son dos se fit droit comme un « i ».

— Très bien, dit-elle sèchement. Si nous devons y aller, il faut partir immédiatement, sans quoi nous serons en retard.

Nick hocha la tête et la laissa passer devant, fier de résister à l'envie de lui prendre la main quand tout son être brûlait de la toucher.

Mais tandis qu'elle traversait le vestibule à grands pas, il ne put retenir un sourire de triomphe.

À présent, il y avait une chance que la soirée soit supportable.

C'était une erreur.

Dès l'instant où ils furent installés face à face dans le coupé des Tremayne, Mina regretta d'avoir accepté d'accompagner Nick au bal de Lady Claxton.

D'ailleurs, elle ne l'accompagnait pas réellement : elle n'était pas sa cavalière. Ils se dirigeaient vers le même lieu, au même moment, dans la même voiture mais, dès leur arrivée, leurs rôles seraient bien différents.

Il serait censé se mêler aux invités et danser avec Lady Lillian et toutes les autres jeunes filles à marier que l'on pousserait devant lui. Quant à elle, elle serait là pour veiller à ce que les domestiques des deux domaines ne se marchent pas sur les pieds et ne se volent pas dans les plumes.

Mais pour l'heure, dans l'espace sombre du coupé, elle ne sentait que le parfum boisé de Nick. Chaque fois qu'elle risquait un regard de son côté, elle rencontrait le sien, déjà fixé sur elle avec une troublante intensité. À la faible lueur de la lanterne, ses yeux brillaient, accrochés à sa bouche.

C'était plus fort qu'elle : lorsqu'ils étaient près l'un de l'autre, elle vibrait de tout son être. Plus jamais elle ne pourrait être seule en voiture avec lui sans désirer qu'il la prenne dans ses bras ou sur ses genoux.

Fort heureusement, le trajet était court et ils arrivèrent bientôt devant la demeure des Claxton. Tandis que Nick l'aidait à descendre de voiture, Mina s'efforça de retrouver son calme et de cesser de songer aux sensations exquises que ses mains étaient capables de lui procurer.

Le valet qui se tenait devant la porte sembla totalement décontenancé en les voyant s'avancer ensemble. D'autant plus que chaque fois que Mina tentait de s'écarter de Nick, celui-ci se rapprochait d'elle. Aussi décida-t-elle d'allonger le pas pour arriver la première.

— Je suis ici pour aider Mr Wilder et le personnel du château d'Enderley.

— Ils sont au sous-sol, miss, répondit le domestique d'un air légèrement dédaigneux. Au bout du couloir, la première porte à gauche.

Lorsque, arrivé derrière elle, Nick surgit dans la lumière, son dédain se mua en stupeur. Mina avait observé plus d'une fois cette réaction chez ceux qui le voyaient pour la première fois. Elle ne savait toujours pas si c'était à cause de sa cicatrice, de ses yeux étranges, de son imposante carrure ou de la coexistence, chez un seul homme, de toutes ces caractéristiques.

— C'est le duc de Tremayne, chuchota-t-elle à l'adresse du valet avant de poursuivre son chemin en s'interdisant de se retourner.

— Je vous trouverai ! cria Nick tandis qu'elle s'éloignait.

Malgré la chaleur qui gagnait peu à peu tout son corps, elle ne s'arrêta pas.

Au sous-sol, la cuisine était dans un état proche du chaos. Deux jeunes hommes se querellaient dans un coin tandis qu'une vieille femme s'éventait avec une petite assiette. Assise non loin, Mrs Scribb semblait prête à fondre en larmes ou à suffoquer d'indignation. Mina hésitait entre les deux.

— Miss Thorne, dit Wilder en la voyant entrer. Je croyais que vous aviez décidé de rester à Enderley.

— Une paire de bras n'est jamais de trop. Que puis-je faire ?

— Mrs Scribb et la gouvernante des Claxton sont sur le point d'en venir aux mains, chuchota-t-il en se penchant près d'elle. Et les deux valets se disputent l'affection d'Emma.

Mina remarqua alors que la jeune bonne se tenait derrière les deux hommes. Les mains sur les hanches, elle les réprimandait de sa douce voix.

— Peut-être devriez-vous monter avec Emma pour voir si rien ne manque au buffet, suggéra le majordome. Quant à moi, je vais tenter de séparer ces jeunes coqs, poursuivit-il en jetant un regard las sur les deux valets.

Mina trouva Emma ravie d'abandonner là ses nouveaux prétendants. La jeune femme se montra bien plus intéressée par un tout autre sujet.

— Êtes-vous venue avec le duc ?

— Nous avons fait le chemin ensemble, dans le coupé.

— Seuls ? demanda la bonne d'un air entendu. Comme lorsque vous êtes rentrés de Londres ?

Mina se tut, priant pour ne pas rougir.

— Tout ce que je dis, c'est que vous devriez faire attention, Miss Thorne. Certains commencent à jaser.

Telle une étincelle jetée sur des braises encore chaudes, ces mots enflammèrent la colère de Mina.

— J'ai parlé à un maçon et à plusieurs livreurs la semaine passée. Wilder et moi avons voyagé seuls dans la carriole. Cela fait-il jaser également ?

Pour retrouver son souffle et tenter de maîtriser son émotion, Mina se mit à arranger les plateaux de canapés et d'aspics. Des douzaines de verres en cristal taillé avaient été disposées dangereusement près du bord de la table.

— Nous devrions les ranger au fond, dit-elle à Emma. Il suffira qu'une robe de bal les frôle pour qu'ils se brisent sur le sol.

Elle se mit au travail mais s'aperçut bien vite que la jeune bonne ne lui prêtait aucune assistance. Se retournant, elle vit que cette dernière la dévisageait avec de grands yeux.

— Vous êtes amoureuse de lui, n'est-ce pas ?

Le son des violons emplissait l'atmosphère. Le bal devait avoir commencé. Combien de jeunes femmes se disputeraient l'attention de Nick ? Même si certaines seraient sans doute effrayées par sa cicatrice ou ses yeux si particuliers, c'était un homme bien fait et scandaleusement riche. Lady Claxton elle-même avait déjà décidé de le marier à sa petite-fille, c'était évident.

— Est-ce que je me trompe, Mina ?

— Venez avec moi.

Mina entraîna la jeune femme dans le long vestibule de Claxton

Hall. Suivant le son de la musique, elle s'arrêta à quelques pas de l'entrée de la salle de bal.

— Là, vous voyez ? dit-elle en lui montrant Lady Lillian qui dansait le quadrille dans les bras de Nick. C'est la fille d'un marquis. Moi, je ne suis que la fille d'un intendant.

À ce moment, les couples se tournèrent et elle recula. Elle ne voulait surtout pas que Nick la voie en train d'épier les danseurs dans l'embrasure de la porte, comme Cendrillon rêvant d'aller au bal.

— Allons chercher du punch pour remplir le bol, déclara-t-elle en désignant une table placée contre le mur du fond de la salle. Les invités vont avoir soif maintenant que le bal a commencé.

— Les valets des Claxton s'en occuperont, répondit Emma en s'avançant encore. N'aimeriez-vous pas, juste une fois, faire un tour de danse dans les bras d'un bel homme ?

— Si, avoua Mina.

Comme le quadrille entraînait Nick et Lady Lillian dans un coin de la pièce, elle les aperçut à nouveau et son cœur se serra. Peu lui importait de faire un tour de danse. Elle voulait que ce soit elle, dans les bras de Nick.

Il avait l'air malheureux comme les pierres. Le front plissé, il regardait davantage ses pieds que sa cavalière. Laquelle pressait vigoureusement sa poitrine contre son torse chaque fois que la danse exigeait qu'ils se donnent la main.

— Nous devrions descendre à la cuisine pour aider les autres, dit Mina en se forçant à détacher les yeux de Nick.

C'est alors qu'elle vit Gregory Lyle qui l'observait avec attention, près de l'entrée de la salle de bal. Dès que leurs regards se croisèrent, il se dirigea vers elle.

— Oh ! mon Dieu ! Regardez qui vient dans notre direction ! s'écria Emma.

C'était la seule personne à qui Mina ait jamais confié ses sentiments naïfs pour Gregory.

— Retournons vite à la cuisine.

Arrivée devant la porte de service, elle entendit un claquement de pas résonner derrière elle sur le sol de marbre.

— Miss Thorne, puis-je vous parler ?

— Dites-lui non, lui souffla la jeune bonne.

— Descendez sans moi, Emma, dit Mina en s'arrêtant. Je vous rejoins dans un instant.

La jeune femme la considéra d'un air sceptique avant de lancer un regard qui n'avait rien de charitable dans la direction de Gregory. Pourtant, elle poursuivit son chemin vers la cuisine.

Lorsque Mina se tourna vers Lyle, il se posta près d'un palmier en pot. Manifestement, il voulait lui parler, mais sans être vu.

— Peut-on aller dans la bibliothèque ?

— Non, nous n'en avons pas pour longtemps. Dites ce que vous avez à dire ; j'ai à faire en bas.

— Je pense souvent à vous, commença-t-il avant de scruter nerveusement le vestibule.

Laissant échapper un soupir las, Mina repartit vers la porte de service. S'il voulait la séduire après tout ce qui s'était passé entre eux...

— Attendez ! s'exclama-t-il en lui saisissant la main d'un geste vif.

— Lâchez-moi !

— Tout le monde dit que vous êtes sa maîtresse. Mais nous savons tous les deux que vous devriez être à moi !

Son haleine empestait l'alcool. Pas le punch ni le champagne : il devait avoir commencé à s'imbiber bien avant d'arriver au bal.

Mina se servit de son autre main pour dégager les doigts qui enserraient son poignet. Lorsqu'un de ses ongles se planta dans sa peau, il la lâcha avec un cri mais se pencha aussitôt près d'elle. Mina sentit les vapeurs d'alcool lui piquer les yeux.

— J'ai toujours admiré votre tempérament fougueux, Mina.

— Lyle ! gronda soudain la voix de Nick à l'autre bout du vestibule. Que faut-il faire pour se débarrasser de vous une fois pour toutes ?

Gregory considéra Mina en ricanant avant de se tourner vers lui.

— Peut-être devriez-vous donner mille livres de plus à mon père. Si vous voulez offrir d'autres chevaux à votre putain, sachez que notre écurie est pleine.

Se dirigeant vers Nick d'un pas mal assuré, il évita de justesse une petite table.

— Cela doit faire mal de savoir que je l'ai eue le premier, pas vrai, Tremayne ?

Mina vit un groupe de curieux se former sur le seuil de la salle de bal. Soudainement, elle fut prise de nausée. Elle n'aurait pas dû venir, elle n'aurait pas dû laisser son cœur la guider. Pourquoi n'avait-elle pas fait preuve d'un minimum de bon sens ?

Immobile au milieu du vestibule, Nick semblait calme. Mais Mina connaissait ce regard. Malgré la distance qui les séparait, elle sentait le feu de sa colère. Pourtant, il s'efforçait visiblement de se maîtriser. Aux muscles tendus de sa mâchoire, elle devina qu'il serrait les dents.

— Grands dieux, que se passe-t-il donc ici ?

Lady Claxton apparut à son tour, tapant sa canne contre le sol de marbre d'une main, ajustant ses bésicles de l'autre.

— Retournez dans la salle de bal, Gregory ! chuchota Mina. Oubliez-moi.

Elle voulait bien lui pardonner tout le mal qu'il lui avait fait s'il s'abstenait de causer davantage de dégâts.

Mais au lieu de l'écouter, il se tourna vers Nick et, laissant échapper un rire menaçant, alla se planter devant lui.

— Quel effet cela fait, Tremayne ?

— Ne faites pas d'esclandre, Lyle, répondit Nick en reculant pour se mettre hors de sa portée. Si vous cherchiez plutôt une cavalière pour la prochaine danse ?

Sa voix grave et autoritaire semblait extraordinairement impassible. Mina était certaine d'être la seule personne parmi le petit groupe réuni dans le vestibule à percevoir un léger tremblement dans son timbre de baryton.

Devant tant de maîtrise, elle fut prise d'une féroce envie de l'embrasser. En privé, bien entendu. Là où il pourrait se laisser aller complètement. Mais pour elle seulement.

Comme Gregory ne répondait pas, quelques-uns des invités se décidèrent à regagner la salle de bal. Mina commençait à se sentir soulagée quand, brusquement, l'imprudent se jeta sur

Nick avec maladresse. Ce dernier l'arrêta d'une main avant que leurs corps ne se percutent.

— Quel effet cela fait ? répéta Gregory. De désirer une femme aussi infidèle que votre mère ?

La réaction de Nick fut si rapide que, pendant un instant, il fut impossible de distinguer les deux hommes vêtus de noir. Une fraction de seconde plus tard, il tenait son agresseur plaqué contre le mur, immobilisé par un bras sous son menton.

— Gentlemen, la violence est interdite sous mon toit ! déclara Lady Claxton en s'approchant d'eux.

Levant sa canne, elle tapota l'épaule de Nick avec insistance.

— J'ai donné vingt bals dans cette demeure, ajouta-t-elle, et jamais je n'ai eu de rixe à déplorer, Tremayne. Je n'en tolérerai certainement pas une ce soir.

D'une voix aiguë, Gregory cria un mot incompréhensible. Nick desserra légèrement son étreinte pour qu'il puisse le répéter.

— Bâtard ! lâcha-t-il alors d'une voix éraillée en portant les mains à sa gorge.

Nick recula subitement, le laissant s'effondrer sur le sol.

— Bonsoir, Lady Claxton, lança-t-il tandis que le misérable tirait sur sa cravate, aspirant avec difficulté de grandes bouffées d'air. Vous ne m'en voudrez pas si je vous quitte un peu tôt.

Sur ces mots, il rajusta les manches de son habit et repoussa d'une main les mèches de cheveux tombées sur son front.

Puis il lança un bref regard à Mina par-dessus son épaule. Elle sentit les battements de son cœur s'accélérer devant ses yeux brillants et ses cheveux de jais en bataille. Sa cicatrice ressortait sur son visage enflammé. Et les émotions qu'elle lisait dans son regard n'étaient pas pour la rassurer.

Était-il en colère contre elle ou contre lui-même ?

Elle retint son souffle, s'attendant à ce qu'il lui demande de la suivre. Mais il tourna les talons et parcourut le vestibule à grands pas. Les hommes s'effacèrent devant lui et plusieurs femmes portèrent la main à la bouche en croisant son regard. Une jeune bonne poussa un cri perçant quand il faillit la renverser sur son passage.

— Que tout le monde regagne la salle de bal ! ordonna Lady Claxton.

La canne accrochée à son poignet, elle tapa énergiquement dans ses mains comme si ses invités étaient des domestiques à qui elle pouvait imposer toutes ses volontés.

D'ailleurs, tout le monde lui obéit. Excepté Mina, qui semblait clouée au sol, et Gregory, toujours affalé contre le mur, sa cravate en boule dans la main.

— Vous pourrez partir dès que vous aurez décidé de vous lever, Lyle.

L'intéressé ouvrit la bouche pour protester, mais Lady Claxton l'arrêta aussitôt.

— Allez-vous-en, jeune homme, et estimez-vous heureux que je n'informe pas votre père de votre comportement ridicule.

Enfin, elle se tourna vers Mina.

— Vous n'avez pas été invitée, Miss Thorne, mais vous pouvez rejoindre les domestiques d'Enderley au sous-sol, s'ils ont besoin de votre aide.

Mina regarda la vieille femme sans la voir. Seule s'imposait à son esprit l'image des yeux de Nick, emplis de rage et de douleur. Il fallait qu'elle lui parle.

— Merci, Lady Claxton, mais je vais partir, moi aussi.

Elle esquissa une rapide révérence, souleva le bas de sa robe pour enjamber les chevilles de Gregory et se hâta vers la porte d'entrée.

Dehors, l'air glacial lui piqua les joues et embua ses yeux de larmes. Son châle était resté dans la cuisine. Mais peu lui importait : elle devait à tout prix trouver Nick.

En descendant les marches du perron, elle scruta la rangée de voitures. Certaines avaient été conduites près des écuries, mais celle des Tremayne était toujours là, attendant le départ de Nick. Où avait-il bien pu aller ?

Elle s'engagea dans l'allée, le gravier crissant sous ses bottines. Avait-il décidé de parcourir à pied les quelques miles qui les séparaient d'Enderley ? Il était suffisamment impulsif et buté pour cela.

Les mains sur les hanches, elle aspira quelques bouffées d'air froid avant de se tourner vers les fenêtres illuminées de Claxton Hall. C'est alors qu'elle le vit en train de traverser la terrasse située contre le flanc de la demeure. D'un pas rapide, il se dirigeait vers les champs.

Mina retroussa ses jupes et courut vers lui, ne ralentissant que lorsque sa cheville commença à l'élancer.

— Attendez-moi ! cria-t-elle.

S'arrêtant, il se tourna vers elle sans mot dire et elle le rejoignit. Le clair de lune faisait ressortir les traits anguleux de son visage.

— Allez-vous consentir à me parler ? Ou préférez-vous continuer à m'éviter ?

Affreusement serrée dans son corset, elle peinait à retrouver son souffle.

— Je croyais que c'était vous qui m'évitiez.

— Je ne vous évitais pas, répondit-elle.

C'était si bon d'entendre sa voix, la voix douce et chaleureuse qu'il n'employait qu'avec elle ! Elle en sourit presque.

— Je prenais le temps de réfléchir, comme vous me l'avez demandé.

— Et qu'avez-vous décidé ? s'enquit-il en s'approchant d'elle d'un pas lent mais décidé.

— Vous voulez une réponse maintenant ? Ici, dans le froid, devant la demeure de Lady Claxton ? répliqua-t-elle, le cœur battant.

— Tenez, dit-il en ôtant son habit d'un geste rapide.

Elle sentit les boutons de sa chemise frôler son corsage lorsqu'il l'enveloppa dans le vêtement. Aussitôt, elle sentit son parfum et sa douce tiédeur l'envahir.

— Vous avez plus chaud ?

— Oui.

Elle avait chaud, et pas seulement grâce à son habit. Lorsqu'il était tout près, elle était incapable de penser à l'avenir et aux contraintes pratiques qui les entravaient tous deux. Elle voulait seulement sentir sa peau contre la sienne, se blottir contre lui et oublier tout le reste.

Mais dès que Nick eut ajusté le vêtement sur ses épaules, il recula. Alors elle sentit son regard sur elle, et le poids de son attente.

Il voulait sa réponse.

Si seulement elle avait pu lui dire simplement « oui » en ayant la certitude que tout le reste rentrerait dans l'ordre ! Mais l'incident qui venait de se produire avec Gregory ne rendait que plus évident encore le fossé infranchissable qui les séparait. Mina savait parfaitement ce que Lady Claxton et ses invités pensaient d'elle. Peut-être la plaçaient-ils un cran plus haut que les domestiques, mais pas davantage. Jamais ils ne l'accepteraient parmi eux dans leurs réceptions. Jamais ils ne la considéreraient comme la duchesse de Tremayne.

— Je vous ai vu danser, lança-t-elle sans réfléchir. Vous vous trompez : vous êtes un excellent danseur.

— Je me serais donné plus de mal si vous aviez été dans mes bras.

Il évoquait des choses impossibles. Pendant ce moment avec Lady Lillian, Nick avait fait partie de la haute société de Barrowmere. Il avait été parfaitement à sa place, avait fait exactement ce que tout le monde attendait d'un duc.

Puis Gregory, son erreur de jeunesse, avait causé un scandale qui allait fournir un sujet de conversation aux invités de Lady Claxton pendant des semaines.

— Mina, j'ai besoin d'avoir votre réponse.

— Ne voyez-vous pas que je ne vous cause que des ennuis ?

S'avançant d'un pas, elle parvint à distinguer à travers une des longues fenêtres de la salle de bal des femmes en grande toilette valsant au bras d'hommes en queue-de-pie et gants blancs. Sans elle, Nick aurait été parmi eux.

— Voudriez-vous être à l'intérieur, en train de danser ? demanda-t-il avant de la rejoindre.

La pressant contre le mur froid de Claxton Hall, il posa la main sur la pierre, tout près de sa tête.

— Épousez-moi et je vous emmènerai à tous les bals de Londres. Nous organiserons nos propres réceptions. Toutes les semaines, si vous le voulez. Les gens finiront même par se lasser des bals de la duchesse de Tremayne !

Il était tout près d'elle, sa bouche à un souffle de la sienne. Son corps puissant et chaud la protégeait du froid.

— Et vous croyez qu'ils m'accepteront ? Moi, une vieille fille ? Une roturière ?

— Un duc peut faire ce que bon lui semble. Mon père ne l'a-t-il pas prouvé ?

Comme Mina ne répondait pas, il passa une main derrière sa nuque et lui renversa doucement la tête en arrière.

— Je me moque de ce que ces gens pensent de moi. Je me moque des bals et des débutantes. Tout ce qui m'importe, c'est vous.

Ses lèvres rencontrèrent les siennes, fougueuses, possessives. Mina s'agrippa à son bras, enlaça son dos, se délectant de sa force, de la saveur de sa bouche, de l'avidité de ses baisers.

Soudain, tout autour d'elle s'effaça. Plus rien n'existait que sa chaleur, le réconfort de son étreinte, le besoin qu'ils avaient l'un de l'autre.

— J'ai une nouvelle proposition à vous faire, dit-il avant de l'embrasser tendrement. Venez à Londres avec moi. Laissons le Sussex derrière nous, oublions le passé.

Un autre baiser, plus lent, plus langoureux.

— Nous nous construirons une vie loin d'Enderley, de Barrowmere, de Lady Claxton et de ses semblables.

*Oui.* Oui, elle voulait vivre sa vie avec lui. Et unc partie d'elle rêvait d'un nouveau départ. Mais on ne se débarrasse pas facilement des vieilles habitudes. Malgré elle, ses pensées ne cessaient de revenir à Enderley, comme si, en plus de ses cheveux châtains et de ses yeux marron, son père lui avait légué ses soucis.

— Mais que faites-vous de Wilder, d'Emma et de Mrs Scribb ? Et de toutes les réparations ?

Elle avait parlé comme une intendante, et elle le regretta aussitôt en voyant Nick se figer.

— Je vous offre tout ce que j'ai, Mina, dit-il d'une voix douce, implorante.

Puis il redressa les épaules et elle vit ses traits se durcir.

— Je pars pour Londres demain. Je veux que vous veniez avec moi.

Les mains agrippées aux revers de son habit, Mina le vit pousser un soupir de lassitude.

— Je sais à quel point le domaine vous est cher. Et vous m'avez appris à apprécier ceux et celles qui y vivent. Mais doivent-ils vraiment passer avant tout ? demanda-t-il en prenant son visage dans le creux de ses mains. Je dois avoir votre réponse demain.

# 24

Réveillé en sursaut, Nick se redressa dans son lit comme s'il venait d'entendre un grand fracas ou qu'on lui avait jeté de l'eau froide au visage. Le feu de cheminée s'était éteint dans la nuit et la pièce était glaciale malgré les rayons de soleil qui filtraient à travers les rideaux.

Le froid s'insinuait jusque dans ses os.

Mina était partie. Il percevait son absence comme le silence après la musique, comme les ténèbres de cette maudite tour où on l'avait enfermé enfant.

Nick avait veillé pendant la plus grande partie de la nuit. Assis sur une chaise dans le coin de la pièce, il avait prié pour qu'elle vienne à lui. Il n'était pas superstitieux, mais, de désespoir, il s'était persuadé qu'il entendait ses pas dans le couloir. Que le bruit du vent contre les fenêtres était celui de sa main qui frappait doucement à la porte.

Mais elle n'était pas venue. Dès le moment où il l'avait demandée en mariage, une part de lui avait su quelle serait sa réponse.

Comment une femme pourrait-elle l'aimer ? Nick était un homme brisé, cela se voyait sur son visage. Même ceux qui n'avaient rien vu de son âme torturée pouvaient le deviner.

Ignorant les protestations de ses muscles raides, il se leva et traversa la pièce pour sonner la cloche. Un instant plus tard, la bonne, Emma, pénétrait dans la pièce chargée d'un plateau.

— Où est-elle ?

La jeune femme laissa échapper un petit cri de surprise. Il lui adressait rarement la parole quand elle venait dans sa chambre.

Massant sa nuque nouée, Nick répéta sa question d'un ton moins autoritaire.

— Où est Miss Thorne ?

— Je ne saurais vous le dire, milord, répondit-elle d'une si petite voix qu'il dut tendre l'oreille pour l'entendre. Elle est partie tôt, sans dire quand elle serait de retour.

Mina allait revenir à Enderley, bien sûr, mais accepterait-elle de partir à Londres avec lui ? Il avait le cruel pressentiment que la réponse serait non.

— Désirez-vous autre chose, milord ?

Emma avait reculé jusqu'à la porte et tenait son plateau devant elle comme un bouclier.

— Appelez un valet pour préparer mes bagages. Et faites préparer une voiture. J'ai l'intention de partir pour Londres aujourd'hui.

— Très bien, milord, répondit la jeune femme en ouvrant de grands yeux ronds.

Nick n'aurait su dire si elle était ennuyée par cette nouvelle ou si elle allait courir au sous-sol pour célébrer l'événement avec les autres domestiques. Quoi qu'il en soit, elle se sauva bien vite, le laissant s'habiller en paix.

Une fois prêt, il descendit l'escalier et se dirigea vers le cabinet de travail de son père. La porte fermée du bureau de Mina le contraria autant que le silence qui régnait dans le couloir séparant les deux pièces. En travaillant, elle émettait de petits bruits, des *hum*, des *ah* et des *oh* qu'il avait tous appris par cœur.

Que diable allait-il devenir, une fois rentré au Lyon's Club, quand il aurait le silence pour toute compagnie ?

Après avoir rassemblé quelques notes laissées sur le bureau de son père, il sortit et se planta comme un idiot devant la porte du bureau de Mina. Il aurait tant voulu tourner la poignée et la trouver à l'intérieur !

Mais lorsqu'il poussa la porte, seul son délicat parfum fleuri vint le tourmenter.

Le carnet qu'elle emportait partout avec elle était posé sur le bord de sa table de travail. Nick savait qu'il contenait la description des travaux qu'il avait accepté d'entreprendre dans le domaine et le village. Après avoir hésité un moment, il souleva le petit cahier relié de cuir et l'ouvrit à la page qu'elle avait marquée d'un ruban.

Un soupir de déception s'échappa de sa poitrine. Il avait sous les yeux une simple liste, tracée d'une écriture soignée et éminemment féminine. Revenant à la page précédente, il trouva des notes sur sa visite aux villageois. Mina avait consigné scrupuleusement toutes les promesses qu'il leur avait faites dans sa volonté de se montrer généreux. De prouver à Mina qu'il valait mieux qu'il ne le paraissait.

Continuant à feuilleter le carnet, il tomba sur des calculs griffonnés à la hâte. Des chiffres jetés sur le papier. Puis il tourna une nouvelle page, et ce qu'il vit lui ôta le souffle.

C'était lui, sur la feuille, esquissé en quelques traits d'encre. Or ce n'était pas sa cicatrice qui ressortait de ce portrait, ni ses yeux étranges, mais sa bouche, généreusement ourlée. Sa mâchoire, carrée sous la courbe du menton. Son front, barré par une mèche noire qui ondulait légèrement.

Elle l'avait dessiné de la même manière qu'elle le regardait. Comme personne avant elle ne l'avait jamais fait. Ni avec horreur ni même avec une curiosité malsaine. Dès l'instant où leurs regards s'étaient rencontrés, Mina l'avait vu tel qu'il était et n'avait jamais détourné les yeux. Comme si ce qu'elle avait découvert ne l'avait nullement effrayée.

Quelle étrange femme !

— Pardonnez-moi, sir.

Il reconnut derrière lui la voix grave de Wilder.

— J'ai cru comprendre que vous comptiez quitter Enderley aujourd'hui.

— Il est temps, Wilder, répondit Nick en se tournant vers le vieil homme, qui se tenait sur le pas de la porte. Je crois que je ne pourrai pas supporter cet endroit un jour de plus.

— Et Miss Thorne ? demanda le majordome, une lueur espiègle dans l'œil. Comment réagira-t-elle en apprenant votre départ ?

Nick reposa le petit carnet à contrecœur. Allait-il se confier au vieil homme ? Il passa la main sur le menton qu'il n'avait pas pris la peine de raser.

— Je lui ai demandé de m'épouser, Wilder.

— Vraiment ?

Nick n'aurait su dire ce qui le surprit le plus : le visage ébahi du majordome, ou le fait que sa voix caverneuse pût produire un son aussi aigu. Visiblement, Mina n'avait rien dit aux autres membres du personnel. Nick ne savait s'il devait lui en être reconnaissant ou au contraire s'en attrister.

— Puis-je...

S'interrompant, Wilder s'éclaircit la gorge en le regardant avec insistance.

— Puis-je avoir l'audace de vous demander ce qu'elle a répondu ?

— Rien.

Cela paraissait pourtant évident : serait-il si pressé de partir si elle avait accepté ? Peut-être, après tout. Il préférait de loin l'idée de l'emmener à Londres pour l'avoir à lui seul. Mais si elle devait être sienne, il serait prêt à supporter Enderley jusqu'à ce qu'ils aient échangé leurs vœux. Et même après, pour des visites occasionnelles.

Cette pensée le frappa comme une véritable révélation : soudain, il se rendait compte que l'idée de revenir à Enderley ne le glaçait plus d'horreur.

— Elle ne vous a donné aucune réponse, sir ? demanda Wilder. Dans ce cas, je comprends votre souhait de partir.

Nick fut quelque peu réconforté par la déception qu'il percevait dans sa voix, même si elle n'était que le pâle reflet de ce qu'il éprouvait lui-même.

— J'ai souhaité lui laisser le temps de réfléchir, répondit-il en s'asseyant sur le bord du bureau. Elle est d'une nature impulsive.

— Très.

— Mais on peut considérer que trois jours sans réponse de sa part équivalent à une réponse, n'est-ce pas ?

Nick voulait qu'il lui dise d'attendre encore un peu.

— Un homme impatient et une femme impulsive. Une union bénie des dieux ou vouée au malheur ?

Le vieil homme semblait s'interroger à voix haute.

— Je vous en prie, Wilder, n'essayez pas de me ménager. Il est temps que je cesse de me faire des illusions et que je rentre à Londres, vous ne croyez pas ?

Le majordome l'examina avec attention avant de prendre une brève inspiration.

— Je suis homme à ne jamais perdre espoir, sir.

— Ce doit être épuisant, répliqua Nick en le considérant d'un air sceptique.

Mais Wilder semblait sincère. Son visage avait l'expression impassible qu'il lui avait toujours connue.

— Pas même avec mon père ?

Une ombre de sourire effleura sa bouche.

— Pas même avec lui. J'ai gardé espoir jusqu'à ce que Talbot Lyon rende son dernier souffle.

— Cela ne vous a servi à rien.

— Permettez-moi de vous contredire, sir. Même si votre père ne s'est jamais défait de sa haine, je ne regrette pas de m'être accroché à l'espoir qu'il le fasse. Cet espoir m'a soutenu, toujours. L'espoir est salutaire pour l'âme.

Se levant, Nick promena une dernière fois son regard dans le bureau de Mina et effleura du doigt la tranche de son carnet.

— Du moins jusqu'à ce que la réalité vous rattrape, et vous dise que tout est perdu.

— Vous avez une profonde affection pour cette jeune femme, n'est-ce pas ?

— En effet.

— Le lui avez-vous dit ?

— Je lui ai offert tout ce que j'avais, Wilder. Tout ce qu'il me reste pour la convaincre de m'épouser, c'est de l'apitoyer ou de la manipuler. Et je ne veux pas d'une épouse conquise de cette façon.

Bon sang, avant d'arriver à Enderley, il ne voulait pas d'épouse du tout !

— Bien entendu, milord.

— J'ai besoin de prendre l'air, déclara Nick en se dirigeant vers la porte.

Le parfum de Mina le mettait au supplice, et son absence lui était insupportable.

— Si je peux me permettre, sir. Il y a une chose que je sais au sujet de Miss Thorne : elle a bon cœur, mais cette qualité l'incline à faire passer les besoins des autres avant les siens. Elle cherche invariablement à faire le bonheur de ceux qui l'entourent, et néglige souvent le sien.

— Pourrais-je la rendre heureuse, Wilder ?

Nick avait posé cette question sur le ton du sarcasme mais, au fond de lui, il voulait que le vieil homme dissipe ses doutes.

— Je crois que vous prendriez soin d'elle, sir. Personne ne l'a jamais fait, pas même son père. C'était un homme bon, mais le domaine passait avant tout.

Encore ce satané domaine ! Ses murs semblaient se refermer sur lui. Nick donna une petite tape sur l'épaule de Wilder avant de quitter la pièce. En s'approchant de la porte d'entrée, il allongea le pas. Il avait besoin de respirer, de se libérer de ce maudit château où son père avait bien failli le tuer. De cet endroit qui semblait s'immiscer entre lui et la seule femme qu'il ait jamais voulu épouser.

Sans vraiment s'en rendre compte, il marcha vers l'écurie. Penché sur son travail, Tobias leva la tête à son approche.

— Son cheval est-il toujours ici ? Hades.

— Oui, milord, elle ne l'a pas monté ce matin, répondit le palefrenier en désignant une stalle de la main. Elle a pris la carriole.

Les mains tremblantes, Nick se dirigea d'un pas raide vers l'endroit que Tobias lui avait indiqué. Comme la bête passait son énorme tête par-dessus la barrière, il caressa son museau noir et chaud.

— Elle reviendra te chercher. Et je parie que tu es prêt à la suivre partout.

Sur le flanc de l'animal, une fine cicatrice était encore visible.

— Elle t'a remis sur pied, pas vrai ? Toi et moi, nous avons cela en commun.

Ce lieu les avait réunis, Mina et lui. Mais à présent, Nick sentait qu'il était en train de les séparer.

Se retournant, il braqua son regard sur la tour hideuse qui pointait sa silhouette biscornue vers le ciel.

Ce funeste tas de pierres avait bien failli avoir raison de lui. Maintenant, il lui apparaissait comme le cœur du mal. Jamais Nick ne pourrait envisager de vivre au château tant que cette tour ne serait pas démolie. Alors, peut-être pourrait-il voir le domaine autrement. Avec les yeux de Mina.

Soudain, tout son être se tendit vers un seul but : détruire cet édifice pour que plus jamais ses contours ne viennent assombrir le ciel d'Enderley.

Regardant autour de lui, il chercha une masse ou une pioche, n'importe quel outil qu'il puisse utiliser pour s'attaquer aux vieilles pierres. Mais il n'y avait là que des râteaux et des balais. Et, prudemment rangés en haut d'une étagère, un briquet à silex et une mèche d'amadou.

S'en emparant, il se dirigea vers la tour d'un pas ferme. Plus il s'approchait, plus l'endroit redouté semblait le repousser. Un haut-le-cœur le saisit, et des gouttes de sueur froide se mirent à couler le long de son dos. Mais Nick était un homme, à présent. Il n'était plus cet enfant trop naïf et confiant pour comprendre que son père souhaitait sa mort.

Il poursuivit son chemin et arriva devant la première marche. À l'intérieur, la tour se réduisait à un squelette de bois. Une métaphore qui convenait parfaitement à son père.

Un squelette abritant de vils et inutiles rebuts.

Nick commença à gravir l'escalier. Les marches grinçaient, menaçant de céder, mais il n'y prêta pas attention. Rapidement, la puanteur le fit suffoquer. Une odeur familière de renfermé, à présent mêlée à celle de la mousse et de la pourriture.

Arrivé dans l'entrée de sa geôle, il serra les dents de toutes ses forces. Se courba en deux pour pénétrer dans la pièce.

C'était plus qu'il n'en pouvait supporter. Franchir le seuil lui fut impossible. Il recula, descendit l'escalier quatre à quatre. Une fois dehors, il s'appuya contre le mur et lutta contre la nausée qui le prenait à la gorge. En tâtonnant, il frotta le silex contre le briquet jusqu'à obtenir une étincelle, qu'il approcha du morceau d'amadou.

Puis il jeta la mèche enflammée dans la tour.

Mina se mit à genoux pour balayer la poussière et les quelques feuilles qui recouvraient la pierre tombale de son père. Puis elle suivit du bout du doigt les lettres de son nom.

Rotherhead, le village dont sa famille était originaire, n'était pas loin de Barrowmere. Juste un peu plus au sud, près de la mer. L'air y était salé et le vent cinglant. Situé près de l'église, le cimetière était calme et tranquille : c'était exactement le genre d'endroit où son père méritait de reposer après de longues années de labeur et de dévouement.

Mina était heureuse qu'il soit enterré loin d'Enderley. Le domaine l'avait usé à petit feu, toute sa vie durant. Mieux valait qu'il soit à quelque distance de ses préoccupations à présent qu'il était mort.

— Je suis désolée d'être venue si rarement pendant ces dernières semaines, papa. Il y a un nouveau duc au château.

Sa gorge se serra et ses yeux se brouillèrent de larmes.

— Je l'aime, et je crois qu'il tient à moi.

Bien qu'elle soit seule dans le cimetière, elle baissa la voix.

— Il m'a demandé de l'épouser.

Mina imaginait son père devant elle, en train de l'écouter. Que dirait-il lorsqu'elle lui avouerait la suite ?

— Si j'accepte, cela signifie que je dois quitter Enderley.

Son père avait-il su ce que l'ancien duc avait fait ? L'idée qu'il ait pu jouer un rôle dans cette ignominie, qu'il ait eu la moindre idée de la façon dont Talbot avait traité son fils, lui était intolérable.

— Vous avez donné tant d'années de votre vie au domaine ! J'ai essayé de suivre votre exemple comme vous le souhaitiez, mais je ne suis plus certaine que ma place soit là-bas.

Mina rassembla son petit bouquet de fleurs d'automne pour le déposer sur la tombe.

— Je crois que ma place est auprès de Nick.

La vérité était là, depuis le début, attendant qu'elle la trouve. Cette évidence lui donnait le vertige.

— Il me ressemble plus que vous ne pourriez l'imaginer, papa. Mais il est différent aussi, dans le bon sens du terme. Il n'est pas parfait, et moi non plus, mais nous sommes bien assortis.

Se levant, Mina essuya son pantalon poussiéreux.

— Je ne pourrai plus venir aussi souvent qu'avant. Nous vivrons à Londres la plupart du temps, je crois. Mais nous sommes en train de restaurer Enderley, se sentit-elle forcée d'ajouter. Il y aura quelqu'un pour occuper le château et l'entretenir, même si ce n'est pas nous.

Sur ces mots, elle se pencha pour poser la main sur la plaque où était gravé le nom de son père, ainsi que l'épitaphe « Père aimant, loyal serviteur ».

— Au revoir, papa.

À chaque pas qui l'éloignait de l'église, elle se sentit un peu plus légère. Sautant dans la carriole, elle laissa le cheval prendre le chemin du retour d'un pas tranquille. Mais au bout d'un moment, son impatience prit le dessus et elle le mena au petit galop. Au bout d'un quart d'heure, elle aperçut les remparts d'Enderley à l'horizon.

Quelque chose attira son attention, et elle plissa les yeux pour mieux voir. Des nuages gris. Non, ce n'étaient pas des nuages, mais des colonnes de fumée.

Faisant claquer son fouet, Mina lança le cheval au galop. La carriole fila bientôt à une allure si rapide qu'elle sentait ses dents s'entrechoquer. Quelques instants plus tard, le véhicule pénétrait en dérapant dans la cour de l'écurie.

— Tobias ! cria-t-elle en sautant à terre.

Le palefrenier sortit de la grange à blé, un sourire aux lèvres.

— Ah, vous voilà, Miss Thorne ! Le duc vous cherchait.

— Vous ne voyez pas la fumée ? s'exclama-t-elle en montrant du doigt l'extrémité ouest du domaine.

Contournant l'écurie en courant, elle entendit derrière elle le pas lourd de Tobias. Une fois parvenue de l'autre côté, elle porta la main à sa poitrine, soulagée.

— C'est la tour. Pas le château.

L'incendie ne présentait pas de risques pour la demeure ni ses occupants, les deux bâtiments étant suffisamment éloignés.

— Allez chercher de l'aide, Miss Thorne ! Je vais remplir des seaux d'eau ! lança Tobias en s'éloignant.

Mais Mina le rappela.

— Non, c'est inutile, Tobias.

Les yeux fixés sur la fumée noire qui s'élevait au-dessus de l'odieuse tour, elle se sentit envahie d'un étrange sentiment de paix.

— Laissons-la brûler.

— Et la chatte ?

Mina le regarda en fronçant les sourcils.

— Milly est dans l'écurie. Emma m'a dit qu'elle l'avait installée dans une des stalles avec ses petits.

— Je l'ai vue rôder près de la tour, insista Tobias en pâlissant, l'air affolé. Peut-être qu'elle croit avoir oublié un chaton là-bas.

— L'avez-vous vue ce matin ? demanda Mina avant de s'élancer vers l'écurie. Il faut la trouver, Tobias !

Se précipitant à l'intérieur, elle inspecta chaque stalle au pas de course à la recherche d'une boule de poils orange. Enfin, elle s'agenouilla à côté du carton rempli de paille et garni d'une couverture dans lequel dormaient les petits de Millicent. Sans leur mère.

— Elle n'est pas ici ! annonça un garçon d'écurie depuis le grenier.

Portée par la brise, l'odeur de la fumée parvint aux narines de Mina, qui sortit de l'écurie à toutes jambes. Dans la cour, elle croisa Emma et Tobias.

— Continuez à la chercher ! Je vais à la tour.

— Ne faites pas ça ! s'exclama Emma en l'agrippant par le bras. C'est trop dangereux !

— Allez voir dans la cuisine. Allez voir partout où elle pourrait se cacher !

Dégageant son bras, Mina se rua vers l'édifice en flammes.

# 25

Nick contemplait la branche du vieux chêne, songeur. Cela faisait-il vraiment moins d'un mois que, levant la tête, il avait planté son regard dans les yeux d'ambre de Mina pour se perdre complètement ? À moins que ce ne soit le contraire : après des années d'errance, peut-être avait-il enfin retrouvé son chemin ce jour-là.

Une chose était sûre : sa rencontre avec elle avait tout changé.

Il aurait pu séparer d'un coup de couteau toutes les heures qui avaient précédé cette rencontre de celles qui l'avaient suivie. Cela se lisait-il sur son visage balafré ? Il l'ignorait, mais il n'était plus tout à fait le même, c'était certain. Non : il n'était plus du tout le même.

Tout d'abord, il ne voyait plus Enderley comme avant. Même si le château renfermait à jamais ses pires souvenirs, il en évoquait aussi de bons, à présent. Notamment tous les moments qu'il y avait partagés avec Mina.

Nick prenait à présent conscience que son passé ne devait pas l'empêcher de remplir son devoir à l'égard des habitants du duché. Mina avait fait de son mieux pour lui montrer pourquoi il était important de faire preuve de droiture et de bonté et, petit à petit, il commençait à comprendre.

Dès l'instant où il avait posé les yeux sur elle, son cœur n'avait cessé de le tourmenter. Il palpitait, s'emballait et le faisait souffrir chaque fois que Mina était près de lui. Pendant des années, Nick s'était si bien employé à étouffer ses moindres sentiments qu'il avait presque oublié l'existence de cet organe. Et voilà qu'à présent, il se rappelait constamment à lui.

Et tout avait commencé le jour de son arrivée, lorsqu'il avait trouvé Mina perchée sur une branche au-dessus de sa tête, sa chatte furieuse dans les bras.

Se tournant vers le château, il s'assit sur le sol froid et regarda la fumée qui montait en tourbillonnant au-dessus de la tour. Comme il enfouissait les mains dans ses poches pour les réchauffer, ses doigts rencontrèrent le ruban de satin de Mina. Sortant de sa cachette la bande de tissu rose, il se mit à la caresser du pouce.

Serait-ce vraiment tout ce qui lui resterait d'elle lorsqu'il rentrerait à Londres ? Un morceau de ruban et des souvenirs qui le hanteraient pour le restant de ses jours ?

Mettre le feu à la tour ne lui avait pas apporté la paix qu'il attendait. Oh ! bien sûr, les volutes de fumée qui s'élevaient dans le ciel lui donnaient une certaine satisfaction. Mais, sans Mina, il y aurait toujours un vide dans son existence.

Nick contempla l'incendie jusqu'à ce que sa vue se trouble, puis il promena son regard sur la façade arrière du château. Les fenêtres étincelaient au soleil, et la pierre était dorée par la lumière matinale.

Soudain, il vit une silhouette passer en hâte devant les fenêtres du premier étage, glisser dans l'herbe puis reprendre sa course vers la tour en feu. Il parvint à distinguer un pantalon marron, des bottes noires et de longues boucles de cheveux châtains.

*Mina !*

Se levant d'un bond, il dévala la pente, accélérant l'allure lorsqu'il parvint sur le plat. Il l'appela mais elle ne sembla pas l'entendre : elle continuait à courir vers la tour.

— Mina, arrêtez-vous ! cria-t-il en allongeant le pas.

Elle ralentit juste assez pour qu'il puisse la rattraper. Aussitôt, il passa un bras autour de sa taille pour l'empêcher d'aller plus loin.

— Lâchez-moi ! protesta-t-elle en essayant de se libérer.

— Que vous êtes têtue ! lança Nick avant de se planter entre la tour et elle. Avez-vous perdu la raison ?

— La chatte est peut-être à l'intérieur !

Elle tenta à nouveau de lui échapper, mais il la retint.

— Quelle chatte, bon sang ?

Mais à peine avait-il posé la question qu'il comprit. La boule de poils orange. Il revoyait les regards furieux de l'animal et de sa maîtresse, ce premier jour.

— Mina, je vous jure qu'elle n'est pas dans la tour ! Je suis allé à l'intérieur. Il n'y avait rien d'autre que des meubles en train de pourrir !

— Mais on ne la trouve pas ! s'exclama-t-elle tout en s'employant à se dégager de son étreinte. Tobias dit qu'elle y va parfois.

Le palefrenier traversait justement la pelouse, se dirigeant vers eux.

— L'avez-vous trouvée ? cria Mina.

Nick foudroya le jeune homme du regard. *Dites-lui qu'on a trouvé l'animal en train de laper gaiement du lait dans l'office. Trouvez n'importe quoi, mais empêchez-la de se jeter dans une tour en feu !*

— Pas le moindre signe d'elle, miss.

De toute évidence, Tobias n'avait pas compris le message.

Soudain, Mina s'élança et faillit bien lui échapper. Nick se pencha en avant, glissa un bras sous ses jambes et la souleva contre lui. Puis il rejoignit le palefrenier.

— Prenez-la, et ne la lâchez surtout pas. Si jamais elle s'approche de cette tour, vous êtes renvoyé. C'est compris ? dit-il avant de déposer avec précaution la jeune femme dans ses bras. Je vais chercher ce maudit animal ! ajouta-t-il.

— Nick, non ! s'écria Mina en le suppliant de ses grands yeux.

Mais rapidement, elle cessa de se débattre et se tut.

Lui tournant le dos, il marcha à grands pas vers l'édifice en flammes. En plus des nuages de fumée qui montaient vers le ciel, il remarqua des volutes qui s'échappaient d'un interstice entre les pierres, à la base de la tour. Plus il s'approchait et plus il sentait la chaleur du feu. Arrivé au bas de l'escalier, il couvrit son nez et sa bouche de son bras et passa la tête à l'intérieur.

Le feu avait atteint les premières marches, mais elles tenaient encore. L'incendie semblait être monté rapidement vers l'étage pour consumer la pièce où il avait jadis été tenu prisonnier. Si la chatte était en haut, il n'avait aucune chance de la sauver.

Brusquement, le vent changea de direction, rabattant la fumée dans ses yeux. Nick s'avança d'un pas.

— Millicent ?

Certes, les chats étaient capables de se faufiler partout. Mais où aurait-elle pu se cacher dans cette fournaise ?

— Milly ?

Une tache orange attira son attention et il se pencha pour mieux voir. Mais ce n'était qu'une flamme qui dansait le long d'une poutre à demi calcinée. Soudain, la poutre bascula, provoquant une pluie d'étincelles, de flammèches et de cendres. Nick esquissa un pas en arrière, mais trop tard : des chevrons en feu s'abattaient sur lui, et une douleur cuisante lui transperça la joue. Il sentit un poids s'écraser sur son épaule, le projetant contre le mur brûlant. Se passant une main sur le visage, il recula en titubant.

— Nick !

Le hurlement de Mina résonnait à son oreille, mais il ne voyait plus rien. La fumée et la suie brouillaient sa vue. Alors quelqu'un surgit derrière lui et arrêta sa chute. Des mains de géant le saisirent sous les bras et le traînèrent sur l'herbe.

Il entendit un bruit sec : quelqu'un déchirait sa chemise. Puis on posa un chiffon mouillé sur ses yeux.

Enfin, la main de Mina se coula dans la sienne. Il reconnut la forme de ses doigts, la douceur de sa peau.

Il ôta le chiffon : sa vue était trouble et ses yeux le brûlaient, mais il voyait.

— Mina ? La chatte n'était pas dans la tour.

— Je sais, répondit-elle à travers ses larmes. Ils l'ont retrouvée. Elle s'était glissée dans la cuisine. Je suis désolée ! Avez-vous très mal ?

Chaque souffle était une torture. Une douleur atroce lui lacérait la joue. Son bras, et plus encore son épaule, l'élançaient. Mais son soulagement était plus grand que tout. Il tendit la main pour effleurer le visage de Mina, laissant une marque noire sur sa joue.

— Je vous aime.

Avait-il vraiment prononcé ces mots à voix haute ? Sa gorge brûlait comme s'il avait avalé des braises.

Mina se pencha au-dessus de lui, caressa ses cheveux et approcha sa bouche de la sienne.

— Je le savais, murmura-t-elle contre ses lèvres.

— Il faut le transporter à l'intérieur, intervint Tobias. J'ai envoyé Emma chercher le médecin.

En voyant le palefrenier se courber comme pour le soulever dans ses bras, Nick le repoussa.

— Je peux marcher seul !

Il n'était pas sûr que ce soit vrai, mais il avait bien l'intention d'essayer.

— Vous n'irez nulle part sans moi, déclara Mina en passant la tête sous son bras avant d'enlacer sa taille.

— C'est promis ?

Comme ils se mettaient en marche, elle hocha la tête.

— Je suis une femme têtue, vous le savez.

Dieu merci, ils n'essayèrent pas de lui faire monter l'escalier. Les domestiques avaient préparé un lit de fortune avec l'un des canapés du salon, qu'ils avaient garni de draps.

Mina l'aida à s'asseoir au bord et il se laissa tomber sur les coussins en tâchant d'ignorer la douleur. Mais à chaque souffle, il avait l'impression que des éclats de verre étaient logés dans sa poitrine.

Quand Mina voulut lâcher sa main, il la retint.

— Je vais seulement chercher de l'eau et des linges pour vous laver.

Elle ne cessait de regarder sa joue. Celle qui lui faisait si atrocement mal. Celle que son père n'avait pas lacérée avec son taille-plume.

— Maintenant, je suis un monstre d'un côté comme de l'autre.

Mina se mordit la lèvre. Il voyait qu'elle retenait ses larmes.

— Vous ne serez jamais un monstre pour moi, dit-elle en serrant une dernière fois sa main dans la sienne avant de s'éloigner.

Une fois seul, Nick reposa la tête sur les coussins et ferma les yeux. Il eut l'impression que quelques instants seulement s'étaient écoulés mais, lorsqu'il rouvrit les paupières, le ciel s'était assombri. Seule la lueur orangée du coucher de soleil perçait à travers les fenêtres.

Il avait l'impression que sa joue était serrée dans un étau. En y portant la main, il comprit qu'on lui avait bandé une partie du visage. Ainsi que le bras, découvrit-il ensuite. Comment diable avait-on pu lui prodiguer tous ces soins pendant son sommeil ?

— Vous êtes réveillé.

Un homme aux cheveux blancs était assis dans un fauteuil à l'autre bout de la pièce. Se levant, il s'approcha de lui.

— J'ai pris la liberté de vous administrer un peu de laudanum pour calmer la douleur, my lord.

Sa voix lui était étrangement familière.

— Où est Mina ? Miss Thorne.

— Tout près, répondit le médecin en lui montrant un canapé dans le coin de la pièce. Elle a beaucoup insisté pour rester à votre chevet.

À moitié couchée, la tête appuyée sur ses bras repliés, Mina dormait. Puis, comme si elle avait senti son regard sur elle, elle battit des paupières et lui offrit un sourire rayonnant.

— Comment vous sentez-vous ?

— Mieux.

Il était prêt à affronter le diable en personne pour qu'elle lui sourie à nouveau de cette manière.

— Dans ce cas, je m'en vais, dit le médecin en ramassant une sacoche de cuir qui était posée non loin, sur une table basse. J'ai laissé des instructions au personnel pour que l'on soigne vos blessures.

Nick toucha du doigt le bord du bandage qui lui couvrait le visage.

— Qu'y a-t-il là-dessous, docteur ?

Le vieil homme leva deux doigts en l'air en les écartant d'un pouce environ.

— Une brûlure, à peu près de cette longueur. Une braise a dû tomber sur votre joue et rester assez longtemps sur la peau pour laisser sa marque.

L'homme observait, sur le visage de Nick, la balafre laissée par la lame de son père.

— Il y aura une cicatrice, mais elle s'estompera avec le temps.

— Merci, Dr Burke, dit Mina en se levant pour accompagner le médecin jusqu'au pas de la porte.

Lorsqu'il fut parti, elle revint s'asseoir sur le canapé où était étendu Nick.

Il enlaça sa taille, heureux de la sentir si proche. Puis il fit remonter sa main le long de son bras et, tout en l'attirant à lui, leva la tête pour prendre sa bouche. Il l'embrassa sans douceur : l'heure n'était plus à la retenue ni aux bonnes manières. Les cheveux de Mina tombaient en cascade dans son dos, à l'exception de quelques mèches encore maintenues par des épingles. Après les avoir détachées une à une, Nick plongea les doigts dans ses boucles soyeuses et glissa la langue dans sa bouche. Elle l'accueillit avec un délicieux gémissement.

Son sexe se dressa. Il n'avait qu'une hâte : qu'elle s'agenouille sur lui pour qu'il puisse s'enfouir dans sa chaleur.

Mais une petite toux retentit sur le seuil de la pièce, et, d'un bond, Mina s'écarta de lui.

— Souhaitez-vous que je vous apporte votre souper, milord ? demanda Emma de sa voix douce.

— Non, répondit aussitôt Nick.

Il n'avait faim que de Mina.

— Oui ! protesta celle-ci. Vous devez manger quelque chose.

Nick haussa un sourcil sans parvenir à réprimer un sourire, et elle sembla comprendre ce qu'il avait en tête.

— De la soupe, peut-être ? demanda-t-elle, les joues en feu. Merci, Emma.

En quittant la pièce, la jeune femme eut le bon sens de refermer la porte derrière elle. Mais lorsque Nick voulut se redresser pour embrasser Mina à nouveau, elle le retint contre les oreillers.

— Wilder m'a dit que vous comptiez partir pour Londres aujourd'hui, dit-elle en jouant avec un bouton de sa chemise sans le regarder. Pensez-vous pouvoir rester à Enderley un peu plus longtemps ? Quelques semaines ?

— Avec vous ? demanda Nick.

Cette fois, ce n'était pas la fumée qui rendait sa voix rocailleuse, mais la peur.

— Oui, répondit-elle simplement.

Trop simplement.

— C'est la réponse que j'aurais dû vous donner il y a trois jours.

Se rapprochant de lui, elle posa la main sur sa joue.

— Je regrette de vous avoir fait attendre. Je regrette de vous avoir poussé à entrer dans cette tour. Je regrette de vous avoir donné l'impression que je tenais davantage à Enderley qu'à vous.

— Nous pouvons rester ici, si vous le voulez, répondit Nick en lui prenant la main pour l'embrasser. Mon aversion pour ce château était absurde. Mon père est mort, et vous avez raison : ce qui compte, ce sont les gens qui vivent au domaine et qui l'aiment.

— Mais, voyez-vous, je suis prête à vous suivre à Londres !

Comme Nick ouvrait la bouche pour lécher le bout de son doigt, elle laissa échapper un petit rire qui attisa son désir.

— Si vous êtes à Londres, je veux y être aussi. Si vous séjournez ici, je n'irai nulle part ailleurs, insista-t-elle avant de froncer les sourcils pour ajouter, en prenant une voix sévère : Il est hors de question que nous soyons séparés !

— Je vois que vous avez déjà des exigences, duchesse, observa Nick en appuyant son front contre le sien. C'est d'accord. Demandez-moi tout ce que vous voudrez.

— Je ne veux rien d'autre que vous, répondit Mina en embrassant sa cicatrice, puis le coin de sa bouche, tout près de sa joue bandée, et enfin ses lèvres.

Un baiser doux et exquis qui s'acheva bien trop vite.

— Le château, le club, nous trouverons bien un moyen de concilier tout cela, n'est-ce pas ?

— Oui.

Elle lui donnait envie d'une nouvelle vie, une vie qu'il n'aurait pas imaginée un mois plus tôt. Grâce à elle, le bonheur, le contentement, la sérénité semblaient à portée de main.

— Mais pour être franc, à cet instant, je ne pense à rien d'autre que de fermer cette porte à clé, vous ôter tous vos vêtements et vous faire l'amour sur ce canapé.

— Et vos blessures ?

— Je ne sens plus la douleur quand vous êtes tout près de moi.

Comme elle s'étendait contre lui, le poignet reposant sur sa hanche, Nick prit sa main pour la poser un peu plus bas.

— Je vous assure, chère duchesse, que je me sens tout à fait à la hauteur de la tâche.

# 26

Lorsque Mina se réveilla, le soleil réchauffait son visage et le corps long et ferme de Nick se chargeait du reste. En gémissant, elle se blottit tout contre lui. Étendu dans son dos, il enveloppait sa taille d'un bras protecteur.

Brusquement, elle revint à la réalité.

Elle se trouvait dans l'une des chambres d'invités d'Enderley. Dans le lit de Nick. Bientôt, Emma monterait pour allumer le feu et lui apporter son petit déjeuner.

Il dormait encore. Son souffle doux et régulier lui chatouillait la nuque. Soulevant son bras, elle se dégagea le plus délicatement possible de son étreinte.

— Où allez-vous ?

— Le soleil est levé. Emma va bientôt arriver.

Nick tendit le bras pour la toucher. Sous la caresse de ses doigts, elle sentit naître en elle une onde de chaleur qui remonta peu à peu entre ses cuisses.

— Vous vous souciez trop de l'opinion des autres.

— C'est leur sensibilité que je ne veux pas heurter. Emma sera scandalisée si elle nous surprend ainsi.

— Et nous ne voulons surtout pas la scandaliser, ajouta Nick en ôtant sa main.

Se retournant, elle vit qu'il s'était assis dans le lit. Les bras repliés derrière la tête, il avait laissé le drap retomber sur ses hanches. Malgré son visage et son bras bandés, il ressemblait à un demi-dieu fort content de lui. Ses boucles noires en bataille descendaient presque jusqu'à ses épaules. Le soleil faisait briller ses yeux et dorait les muscles ciselés de son torse et de ses bras.

— Au moins, embrassez-moi avant de partir, dit-il en couvrant sa main de la sienne.

Il était la lune et elle était les vagues. Cet homme exerçait sur elle une attraction irrésistible. Pourtant, elle s'interdit de lui offrir davantage qu'un léger baiser.

— Si je vous embrasse encore, je ne voudrai pas partir.

Se penchant vers elle, il prit à nouveau ses lèvres.

— C'était bien mon but.

Sortant du lit, Mina ramassa ses vêtements restés sur le sol et s'habilla. Elle sentait sur elle le regard de Nick, qui observait ses moindres gestes.

Puis il la surprit en se levant à son tour. Ouvrant la malle qu'il avait apportée de Londres, il en sortit un pantalon propre.

Mina ne se lassait pas d'admirer son corps. Il semblait sculpté à une autre échelle que les autres hommes. Tout en lui était impressionnant : sa taille mais aussi l'épaisseur de ses bras, de ses cuisses, et le reste.

— Êtes-vous sûre de vouloir partir ? lui demanda-t-il avec un sourire espiègle tout en passant une chemise.

— Il y a parfois un monde entre ce que l'on veut et ce que l'on doit faire.

— En effet.

S'approchant d'elle, il reboutonna les trois premiers boutons de son corsage : dans sa hâte, elle s'était trompée d'un cran.

— J'ai des affaires à régler avant de rentrer à Londres.

À son tour, Mina boutonna la chemise de Nick en prenant soin, cette fois, de les attacher correctement.

— Par pitié, dites-moi que vous n'allez pas avoir une nouvelle explication avec les Lyle !

— Grands dieux, non. Mais il me paraît utile de rétablir de bonnes relations avec certaines familles du village.

— Vraiment ?

Mina était prête à quitter Enderley pour n'y revenir que rarement. Tard dans la nuit, Nick et elle avaient parlé de leurs souhaits pour l'avenir. Ils avaient convenu que les employés du château qui le souhaiteraient travailleraient dans leur future maison de Londres, tandis que les autres pourraient rester à Enderley et entretenir la propriété en prévision de leurs occasionnelles visites. Nick ne parlait plus de vider la demeure ni de la louer.

— Je sais que cette maison compte beaucoup pour vous.

Oui, Mina y avait toujours été très attachée. Mais ce n'était qu'une maison. Et Nick était son amour. Elle pouvait vivre sans Enderley, mais pas sans lui.

— Si nous la restaurons, que nous reconstruisons certaines parties, que nous abattons quelques murs...

Tout en parlant, Nick regardait autour de lui comme s'il voyait, à travers le papier peint de la chambre, la charpente de la vieille demeure.

— ... Alors, poursuivit-il, peut-être parviendrons-nous à en chasser les fantômes et à nous sentir vraiment chez nous.

— Nous ne sommes pas obligés de décider de cela aujourd'hui, observa Mina en caressant la barbe drue qui commençait à couvrir sa joue. Après tout, nous avons un mariage à préparer.

— Un mariage fastueux.

— Un mariage modeste.

— Je songe à l'abbaye de Westminster.

Mina manqua de s'étrangler de rire.

— Je songe à l'église de Barrowmere, avec Mr Pribble pour célébrer la cérémonie.

Se hissant sur la pointe des pieds, elle se serra contre lui et déposa un baiser sur son menton.

— Vous avez bien dit que je pourrais avoir tout ce que je veux.

Nick poussa un soupir résigné.

— Vos désirs sont des ordres, duchesse.

Lorsque la bonne lui ouvrit la porte, Nick laissa passer quelques secondes. La domestique s'attendait à ce qu'il lui tende sa carte, mais il n'en avait pas. Il supporta un instant de plus son regard effaré en songeant qu'elle était sans doute davantage impressionnée par ses bandages que par sa cicatrice et ses yeux vairons.

— Le duc de Tremayne, dit-il enfin.

C'était la première fois qu'il s'annonçait de cette façon, et cela lui fit un effet extrêmement curieux. Il ne se sentait pas malheureux comme le jour où, quatre mois plus tôt, sir Granville était venu l'informer de son infortune. Mais il était mal à l'aise. Parviendrait-il jamais à accepter son titre, à se sentir à sa place dans le fauteuil de son père ?

— Par ici, milord.

La bonne le conduisit dans un salon joliment décoré. Des aquarelles colorées garnissaient les murs, et chacune des figurines qui ornaient le manteau de la cheminée avait son petit napperon de dentelle.

Il fut surpris de constater l'absence de luxe ostentatoire. La pièce dégageait une impression de confort simple et douillet, une atmosphère familiale. Des miniatures d'enfants et d'animaux de compagnie présentées dans des cadres d'argent et de bronze poli étaient disposées sur les différents meubles. Nick crut reconnaître le visage d'une jeune fille : elle avait la même fossette au menton que Lady Lillian.

— Elle avait neuf ans quand ce portrait a été réalisé, dit Lady Claxton en pénétrant dans le salon. Impossible de la faire tenir en place ! Nous avons dû lui promettre un nouveau jouet pour que l'artiste puisse finir son travail.

Se tournant vers la marquise, Nick s'étonna de ne pas lire dans ses yeux l'hostilité à laquelle il s'était attendu.

— J'ai appris que la tour d'Enderley avait brûlé. Il semble que vous ayez joué les héros avec un peu trop de témérité.

— Ce n'est rien, répondit Nick en montrant de la main son visage bandé.

Pour une fois, c'était son profil droit qui attirait l'attention. Il trouva cela étrangement agréable.

— Êtes-vous venu me présenter des excuses, Tremayne ? demanda Lady Claxton en l'invitant d'un geste à prendre place sur un canapé usé. Il est vrai que je n'apprécie guère que mes invités se querellent, mais j'ai noté que vous aviez évité d'en venir aux mains.

— Ne vous ai-je pas présenté mes excuses le soir du bal, Lady Claxton ?

Nick n'était pas venu pour parler de l'incident avec le jeune Lyle, mais il voulait bien prendre sa part de responsabilité si cela pouvait l'aider à obtenir ce qu'il était venu chercher.

— Si ce n'est pas le cas, je vous prie de les accepter maintenant.

La vieille femme hocha la tête en reniflant, apparemment satisfaite.

— Mais le bal n'est pas la raison de ma visite, reprit-il.

— Vraiment ? demanda-t-elle en haussant un sourcil argenté. Dois-je sonner pour faire porter du thé pendant que vous me racontez cela ?

— Ce ne sera pas nécessaire, milady. Je serai bref.

Nick se pencha vers elle, cherchant la meilleure manière d'aborder le sujet.

— J'ai besoin de votre aide.

— Je vous demande pardon ? demanda la marquise en se redressant brusquement dans son fauteuil.

Rapidement remise de sa surprise, elle le considéra d'un air réprobateur.

— Vous n'avez rendu visite à aucune des meilleures familles de Barrowmere depuis votre arrivée, lança-t-elle, et vous avez refusé deux invitations à dîner à Claxton Hall. Et vous avez l'audace de me demander mon aide ? Que vous arrive-t-il, Tremayne ? demanda-t-elle en chaussant ses bésicles pour l'examiner.

— Me croiriez-vous si je vous répondais que je suis amoureux ? répliqua Nick en riant.

— Amoureux ?

Un léger sourire se dessina sur son visage, puis elle laissa échapper un soupir.

— Il ne s'agit pas de ma Lillian, n'est-ce pas ?

— Non, répondit Nick en tirant sur son oreille avant de fixer le tapis. J'ai demandé à Miss Thorne de m'épouser, annonça-t-il en relevant les yeux vers elle.

Lady Claxton inclina légèrement la tête, comme si elle pensait avoir mal entendu. Puis Nick vit ses yeux s'agrandir et les plis de son front s'effacer peu à peu.

— La fille de l'intendant ? Votre intendante ?

— Ma future duchesse.

— Elle n'est pas issue d'une famille noble.

— Elle est parfaite.

Pendant un instant, la marquise sembla perdue. Elle promena son regard dans la pièce comme si elle cherchait une réponse.

— Vous êtes le duc de Tremayne, dit-elle enfin. Vous pouvez faire ce qu'il vous plaît.

— Rien ne me plaît davantage que la perspective de l'épouser. Cela, je puis vous l'assurer.

— Vous semblez sincère, my lord, observa-t-elle en ajustant à nouveau ses bésicles sur son nez.

Nick sourit. La nouvelle ne la réjouissait pas, mais elle réagissait bien mieux qu'il ne l'avait imaginé pendant son trajet en voiture jusqu'à Claxton Hall.

— Je vous offre mes félicitations et ma bénédiction, Tremayne, même si je me doute que vous vous en passez fort bien. Vous n'avez aucunement besoin de moi.

— En réalité, j'ai besoin de vous, Lady Claxton, répondit Nick en ravalant sa fierté. Je veux que la haute société de Barrowmere accepte Mina à bras ouverts.

Les sourcils de la vieille dame bondirent comme deux colombes grises prenant leur envol.

— Miss Thorne est connue dans tout le village, et elle est très appréciée, my lord.

— Elle va devenir duchesse, Lady Claxton. Et même si elle est certainement mieux armée pour remplir ce rôle que je ne le suis pour tenir celui de duc, je veux votre promesse qu'elle sera acceptée. Chaleureusement.

— Les autres penseront ce qu'ils voudront.

Ce fut au tour de Nick de la regarder d'un air réprobateur. La marquise savait parfaitement qu'elle exerçait une influence considérable sur les autres membres de la haute société de Barrowmere.

Lady Claxton frappa le sol de sa canne en soupirant.

— Très bien. Vous pouvez compter sur moi, et sur ma petite-fille, pour accueillir Miss Tho... votre future épouse dans notre cercle. Si nous commencions par un dîner à Claxton Hall la semaine prochaine ?

— Je vous remercie.

La gratitude de Nick était sincère. En prononçant ces mots, il sentit s'apaiser nombre de ses inquiétudes.

Quand il prit congé, la vieille dame serra si longuement sa main dans la sienne qu'il lui offrit un sourire.

— J'espère que vous savez ce que vous faites, Tremayne. La société londonienne sera plus difficile à convaincre que celle de Barrowmere.

— J'ai toujours aimé la difficulté, Lady Claxton.

Se défaire d'un peu du mépris qu'il avait toujours éprouvé pour les aristocrates comme Lady Claxton, qui avait fait partie des proches de son père, lui procura une sensation extraordinaire. Il se sentit libéré. À tel point que cette expérience lui rappela le moment où il était enfin sorti de l'abominable tour.

La silhouette calcinée de l'édifice apparut devant ses yeux au moment où la voiture s'engageait dans l'allée d'Enderley. Nick prit une profonde inspiration pour surmonter le sentiment de révulsion qui le saisissait chaque fois qu'il la voyait. Mais rien ne vint.

Il n'éprouvait que de l'impatience à l'idée de voir Mina.

Les souvenirs du supplice qu'il avait enduré ne comptaient plus. Sa geôle n'était plus qu'un tas de pierres. Tout comme le château, l'écurie et tous les autres bâtiments du domaine.

Seule Mina comptait. Mina et la vie qu'il voulait construire avec elle.

Après avoir gravi en deux enjambées les marches du perron, il poussa la porte d'entrée et se dirigea droit vers le bureau de Mina. En passant devant le salon où elle avait soigné ses blessures, il entendit sa voix. Aussitôt, il sentit les battements de son cœur s'accélérer.

En s'arrêtant devant la porte, il la vit s'approcher avec Mrs Shepard, la femme dont il avait fait la connaissance au presbytère. Celle qui lui avait demandé d'assister au bal du village.

— Mrs Shepard est venue discuter des détails du bal de Noël, lui expliqua Mina.

Il aimait voir la façon dont sa poitrine haletait à sa vue, tout comme il s'était troublé en l'entendant parler.

— J'espère que vous serez des nôtres, milord, dit la vieille femme en regardant son visage bandé avec une sollicitude qui le toucha profondément.

— Quand doit-il avoir lieu ? Je crains de l'avoir oublié.

Nick n'avait gardé de cette journée que le souvenir de Mina assise dans un coin, attentive à ses moindres faits et gestes. Il avait passé le plus clair de son temps à lutter contre l'envie de se retourner pour la regarder.

— Le dimanche qui précédera Noël, milord.

— Qu'en pensez-vous, Miss Thorne ?

Dès qu'il se tourna vers Mina, il sentit une chaleur l'envahir. Éprouverait-il toujours le même frisson en s'approchant d'elle, quand ils seraient mariés ?

— La salle de bal sera-t-elle prête à cette date ?

— Notre salle de bal ? demanda-t-elle d'une voix émue qui fit vibrer tout son corps.

— Oui, notre salle de bal.

Comme ces mots sonnaient agréablement à son oreille !

— Je crois que oui.

Mina se tourna vers Mrs Shepard avant de le regarder à nouveau, la bouche entrouverte, un sourire radieux creusant sa joue d'une exquise fossette.

— Mrs Shepard, pensez-vous que votre comité aimerait que nous organisions le bal ici, à Enderley ?

— Eh bien... Oui, bredouilla la vieille femme. Oui, certainement !

Nick attendit avec impatience que Mina la raccompagne.

Jamais il n'avait éprouvé une telle hâte inquiète. Pendant des années, il avait savouré sa solitude en prétendant qu'elle ne lui pesait aucunement.

Mina lui avait fait comprendre que s'il s'était isolé ainsi, c'était uniquement parce qu'il avait peur de se laisser approcher. À présent, elle lui manquait dès qu'ils étaient séparés plus de cinq minutes. Seule la douce certitude qu'elle lui reviendrait toujours lui permettait de supporter son absence. Comment avait-il pu imaginer qu'ils pourraient jamais vivre séparément ?

Dès qu'elle reparut dans le salon, il la souleva de terre pour l'embrasser. Pour son plus grand plaisir, elle accepta ce baiser sans hésitation ni retenue.

— Merci, dit-elle lorsqu'il la reposa sur le sol. Merci d'offrir la salle de bal aux villageois. C'est comme si vous leur donniez à tous un cadeau de Noël en avance !

Elle caressa son torse avant d'enfouir la main sous son gilet.

— Rappelez-moi de chercher ce que l'on peut offrir à un duc pour Noël.

— Vous, répondit-il aussitôt, sans avoir à réfléchir. Je ne veux rien d'autre que vous.

— Où que nous soyons ?

— Pour être franc, chère duchesse, dit-il en posant la main au creux de son dos pour la serrer contre lui, quand vous êtes si près de moi, je ne sais même plus où je suis.

— Moi non plus, répondit Mina en se soulevant sur la pointe des pieds pour effleurer sa joue de la sienne. Tout ce qui m'importe, c'est que nous soyons ensemble, chuchota-t-elle à son oreille.

Enfouissant la main dans sa chevelure, Nick se pencha pour l'embrasser.

— C'est ici que je veux être, murmura-t-il contre ses lèvres, et nulle part ailleurs.

# 27

Finalement, Nick et Mina restèrent à Enderley bien plus longtemps que prévu.

Après avoir obtenu une licence spéciale, ils se marièrent selon les souhaits de Mina. Une modeste cérémonie fut organisée dans l'église de Barrowmere, célébrée par le pasteur du village. Lady Claxton et sa petite-fille étaient présentes, ainsi que Colin, quelques villageois et plusieurs membres du personnel d'Enderley, dont Wilder et Emma.

Iverson et Huntley, les garçons d'honneur de Nick, arrivèrent à Barrowmere une heure avant la cérémonie et lui offrirent des conseils sur le mariage dont il se serait fort bien passé.

Et tout se déroula à la perfection. Ce fut le plus beau jour de la vie de Nick. Jusqu'au suivant, et à celui d'après. Il avait le sentiment que chaque journée auprès de Mina était un cadeau qu'il n'avait rien fait pour mériter.

Comme les fêtes de Noël approchaient, il leur parut logique de rester au domaine au lieu de regagner ses appartements privés de Londres. Il voulait faire de leur premier Noël ensemble un événement inoubliable.

— Seigneur, que vous êtes beau !

Chaque fois qu'il entendait la voix de son épouse, Nick sentait sa poitrine se gonfler de joie. Sans parler de l'effet que ce son produisait sur d'autres parties de son corps.

Se retournant, il vit Mina pénétrer dans le jardin d'hiver, où il était en train d'inspecter des vitres qui venaient d'être installées.

Elle promena lentement son regard sur lui, contemplant l'habit qu'il avait commandé à Londres. Son intérêt et son admiration ne diminuaient jamais lorsqu'elle arrivait à son visage balafré et à ses yeux vairons.

Quelle étrange et merveilleuse femme !

Lorsqu'elle s'arrêta sur sa bouche, elle se mordit la lèvre inférieure et Nick eut aussitôt envie d'elle. Alors seulement il remarqua sa tenue.

— Vous comptez danser en pantalon ?

Pour sa part, cela ne le dérangeait aucunement. Il serait ravi de pouvoir admirer la courbe de ses jambes et de ses fesses toute la soirée. Et il était tellement plus facile de la toucher sans tous ces jupons entre eux !

— Bien sûr que non, répondit-elle en le poussant du coude d'un air malicieux. Mais j'ai pensé que ce serait plus pratique pour veiller aux derniers préparatifs du bal.

— Vous n'avez pas à vous occuper de cela. Ce soir, vous devez vous amuser et non vous soucier des autres, protesta Nick en l'enlaçant, laissant sa main descendre sur sa chute de reins. N'avons-nous pas engagé du personnel supplémentaire précisément pour cela ?

— Les domestiques d'Enderley s'attendent à ce que je leur apporte mon aide. Je l'ai toujours fait.

À nouveau, elle se mordit la lèvre. Non de la façon sensuelle qui lui donnait envie de la soulever dans ses bras pour l'emporter jusqu'au lit le plus proche, mais parce qu'elle était préoccupée.

— De plus, j'aime me charger de l'organisation. Je suis douée pour cela.

— Vous êtes douée pour beaucoup de choses, observa Nick en se penchant pour déposer sur ses lèvres un baiser qui, bien que fugace, lui réchauffa le cœur. Je parie même que vous avez une liste.

— Plusieurs, si vous voulez le savoir, répondit-elle, le visage rayonnant de fierté.

Mais bien vite, son sourire s'effaça.

— J'espère qu'avec le temps, le personnel acceptera mon changement de condition.

Nick en était certain. Il y veillerait personnellement, et du reste, les domestiques d'Enderley n'avaient jusqu'à présent manifesté aucune hostilité quant à leur union. Ils semblaient au contraire se réjouir de leur bonheur.

— Il suffit de vous connaître pour vous aimer, ajouta-t-il d'une voix soudain rauque.

Il était tombé sous son charme bien vite et souhaitait que le sortilège ne prenne jamais fin.

— Tout le monde à Enderley a envie de vous voir heureuse. Les villageois aussi. Et ne vous souciez pas du juge Hardbrook et de ses semblables. Ils finiront par changer d'avis.

— Et si cela n'arrive pas ?

— Alors vous vous consolerez à l'idée que votre époux vous adore, répondit Nick en l'attirant tout contre lui.

Il avait besoin de sa chaleur et de sa douceur, il voulait qu'elle sente à quel point il la désirait.

— Si vous le souhaitez, je suis prêt à vous donner du plaisir jusqu'à vous faire oublier ce vieux grincheux.

Contre sa poitrine, le souffle de Mina se fit saccadé. Comme il aimait la façon dont ils se troublaient l'un l'autre !

D'une main, elle effleura les boutons de son gilet et descendit jusqu'à la ceinture de son pantalon. Nick avait beau savoir que le bal commençait dans une heure, une partie de lui priait pour qu'elle poursuive son exploration.

— Ce gilet me rappelle celui que vous portiez le jour de notre rencontre, dit-elle.

— Vous vous souvenez de mon gilet ?

— Hum, répondit-elle avec un sourire mystérieux qui creusa une fossette sur sa joue. Je me souviens surtout de l'allure que vous aviez dans ce gilet.

Parler de vêtements lui donna aussitôt envie de lui ôter tous ceux qu'elle portait. Mais, comme il inclinait la tête pour l'embrasser à nouveau, il fut interrompu par un bruit de pas derrière lui. Se retournant, il se trouva nez à nez avec Wilder.

— Vous avez de la visite, milord.

Nick le regarda d'un œil noir. Cet homme avançait aussi silencieusement que Milly et son petit groupe de chatons.

— Qui est-ce, Wilder ?

Une grimace contracta la bouche du majordome.

— Mr Gregory Lyle, sir.

Nick sentit Mina se crisper dans ses bras. Pourquoi s'était-il contenté de faire tomber ce jeune fat de sa selle ?

— Laissez-moi lui parler, murmura-t-elle.

En découvrant dans ses yeux d'ambre une détermination qu'il connaissait bien, il retint son souffle.

— Vous pouvez avoir confiance en moi, Nick.

Il le savait. Seigneur, il avait confiance en quatre personnes, à présent ! Cinq en comptant Wilder. Tout bien considéré, il pouvait même ajouter Lady Claxton à la liste.

L'amour n'était pas du tout ce qu'il avait imaginé. Loin de l'entraver, il le libérait. C'était un sentiment qui grandissait sans cesse, qui ne demandait qu'à se multiplier et se propager. Il s'étendait désormais au personnel d'Enderley, aux villageois et même aux vieux murs de pierre du château qu'il avait tant haï.

— J'ai confiance en vous, répondit-il. Mais je me méfie de cet homme comme de la peste.

— Laissez-moi seulement aller voir ce qu'il veut, dit Mina en esquissant un petit bond pour déposer un baiser sur sa joue.

Il attendit qu'elle ait quitté la pièce pour la suivre à pas feutrés, s'efforçant de se faire aussi discret que Wilder. Arrivé dans le vestibule, il entendit sa voix et celle de Lyle. Ils se trouvaient dans le salon où Nick s'était reposé et avait fait l'amour à Mina après l'incendie de la tour.

— Je ne veux pas connaître la raison de votre visite, disait-elle au jeune coq. Allez-vous-en ! Je suis heureuse, aujourd'hui. Plus que vous ne pourriez l'imaginer.

— Écoutez-moi, je vous en prie !

Gregory Lyle semblait étrangement calme. Nick ne reconnaissait pas le ton geignard qu'il avait employé le jour où il était venu chercher l'étalon.

— Je suis venu vous présenter des excuses, poursuivit-il.

— Pourquoi ? demanda Mina d'une voix méfiante et bourrue qui arracha à Nick un sourire de fierté.

— Parce que Lady Claxton a insisté, et parce que vous êtes la duchesse de Tremayne. Nos familles vivent côte à côte dans ce village depuis des siècles. Nous ne devons pas être en guerre.

Nick tendit l'oreille, mais la pièce restait silencieuse.

— Très bien, j'accepte vos excuses, déclara Mina au bout d'un long moment. À présent, partez. Vous n'êtes pas invité, Mr Lyle.

En entendant le jeune impudent éclater de rire, Nick serra les poings.

— Juste ciel, Mina ! s'exclama enfin Lyle. Peut-être ferez-vous une excellente duchesse, après tout.

— Je crois que oui. À présent, partez si vous ne voulez pas à nouveau tâter de mes poings.

Nick attendit dans l'ombre que le visiteur ait quitté le château, puis il pénétra dans le salon. Il trouva Mina debout, dos à la porte. Les bras croisés sur la poitrine, tapant du pied, elle semblait contempler, par la fenêtre, les champs d'Enderley.

— Écoutiez-vous depuis le début ? demanda-t-elle sans bouger.

— Presque, avoua Nick. Vous l'avez vraiment frappé ?

— Une fois seulement, répondit-elle en se tournant vers lui.

— Je vous félicite !

Il la prit dans ses bras. D'abord tendue, elle s'abandonna contre lui en nouant les mains autour de son cou.

— Vous n'êtes pas outré ?

— Pourquoi le serais-je ?

— Une duchesse n'est pas censée corriger un fils de vicomte.

Nick caressa sa joue en regrettant que ses cheveux soient déjà savamment arrangés en boucles délicates. Il avait envie de lui ôter toutes ces épingles pour glisser les doigts dans sa crinière.

— Mon cher petit diable, souffla-t-il en l'embrassant.

Il gémit quand, gagnée par son ardeur, elle enfouit les mains dans ses cheveux et s'accrocha à ses épaules pour le serrer tout contre elle.

— Vous êtes parfaite, ma duchesse, que vous dirigiez le

personnel ou que vous remettiez des aristocrates arrogants à leur place.

Mina s'écarta de lui, hors d'haleine.

— Je dois aller me changer pour le bal.

— Puis-je vous aider ? demanda Nick en posant les mains sur ses fesses. Au moins à vous déshabiller ?

— Si vous faites cela, répondit-elle, une lueur espiègle dans l'œil, nous ne serons jamais à l'heure pour le bal.

Sa duchesse retrouvait son esprit pratique.

Nick poussa un soupir résigné, embrassa Mina une dernière fois et la laissa partir.

Quand les premières notes de musique s'échappèrent de la salle de bal et parvinrent à ses oreilles, Mina sourit. Elle n'avait pas entendu de musique à Enderley depuis si longtemps ! Des années. Cela lui semblait une éternité.

Malgré les intentions qui avaient été les siennes à son arrivée, Nick avait apporté plus d'améliorations au domaine que ses deux prédécesseurs réunis.

Il avait aussi changé sa vie, lui offrant plus de passion et de joie qu'elle n'avait jamais osé en espérer. Nick s'ouvrait complètement à elle à présent, et c'était là le plus beau cadeau qu'il pût lui faire.

Leur mariage était encore si nouveau qu'il lui arrivait de se réveiller le matin persuadée que tout cela n'était qu'un rêve, un conte de fées qu'elle avait imaginé. Jusqu'à ce qu'elle sente son corps chaud et musclé contre le sien.

Rien ne pouvait égaler la joie de se réveiller dans ses bras.

Après avoir ajusté une dernière fois sa robe et sa coiffure devant le miroir, Mina respira profondément et prit la direction de la salle de bal. Tout en descendant l'escalier, elle passa mentalement en revue la liste des préparatifs de la réception, vérifiant qu'elle n'avait rien oublié.

Soudain, elle aperçut Nick qui l'attendait au bas des marches.

Elle sentit son cœur défaillir dans sa poitrine en découvrant, rassemblé derrière lui, le personnel du château au grand complet, ainsi que Mrs Shepard et quelques autres villageois arrivés avant les autres.

Tous lui souriaient, l'encourageant du regard. Elle avait craint de s'attirer l'animosité de certains domestiques d'Enderley, et d'être considérée comme une parvenue par les villageois pour s'être élevée si soudainement au rang de duchesse. Mais elle avait sous-estimé ses amis, et peut-être elle-même.

Et elle avait, de toute évidence, sous-estimé Nick.

Mina se prit le pied dans sa robe et trébucha. Aussitôt, Nick s'élança dans l'escalier pour lui saisir le bras. Quand il s'approcha d'elle, elle sentit sa chaleur sur sa peau.

— Cette robe me rappelle de beaux souvenirs, murmura-t-il à son oreille. Le rouge vous va bien, mon amour.

Elle avait acheté à Mr Iverson la robe qu'il lui avait prêtée à Londres, sachant que son époux ne manquerait pas de la reconnaître.

— Cela me donne envie de vous porter, ajouta-t-il d'un ton malicieux. Il y a trop longtemps que je ne vous ai tenue dans mes bras.

— J'étais dans vos bras il y a moins d'une heure.

— C'est bien ce que je disais : cela fait trop longtemps.

— Je vous demande seulement de rester près de moi, dit-elle en passant son bras autour du sien.

— Toujours.

Tandis qu'ils descendaient l'escalier, Mina remarqua que les domestiques n'avaient pas ménagé leur peine pendant les quelques minutes où elle s'était absentée pour s'habiller. Le vestibule était éclairé de nombreuses bougies. Des poinsettias d'un rouge vif et des feuilles de houx brillantes avaient été disposés sur tous les meubles. Quelques pots de fleurs avaient même été placés le long du chemin menant à la salle de bal.

— Bienvenue à tous ! dit-elle à l'assemblée. Réjouissons-nous d'être réunis, et faisons de ce Noël un merveilleux souvenir.

— Recevez nos meilleurs vœux, milady, répondit Wilder de sa voix grave et impassible avant de lui adresser un léger sourire.

Reculant de quelques pas, il rejoignit sa place près de la porte, prêt à veiller sur le bon déroulement des festivités.

Mina serra un peu plus fort le bras de Nick mais, déjà, son appréhension s'évanouissait.

— Il y a eu quelques changements dans la salle de bal, lui annonça-t-il quand ils arrivèrent au bas des marches.

Nick avait pris la direction des travaux et lui avait interdit l'entrée de la pièce pendant les dernières étapes des réparations.

— Voulez-vous la voir avant que les autres invités n'arrivent ?

— Oui, montrez-moi.

Mina sentit ses muscles se tendre sous ses doigts lorsqu'ils franchirent la porte. Pourtant, il n'avait aucune raison d'être inquiet. Le changement était spectaculaire. Elle contempla, bouche bée, la pièce qui brillait de mille feux.

— C'est extraordinaire !

— Cela vous plaît ? demanda-t-il en laissant échapper un soupir de soulagement.

— J'adore chaque détail, répondit-elle en s'avançant dans la pièce tandis qu'il lâchait sa main. Merci.

Non seulement la fuite avait été réparée, mais tous les murs étaient repeints, non en gris clair comme auparavant, mais couleur or. Les fresques avaient été restaurées et les parquets astiqués. Enfin, les porte-torches avaient été redorés, si bien qu'ils étincelaient autant que les flammes des bougies qu'ils contenaient.

— L'or me rappelle la couleur de vos yeux, dit Nick en la rejoignant pour lui enlacer la taille.

— Mes yeux sont marron.

— Pas quand vous me regardez.

Mina se tourna vers lui. Un sourire aux lèvres, il vint se placer devant elle.

— Ces étincelles dans vos yeux. Elles m'ont envoûté dès l'instant où vous m'avez regardé, perchée dans le chêne. Des éclats dorés qui sont immédiatement venus se planter là, dit-il en portant la main à son cœur.

— Vous avez dû avoir mal ! lança Mina, taquine.

— Terriblement, répondit-il en se penchant pour l'embrasser. Jusqu'à ce que vous ayez pitié de moi et mettiez fin à mes souffrances.

Quelques invités étaient rassemblés près du buffet, tandis que d'autres admiraient les fresques. Enfin, certains s'étaient retirés dans les salons pour discuter en attendant que le bal commence. Mina et Nick se dirigèrent vers le centre de la pièce. Un des violonistes dut les voir, car il se mit à jouer.

Aussitôt, Nick entraîna Mina dans ses bras et elle eut l'impression que son cœur allait éclater de joie. Elle qui aimait tant les contes de fées n'aurait pu rêver d'un plus beau dénouement.

— Cela ne vous ennuie pas de danser avec moi ? demanda-t-elle. Je sais que vous n'aimez guère les bals.

— Souvenez-vous, chère duchesse : je suis prêt à vous donner tout ce que vous voulez.

— Et moi ? poursuivit-elle en le serrant plus fort que ne le voulaient les convenances. Que vous ai-je donné ?

— Plus que je ne mérite, répondit-il avec un sérieux auquel elle ne s'attendait pas. Une forme de sérénité que je ne pensais pas pouvoir trouver. Jamais.

— Même ici, à Enderley ?

Elle était toujours prête à partir pour ne jamais revenir, si c'était ce qu'il voulait.

— Nous sommes ensemble. C'est tout ce que je demande. Où que nous soyons, je ne remarquerai même pas les murs qui nous entourent. Seulement nous.

— Nous, répéta Mina en souriant à en avoir mal aux joues. Comme j'aime ce mot !

Nick lui sourit à son tour. Puis il jeta un bref regard autour de lui et se pencha pour l'embrasser passionnément.

# Épilogue

Les sourcils froncés, Huntley semblait à la fois perplexe et intrigué. Quant à Iverson, il fut gagné par un tel enthousiasme qu'il sauta de son fauteuil en se frottant les mains comme s'il venait de gagner le contenu des coffres du Lyon's Club.

— Si je comprends bien, l'idée vous plaît, observa Nick d'un ton neutre.

Installé sur l'un des quatre sièges qu'il avait préparés pour cette réunion, il regarda Mina, qui se tenait face à lui. Elle lui sourit de cette façon qui faisait toujours monter en lui un flot de chaleur.

— Je ne suis pas sûr de comprendre, dit Huntley en croisant les jambes, les mains refermées sur les pans de son gilet. Vous voulez ranger les cartes et les dés ? Empêcher les gens de s'amuser ?

Devant sa mine dépitée, Nick ne put réprimer un rire.

— Je suggère que nous supprimions progressivement les tables de jeu, répondit Iverson en arpentant fébrilement la pièce. Quand notre nouvelle activité aura pris le pas sur l'ancienne, nous aviserons.

— Nous pourrions...

Mina hésita puis, visiblement encouragée par les regards attentifs de Nick et de ses associés, elle poursuivit.

— Peut-être pourrions-nous réserver quelques pièces à l'accueil des inventeurs, afin qu'ils puissent préparer leurs documents et rassembler leurs idées avant de vous les soumettre ?

— Cela me plaît, dit aussitôt Iverson. Nous ne sommes

même pas obligés d'en recevoir tous les jours. Nous pourrions consacrer une ou deux journées par semaine à ces rendez-vous. À raison de cinq par jour, par exemple.

— Mais combien en attendons-nous ? demanda Huntley, qui paraissait soudain moins à l'aise. Je comprends que vous aimiez les ponts et les chemins de fer, Iverson. Mais si nous accordons des fonds à tous les Londoniens qui viennent nous voir avec une idée farfelue, nous serons rapidement ruinés !

— Nous n'accepterons pas toutes les propositions, intervint Nick. Tout comme je n'accordais pas des prêts à tous les aristocrates qui venaient me trouver dans mon antre. Nous les étudierons, et ensuite nous déciderons si nous souhaitons les soutenir, et dans quelle mesure.

— Tous ces inventeurs ne se présenteront pas avec un projet viable comme celui du cousin de la duchesse, renchérit Iverson en adressant un clin d'œil à Mina.

Nick dut faire un effort pour se souvenir que cet homme était l'un de ses meilleurs amis.

— Fairchild a d'autres idées à nous présenter, ce qui signifie que nous avons déjà au moins un inventeur intéressé, observa-t-il.

Huntley se leva à son tour, non pour aller et venir dans la pièce comme Iverson, mais pour scruter le visage de ses associés.

— Vous êtes donc tous les deux certains que cela va nous rapporter de l'argent ? Autant que les tables de jeu ?

— Nous ne pourrons pas le savoir avant d'avoir essayé, répondit Nick.

Il avait le cœur empli d'espoir, une sensation qui ne lui était guère familière mais qu'il apprenait à accepter. Tout comme il s'était laissé gagner par la bonté et la générosité de Mina.

— Vous me promettez que nous organiserons une fête pour chaque projet accepté ? demanda Huntley avant de promener un regard autour de lui. Il manque un chariot à boissons dans ce bureau, et des fauteuils plus confortables, conclut-il.

Du coin de l'œil, Nick vit Iverson secouer la tête en levant les yeux au ciel. Le rire de Mina retentit dans la pièce, qui sembla aussitôt plus lumineuse.

— Les hommes qui descendent dans mon antre ne viennent pas y chercher des distractions, Huntley, dit-il en se levant pour s'approcher de son épouse.

Plus il la regardait et plus il avait envie d'aller se distraire avec elle dans leur chambre. Il avait agrandi ses appartements privés et Mina avait apporté quelques changements pour s'y sentir chez elle. Mais ils étaient toujours à la recherche de la maison de leurs rêves.

— Sommes-nous d'accord, gentlemen ? demanda Iverson. Donnons au moins une chance à l'idée de Nick : invitons des inventeurs au club, et choisissons-en quelques-uns qui nous soumettront leur projet une fois par semaine.

Nick passa un bras autour de la taille de Mina.

— En réalité, Iverson, dit-il en souriant à son épouse, ce n'est pas mon idée.

— Félicitations, milady ! s'exclama son ami. À vous aussi, milord, ajouta-t-il en serrant la main de Nick.

— Comment allons-nous appeler notre nouveau club ? demanda Huntley en se dirigeant vers la porte.

— Nos membres ont toujours appelé cette pièce « l'antre de Lyon », répondit Nick en haussant les épaules.

— Eh bien, à partir de maintenant, ce sera « l'antre du duc » ! déclara Huntley avec un geste résigné de la main. À la semaine prochaine, mes amis ! Je vais me préparer à l'idée de céder un peu de ma fortune au premier fou qui aura une idée ingénieuse à nous présenter.

— Il ne semble pas entièrement convaincu, chuchota Mina lorsqu'il eut franchi la porte.

— Huntley est un pessimiste, expliqua Iverson en passant sa redingote. Mais ne vous fiez pas à ses airs nonchalants. Il changera d'avis, et vous verrez qu'il s'empressera de donner de l'argent au premier homme venu présenter une idée qui lui plaît !

— Et à une femme ? demanda Mina.

Iverson se tourna vers Nick, l'air perplexe.

— Huntley aime beaucoup la gent féminine, dit-il.

Le rire de Mina résonna contre le plafond bas.

— Je voulais dire : si une femme souhaitait présenter son invention ?

Nick et Iverson se regardèrent, interdits. Ils avaient suivi la tradition des clubs pour gentlemen, qui n'acceptaient pas de femmes parmi leurs membres et leur refusaient même l'entrée. Mais il s'agissait d'une nouvelle entreprise, et avec Mina à ses côtés, Nick était prêt à envisager à peu près toutes les possibilités.

— Intéressant, commenta Iverson en esquissant un sourire.

Visiblement, il n'était pas non plus opposé à cette idée.

— Vous faites un couple admirable, déclara-t-il après les avoir dévisagés tour à tour.

— Je le pense aussi, répondit Nick en serrant fermement la main de son ami comme s'ils venaient de conclure un marché. Grâce à vous deux, ajouta-t-il, je commence à être convaincu des bienfaits du progrès.

Une fois Iverson parti, Nick se tourna vers Mina pour la serrer dans ses bras. Il fut surpris de voir une ombre inquiète sur son visage.

— Qu'y a-t-il, duchesse ?

Les yeux fixés sur son torse, elle se mit à jouer avec les boutons de son gilet.

— Quand j'ai appris que vous alliez venir à Enderley, j'étais remplie d'appréhension. Je croyais que vous alliez me congédier parce que je n'avais pas dit toute la vérité à votre notaire. Et puis, vous êtes arrivé...

— Et je me suis mis à brûler des œuvres d'art.

— Vous n'en avez brûlé qu'une ! répliqua-t-elle en étouffant un éclat de rire. Mais finalement, votre arrivée a tout changé, et tout est tellement mieux qu'avant ! Et voilà que je vous suggère de transformer ce club qui vous est si cher. Êtes-vous sûr que c'est une bonne décision ?

Nick pencha la tête pour l'embrasser doucement.

— Oui, murmura-t-il contre ses lèvres.

— Vous n'avez aucun doute ?

— Aucun.

Relevant la tête, il promena un regard dans cette pièce où

il avait pris tant de plaisir à voir d'autres hommes souffrir. L'idée de racheter sa cupidité passée en aidant des inventeurs ingénieux comme Colin Fairchild était séduisante.

— Vous avez changé ma vie, Mina. Vous m'avez changé. Et, même si je ne le savais pas, j'en avais désespérément besoin.

Se hissant sur la pointe des pieds, elle pressa sa bouche sur la sienne tout en effleurant de l'index le bas de son visage.

— Pas entièrement, j'espère. Il y a chez vous un certain nombre de choses, murmura-t-elle en faisant glisser ses doigts le long de son torse, qui me plaisent beaucoup telles qu'elles sont.

Pour toute réponse, Nick lui prit la main et se dirigea vers la porte.

— Où allons-nous ? demanda-t-elle d'une voix étonnée.

Nick se tourna vers son épouse et lui sourit.

— Dans notre chambre. J'ai bien envie que vous me montriez toutes ces parties de moi que vous aimez tant.

## Remerciements

Toute ma reconnaissance et mon amitié vont à Darcy, Lana, Erica, Christina, Megan, Jan, Karen, Charis, Cynthia et à mon agent, Jill, pour leurs commentaires sur ce livre, de l'idée de départ jusqu'à la fin du processus d'écriture. Je suis, bien sûr, seule responsable de ses défauts : toutes vos contributions ont été parfaites. Et votre gentillesse a toujours été appréciée. Merci aussi à Monique pour son extraordinaire sagacité.

Mes sincères remerciements également à tous les membres de l'équipe d'Avon qui ont participé à l'élaboration de ce roman, de la proposition jusqu'à la production.

Enfin et surtout, je tiens à exprimer mon immense gratitude à mes lectrices. Que ce soit la première fois que vous ouvrez l'un de mes livres ou que vous me suiviez roman après roman, merci à vous.